THE WALL

THE WALL: EWIGE NACHT

Hard Science Fiction

JOSHUA TREE

BE
Belle Époque Verlag

Joshua Tree Ltd.
Kronou 70, App. 202
Kaimakli, 1026 Nicosia
Zypern

joshuatree@weltenblume.de
www.weltenblume.de

Lektorat & Korrektorat: Gabriele Rogner
Cover: César Pardo, unter Verwendung von Bildern von Comfreak (Pixabay), Skeeze (Pixabay), PTNorbert (Pixabay), TBIT (Pixabay)
Innenlayout und Satz: Hans-Jürgen Maurer
Besonderer Dank: Viktoria Keller

Druck: Custom Printing, Warszawa, Polen

ISBN: 978-3-96357-019-3

Prolog

2. Januar 2034, USS Jeremy Brandt, nördliche Celebessee

»Sir, wir haben hier eine Nachricht von der NASA.«

Captain John Dillinger rollte mit den Augen und erhob sich von seinem Sitz auf der Brücke, um dem Specialist an der Kommunikationskonsole über die Schulter zu blicken.

»Was wollen die Eierköpfe denn schon wieder von uns?«

»Sie haben im LEO ein Objekt aufgezeichnet, das sich mit hoher Geschwindigkeit unserem Operationsradius nähert«, meldete Specialist Cooper und deutete auf die Telemetriedaten, die unter dem Siegel der NASA eingeblendet wurden. »Acht Meter lang, einen Meter breit. Nach der von der NASA berechneten Trajektorie müsste das Objekt in wenigen Minuten auf dem AMDR auftauchen.«

»Das ist doch wieder einer ihrer kleinen Meteoriten«, schimpfte Dillinger und rupfte seine Baseball-Cap mit der Aufschrift *Navy* vom Kopf. »Die hätten wenigstens bis zur Nacht warten können, dann hätten wir immerhin eine Sternschnuppe zu sehen bekommen.«

»Negativ, Sir«, widersprach der Specialist vor ihm und schüttelte den Kopf. Er wirbelte mit den Fingern über seine Touch-Konsole und die Anzeige wechselte auf einen unüberschaubaren Wust an Datensätzen, die als Diagramme, Listen und Vektoren interpretiert wurden. »Das Objekt besitzt eine elektronische Signatur – schwach nur, aber für die Weltraumheinis messbar.«

Dillinger horchte auf, genau wie der Rest der Brückenbesatzung, die schlagartig in ihren vereinzelten gedämpften Nebengesprächen innehielt.

»Wieder ein Raketentest der Nordkoreaner?«, fragte er alarmiert, doch zu seiner Erleichterung schüttelte der Specialist auch hier den Kopf.

»Ich weiß es nicht, Sir.«

»Burke, haben Sie was auf dem Schirm?«, fragte Dillinger und sah zu der jungen Kadettin an der Luftüberwachung hinüber.

»Aye, Sir! Die ersten Daten des Air and Missile Defense Radar kommen herein. Die Radarabstrahlung entspricht in etwa den Daten der NASA.«

»Und?«

»Keine ICBM, Sir«, meldete sie und ein Raunen der Erleichterung ging durch die Brücke. Eine weitere Testrakete aus Nordkorea hätte ihn in eine schwierige Lage gebracht, so kurz vor seiner Pensionierung.

»Sind Sie sicher, Kadett?«

»Aye, Sir. Das Objekt wird langsamer.«

»Es *bremst*?«

»Aye. Sie müssten es mit dem Feldstecher bereits sehen können, vier Strich Nordost.«

Dillinger schritt zwischen den Soldaten an ihren Konsolen vor den Frontscheiben der Brücke und seinen Offizieren auf den Sitzen dahinter hindurch und schnappte sich vor der Tür zum äußeren Treppenabgang einen Feldstecher von der Wandhalterung. Als er die Tür öffnete, schlug ihm sofort die schwüle Tropenluft des Äquators entgegen. Sie war so dick, dass er das Gefühl hatte, Wasserdampf einzuatmen und ihm brach unvermittelt Schweiß aus.

Vielleicht eine dieser neuen Suborbitaldrohnen der Chinesen? Er hob den Feldstecher mit elektronischer Vergrößerung an die Augen und suchte den tiefblauen Himmel ab, vor dem vereinzelte Wolken dahinzogen wie eine Herde besonders träger Schafe.

»Weiter östlich, Sir«, ertönte neben ihm die Stimme seines Adjutanten Lieutenant Solheim. Dillinger ließ von seinem Feldstecher ab und sah zu dem blonden Offizier, der ihm mit ausgestreckter Hand in recht steilem Winkel die Sichtrichtung wies. »Habe gerade die genaue Peilung abgelesen.«

»Ah.« Auf diese Idee hätte er selbst kommen sollen, bevor er sich auf die kleine Kanzel des Treppenabgangs begeben hatte. Mittlerweile störten ihn diese kleinen Hinweise, dass er genau wie sein Schiff zu den Auslaufmodellen der Navy gehörte, nicht mehr besonders. Er würde bald jungen Kadetten an der Flottenakademie erklären dürfen, wie man mit Lineal und Bleistift Kurse berechnete und dafür war jeder dieser Hinweise ein Ritterschlag – zumindest versuchte er, sich das einzureden.

Dillinger suchte den Himmel ab, zog konzentrische Kreise mit den beiden runden Bildausschnitten vor seinen Augen und zoomte vorsichtig mit dem kleinen Rad unter seinem rechten Zeigefinger. Dann, zwischen zwei watteweißen Wolken, sah er es: Erst nur die Reflexion der Sonne, die von der Elektronik des Feldstechers abgeschwächt wurde, dann mit genügend Zoom ein kegelförmiges Objekt. Einen Atemzug später erwachte vor seinem Bug eine kleine Sonne.

»Ein neuer Bremsschub«, dachte er laut.

»Was denken Sie, Sir?«

»Ich denke, dass wir hier sind um dafür zu sorgen, dass der Vertrag von Incheon eingehalten wird. Wenn die Chinesen meinen, dass sie uns mit ihrer neuen Tech hier draußen provozieren können, haben sie sich geschnitten.«

»Denken Sie wirklich, dass die Chinesen ...«, wollte Solheim einwenden, doch Dillinger unterbrach ihn, indem er dem jungen Mann seinen Feldstecher gegen die Brust drückte.

»Ja, das denke ich. Die provozieren uns doch ständig mit

neuen Manövern und Waffentests. In der Politik kooperieren wir, aber mit den Säbeln wird trotzdem ständig gerasselt, damit der andere auch ja spurt. Das da«, er deutete, ohne hinzusehen, in die ungefähre Richtung des Objekts, »ist eine Suborbitaldrohne, sonst hol mich der Teufel.«

»Aye, Sir.« Solheim nickte, nahm Dillingers Feldstecher von seiner Brust und blickte selbst hindurch. »Entfernung zwanzig Meilen. Oh, ich glaube Sie haben recht, Sir.«

»Was ist los?«

»Es hat gerade vier Flügel ausgefahren oder ausgeklappt.«

Dillinger riss seinem Adjutanten den Feldstecher weg und sah selbst nach. Tatsächlich hatte sich die raketenförmige Drohne in ein kleines Flugzeug verwandelt. Vier Flügel – erstaunlich großflächig und lang für den eher schmalen Rumpf des Objekts – brachten es in eine neue Flugbahn, die jetzt nicht mehr steil nach unten zeigte, sondern in einen flachen Vektor, genau in Richtung seines Schiffes.

»Aegis aktivieren, volle Gefechtsbereitschaft!«, rief er, ohne zu zögern, und konnte spüren, wie sich Solheim neben ihm versteifte. »Machen Sie schon, Mann!«

»Aye, Sir«, bestätigte der Lieutenant schrill und lief durch die Tür zurück auf die Brücke. Dillinger sog noch einmal Seeluft ein und blickte mit seinen Augen nach vorne. Vorne unter ihm brach der spitz zulaufende Bug des Lenkwaffenzerstörers die Wellen der tiefblauen Celebessee zwischen den Philippinen und Indonesien. Die graue Bemalung der USS Jeremy Brandt reflektierte die erbarmungslos auf sie brennende Sonne stark genug, dass er die Augen zusammenkneifen musste, doch er konnte natürlich nichts erkennen, obwohl er in genau die Richtung blickte, aus der die Drohne auf sie zuschoss. Einen Herzschlag später gellte der Gefechtsalarm durch sein Schiff.

Eine Woche vor meiner verdammten Pensionierung, dachte er

und schüttelte den Kopf. Die Patrouillenfahrten in diesem Seegebiet wurden zweiwöchentlich von chinesischen, japanischen, europäischen und amerikanischen Kriegsschiffen übernommen, um die neuen Ölfelder zu schützen, die für so viel Reibung zwischen den von den USA unterstützten Philippinen und dem von China protegierten – oder halb aufgekauften – Indonesien gesorgt hatten. Ein langweiliger, einfacher Job, da alle Beteiligten erleichtert waren über die gütliche Beilegung des diplomatischen Ärgers mit dem Vertrag von Incheon. Zumindest bisher.

Und jetzt das.

Als er auf die Brücke zurückgekehrt war, bellte er: »Meldung!«

»Objekt nähert sich mit etwa vierhundert Meilen pro Stunde, Sir«, meldete Burke vom Radar. Ihre Stimme hatte den Ton zackiger Professionalität angenommen, wie es nur eine heraufziehende Drucksituation vermochte.

»Kurs stabil?«

»Aye, Sir. Bogey hat den Kurs angepasst und hält direkt auf uns zu.«

»Zielerfassung?«

»Aegis Kampfsystem hat das Ziel erfasst, Sir«, meldete sein Feuerleitoffizier, Lieutenant Myers von seiner Konsole bei der Tür.

»Sir!« Die Stimme gehörte Specialist Cooper. »Bogey sendet über Funk!«

»Was?«

»Ich weiß es nicht, Aegis hat die Störsender aktiviert. Das Signal hat etwa eine Minute angehalten, bevor es geschreddert wurde.«

»Distanz?«

»Sechzehn Meilen, Sir!«, rief Burke.

»Störsender abschalten, Funkverbindung aufbauen.«

»Aye, Sir.« Cooper gab ihm einen Wink und Dillinger schnappte sich das Funkgerät mit der Spiralkordel von der Decke über seinem Kommandantensitz.

»Wollen wir doch mal sehen, ob da jemand zuhört. Hier spricht Captain John Dillinger vom Zerstörer USS Jeremy Brandt der United States Navy. Ihre Anwesenheit verstößt gegen Paragraf Zwei des Vertrags von Incheon. Drehen Sie bei und verlassen Sie unverzüglich dieses Seegebiet in nordöstlicher Richtung. Dies ist Ihre einzige und letzte Warnung.« Er klinkte das faustgroße Funkgerät in dessen Halterung zurück und sah durch die Brückenfenster. Er meinte, in der Ferne eine helle Reflexion zu erkennen.

»Keine Reaktion, Sir. Objekt hält Kurs, sendet immer noch.«

»Gut. Störsender wieder aktivieren. Holen Sie den Vogel vom Himmel, Lieutenant Myers!«, befahl Dillinger und trat ein wenig näher hinter die Soldaten an den Konsolen, um besser aus den Fenstern sehen zu können.

»Startrampe Eins: Feuer!«

Dillinger sah zu, wie sich unter ihnen zwischen Brückenaufbau und Bug der rechte Mehrfachraketenwerfer blitzschnell nach vorne ausrichtete. Dann ruckte eine der quadratischen Klappen nach außen und eine rasch anschwellende Rauchwolke wallte um den Waffenaufbau, aus dem sich eine längliche Rakete schälte. Ihre Abgasfackel leuchtete grell auf und als sie rasend schnell nach vorne schoss, war das Zischen selbst auf der Brücke noch ohrenbetäubend.

»*Sea Sparrow* hat das Ziel erfasst. Splash in dreißig Sekunden.«

Die *RIM-162 Evolved Sea Sparrow Missile* jagte wie der Blitz davon, kippte nach vorne, gewann rasch an Höhe und wurde schnell vor dem Horizont so klein, dass Dillinger nur noch den leuchtenden Abgasschweif sehen konnte.

»Zehn, neun, acht, sieben ... warten Sie«, unterbrach sich Myers.

»Was?«

»Die Sea Sparrow hat die Zielerfassung verloren und ... jetzt habe ich den Kontakt zur Sea Sparrow verloren!«

»Was haben die uns da auf den Hals gehetzt?«, murmelte Dillinger und begann sich über die Lippen zu lecken. »Distanz und Geschwindigkeit?«

»Geschwindigkeit reduziert sich, Distanz acht Meilen. Aegis hat den Bogey immer noch erfasst.«

»Zweitrangig«, kommentierte Myers von seinem Platz des Feuerleitoffiziers. »Gleich wird R2-D2 Hackfleisch aus dem Ding machen.«

Zustimmendes Gekicher breitete sich unter den zehn anwesenden Soldaten aus. Dillinger schüttelte den Kopf. Nur unerfahrene Matrosen machten ihrer Nervosität mit solchen Äußerungen Luft. Da die Nahbereichsverteidigung autonom mit eigenem Radaraufbau agierte und nicht auf die vernetzte Zielerfassung von Aegis angewiesen war, mussten sie jetzt nur noch warten, da die Drohne den Zielbereich der Luftabwehrraketen unterschritten hatte.

Er ging wieder nach draußen und packte mit beiden Händen die vordere Reling. Er konnte die Drohne jetzt mit bloßem Auge zwei Strich nordöstlich auf sich zukommen sehen, als die beiden vorschiffs installierten Phalanx CIWS Gatlingkanonen zum Leben erwachten. In der Navy trugen sie den Spitznamen R2-D2, weil die sechs kreisförmig angeordneten Rohre mit ihrer riesigen Munitionstrommel unter einer großen Radarhaube angebracht waren, die aussah wie ein umgestülpter Mülleimer.

Die beiden Phalanx rotierten blitzschnell auf ihrem Waffenturm nach vorne, richteten sich ruckartig nach oben aus und schlagartig wurde es ohrenbetäubend laut.

Hundert 20mm panzerbrechende Vollmantelgeschosse lösten sich aus den rotierenden Rohren der M61 Vulkan und rasten der Drohne mit einer Mündungsgeschwindigkeit von tausendfünfzig Metern pro Sekunde entgegen. Das Surren, das sie dabei erzeugten, hinterließ ein hohes Fiepen in Dillingers Trommelfellen, und doch war es Musik für seine alten Navyohren.

Es dauerte weniger als drei Sekunden und die Drohne ging in der Ferne als schimmernder Schauer aus Trümmerteilen und Schrapnellen auf die Wellen nieder. Die beiden Phalanx-Systeme zogen ihre Kanonen wieder ein und fuhren artig in ihre Ausgangspositionen zurück, als wäre nichts gewesen, und plötzlich war es wieder still. Von der Brücke drangen Jubelrufe an seine Ohren.

»Wenn ihr schon euren Scheiß aus Peking rüberschickt, dann macht eure Rechnung nicht ohne die Phalanx«, sagte Dillinger vor sich hin und grinste zufrieden, bevor er die Tür aufzog und auf die Brücke zurückkehrte. »Meldung an die Einsatzleitung. Abschuss eines unbekannten Bogeys. Sämtliche Aufzeichnungen übermitteln. Vergessen Sie die Zeitstempel nicht.«

Kapitel 1: Made

10. Januar 2035, Taman Nasional Bunaken, indonesische Celebessee

MADE LENKTE DEN AUSSENBORDER seines Bootes an dem südlichen Zipfel der östlichen Bunaken vorbei und spähte über das kleine Holzhorn am Bug. Die See lag ruhig da, glänzte friedlich im ersten Sonnenlicht des Tages und war vor allem frei von anderen Booten. Das bedeutete weniger Konkurrenz und keine Küstenwache, die ihn aus den geschützten Gewässern des Nationalparks vertreiben oder gar festnehmen könnte.

In der Nähe der langen weißen Strandlinie der Ostinsel sah er die vielen Pfahlbauten der Luxushotels, die hier seit den neunziger Jahren vorherrschten – weit ins Meer gebaute Kuben aus dunklem Holz, das im Regenwald von Sumatra gerodet worden war, wo sich jetzt eine Palmölplantage an die andere reihte. Jeden Freitag, wenn er seinen meist spärlichen Fang nach dem zweiten Morgengebet auf dem Marktplatz in Manado verkaufte, sah er die großen Transportschiffe mit den wuchtigen Baumstämmen anlegen und ihre faktisch illegale Ware verladen.

Die gut vernetzten Hotelbesitzer durften hier im Nationalpark ihre Luxusresorts bauen, aber er durfte hier natürlich nicht fischen. Die Gründe waren recht einfach: Er war Fischer, das bedeutete weder Verbindungen noch genügend Geld, um die Küstenwache bestechen zu können.

Made konnte beinahe schon die ersten hellhäutigen Gestalten erkennen, die sich auf den Terrassen vor den Luxusbungalows am Wasser sonnten, also drehte er schnell bei und atmete erleichtert auf, als das Resort hinter einer kleinen

Landzunge verschwand. Er fragte sich nicht zum ersten Mal, warum die Touristen so früh auf den Beinen waren. Hätte er jemals Urlaub gemacht, würde er wohl nicht vor Mittag aufstehen. Aber vielleicht hatte er diese Fantasie auch nur, weil sein Wecker täglich um vier Uhr nachts klingelte. Er hatte einmal gehört, dass Westler erst um zehn Uhr morgens zur Arbeit gingen und dann auch nur für vier Stunden. Er hielt das für ein Märchen und glaubte nicht, dass sie so viel arbeiten mussten. Wer würde vier Stunden am Tag arbeiten, wenn er so viel Geld hätte? Immer genügend zu essen und Bildung für seine Kinder?

Sein Sohn Rudy und seine Tochter Binta würden es vielleicht irgendwann herausfinden, wenn er sie zu ihrem Onkel nach Jakarta schicken konnte. Dort war es beinahe wie im Westen, zumindest hatte er das gehört. Bulan, sein älterer Bruder, hatte es dort immerhin zum Gebrauchtwagenhändler gebracht und wohnte in einem Haus mit fließendem Wasser und Strom. Der würde schon wissen, welchen Weg seine beiden Kinder einschlagen mussten, um so zu leben wie er. Dafür würde er nur genügend Fische fangen müssen, um die Flugtickets nach Jakarta zu bezahlen, und das war so gut wie unmöglich in den überfischten Küstengewässern des östlichen Sulawesi. Hier fuhren alle morgens raus und hatten kaum Zeit, ihre Netze auszuwerfen, bevor die vielen Tauchboote die Resorts verließen. Wenn er ihnen die Tauchgänge vermieste, würden ihm nicht nur die Tauchbasenbesitzer das Leben schwer machen, sondern auch die Touristenpolizei kommen und ihm die Lizenz entziehen. Nun ja, er besaß zwar keine Lizenz, aber sie würden sein Boot konfiszieren.

Seufzend sah er auf die winzigen Gischtwipfel, die das Meer zwischen den von dichtem Dschungel bedeckten Bunaken zu einem glänzenden Auf und Ab machten, das sein Boot leicht tanzen ließ. Der Lärm des zehn PS starken Außenborders, den er im Heck sitzend über eine kleine Lenkstange nach rechts und links bewegte, vermischte sich mit dem Benzingeruch zur Melodie seines Lebens. Sie war eintönig, ja, aber es war die Melodie, die er kannte und die ihn irgendwie beruhigte. Hier draußen, fern von seiner Frau, die ihn jeden Abend unter Druck setzte, mehr Geld nachhause zu bringen, und den großen Augen seiner Kinder, wenn er ihnen erklären musste, dass sie zum Freitagsgebet nicht nach Manado in die große Moschee fahren konnten, fühlte er sich beinahe entspannt. Die Erleichterung hielt nie lange, war meist auf die Morgenstunden beschränkt, aber sie war da.

Er steuerte sein gelb und blau bemaltes Holzboot weiter in die kleine Meerenge zwischen den beiden südlichen Inseln und orientierte sich an den weißen Sandstränden einige hundert Meter rechts und links von sich. Ein paar letzte Züge an seiner selbstgedrehten Zigarette, dann drückte er sie aus und stopfte den Stummel in die aufgeschnittene Coladose zwischen seinen nackten Füßen. Made hasste es, dass viele seiner Landsleute das Meer verschmutzten, indem sie alles hineinwarfen, was sie nicht mehr brauchen konnten. Die Strömungen gaben einem vielleicht das Gefühl, dass alles fortgetragen würde – aus den Augen, aus dem Sinn. Aber als Fischer sah er jeden Tag, was sich in den Netzen verfing und wie das Gewässer seiner Heimat langsam starb und vermüllte.

Als er sich auf Höhe einer großen Kokospalme, die mit gebogenem Stamm über den Strand der Nordinsel ins Wasser ragte, befand, schaltete er den Motor aus und begann, sein Netz auszuwerfen. Dafür kletterte er nach vorne, löste das vorbereitete Netz, das er spiralförmig in der blauen Tonne zwischen den mittleren beiden Sitzbänken verplombt hatte und zog es über die geglättete Eisenfassung am Heck, bevor er sich wieder auf seiner Plastikbox niederließ und den Außenborder startete, indem er heftig an der Schnur zog. Der

Motor ratterte schnell wieder und er drehte seine Hand vorsichtig für eine gemächliche Fahrt, bevor er die Lenkstange verkeilte, und begann, das Netz über die Eisenfassung zu ziehen. Immer wenn einer der faustgroßen Schwimmer an dem Metall entlangglitt, machte es »plop« – genau zweiundzwanzig Mal, dann war das Netz ausgelegt. Jetzt hieß es warten.

Made rauchte noch eine Zigarette, dann schob er seinen breiten Mundschutz wieder vor das Gesicht und zog den breitkrempigen Hut ein wenig tiefer Richtung Nase. Normalerweise hätte er jetzt ein Nickerchen gemacht, doch die Sorge, dass am Horizont ein Schiff der Küstenwache auftauchte, machte ihn unruhig. Also kletterte er zum Bug und hielt Ausschau.

Irgendwann schreckte er aus dem Schlaf, den er nicht hatte kommen sehen, und sah sich gehetzt um. Zuerst fiel ihm der weiße Sandstrand in die Augen, dann das Meer. Mit pochendem Herzen schaute er sich noch einmal um, doch er war weiterhin allein. Mit vor der Sonne abgeschirmten Augen sah er zu ihr, nur um festzustellen, dass es bereits Mittag sein musste. Beinahe wäre ihm ein nicht sehr gottgefälliger Fluch über die Lippen gekommen, während er zum Heck stolperte – ein wenig wackelig auf den Beinen von der nur langsam weichenden Müdigkeit. Als er die Pinne wieder in der Hand hielt, die Halteklammer löste und das Boot wendete, zitterten seine Hände fortwährend.

Das sollte dir nicht passieren, du Dummkopf, schalt er sich in Gedanken und machte sich möglichst groß, um die roten Schwimmer an den Netzen erkennen zu können. Da waren sie! Die Dünung hatte leicht zugenommen, darum tanzten die bemalten Korkbälle ab und zu hinter die kleinen Zipfel auf dem Wasser, doch jetzt hatte er sie gefunden, und hielt direkt darauf zu. Als er nur noch ein Dutzend Meter entfernt war, verkeilte er die Lenkstange wieder und schnappte sich den umfunktionierten Besenstiel mit dem Haken am Ende. Dann kletterte er zur anderen Seite, klemmte seine Füße unter die Sitzbank und streckte sich über die niedrige Reling. Den Holzstiel mit Haken hielt er weit ins Wasser und fischte vorsichtig nach der Schlaufe am Ende des Netzes, das sich zu einem schönen Halbkreis gedreht hatte.

»Sangat bagus!«, murmelte er, als er die Schlaufe beim ersten Versuch mit dem Haken geschnappt hatte und beides zu sich zog. Als seine Hände die nasse, verdickte Kordel des oberen Netzteils berührten und daran zogen, spürte er einen starken Widerstand.

»Tuhan itu Agung!«, frohlockte er und zog immer kräftiger und schneller. *Gott ist wahrlich groß! Das ist ein richtig dicker Fang!*

Immer weiter zog und zog er, bis er bemerkte, dass sich die Mitte des Netzes zusammengeballt hatte. Normalerweise hätte er das eine Ende des Netzes an der Eisenfassung eingehakt und wäre einen Kreis mit dem Boot gefahren, um das Netz wie einen Sack einzuholen, aber der Widerstand zeigte ihm, dass sich bereits etwas Großes verfangen hatte. Vielleicht ein Barrakuda oder ein kleiner Schwertfisch. Möglicherweise war Gott aber auch so gnädig und hatte dafür gesorgt, dass sich ein Thunfisch in sein Netz verirrt hatte.

Begeistert von der Vorstellung, endlich einmal nicht als der große Pechvogel unter den Fischern zu gelten, zerrte und zerrte er mit all seiner Kraft. Er hätte eine Winde brauchen können, am besten eine elektrische, oder auch eine Handwinde, aber dafür hätte er die letzten Jahre einen Fang machen müssen wie den jetzigen.

Der Schwerpunkt des Netzes kam immer näher und er sah bereits das vertraute Glitzern der Fischschuppen dicht unter der Wasserfläche. Als ihn beinahe die Kraft verließ, packte er die Kordel mit beiden Händen, stemmte seine Füße gegen die Reling und lehnte sich mit seinem gesamten Körpergewicht zurück.

Knurrend riss und riss er, bis sein Fang endlich die Kante der Reling überwand und der Widerstand mit einem Mal fort war. Made stürzte heftig auf den Rücken und keuchte halb vor Schreck, halb vor ausbleibender Luft. Er keuchte und rieb sich den Schädel – das würde morgen eine Beule geben.

Als seine Augen auf den vor Salzwasser triefenden Fang fielen, runzelte er erst die Stirn und kniff dann die Augen zusammen.

»Was, bei Allah, ist das?«

In den grünen Maschen seines Netzes hatte sich ein Stück Schrott verfangen. Es war kugelrund, etwas größer als ein Medizinball mit einer vollkommen glatten Oberfläche. Vorsichtig lehnte er sich vor und schnalzte enttäuscht mit der Zunge, während er das Netz von dem Schrott löste. Als die Kugel vor ihm lag, erkannte er eine hässliche Patina und mehrere Muscheln, die sich über die Oberfläche zogen. Diese war also nicht vollkommen glatt, außer an jenen Stellen, die nicht zugewachsen waren. Er erkannte sogar eine Kerbe, die sich einmal um den Äquator zog, ganz dünn, vielleicht einen halben Millimeter im Durchmesser.

»Du bist kein Thunfisch, auch kein Barrakuda«, sagte er enttäuscht und ließ die Schultern hängen. All das Risiko, im Nationalpark zu fischen und dann das. Eine Metallkugel.

Die Enttäuschung in seinem Herzen breitete sich bis in seine Glieder aus und die Gedanken an seine Heimkehr am Abend vermochten ihn nicht gerade zu beruhigen. Im Gegenteil: Er fühlte sich nur noch elender, wenn er daran dachte, seiner Frau erklären zu müssen, dass er besser im Schrott sammeln war als im Fische fangen.

»Oh nein«, sagte er, als er bemerkte, dass das Netz an mehreren Stellen gerissen war, wo die scharfkantigen Muscheln der Metallkugel es aufgeschlitzt hatten. Das bedeutete, dass er die nächsten Tage auch nichts fangen würde, da er sich darum kümmern musste, die Löcher zu flicken.

»Schaffen wir dich erstmal fort.« Er stand auf und fasste die Kugel mit beiden Händen, um sie über Bord zu werfen. Es gelang ihm nicht, da sie zu schwer war, also ging er in die Knie und hob erneut, diesmal unter Zuhilfenahme seines Rückens und wuchtete das seltsame Stück Schrott endlich hoch.

»Wieso bist du nur so schwer, wo du doch so klein bist?«, dachte er laut und wollte gerade eine schwingende Bewegung machen, um sich der Kugel zu entledigen, als er innehielt und sie wieder auf dem Boden absetzte. »Wer baut so ein massives Stück Metall, außer die Hülle schützt etwas Wertvolles?«

Wenn es wertvoll ist, wäre es ja nicht ins Meer geworfen worden, schalt er sich in Gedanken, doch sein Blick wurde zunehmend klarer, als sich die Enttäuschung langsam in Hoffnung wandelte. *Vielleicht ist es sowas wie ein Tresor? Oder ein Museumsstück, das irgendjemandem viel Geld wert ist? Wenn ich die Muscheln abkratze, sieht es bestimmt ganz schick aus.*

Er entschied, die Kugel zu behalten, und schnappte sein Schuppenmesser, um die Muscheln abzukratzen. Als er mit dem Ergebnis zufrieden war, schreckte er hoch und sah sich um wie ein aufgescheuchtes Erdmännchen. Er durfte nicht so nachlässig werden!

Schnell holte er den Rest des Netzes ein, in dem sich immerhin ein paar Fische verheddert hatten, die für das Abendessen und vielleicht den morgigen Tag reichen würden, und setzte sich wieder an den Außenborder. Eilig verließ er die Gewässer des Nationalparks und steuerte sein schaukelndes Boot in Richtung seines Dorfes, Badjo Kima, zurück. Dabei hätte er besser auf der Hut sein und nach Booten der Küstenwache Ausschau halten sollen, doch sein Blick wanderte immer wieder zu der seltsamen Kugel vor seinen Füßen. Sie rollte mit den Bewegungen des Bootes von links nach rechts und klang irgendwie hohl und doch massiv. Vielleicht gab es etwas in ihrem Inneren, das wertvoll war, und er musste nur die Schale öffnen, wie bei einer Muschel mit Perle.

Irgendwann erreichte er die Bucht von Badjo Kima. Das Dorf, in dem er geboren war und in dem seine Familie schon so lange lebte, wie es diesen Ort gab, lag am Mittelpunkt der Bucht, direkt vor einer ansteigenden Hügelkette, eingerahmt von tiefgrünem Dschungel. Ein gekrümmter Strand war von großen Findlingen übersät, an denen die Boote seiner Nachbarn festgezurrt waren. Die etwa dreißig Hütten bestanden aus unverputzten Backsteinen und Wellblechdächern und vereinzelten Bretterbuden, die mit löchrigem Bambus und Bananenblättern gedeckt waren. Schon aus der Ferne hörte er das Geschrei spielender Kinder, das sich mit den Tierrufen mischte, untermalt von dem allgegenwärtigen Zischen und Zirpen von Insekten.

Made steuerte sein Boot durch das türkise Wasser und drosselte seine Fahrt, um die an kleinen Bojen aus Plastikkanistern vertäuten Boote anderer Fischer nicht zu sehr ins Schwanken zu bringen und beschleunigte erst kurz vor dem Strand wieder, um möglichst weit aufzusetzen. Dann hüpfte er über den Bug in den knirschenden Sand und zog mit aller Kraft das Boot weiter an Land.

»Made Buring Bule«, hörte er jemanden hinter sich sagen und drehte sich erschöpft um. Es war sein Freund Roro, der zusammen mit Wayan, dem ältesten Sohn des Dorfvorstehers aus dem Schatten einer Kokospalme trat und ihm zuwinkte. »Na, wie war dein Fang?«

»Frag besser nicht.« Made winkte ab und schnappte das nasse Seil, das vom Ring am Bug seines Bootes hing. Mit dem freien Ende ging er zu einem der Findlinge, machte eine Schlaufe und warf sie über den mächtigen Stein.

»Also wie immer«, kommentierte Wayan und zog an seiner Zigarette. Er trug eine weiße Gebetskappe wie die Leute in Manado und eine Jeans ohne Löcher. Womöglich rührte sein selbstgefälliges Grinsen daher.

»Ja.«

»Lass Made in Ruhe«, verteidigte Roro seinen Freund und klopfte ihm auf die Schulter. »Morgen vielleicht.«

»Ja, morgen vielleicht.« Made schürzte die Lippen und sah zurück zum Boot. Roro und Wayan folgten seinem Blick und machten ein paar Schritte, bis sie über die Reling der Holzschaluppe sehen konnten.

»Was ist das denn?« Wayan wirkte mehr irritiert als gehässig, was selten genug vorkam. »Ist das ein Ball?«

»Nein, ich glaube, das ist ein Museumsstück«, erwiderte Made und schüttelte den Kopf.

»Ein Museumsstück?« Roro runzelte die Stirn. Sein Blick schien zu sagen: *wenn du das sagst?!*

»Ich erkenne Schrott, wenn ich ihn sehe. Dein Boot ist Schrott.« Wayan machte einen nachlässigen Wink und deutete auf die Metallkugel, die bräunlich in der Abendsonne schimmerte. »Und das, das ist auch Schrott. Made Buring Bule, Schrottfischer aus Badjo Kima. Immerhin bist du der erste dieser Art.«

Wayan zog an seiner Zigarette und schnippte den Stummel ins Wasser, das in ruhigen Wellen anbrandete und sich wieder zurückzog.

Made folgte dem Zigarettenrest mit den Augen und verkniff sich einen bissigen Kommentar. Ärger mit dem Dorfvorsteher konnte er nicht brauchen. Also zuckte er mit den Schultern und schüttelte den Kopf, als Wayan sich gackernd zurückgezogen hatte.

»Nimm es nicht so schwer«, versuchte Roro, ihn zu trösten, und seine schiefen Zähne teilten sein dunkelbraunes Gesicht mit dem dünnen Bart in zwei Hälften. Er legte ihm eine Hand auf die Schulter und drehte ihn Richtung Dorf. Die erste Häuserreihe befand sich direkt hinter der schmalen Schotterstraße, die zwischen Strand und Häusern entlangführte und auf denen mehrere alte Roller und Fahrräder geparkt waren. Ganz rechts bei der einzigen zweistöckigen Hütte, dem kleinen Minimarkt, stand ein rostiger Toyota Pick-up geparkt.

»Oh, Mego ist im Dorf?«, fragte Made überrascht. Der Handwerker aus Manado kam nur selten ins Dorf – effektiv nur, wenn genügend Geld gesammelt worden war, um ihn zu bezahlen, beispielsweise um die Überlandleitung zu reparieren oder kompliziertere Dinge wie die Brücke beim Fluss.

»Er hat mir angeboten, mich morgen mit nach Manado zu nehmen. Ich werde ihn fragen, ob er dich mitnehmen kann, dann kannst du das da«, Roro deutete auf die Metallkugel im Boot, »zum Schrotthändler bringen. Wenn es gutes Metall ist, wird er dir vielleicht einen fairen Preis machen.«

Made sah seinen Freund zweifelnd an, doch der hob abwehrend die Hände.

»Er wird dir zumindest einen Preis machen, das kannst du von nicht gefangenen Fischen nicht behaupten.«

»Du hast recht«, seufzte Made und kletterte in sein Boot, um die Kugel hinaus zu wuchten. »Danke, Roro, du bist ein guter Freund.«

»Dann sehen wir uns also morgen?«

»Ja, danke nochmal. Um wie viel Uhr?«

»Acht Uhr! Sei pünktlich!« Der andere Fischer zwinkerte und ging zurück Richtung Straße.

Das Haus von Mades Familie befand sich in der dritten Reihe, etwas den Hang hinauf, wo die ersten Äste der riesigen Waldmandeln über den Dorfrand hinauswuchsen. Einige Makaken huschten gerade über ihm von Ast zu Ast und stritten mit meckernden Rufen, während er sich mit der Kugel abmühte. Vermutlich gab er ein reichlich komisches Bild ab mit einer relativ kleinen Kugel in den Händen, die ihn zwang, gebückt und mit rot angelaufenem Gesicht zu laufen. Vor seiner Tür hielt er kurz inne und senkte sie ab. Der löchrige Backsteinbau besaß eine mit Grünspan überzogene Tür aus Sperrholz, die er vor einigen Jahren selbst gezimmert hatte. Das Wellblechdach ragte ein wenig vor, bis über den kleinen Graben, über den im Monsun das Regenwasser den gesamten Trampelpfad bis zum Meer ablaufen konnte. Jetzt herrschte natürlich Trockenzeit und der Graben war statt mit Wasser mit Plastikmüll und Laub bedeckt. Er würde es morgen früh verbrennen müssen, bevor er sich auf den Weg zu Megos Auto machte.

»Indah, ich bin zuhause«, rief er und lächelte erschöpft, als seine Frau aus der Tür kam. Sie schlang gerade den letzten Zipfel ihres Kopftuches unter dem Kinn entlang und schob ihren massigen Körper ins Freie, als sich Rudy und Binta an ihr vorbeistahlen und auf ihn zustürmten.

»Ayah!«, riefen sie begeistert und warfen sich auf jeweils einen Oberschenkel, welchen sie fest umklammert hielten.

Seine kleine Binta legte den Kopf in den Nacken und grinste zu ihm hoch. »Hast du uns was mitgebracht?«

»Ja, eine Kugel«, sagte er und setzte eine geheimnisvolle Miene auf. Binta machte sofort große Augen und auch Rudys Interesse war schnell geweckt, als er auf die Metallkugel neben sich deutete. Genauso schnell, wie sich seine Kinder für ihn begeistert hatten, ließen sie jetzt von ihm ab und stürzten sich auf das neue Objekt des Interesses.

»Oh, die ist aber schwer«, bemerkte Rudy und versuchte vergeblich, die Kugel mit seinen dünnen Ärmchen anzuheben.

»Ja, weil sie voller Gold ist«, meinte Made und blickte zu

seiner Frau auf, die ihn mit ernstem Gesicht und hochgezogener Braue musterte.

»Fisch?«, formte sie lautlos mit ihren Lippen und er schüttelte ganz leicht den Kopf, als er daran dachte, dass er die beiden Fische bei all der Aufregung im Boot hatte liegen lassen.

Ihr Blick blieb noch einen Moment auf ihn geheftet, dann wandte sie sich schließlich mit enttäuschtem Gesichtsausdruck ab und verschwand in der Hütte. Sie bereute schon seit langem, den Pechvogel des Dorfes geheiratet zu haben, das wusste er und es brach ihm das Herz. Aber er konnte nichts dafür. Manchmal glaubte er schon, dass Allah ihn verflucht habe, aber wie der Imam immer sagte: Wer sich von der Hoffnung abschneidet, schneidet sich von Allah ab, und das würde er nicht tun.

»Die Kugel ist etwas wert«, sagte er und bemerkte erst, dass er laut gesprochen hatte, als Binta ihn fragend ansah und seine Hand mit ihren kleinen Fingern umschloss.

»Wirklich, Papa?«, fragte sie fröhlich.

»Ja, wirklich«, versprach er und hoffte sehr, dass er seine Tochter nicht gerade angelogen hatte.

Kapitel 2: Montgomery

10. Januar 2035, Washington D.C.

DR. MONTGOMERY REED VERLIESS die Lobby des *Madison Washington* Hotels und zog fröstelnd den Kragen seines Mantels zusammen, als der eisige Januarwind ihm um den Hals wehte. Er hasste die Kälte der Hauptstadt, ebenso wie den ständig grauen Himmel und die Mischung aus krimineller Energie und politischem Establishment, die hier aus jeder Betonfassade atmete. Sein Herz gehörte seiner Heimat Texas – die Leute mochten vielleicht etwas bornierter sein als anderswo, aber wenigstens war es warm, sonnig und besaß Charakter.

Da seine rechte Hand damit beschäftigt war, seinen Kragen zum Schal umzufunktionieren, versuchte er ein wenig umständlich, mit seiner linken Hand ein Taxi zu rufen. Das führte dazu, dass er ungeschickt mit der Aktentasche wedelte, die er umklammert hielt.

Als eine der gelben GMC-Limousinen an den Bürgersteig heranfuhr und anhielt, ließ er widerwillig seinen Kragen los und zog die Tür zum Fond auf, während im selben Moment sein Smartphone zu klingeln begann.

»Na toll«, murrte er, warf seine Aktentasche hinein und kletterte auf die Rückbank. Dabei versuchte er, das grüne *Abheben*-Symbol zu drücken, und stieß gegen den Türrahmen.

»Hallo?«

»Hallo, wo soll's denn hingehen?«, fragte der Taxifahrer, während gleichzeitig seine Exfrau über das Telefon zu sprechen begann.

»Monty, wir müssen über Liza reden ...«

»Nicht Sie!«, sagte er entnervt und rieb sich die lädierte Stirn. Das würde eine hässliche Beule geben.

»Was? Doch, Liza hat in der Schule die Masern bekommen und ...«

»Ich meinte nicht dich, sondern den Taxifahrer.« Montgomery nickte dem dunkelhäutigen Fahrer zu. »Ich muss zur Uni, Department of Science and Technology.«

»Das kann doch warten, unsere Tochter hat ...«

»Ich meinte nicht dich, sondern den Taxifahrer«, seufzte er.

»Monty!« Die Stimme seiner Exfrau wurde eine Note schriller. »Unsere Tochter ...«

»Hat die Masern bekommen, ja.«

»... sie kann nicht zur Schule und ich muss zur Arbeit gehen, weißt du, was das für unseren Haushalt bedeutet?«

»Ja, dass du das alleinige Sorgerecht erstritten hast und dich jetzt ärgerst, dass du das alleinige Sorgerecht hast«, erwiderte er verärgert und blickte immer wieder über den Rückspiegel zu seinem Fahrer, der sich alle Mühe gab so zu tun, als folge er seiner Konversation nicht.

»Was fällt dir ein, jetzt so etwas ...«

»Wie wär's, wenn du deinen neuen Freund *Peter* fragst, ob er dir hilft? Ich habe jetzt den wichtigsten Termin meiner Karriere. Ich hatte als Kind auch Masern und bin nicht daran gestorben. Gerne hole ich die Kleine danach ab und kümmere mich um sie, weil du es scheinbar nicht schaffst, obwohl du ja das alleinige Sorgerecht hast«, blaffte er sie an und legte auf. Er vermisste seine kleine Tullaby sehr und die Vorstellung, dass sie mit Masern im Bett lag, tat ihm im Herzen weh. Aber er musste diesen Termin wahrnehmen, sonst würde sein Institut die nächsten Jahre auf dem Trockenen sitzen und das würde bedeuten, dass er wieder in die Lehre musste.

»Frauen, hm?«, meinte der Taxifahrer, doch Montgomery nickte nur höflich und sah aus dem Fenster. Er hatte keine Lust, mit einem Fremden seine familiären Probleme zu wälzen. Grundlegend hatte er nie Lust, seine Probleme mit *irgendwem* zu wälzen. Glücklicherweise verstand der andere seine Botschaft und hielt sich zurück. Also beschränkte er sich auf angespannte Blicke aus dem Fenster, ließ sich von den vorbeihuschenden Betonbauten und Reihenhäusern aus Backsteinen berauschen, die in seiner geistigen Abwesenheit zu einem pastellfarbenen Eindruck verschwommener Kleckse und Linien wurden.

Das Department of Science and Technology befand sich etwas abseits des Hauptcampus an der Pennsylvania Avenue nahe dem Ford Circle Park und war in einem hässlichen achtstöckigen Betongebäude aus den siebziger Jahren untergebracht. Die graue Fassade war fleckig von den vielen nassen Stellen, die der häufige Regen der letzten Wochen mit sich gebracht hatte, und wirkte auf seine Stimmung wie ein verheißungsvolles Omen – und zwar kein gutes.

Als das Taxi vor dem Haupteingang hielt, vor dem einige Studenten rauchten, zahlte er die dreißig Dollar, die der Taxameter anzeigte, und kletterte widerwillig in die Kälte.

»Viel Glück bei Ihrem Termin, Mister«, rief ihm der Fahrer noch hinterher, bevor die ins Schloss schlagende Tür die letzte Silbe abschnitt. Montgomery straffte die Schultern und lief über die von Unkraut eingerahmten Spritzbetonplatten an den Studenten vorbei durch die doppelte Glastür.

In der Empfangshalle drängten sich dutzende Studierende und Professoren, die laut durcheinanderredeten, sodass er sich mit an die Brust gepresster Aktentasche durch die Menge kämpfen musste.

»Entschuldigung, ich müsste mal vorbei, danke.«

Als er die Tür zur Aula des eher kleinen Departments erreichte, fand er davor zwei massige Kerle in schwarzen Anzügen und Steckern in den Ohren.

Leibwächter, also ist der Minister schon da! Fluchend blickte er auf seine Armbanduhr und unterdrückte ein Jaulen, das sich durch seine Kehle nach oben zu kämpfen versuchte. Er war zu spät, zehn Minuten nur, aber zu spät.

»Äh, hallo! Doktor Montgomery Reed, der Minister erwartet mich«, stellte er sich den beiden Gorillas vor und streckte ihnen seine Berechtigungskarte entgegen, die er vor einer Woche nach dem Termin mit dem Secret Service erhalten hatte.

»Die Sitzung hat bereits begonnen, Doc«, meinte einer und gab ihm nach kurzer Prüfung seine Karte wieder, während der andere ihn nach Waffen durchsuchte und durchwinkte.

»Danke.« Er räusperte sich, zog die Holztür auf und wollte hineinschlüpfen, als er an etwas hängen blieb und bemerkte, dass sich die Trageschlaufe seiner Aktentasche um den Türknopf gewickelt hatte. Entnervt befreite er sie und trat endlich ganz ein.

Die Aula bot Platz für vielleicht zweihundert Personen, doch jetzt gab es nur einen langen Tisch auf der Bühne, um den ein knappes Dutzend Personen saß. Eine war der Undersecretary des Innenministers, Timothy Green, ein hochgewachsener Mann mittleren Alters mit angegrauten Schläfen und dem stechenden Blick eines ehemaligen FBI-Juristen. Der Rest der Anwesenden waren Doktoren und Professoren aus dem ganzen Land, die mehr oder weniger versucht hatten, sich schick zu machen und jetzt auf ihn, den zu späten Neuankömmling starrten.

»Entschuldigen Sie bitte die Verspätung, Mr. Undersecretary«, sagte Montgomery zerknirscht, während er an den leeren Sitzreihen vorbei auf den einzigen freien Stuhl zuging, direkt neben dem Politiker. »Wir hatten ein wenig Stau auf der Interstate und ...«

»Schon gut, Doktor ... Reed, richtig?« Green lächelte unverbindlich und deutete auf den freien Stuhl. Montgomery nickte in die Runde und versuchte, den vielen feindseligen Blicken auszuweichen, die eine Bettelrunde um öffentliche Gelder nun einmal mit sich brachte.

»Ja, Mr. Undersecretary.«

»Bitte«, Green machte eine abwehrende Geste. »Sie brauchen mich nicht immer mit meinem Titel anreden, wir sind doch keine Briten.«

Verhaltenes Gelächter machte sich am Tisch breit, das sich mehr aus Anspannung als echter Belustigung speiste.

»Danke, Sir.«

»Sie sind doch vom LIGO, oder?« Der Staatssekretär faltete die Hände auf einem beachtlichen Aktenstapel vor sich und musterte ihn interessiert. »Wofür steht das nochmal?«

»Laser Interferometer Gravitationswellen Observatorium«, erklärte er schnell und hielt inne, als er die Belustigung in den Augen des Politikers erkannte. Offenbar hatte der sich einen Spaß mit ihm erlaubt. Seine Hoffnungen schwanden, also musste er in die Offensive gehen: »Sir, ich weiß, dass das gesamte Thema sperrig und theoretisch klingt, aber eine weitere Finanzierung der beiden LIGO-Observatorien hält große Vorteile für uns bereit.«

»Okay, Doktor, ich wollte Sie nicht verärgern. Ich habe noch«, Green sah auf seine Armbanduhr, »zwanzig Minuten Zeit. Da Ihre Kollegen mir suggerieren wollten, dass der Innenminister Forschungsgelder für verschiedene Stammzellenprojekte freigeben sollte und sie offenbar den kleinen roten Elefanten auf meiner Brosche nicht zu deuten wussten, gehören diese zwanzig Minuten ganz Ihnen.«

Gemurmel machte sich am Tisch breit und Montgomery schluckte halb überrascht, halb erdrückt von der Woge noch größerer Feindseligkeit, die von links über ihn schwappte.

»Danke, Sir, vielen Dank!«

»Ich habe gleich eine Frage. Die ersten Gravitationswellen haben Sie 2014 gemessen, was genau hat uns das gebracht? Verzeihen Sie, wenn ich keine große Revolution in der Wissenschaft oder dem öffentlichen Leben bemerkt habe.«

»Es war 2015, Sir«, korrigierte er den Politiker reflexhaft und redete schnell weiter, um den Affront zu überspielen. »Das ist eine gute und berechtigte Frage. Der direkte Nachweis von Gravitationswellen hat nicht nur zu einer weiteren Bestätigung von Einsteins Relativitätstheorie geführt, sondern uns einen völlig neuen Blick auf das Universum eröffnet. Sie können das mit der Erfindung des ersten Teleskops durch Galileo Galilei Anfang des siebzehnten Jahrhunderts vergleichen. Bis 2015 haben wir das Universum mittels der Detektion von Infrarot-, Mikrowellen-, Radio- oder UV-Strahlung beobachtet, was uns nur einen winzigen Ausschnitt gezeigt hat. Wir konnten alles immer nur indirekt nachweisen und dadurch simulieren, wenn man so will. Sie müssen verstehen, dass das Teleskop unseren Blick auf das Universum revolutioniert hat, indem damit gezeigt werden konnte, dass die Erde nicht der Mittelpunkt des Universums ist, wir die wahre Natur der Sterne und Galaxien enträtseln konnten und den nötigen Schritt von religiösen Weltbildern zu wissenschaftlich-aufgeklärten gegangen sind. Seither haben wir die Teleskope immer weiterentwickelt und können alle Arten elektromagnetischer Strahlung beobachten. Mittels all dieser Daten haben wir unser Bild vom Kosmos zusammengesetzt.«

Green sah auf seine Uhr und Montgomery nickte eifrig.

»Okay, also Gravitationswellen verändern diesen Blick aufs Universum fundamental, da wir durch sie über die elektromagnetische Strahlung hinausblicken können. Die Teile der Karte, die vorher schwarz waren, können jetzt aufgedeckt werden, wenn man so will. Gravitationswellen bewegen sich nicht durch den Raum wie beispielsweise Licht oder Körper, sondern sind Teil des Raumes selbst, in dem sie sich als Wellen fortbewegen. Das ist wichtig für die Beobachtung sämtlicher massereicher Objekte in unserer Nachbarschaft, um nur ein Beispiel zu nennen. Sie können anhand elektromagnetischer Strahlung schlecht auf die Zusammensetzung eines Planeten oder Planetoiden rückschließen, weil die von normaler Materie ausgesandt und absorbiert wird. Gravitationswellen aber werden von ihr kaum beeinflusst, sie breiten sich einfach als Wellen im Raum aus und tragen die Informationen über Objekte und Ereignisse in sich, die ihre Auslöser waren.«

»Wie ein Tsunami?«

»Ja, äh, so ähnlich.« Montgomery nickte, obwohl er solche Vergleiche hasste. Wieso konnte man Dinge nicht beim Namen nennen und musste immer umständliche Metaphern bemühen?

»Das klingt wie nette Science Fiction, Doktor, aber was sollte ich dem Minister Ihrer Meinung nach sagen, das ihn überzeugt, mehrere hundert Millionen Dollar in Ihre Projekte zu stecken? Was hat der amerikanische Steuerzahler davon?«, hakte Green nach.

Können wir daraus Waffen machen? Wird es uns das neue Google bescheren? Wie können wir uns einen Vorteil gegenüber anderen Nationen verschaffen? Wie wird es unsere Wirtschaft ankurbeln?, äffte Montgomery sein Gegenüber im Geiste nach und schaffte es doch, sich ein gequältes Lächeln abzuringen. Er würde es nicht ertragen können, seinen Studenten sagen zu müssen, dass sie sich ein anderes Projekt suchen sollten.

»Sehen Sie es einmal so«, versuchte er einen neuen Anlauf und atmete tief durch. »Wir können mittels Gravitationswellenbeobachtung die fundamentale Natur der Raumzeit erforschen und die Ergebnisse mit der bestehenden Physik abgleichen. Wir stoßen mit unseren Detektoren eine ganz neue Tür zum Universum auf mit einem potenziellen Füllhorn an

Möglichkeiten und Entdeckungen. Denken Sie an die Quantenmechanik: Dank Heisenberg, Pauli und Dirac, die mit der Theorie der Quantenmechanik eine ganz neue Kette von Axiomen und Beobachtungen ins Rollen gebracht haben, hat sich unsere Technologie revolutioniert. Heute fußt über die Hälfte der weltweiten Wirtschaftsleistung auf die eine oder andere Art auf den Erkenntnissen der Quantenmechanik. Unter anderem sämtliche medizinische Bildgebungsverfahren, Bildschirme, Mobiltelefone ... die Liste ist lang. Vielleicht werden wir mittels der Beobachtung von Gravitationswellen auch komplett neue Dinge sehen und verstehen, für die uns bislang die richtige Brille gefehlt hat.«

Montgomery sah im müder werdenden Gesicht des Undersecretary, dass ihm sein Gesprächspartner immer mehr entglitt und biss sich auf die Zunge. Er hatte nicht mehr viel Pulver zu verschießen und die Schlacht war beinahe verloren. So wie Green dreinblickte, konnte er froh sein, dass sein Gegenüber noch nicht unverhohlen gegähnt hatte.

»Nehmen wir das CERN als Beispiel. Es hat gigantische Milliardensummen verschlungen, obwohl es mit dem Large Hadron Collider nach fundamentalen Teilchen gesucht hat, was nicht gerade nach praktischer Anwendung in der Wirtschaft klingt, hm?« Montgomery versuchte es mit einem höflichen Kichern, ließ es jedoch sofort wieder bleiben, als er in die verschlossenen Mienen ringsum blickte. »Na jedenfalls wurde dort quasi als Nebenprodukt das Internet erfunden und Touchdisplays, um nur zwei Dinge zu nennen.«

»Das ist beeindruckend«, gab Green zu und nickte bedächtig. Montgomery spürte einen Funken Hoffnung keimen und begann, nervös mit dem rechten Fuß zu wackeln.

»Ja, Sir, wenn wir mit dem LIGO ...«

»Helfen Sie mir auf die Sprünge, Doktor«, unterbrach ihn der Staatssekretär und beugte sich ein wenig zu ihm vor.

Montgomery fand, dass er mit seinen leicht hängenden Wangen wie eine Eule aussah, die eifersüchtig ihren Dokumentenstapel bewachte. »Wo befindet sich das CERN?«

Er sah sein Gegenüber irritiert an und suchte im Gesicht des Politikers nach Anzeichen von Humor, fand jedoch nichts dergleichen.

»Äh, in Europa.«

»Richtig«, meinte Green und nickte, als sei er geradezu erleichtert, dieses Rätsel gelöst zu haben. »Und jetzt sagen Sie mir, Doktor: Wer verdient heute am meisten Geld mit dem Internet und den Touchdisplays?«

»Nun, mit dem Internet verdienen wir wahrscheinlich am meisten, wenn man an unsere Big Player im Datengeschäft denkt und die Südkoreaner sind für ihre Touchdisplays bekannt die ...« Montgomery stoppte sich und machte eine finstere Miene, als er das wölfische Grinsen des zweitmächtigsten Mannes des Innenministeriums bemerkte. Schlagartig fühlte er sich dumm, dass er dem Anzugträger so leicht in die Falle gegangen war – und das war er, die gehässigen Blicke seiner Kollegen von den verschiedenen Universitäten und Forschungseinrichtungen ließen keinen Zweifel daran.

»Gut, dann hätten wir das auch geklärt.« Green räumte einige seiner Papiere zusammen, klappte die Aktenmappe zusammen und legte sein schmales Tablet darauf. Als er aufstand, erhob sich auch der Rest der Anwesenden und Montgomery, der einen Moment wie gelähmt sitzen blieb, tat es ihnen schnell gleich.

»Danke für alle Ihre Vorschläge, meine Damen und Herren. Ich werde mich mit dem Minister unterhalten und ihm meine Empfehlungen aussprechen. Wenn Sie mich jetzt entschuldigen würden, ich habe noch einen Termin.« Green nickte knapp und ging mit zwei Leibwächtern im Schlepptau, die Montgomery in den Schatten vor den Vorhängen gar nicht bemerkt hatte, Richtung Ausgang.

Nach und nach verließen auch die anderen am Tisch die Bühne der Aula, während Hiwis des Instituts begannen, die Getränke und Gläser abzuräumen und wie ein kleiner Ameisenstaat wieder den Normalzustand des Saals herzurichten.

»Tut mir leid, Monty«, hörte er irgendwann eine Stimme und löste sein Gesicht aus seinen Handflächen, in die er es vergraben hatte. Behäbig sah er auf und blickte in die mitfühlende Miene von Melissa Goldstein, der Professorin vom Lehrstuhl für experimentelle Physik am MIT. Sie war größer als er und ihre lockige Mähne schwarzen Haares verlieh ihr etwas Überlebensgroßes, was ihn jedes Mal unangenehm einschüchterte. Gleichzeitig schätzte er sie als sehr nette und umsichtige Kollegin, auch wenn ihre recht ... direkte Art manchmal irritierend war.

»Oh, Melissa«, sagte er und quälte sich ein Lächeln von den Lippen. »Ich habe dich gar nicht erkannt, tut mir leid.«

»Ich saß links von dir, hinter Jones aus Stanford.«

»Ah, hinter dem kann man schon mal verschwinden, wenn man sich nicht groß macht.«

»Ja, aber selbst wenn er abnehmen würde, wäre da noch sein riesiges Ego, an dem ich vorbeimüsste.« Sie zwinkerte ihm zu und setzte sich lässig auf die Tischkante. »Schon scheiße mit diesen Politikerärschen, oder?«

Monty sah sich bei ihren Worten wie vom Blitz getroffen um, doch keiner der Studenten schien sich um ihre Worte zu scheren, während sie die Tischdecke abzogen und die letzten Stühle fortbrachten.

»Äh, ja.«

»Was hattest du überhaupt mit dem LIGO geplant?«

»Ich wollte unser Interferometer aufrüsten, damit wir über tausendfünfhundert Watt aus unseren Lasern bekommen«, erklärte er freimütig. Jetzt, wo das Projekt begraben war, konnte er genauso gut alles erzählen. Wen scherte es noch, wenn man nach einer Niederlage die Waffen zu Boden warf? »Wir haben seit zwanzig Jahren dieselbe Hardware und müssen dringend die Empfindlichkeit der Anlage erhöhen.«

»Habt ihr nicht vor einiger Zeit die Arme in Hanford verlängert?«, fragte Melissa überrascht.

»Nein, auch die Finanzierung ist nicht durchgegangen.« Er schüttelte enttäuscht den Kopf und seufzte. »Wir treten seit zwanzig Jahren auf der Stelle. Erst gibt es den Nobelpreis und dann noch ein müdes Lächeln, wenn daraus nicht sofort ein neuer Wirtschaftspreis erwächst.«

»Wo es früher noch Visionen gab, die in den Augen der Menschen leuchteten, blinken dort heute nur noch Dollarzeichen«, stimmte sie zu und machte mit ihrer rechten Hand eine Geste, als reibe sie unsichtbares Geld zwischen Daumen und Zeigefinger.

»Ich muss zurück nach Hanford und meinen Studenten erklären, dass das Projekt gestorben ist.«

»Das bedeutet wahrscheinlich Lehre für dich?«

»Richtig.« Er nickte frustriert und erhob sich ruckartig von seinem Stuhl. »Meine Tochter hat sich auch noch die Masern eingefangen und wenn ich mir nicht freiwillig mit dem riesigen Stapel an Forschungszielen heute Nacht die Pulsadern aufschneide, werde ich mich um ein fiebriges Kind kümmern müssen.«

»Du forschst doch an der Zukunft der Menschheit. Deine Tochter ist immerhin ein Teil davon«, entgegnete Melissa mit einem breiten Grinsen und es lag keine Häme darin.

»Das stimmt.« Monty lächelte breit, als er an seine kleine Tullaby dachte, mit ihren tiefen Grübchen und den fülligen Wangen. Vielleicht war das Ganze ja doch für etwas gut und es war hilfreich, seine ehrgeizigen Forschungsvorhaben noch ein wenig zurückzustellen, damit er nicht die gesamte Kindheit seiner Tochter verpasste. Nicht umsonst hatte er in den letzten Jahren viel mit sich gestritten und sich Vorwürfe gemacht, dass er den Rechtsstreit mit Erica und damit auch seine Tochter verloren hatte. Er war immer mit der Physik verheiratet gewesen, und das hatte ihn neben seiner Ehe auch seine Tochter gekostet, was ihn stärker schmerzte, als er sich eingestehen wollte. »Also dann, Melissa. War schön, dich wiederzusehen!«

»Gleichfalls, Monty. Halt den Kopf hoch.«

Er nickte ihr ein letztes Mal zu und ging zum Ausgang, wo er sich mit gesenktem Kopf einen Weg durch die lichter gewordene Menge Studenten bahnte. Draußen angekommen, wurde ihm sofort wieder kalt und er rief ein Taxi über die Yellow-App.

Während er in der Kälte der ersten Januartage wartete, ging er im Kopf durch, was er seinen Studenten sagen würde, die in diesem Moment in Hanford saßen und gebannt auf seinen Anruf warteten. Sicher hatten sie Sekt vorbereitet, um die erhoffte gute Nachricht mit knallenden Korken zu feiern. Wie sollte man da die richtigen Worte finden?

Das Projekt war tot – zwar hatte es keinen Gnadenschuss bekommen, aber ohne weitere Forschungsgelder würde es verenden wie ein waidwundes Tier, und damit auch all seine Projekte, für die er in den letzten zehn Jahren so viel geopfert hatte.

Kapitel 3: Rodea

11. Januar 2035, Miami

»Guten Morgen, Special Agent«, hörte Rodea eine tiefe, belegte Stimme in ihr Ohr säuseln und damit den Traum vertreiben, der ihren Geist umschwirrte. Vage Eindrücke von einem weißen Sandstrand unter Palmen und sich selbst, wie sie mit einem Delphin durch die Luft flog, lösten sich langsam auf. Was blieb, waren vom Schlaf verklebte Augen, steife Glieder und eine wohlige Müdigkeit, wie sie nur ein längerer Urlaub erzeugen konnte. Sie räkelte sich brummend und öffnete ein Auge.

»Na, Schatz?« Jimmy, ihr Ehemann, sah sie mit einem breiten Grinsen an, als sie ihn in seinem dichten Vollbart packte und sein Gesicht wegdrehte.

»Mundgulli!«, protestierte sie und verzog angewidert den Mund.

»Früher war dir das egal!«

»Früher habe ich morgens Pizza gegessen und sonntags mit meiner Dienstwaffe auf Kuscheltiere geschossen«, erwiderte sie gähnend und verdrehte die Augen, als er sich näher an sie kuschelte und sie etwas Hartes an ihrer Hüfte spürte. »Ah. Urlaub.«

»Es könnte sein, dass ich schon verlernt habe, wie das geht«, kommentierte er trocken und sie grinste breit, als plötzlich die Tür zum Schlafzimmer aufflog und ihr Sohn Thomas hereingerannt kam. Die blonden Locken des Sechsjährigen flogen lebhaft durch die Luft, als er aufs Bett sprang und sich auf Rodea stürzte.

Während sie mit ihrem Sohn rang und so tat, als würde sie versuchen, ihn in den Hals zu beißen, was ihn zu einem

Sturm des Kicherns animierte, schlang Jimmy die Decke um seine Hüfte und verschwand im Badezimmer.

»Was treibt dich in meine geheime Höhle?«, fragte sie mit gespielt tiefer Stimme und begann, Thomas wild an den Flanken zu kitzeln. Er trat um sich und lachte gackernd, doch sie ließ nicht von ihm ab, sondern stürzte sich auf ihn und fing an, so zu tun, als wolle sie ihn überall gleichzeitig beißen.

»Moooom!«, protestierte er atemlos. »Moooomiiiii!«

»Wer in meine Höhle kommt, wird gefressen! Gefressen! Aaarrrgh!« Rodea blähte ihre Wangen und pustete mit ganzer Kraft gegen Thomas' winzigen Bauch, was ein schmatzendes Geräusch nach sich zog, das sich anhörte wie ein langgezogenes Pupsen, was ihm ein neuerliches Kichern entrang. Jeder von Freude durchzogene Laut aus seinem Mund war wie Musik in ihren Ohren und wärmte ihr stärker das Herz, als jeder Strandtag unter der Sonne der Florida Keys es gekonnt hatte. Das Beste an ihrem Urlaub war nicht etwa die Zeit im Süden, das entspannte Leben, ohne dass jemand auf sie schoss, oder sie in einem fremden Land so tun musste, als sei sie jemand anders.

»Was haltet ihr beiden Monster davon, wenn wir bei TGI Fridays frühstücken?«, nuschelte Jimmy an seiner Zahnbürste vorbei. Er stand an den Rahmen der Badezimmertür gelehnt und zwinkerte ihnen zu.

»Jaaa!«, freute sich Thomas sofort und klatschte begeistert in die Hände, als Rodea von ihm abließ und die Stirn runzelte.

»Seit wann haben die Frühstück?«

»Sonntags gibt es seit ein paar Wochen immer Buffet.«

»Du musst es ja wissen«, gab sie zurück und deutete grinsend auf seinen stattlichen Bauch – eines der vielen Zeichen, dass sie langsam alt wurden.

»Das«, nuschelte er und verlor fast einen Schwall schäumender Zahnpasta aus dem Mund, »ist sexuelle Schwungmasse, meine Liebe.«

»Papa, was ist sexuelle Schwungmasse?«, fragte Thomas mit großen Augen und Rodea funkelte ihren Mann mit finsterem Blick an.

»Oh, äh, das erklärt dir Mami«, erwiderte er und verschwand mit beachtlicher Geschwindigkeit wieder im Badezimmer.

»Mami, was ist ...«

»Geh und zieh dich an, ja? Je eher du fertig bist, desto schneller gibt es Milchshakes. Außerdem bin ich hungrig und wenn ich dich so sehe, könnte ich noch auf die Idee kommen, dich AUFZUFRESSEN!« Sie sprang im Pyjama aus den Laken, breitete ihre Arme aus und formte ihre Finger zu Krallen. Thomas quiekte wie ein Ferkel und rannte kreischend aus ihrem Schlafzimmer.

»Und nicht vergessen deine Zähne zu putzen! Mama merkt, wenn du sie anlügst!«, rief sie ihm hinterher und grinste, als sie seine undeutlichen Beteuerungen hörte. Vor dem Bett streckte und reckte sie sich und hörte ein unangenehmes Knirschen in ihren Kniegelenken. Da sie aus dem Badezimmer Jimmys unappetitliche Versuche hörte, seinen Rachen von Dingen zu befreien, an die sie besser nicht denken wollte, ging sie gähnend zum Spiegel an der Schrankwand und musterte sich. Ihre langen dunklen Locken waren wild zerzaust wie die Mähne eines Löwen und erste Fältchen in der braunen Haut um ihre Augen und auf ihrer Stirn machten ihr klar, dass sie wahrscheinlich eher mit ihrer Schwangerschaft vor sechs Jahren und ihrem fortschreitenden Alter zu tun hatten. Sie hatte vor dem Urlaub gehofft, dass es bloß der Stress der letzten Jahre war, in denen sie nach der aus Alaska verschwundenen ICEM gefahndet hatte. Doch sie musste sich wohl eingestehen, dass sie nächstes Jahr vierzig wurde und ...

»Schatz, ernsthaft?«

Sie drehte den Kopf und sah Jimmy kopfschüttelnd in der Badezimmertür stehen. »Du bist Neununddreißig!«

»Bring du mal ein Kind auf die Welt und guck zu, wie sich dein Körper verändert, das macht echt keinen Spaß.«

»Willst du noch eins?«, fragte er grinsend und kam auf sie zu gewackelt wie ein betrunkener Tänzer.

»Wieso? Damit du nicht der einzige mit dickem Bauch bist?«

»Hey, ich bin nur aus Solidarität mit dir schwanger geworden.«

»Und weil du TGI Fridays magst. Und Chips, und Bier, und ...«

»Ja, ja, schon gut.« Er hob beschwichtigend die Hände, nahm sie an der Hüfte und drückte ihr einen Kuss auf den Mund. »Lass uns zu TGI Fridays gehen.«

»Warum liebe ich dich?«, fragte sie kopfschüttelnd, schenkte ihm aber ein warmes Lächeln.

»Jeder hat einen Schatten, schätze ich.«

Eine halbe Stunde später verließen sie ihr Ferien-Apartment und blinzelten der Sonne Floridas entgegen. Die Luft war wie immer dick und feuchtwarm, sodass ihr schnell der Schweiß ausbrach. Aber nach ein paar Tagen hatte sie sich daran gewöhnt und vermisste die klirrende Kälte Washingtons nicht mehr. Sie hatte zwar das Gefühl, dort klarer denken und besser atmen zu können, aber sie war ja nicht nach Florida gekommen, um klar zu denken, sondern um endlich einmal nicht denken zu müssen. Sie liebte Miami und die Keys, auf denen sie die letzte Woche verbracht hatten, für ihr pulsierendes Leben, den lateinamerikanischen Einfluss des *Pura Vida,* und die gleichzeitige Entspanntheit und Ausgelassenheit. Im Süden Floridas fühlte sie sich immer wie in einem anderen Land und in einem anderen Leben. In Washington war das soziale Miteinander kälter, die politischen Ränkespiele erstickten jegliches Aufblühen einer eigenen Stadtkultur. Miami dagegen war groß, sonnig, modern und international. Hier sangen Straßenmusiker in unzähligen Sprachen, gingen die Leute im Bikini in die Promenadencafés und sah man Porsches neben Fatbikes am Strand geparkt. Der wichtigste Punkt allerdings war, dass tausend Meilen sie von ihrem Arbeitsplatz trennten, den sie zwar liebte, aber nicht während des Urlaubs.

»Du greinst schon wieder«, bemerkte Jimmy, während sie etwas später durch den Margaret Pace Park schlenderten und Thomas zwischen sich hin und her schaukeln ließen.

»Das Wort gibt es nicht.«

»Oh doch, du solltest mal im Wörterbuch nachschauen. Es wurde zwar nicht extra für deinen sauren Gesichtsausdruck erfunden, aber es steht da schwarz auf weiß«, widersprach ihr Mann und schob seine Sonnenbrille ein wenig weiter Richtung Nasenspitze, um sie prüfend zu mustern, während sie immer wieder die Hände hochzogen, um Thomas fliegen zu lassen. »Was ist los.«

»Ach, nichts, ich habe nur gerade an die Arbeit gedacht«, erwiderte sie, nicht besonders erpicht, das Thema weiter zu vertiefen und ihnen den Tag zu vermiesen.

»Die Geschichte in Alaska?«

Rodea nickte, sagte weiter aber nichts – sie durfte es gar nicht, er wusste das und ließ auch gleich von ihr ab. Dafür liebte sie ihn und sie wusste auch, dass nicht jeder Mann ein Leben mit einer Frau akzeptiert hätte, die das Meiste, was sie tat, vor ihm geheim halten musste. Die Fahndung nach der vermissten Interkontinentalrakete hatte sie allerdings an den Rand des Zusammenbruchs ihrer Ehe gebracht, da sie fünf Jahre kaum zuhause gewesen war und aus Sicherheitsgründen wenig Kontakt zu ihrer Familie haben konnte. Jimmy machte vieles mit und besaß eine beneidenswerte Geduld, aber ihren Sohn alleine zu erziehen, hatte auch ihn an seine Grenzen gebracht, was sie gut verstehen konnte. Dieser Urlaub sollte so etwas wie der Startschuss zu einem neuen Leben werden und bisher lief das erstaunlich gut. Sie hatte lange befürchtet, nach der intensiven Arbeit, die sie um den halben Globus bis nach Nordkorea geführt hatte, nicht mehr ohne den hohen Stresslevel und das Adrenalin leben zu können, aber der Übergang war ihr im Gegenteil erstaunlich leicht gefallen.

»Wollen wir uns setzen?«, fragte sie und deutete auf eine freie Sitzbank in der Nähe des grünlichen Wassers, von der sie einen freien Blick über die Lagune nach Bayshore und auf das Stadtzentrum werfen konnten, die sich auf der langgezogenen, vorgelagerten Insel befanden. Wie Finger aus Glas reckten sich die Hochhäuser in den strahlend blauen Himmel und sie musste lächeln, als sie den gebannten Blick aus Thomas' Kinderaugen bemerkte.

»Ist schon gut, weißt du«, sagte Jimmy, als sie auf der Bank saßen und Thomas zusahen, wie er im Gras zwischen ihnen und dem Ufer einem Schmetterling hinterherjagte und dabei vergnügt jauchzte.

»Was meinst du?«, fragte sie, ohne den Blick von ihrem gemeinsamen Sohn zu lösen.

»Alles, mein Schatz, einfach alles.« Er drückte leicht ihre rechte Schulter, auf der seine breite Hand ruhte und sie konnte ihn anhand seiner Stimmlage lächeln hören. »Ich habe die Jahre genossen, die ich mit Thomas hatte, und mache dir keine Vorwürfe. Du liebst deinen Job und das können nicht viele von sich behaupten. Selbst wenn du nach einem Arbeitstag müde aussiehst. Wie viele Leute können das von sich sagen? Wenn ich in die Gesichter meiner Mitmenschen schaue, denke ich, dass es sehr wenige sind. Ich finde meinen Job okay, nicht besonders erfüllend, darum vertreibe ich mir meine Zeit mit Donuts.«

Sie grinste, als sie ihn auf seinen Bauch deuten sah und schmiegte sich mit der Wange an seine Brust.

»Aber ich empfinde keinen Neid, sondern freue mich für dich, wirklich. Unserem Sohn wird es guttun, ein Elternteil zu haben, das weiß, was es heißt, den eigenen Beruf zu lieben und das ist doch toll. Mein Beruf ist unser Sohn und ich kümmere mich gerne um ihn. Also mach dir bitte keine Gedanken, hörst du?«

»Ich kündige nächstes Jahr und wechsele zum FBI«, entschied sie und sah zu ihm auf, als er sich versteifte. »Was? Ich überlasse dir unseren Sohn doch nicht ganz alleine. Nachher ernährt er sich auch von Donuts und schläft abends vorm Football ein.«

Jimmy musterte sie und nickte schließlich, als er offenbar erkannte, dass sie es ernst meinte.

»Es ist das, was ich will«, versprach sie ihm und er küsste sie sanft ins Haar.

»Ich freue mich auf die gemeinsame Zeit.«

»Ich mich auch«, seufzte sie zufrieden und ließ den Blick über den noch immer umhertollenden Thomas und dann über die Skyline von Bashore auf der anderen Uferseite schweifen. Dann glitt ihr Blick in den blauen Himmel und ...

... auf einmal wurde es stockfinster. Vereinzelte Lichter blitzten um sie auf, diffus wie verlorene Eindrücke inmitten eines Meeres aus Dunkelheit. Einen Moment dachte sie, einen Schlaganfall erlitten zu haben oder etwas Ähnliches. Sie sprang schreckhaft auf und suchte das dunkle Gras nach ihrem Sohn ab, konnte ihn aber nicht finden.

»Thomas!«, rief sie aufgebracht und suchte hastig nach ihrem Smartphone, indem sie ihre Handtasche durchwühlte. Immer mehr Lichter erwachten um sie zum Leben und erzeugten eine seltsame Stimmung, als hätte man unzählige Menschen mit Taschenlampen in eine riesige Dunkelkammer gesperrt. Smartphones wurden angeschaltet, mit ihren rechteckigen Displays schwache Leuchtkegel erschaffen. In der Ferne gingen Lichter in den Hochhäusern und an der Hafenpromenade an, langsam erst, dann schneller und plötzlich war es, als herrschte finstere Nacht.

»Thomas!«, wiederholte sie ein wenig schriller und sah sich gehetzt nach ihrem Sohn um, doch sie erkannte nur undeutliche Silhouetten in den hin und her zuckenden Lichtern der Smartphones und dem schwachen Leuchten der Stadt in ihrem Rücken.

»Da!«, sagte Jimmy aufgeregt und tauchte unvermittelt neben ihr auf. Er fasste sie an der Schulter und deutete im Schein ihres Smartphones nach vorn. Und tatsächlich: Da war eine kleine Silhouette, die sie erst für einen Hund gehalten hatte, aber es konnte sich auch um ein zusammengekauert hockendes Kind handeln. Die Umrisse der Haare konnten tatsächlich zu Thomas passen.

Rodea stürzte los, griff einem Reflex folgend an ihre Hüfte, nur um festzustellen, dass sie unbewaffnet war, und hatte die kleine Gestalt nach vier langen Sätzen erreicht.

»Thomas!«, rief sie erneut und packte ihn an den Schultern. Als sie den Jungen zu sich herumgerissen hatte, erkannte sie die vertrauten Züge ihres vollkommen verängstigten Sohnes im Licht von Jimmys Smartphone, der sie beide schützend umarmte.

»Rody, was ist hier los?«, flüsterte er, während sie ihren Sohn schützend zwischen sich hielten. Sie wandte ihren Blick vom vollkommen schwarzen Himmel ab und sah ihm ins Gesicht. Die warme Gelassenheit, die ihren Mann sonst ausmachte, war einer tiefen Verunsicherung gewichen.

»Ich weiß es nicht«, gab sie zu und drückte ihm widerwillig

ihren weinenden Sohn in die Arme. Sie hob ihr Smartphone an, sodass er es sehen konnte und er nickte.

Rodea ging einen Schritt zurück und wählte einen Kontakt aus ihrer Favoritenliste aus.

»Baker«, meldete sich eine aufgeregte Stimme.

»Phil, hier ist Rody.«

»Rody, scheiße, wo bist du?«

»Ich bin in Miami und hier ... hier ist es schlagartig dunkel geworden, ich ... ich weiß gar nicht, wie ich das erklären soll«, stammelte sie aufgebracht und drehte sich langsam einmal im Kreis. Mittlerweile waren auf der anderen Seite des Parks die Straßenlaternen angegangen und die Lichter der Autos jenseits der Bäume erzeugten das Gefühl, dass es tiefste Nacht war. Um sie saßen vereinzelte Gruppen verängstigter Menschen im zu ihnen schwappenden Licht der Stadt und den Reflexionen auf der Wasseroberfläche zwischen ihnen und Bayshore. Niemand sprach laut, jeder tuschelte oder flüsterte und die meisten undeutlich erkennbaren Gesichter um sie schauten angsterfüllt nach oben.

»Hier ist es auch stockfinster«, sagte Phil und seine nächsten Worte klangen gedämpft und gleichzeitig laut, als schreie er jemanden an und halte dabei das Mikrofon zu.

»Phil?«

»Sorry, Rody, aber hier herrscht totales Chaos. Wir haben keine Ahnung, was los ist, aber die Leitungen glühen und ganz Washington dreht durch. Komm am besten zurück nach Langley!« Phil klang gehetzt und das verunsicherte sie schlagartig noch mehr.

»Kannst du uns einen Transfer besorgen?«

»Gib mit ein paar Minuten, ja? Ich muss hier für etwas Ordnung sorgen und melde mich bei dir!« Phil legte auf und sie nahm ihr Smartphone vom Ohr und starrte frustriert auf das Display.

»Und?«, fragte Jimmy besorgt, der ihren Sohn beruhigend hin und her schaukelte, welcher noch immer hemmungslos weinte.

Sie schüttelte nur den Kopf und sah in die tiefe Schwärze hinauf. Es war kein Mond zu erkennen, keine Wolkendecke, von der das Licht der Großstadt reflektiert hätte und auch kein einziger Stern – einfach nur Schwärze, tiefe, undurchdringliche Schwärze.

»Phil hat keine Ahnung, was los ist, aber was auch immer hier passiert, ist kein lokales Phänomen, denn in Washington ist es auch dunkel geworden«, erklärte sie und strich Thomas beruhigend durch sein schulterlanges Haar. »Ist schon gut, mein Kleiner, ist schon gut. Mami und Papi sind da.«

»Kann es einfach schlagartig Nacht werden?«, fragte Jimmy unruhig, doch sie reagierte nicht. Stattdessen sah sie sich erneut um und betrachtete die vollkommen verängstigten Menschen rund um sie.

»Wir sollten hier verschwinden«, befand sie und hielt ihre Stimme bedeckt, damit Thomas sie nicht hörte.

Warum?, las sie die Frage aus den Augen ihres Mannes und deutete vage nach rechts und links.

»Unvorhergesehene Ereignisse bekommen den meisten Menschen nicht gut und sie tun Dinge, die sie sonst nicht tun würden. Lass uns zurück zum Apartment gehen.« Sie tippte mit der rechten Hand an ihre Hüfte und er nickte verstehend.

»Ist gut.« Jimmy hob den Kopf ihres Sohnes leicht von seiner Brust und flüsterte ihm etwas ins Ohr, bevor er ihn hinunter ließ und Thomas sich die Tränen von den Wangen wischte. Dann nahmen sie ihn rechts und links zwischen sich an den Händen und verließen, so schnell es ging, den kleinen Park am Ufer.

Sie liefen zwischen den hoch aufragenden Glastürmen der Bay Parc Apartments hindurch, die mit ihren leuchtenden

Fenstern den Weg wiesen, und stolperten mitten in das Chaos des breiten Biscayne Boulevards. Überall standen Autos kreuz und quer, einige Passanten und Unfallteilnehmer schrien sich wütend an und viele andere liefen hektisch in sämtliche Richtungen davon. Die meisten aber standen zwischen den Autos, starrten vollkommen perplex in den schwarzen Himmel und telefonierten.

»Das ist wie Silvester«, murmelte sie.

»Was?«, fragte Jimmy laut über das Geschrei und die vielen Hupsignale verärgerter Autofahrer hinweg.

»Das Handynetz!«, rief sie und deutete auf die vielen Männer und Frauen vor ihnen, die versuchten, ihre Smartphones zu benutzen. »Das wird gleich zusammenbrechen, wenn es das nicht schon tut!«

Ihr Mann wirkte für einen Moment, als habe er sie nicht verstanden, und wollte zu einer Erwiderung ansetzen, als er verstehend nickte und sich unruhig umblickte.

»Da!«, rief sie und zeigte auf die Kreuzung rechts von ihnen, wo die Autos etwas weniger dicht verkeilt standen. Jimmy verstand und zusammen liefen sie über den Bürgersteig, vorbei an einer Gruppe Jugendlicher, die wild mit zwei Polizisten diskutierten, um die sich eine immer dichter werdende Menschentraube bildete. Auf der Kreuzung mussten sie Streitenden ausweichen und sich enger zusammenhalten, aber schließlich kamen sie auf der anderen Straßenseite an und wandten sich nach links in Richtung durch den Drive In des kleinen *Checkers*, dessen Personal die Ladenfront gerade mit einem herunterziehbaren Gitter absperrte.

»Wie geht es jetzt weiter?«, fragte Jimmy schwer atmend, während sie sich von der Lautstärke und dem Rummel der Hauptstraße durch die Gassen der Hinterhöfe entfernten, und sie verstand sofort, dass er nicht den vor ihnen liegenden Weg zu ihrer Ferienwohnung meinte.

»So etwas gab es noch nie, ich weiß es nicht. Wenn ich das hier mit einer schweren Naturkatastrophe vergleiche, werden in den nächsten sechs Stunden Informationen vom Krisenstab des Bürgermeisters zusammengetragen. Wenn es Gefahren für die öffentliche Sicherheit gibt, die von der Polizei nicht allein beseitigt oder eingedämmt werden können, wird der Notstand ausgerufen und die Nationalgarde einberufen«, erklärte sie, und half erst Jimmy, dann ihrem Sohn über einen brusthohen Lattenzaun, bevor sie ihnen mit einem geschickten Sprung folgte.

»Klingt nicht, als sollten wir so lange warten«, meinte er und kniete sich zu Thomas hinunter. »Hey, kleiner Mann. Irgendwer hat das Licht ausgemacht, aber dafür plündern wir zuhause gleich das Eis, einverstanden?«

»Ja, Papi!«, freute sich Thomas, doch die Angst war noch nicht aus seinen Augen gewichen.

»Wir verlassen die Stadt so schnell wie möglich«, stimmte Rodea ihrem Mann zu und sah frustriert auf ihr Smartphone.

Ruf endlich an, Phil!

Kapitel 4: Made

11. Januar 2035, Manado, Sulawesi Utara, Indonesien

MADE SASS AUF DER HOLPRIGEN Ladefläche des alten Toyota und sah dem hektischen Treiben Manados um sich zu. Die Provinzhauptstadt mit ihrer halben Million Einwohner überwältigte ihn jedes Mal, wenn er sein ruhiges Dorf verließ, um an den Freitagsgebeten teilzunehmen oder einen seiner wenigen besonderen Fänge auf den großen Markt zu bringen. Der Lärm der unzähligen Roller und Kleinwagen der Stadt dröhnte in seinen Ohren wie ein nicht enden-wollender Gongschlag und der Smog raubte ihm beinahe den Atem. Alles roch nach Benzin, brennendem Plastik und einer allem zugrunde liegenden Note von Fäkalien und verrottender Biomasse. Die Straßen waren auch hier eng und mit zu vielen Verkehrsteilnehmern vollgestopft, die sich zwischen den schwarzen Stromleitungen drängten, welche in dicken Bündeln an die niedrigen Häuser und Buden geheftet waren.

»Guck nicht wie ein Provinzler«, lachte Roro ihn von der anderen Seite der Ladefläche an, die in den letzten Stunden sein Hinterteil und seinen Rücken malträtiert hatte. Zwischen all den Werkzeugen und Kisten war die Plastikwanne des Pick-ups nicht gerade bequem gewesen.

»Ich bin aber ein Provinzler«, bemerkte Made und drückte seine selbstgedrehte Zigarette auf einem Werkzeugkoffer aus, der ihm bisher als Armlehne gedient hatte.

Sie bogen noch einige Male ab, hielten immer wieder an, um andere Fahrzeuge vorbeizulassen, wann immer es zu eng für beide Verkehrsrichtungen wurde und erreichten endlich den Schrottplatz. Mego, der Handwerker, klopfte vom Fahrersitz gegen die Scheibe, die seine Kabine von der Ladefläche trennte, und Made sah über der Seitenverkleidung, dass sich vor ihnen bereits die Schrottwände um eine kleine Wellblechhütte auftürmten, vor der ein untersetzter Mann saß und wild mit einer verschleierten Frau diskutierte.

»Ich helfe dir«, sagte Roro, kletterte über eine große Heckenschere und eine Tasche mit Arbeitskleidung und half Made, die Kugel vom Pick-up abzuladen. Als sie das schwere Teil vor die kleine Hütte gehievt hatten, klopfte Roro ihm auf die Schulter und zückte sein Smartphone. »Ruf mich an, wenn du fertig bist, dann nehmen wir den Bus zusammen zurück.«

»Danke.« Made lächelte dankbar und nickte. Er stellte sich hinter die Frau, die noch immer mit dem Schrotthändler stritt, winkte Mego kurz zu, der seinen Pick-up wieder vom Hof lenkte und wartete.

»Hey, du!« Er brauchte einen Moment, um zu begreifen, dass er gemeint und von der Seite angesprochen worden war. Also drehte er sich nach rechts und sah einen braungebrannten jungen Mann mit dünnem Flaum um das Kinn, der ihn abschätzig musterte. »Kann ich dir helfen?«

»Ja, ich habe etwas Wertvolles zu verkaufen.« Made deutete auf die Kugel zu seinen Füßen, die wie ein grau angelaufener Medizinball aussah, nur dass dessen Oberfläche vollkommen glatt war, jetzt, wo er die Nacht damit verbracht hatte, den Algen- und Muschelbewuchs per Hand abzuschleifen.

»Das da?«, fragte der junge Mann irritiert, und noch bevor Made sich fragen konnte, wer der Kerl war, hockte der sich neben die Kugel und klopfte prüfend auf den oberen Scheitelpunkt. Es gab ein hohl klingendes Geräusch. Dann versuchte er, sie anzuheben und Made überlegte, ob da gerade jemand versuchte, ihn zu bestehlen, doch sein Gegenüber konnte seinen seltsamen Fang nicht einmal richtig anheben.

»Entschuldige mal, aber wer bist du?«, fragte er schließlich halb verärgert, halb verwundert.

»Ich bin der Sohn, Arga«, sagte der andere leichthin, ohne von der Kugel aufzublicken. »Das ist nicht wertvoll.«

»Aber es ist schwer!«, protestierte Made und sah zu dem untersetzten älteren Mann, offenbar dem Vater des mürrischen jungen Mannes. Doch der blieb mit der Frau beschäftigt, gestikulierte wild und schimpfte über irgendwelche Steuern.

»Na und? Blei ist auch schwer, aber nicht besonders viel wert«, zeigte sich Arga unbeeindruckt und zündete sich eine Zigarette an. »Ich gebe dir hunderttausend Rupiah dafür.«

»Hunderttausend Rupiah?« Made schüttelte schockiert den Kopf. »Das ist nichts!«

Das stimmte natürlich nicht. Von hunderttausend Rupiah konnte er seine Familie eine Woche ernähren, aber er glaubte nicht, dass so viel schweres Metall so wenig wert war. Der junge Mann wollte ihn über den Tisch ziehen, das war ihm klar.

»Ich will das Doppelte«, gab er schließlich zurück und versuchte sich an einer überzeugten, stoischen Miene.

»Vater?«, rief Arga laut und der untersetzte Mann hob eine Hand, um die Frau zu unterbrechen.

»Ja?«

»Der hier will mehr als ich ihm gesagt habe, was sein Schrott wert ist!«

»Wir verhandeln nicht!«, blaffte der Vater mit dem runden Gesicht und bei seinen ungehobelt klingenden Worten wackelten seine speckigen Wangen wie die eines alten Hundes.

»Siehst du?« Arga zuckte mit den Schultern. »Nimm die hunderttausend oder hau ab.«

Made wollte schon etwas Scharfes erwidern ob des respektlosen Tonfalls, als der junge Mann einen rötlichen Hunderttausend-Rupiah-Schein aus der Tasche zog und schon triumphierend grinste. Erst als Made noch einmal den Kopf schüttelte, verfinsterte sich die Miene seines Gegenübers und wurde kalt.

»Dann nicht. Hau ab!«

»Unverschämt!«, schimpfte Made, hob seine Kugel hoch und mühte sich ab, sie von der Auffahrt des Schrottplatzes fortzubringen. An der kleinen Straße stehend, winkte er ein Tuk-Tuk heran, welches aus einer alten Honda Wave mit angeschraubter Fahrerkabine mit Plastikdach bestand – einem improvisierten Seitenwagen.

»Zum Stadtmuseum«, sagte er dem Fahrer, der nickte, den Helm wieder auf den Kopf zog und in den dichten, ewigen Verkehrsfluss einfädelte, den man nur in Indonesien erleben konnte. Sie fuhren an der großen Moschee, den wenigen teuren Westler-Geschäften wie Starbucks, McDonalds und KFC vorbei und dann durch einige Seitengassen lokaler Wohngebiete, in denen Hühner, Hunde und jede Menge Ratten umherliefen und um die Hoheit zwischen den stinkenden Sickergruben und den grob gemauerten Hütten kämpften. Zwischendrin mussten sie zweimal anhalten, weil der Motor der Honda während der Fahrt ausging und der Fahrer wild schimpfte. Beim dritten Mal wurde er sehr wütend.

»Passiert das öfter?«, fragte Made, um ein wenig Konversation zu betreiben und von den ungehörigen Flüchen abzulenken, die er da hörte.

»Nein, ich habe das Ding gerade neu gekauft!«, ärgerte sich der Fahrer und hämmerte auf das Zündschloss ein. Als Made noch etwas sagen wollte, fing er einen knurrigen Blick ein und entschied, von nun an zu schweigen.

Das UPTD Museum Negeri Propinsi Sulawesi Utara war

ein zweistöckiges, orange gestrichenes Betongebäude, mitten in einem kleinen Stadthain, von dem man die Türme der Moschee sehen konnte. Er gab dem Fahrer Geld, dessen Verlust Made sehr schmerzte und schleppte seine Kugel die Treppen zum Museum hinauf. Er hatte diese Kugel nicht aus dem Meer gefischt, um sich billig abspeisen zu lassen. Es war eine Menge Metall und seine Form geradezu perfekt, jetzt wo sie geschliffen und gewaschen war. Er konnte sich nicht vorstellen, dass sie so wenig wert war, wie dieser freche Junge des Schrotthändlers ihm hatte weismachen wollen. Deswegen war der auch so wütend geworden, als Made sich nicht einverstanden erklärt hatte. Er mochte es nicht, für dumm verkauft zu werden, bloß weil er in einem Dorf ohne fließendes Wasser lebte. Abgesehen davon hatte er einen weiten Weg auf sich genommen und verspürte wenig Lust, diesen Ausflug erfolglos zu Ende zu bringen.

An der Rezeption wurde er von einer jungen Frau mit Kopftuch und gelbem Blumenkleid empfangen.

»Hallo, der Herr, wie kann ich Ihnen helfen?«

»Ich würde gerne mit dem Museumschef sprechen«, sagte er freundlich und die Frau hob eine Braue.

»Sie meinen den Kurator?«

Was ist ein Kurator?, dachte er verwirrt, nickte aber lächelnd.

»Darf ich fragen, wieso?«

»Ich glaube, ich habe ein mögliches Ausstellungsstück gefunden und würde es gerne zum Verkauf anbieten.«

Die Augenbraue der Rezeptionistin hatte sich nicht wieder gesenkt, aber sie nickte schließlich und setzte ein höfliches Lächeln auf. »Warten Sie bitte hier, Herr ...«

»Made Buring Bule.«

»Gut, warten Sie bitte.« Ihr letzter Blick entging ihm nicht, kannte er diese Art von Augenausdruck doch nur zu gut von anderen Gelegenheiten, zu denen er sein Dorf verlassen hatte. Es war dieser Ausdruck von sozialer Geringschätzung, sei es aufgrund seiner einfachen, schmutzigen Kleidung, seiner fehlenden Armbanduhr oder der Tatsache, dass er sich keinen Zahnersatz leisten konnte. Zu sagen, dass es ihn nicht kümmerte, wäre gelogen gewesen, doch gleichzeitig hatte die Gewöhnung daran dazu geführt, dass es ihn nicht mehr so sehr schmerzte.

Es dauerte über zehn Minuten, bis die Frau zurückkam, und ihn mit ihrem aufgesetzten Lächeln bat, ihr zu folgen. Sie durchquerten einen kleinen Säulengang, von dem bereits der orangene Putz abblätterte und hielten sich in einem kleinen Garten rechts, bis sie ein großes Büro erreichten, in dem sich sechs Schreibtische mit alten Röhrenmonitoren befanden. An einem saß ein älterer Mann mit Gebetskappe und grauem Bart, der ihn herbeiwinkte.

»Kommen Sie herein, Herr ...«

»Biring Bule.«

»Ah.« Der Mann deutete auf einen freien Platz vor seinem Schreibtisch, der gleichzeitig der einzige war, der besetzt war.

»Ich bin Kurator Hasan Prasetyo. Ist das da«, der Kurator deutete auf die Kugel, die Made ächzend auf dem zweiten freien Stuhl platzierte, welcher unter dem Gewicht knarzte, »Ihr Fund?«

»Ja, das ist er«, bestätigte er und klopfte beinahe stolz auf das Metall.

»Angebote wie diese gebe ich gerne in meine Kartei ein.« Prasetyo warf nicht einmal einen genaueren Blick auf die Kugel, sondern begann mit ausgestreckten Zeigefingern auf seiner alten Tastatur herumzutippen. Made war nicht einmal sicher, ob er überhaupt etwas Sinnvolles eingab oder nur so tat.

»Äh, wollen Sie sich die Kugel nicht erst genauer anschauen?«

»Wieso?«, fragte Prasetyo, hielt mit dem Tippen inne und sah ihn irritiert an.

»Na, um nachzusehen, ob sie Geschichte hat.«

»Ob sie *historischen Wert* hat, meinen Sie?«

»Ja.«

»Oh, das machen dann die Experten.« Der Kurator winkte ab und während Made sich noch fragte, wer denn der Experte sein könnte, wenn nicht der *Kurator*, begann Prasetyo wieder zu tippen. Made hielt seine Enttäuschung zurück, da er sich ohnehin nicht im Klaren war, ob er wütend oder traurig sein sollte, ob des offensichtlichen Desinteresses und rückte seinen Stuhl ein wenig zurück. Nun saß er direkt unter dem alten Deckenventilator, der leicht ratterte und schief lief, und ließ sich die Luft ins Gesicht blasen. Als er für einen Moment die Augen schloss, um die Anstrengung des Tages fortwehen zu lassen, wurde der Wind nach und nach weniger und er blinzelte fragend an die Decke. Der Ventilator war deutlich langsamer geworden und wurde noch langsamer.

»Hm«, machte der Kurator.

»Was ist?«

»Stromausfall«, seufzte Prasetyo und rief laut: »Wulandari!«

»Passiert das öfter bei Ihnen?«, wunderte sich Made, doch Prasetyo schüttelte den Kopf.

»Ja, Mister?« In der Tür hinter ihm erschien die Frau vom Empfang.

»Finden Sie heraus, ob es ein Stromausfall in der Stadt ist oder nur eine Sicherung herausgeflogen ist.«

»Natürlich.« Wulandari verschwand wieder und der Kurator lehnte sich offensichtlich genervt zurück. Ohne den Wind des Ventilators wurde es schnell drückend heiß in dem Büroraum.

»Wahrscheinlich nur eine Sicherung.«

»Natürlich.« Made nickte und begann, sein Hemd über dem Brustbein zu greifen und hin und her zu fächern. So schwiegen sie sich eine Weile an und die Situation wurde zunehmend unangenehm, weil er verstand, dass sein Gegenüber ihn in Wirklichkeit abwimmeln wollte. Made aber würde nicht gehen, bevor er in das System eingetragen war – vielleicht würde es einen anderen Mitarbeiter geben, der den wahren Wert der Kugel erkennen konnte. Doch das würde natürlich erfordern, dass der Kurator auch wirklich korrekte Daten eintrug. Manchmal fragte er sich, ob ernstlich alle Menschen in der Stadt so hektisch und unfreundlich waren und weshalb.

»Die Sicherungen sind alle okay, aber die Anwohner ringsum haben Strom«, meldete sich die Empfangsdame nach einer Zeit zurück und Prasetyo runzelte die Stirn. Made wollte etwas sagen, doch er hörte ein hohes Fiepen, das ihn verwundert innehalten ließ.

»Haben Sie das auch gehört?«

»Was meinen Sie?«, fragte Prasetyo, der offenbar nicht zugehört hatte und jetzt irritiert zu ihm aufsah.

»Diesen hohen Ton!« Made beugte sich nach rechts und links, um der Quelle auf den Grund zu kommen, und verharrte über der Kugel. Das Fiepen kam aus der Kugel und es klang ein wenig, wie wenn man im Radio das falsche Frequenzband eingestellt hatte und anstatt eines Rauschens ein hoher Ton erklang. »Das kommt, glaube ich, aus der Kugel!«

»Hören Sie, Herr ...«

»Biring Bule«, brummte Made mit kaum verhohlener Ungeduld in der Stimme und spürte Wut in sich aufsteigen, weil er den hohen Ton nicht mehr hören konnte.

»Herr Bule, Sie müssen mir kein Verkaufsgespräch aufzwingen und mir von irgendwelchen Wundern aus dem Dschungel erzählen, ja? Wir in der Stadt leben nicht mehr im Mittelalter und brauchen Ihren Aberglauben nicht. Sie haben ein Stück Schrott im Meer gefunden, das wie ein Ball aussieht, aber das macht es noch nicht zu einem Museumsstück«, erklärte der Kurator mit rollenden Augen und beendete seinen Wortschwall mit einem Kopfschütteln.

Ach deshalb ist der so ungehalten! Er denkt, ich sei einer von diesen abergläubischen Insulanern, die an Geister glauben und versuchen, wie ein Quacksalber etwas zu verkaufen, dachte Made und wurde über diese überwältigende Menge an Vorurteilen noch wütender.

»Hören Sie! Ich habe etwas gefunden und bitte Sie lediglich, einen Blick darauf zu werfen und mir eine faire Antwort zu geben. Diese *Kugel* ist extrem schwer für ihre Größe und hohl und hat lange auf dem Meeresgrund gelegen ...«

»So sieht die Kugel aber nicht aus!«

»Was?«

»Wie bitte!«

»Wovon reden Sie?«, fragte Made kopfschüttelnd.

»Man sagt *wie bitte* und nicht *was.*« Prasetyo winkte ab und schüttelte den Kopf wie ein Vater, der es aufgegeben hat, seinen Jungen zu korrigieren. »Ist auch egal. Die Kugel sieht jedenfalls nicht aus, als hätte sie lange auf dem Meeresgrund gelegen.«

»Sehen Sie!«, rief Made aufgebracht und rutschte auf seinem Stuhl nach vorne. »Ich habe die Muscheln abgemacht und schon sieht das Metall aus wie neu. Wie viele Metallsorten kennen Sie, die so lange auf dem Meeresboden lagen, dass sie von Muscheln überdeckt waren und die danach noch aussehen wie neu.«

»Ich sagte Ihnen doch, Ihr Insulaner-Aberglaube bewirkt bei mir nichts, außer ...«

»Dann eben nicht«, unterbrach Made den Mann und stand so abrupt auf, dass sein Gegenüber zurückschreckte. »Sie sollten ein wenig Respekt gegenüber anderen Menschen entwickeln. Ich habe Sie nur um ein wenig Ihrer so kostbaren Zeit gebeten und Sie beleidigen mich aufgrund meiner was, meiner Arbeit? Meiner Herkunft aus einem Dorf? Sie sollten sich schämen!«

Made packte seine Kugel, hob sie zähneknirschend hoch und trug sie hinaus. Als er durch die Tür gegangen war, hörte er einen Computer hochfahren und den Ventilator wieder anspringen.

Warum muss ich immer so viel Pech haben?, dachte er frustriert, während er das Gelände des Museums verließ und sich enttäuscht an den Straßenrand setzte, um eine Zigarette zu drehen. Er sah eine Weile dem nicht enden-wollenden Strom Autos und Rollern zu, wie sie an ihm vorbeirauschten und trotz der unendlich vielen Menschen um sich fühlte er sich mit einem Mal sehr einsam. Made war hier fehl am Platz und das wurde ihm immer bewusster. Es waren nicht nur die unfreundlichen Menschen, auf die er traf, sondern auch die schiere Masse an anonymen Gesichtern, die überwältigende Lautstärke und der schreckliche Smoggeruch.

Irgendwann, er wusste nicht, wie lange es gedauert hatte, sah er auf, weil es um ihn plötzlich still wurde. Die Stille breitete sich aus wie ein Tropfen Farbe in einem Teich. Zuerst verstand er nicht, was geschah, doch dann realisierte er, dass sämtliche Autos, Roller und ein kleiner Lastwagen in dem Bereich zwischen ihm und den Häusern auf der anderen Straßenseite schlagartig still wurden, obwohl sie noch fuhren. Dieser befremdliche Moment dauerte nur wenige Sekunden, obwohl es ihm vorkam wie Zeitlupe und dann krachten die ersten Fahrzeuge in andere. Ein Rollerfahrer direkt vor ihm versuchte verzweifelt, zu verlangsamen, und donnerte ungebremst mit einem stummen Schrei auf den Lippen in die Ladefläche des Kleinlasters. Das schmatzende Geräusch beim Aufprall ließ Made würgen. Ein Auto stieß frontal in ein anderes, andere Roller kollidierten mit ihren schlagartig anhaltenden oder wegrutschenden Vorderleuten und eine gigantische Massenkarambolage entstand. Der Lärm ging ihm bis ins Mark – kreischendes Metall, das auf Metall traf, die Schreie erschrockener, verletzter oder sterbender Verkehrsteilnehmer und Umstehender, die wie aufgescheuchte Hühner durcheinanderliefen. Der Geruch von Ozon und Ruß lag in der Luft und unter allem war wieder dieses seltsame Fiepen zu hören, das in der Kugel erwacht war.

Allah, dachte er und hatte gar nicht bemerkt, dass er aufgesprungen war. Wie gebannt sah er auf das Chaos aus Sinneseindrücken vor sich und dann zu der Kugel. *Was geht hier vor?*

»Hilfe!«, schrie jemand, und Made schüttelte den Kopf frei, um nach der Quelle dieses bitterlichen Flehens zu suchen, das aus dem Mahlstrom an Todesschreien herausstach. Er fand die Frau, der die Stimme gehörte, recht schnell. Sie war zwischen Rad und Radkasten eines alten Suzuki-Pickups geraten. Ihr Oberkörper war oberhalb der Hüfte zerquetscht und in Richtung Achse verkeilt, und ihr Kopf und ihre blutüberströmten Haare hingen auf den Reifen und bogen sich entsprechend dem Radkasten nach vorne. Ihrem Gesicht nach zu urteilen, das von einem halbzerfetzten Kopftuch eingerahmt war, musste sie noch sehr jung sein.

Made sprang die zwei Meter zu ihr und hielt ihre zitternden Hände.

»Ich glaube, ich bin verletzt«, hauchte sie mit flatternden Lidern und er nickte schwach. Trotz des grausigen Anblicks fühlte er sich ruhig und fokussiert, wusste intuitiv, dass er jetzt für diese Frau stark sein musste.

»Ja, Sie sind verletzt, aber ich bin bei Ihnen. Ich bin hier«, versprach er ihr und sah verstohlen zu ihrer Hüfte, bevor er schnell wieder zu ihrem Gesicht sah, um sich nicht übergeben oder weglaufen zu müssen. Doch als sein Blick ihre Augen streifte, waren die bereits gebrochen und blickten ins Leere.

Fassungslos und erschrocken krabbelte er zurück, weg von dem Wahnsinn der durcheinanderlaufenden Passanten, die versuchten, den Verletzten zu helfen, und den Verletzten, die überall in Lachen aus Blut und Körperteilen lagen und kläglich jammerten oder schrien. Er sah geborstene Windschutzscheiben, blutüberströmte Karosserien, die bizarr ineinander verkeilt waren, und über allem lag Geschrei, untermalt von jaulenden Alarmanlagen. Made spürte kalten Schweiß auf seiner Stirn und der Drang, sich zu übergeben, wurde übermächtig, als er gegen etwas Hartes stieß und sein Fluchtversuch auf allen Vieren jäh gestoppt wurde. Wie ein in die Enge getriebenes Tier fuhr er herum und sah, dass es die Kugel war, mit der er zusammengestoßen war. Der hohe Pfeifton war verschwunden, doch etwas hatte sich verändert. Eine Art Lichtband war zum Leben erwacht, welches einen dünnen, beinahe haarkleinen Äquator um die Kugel bildete.

Was bist du?, dachte er entgeistert und widerstand dem Drang, wegzulaufen. Stattdessen sah er sich um, hob die Kugel hoch und verschwand von der Unfallstelle. Dieses Ding hatte ihn schon zu viel gekostet, um es jetzt hier liegen lassen zu können, und wenn die anderen erst einmal sahen, dass es leuchtete, würden sie vielleicht erkennen, dass es etwas wert war. Er sollte zurück zu dem Schrotthändler gehen und es ihm zeigen, dann würde er schon verstehen und vielleicht auf zweihunderttausend Rupiah erhöhen.

Noch bevor er das Chaos des Massenunfalls hinter sich gelassen hatte, wurde der Tag plötzlich zur Nacht.

Kapitel 5: Montgomery

13. Januar 2035, Washington D.C.

MONTGOMERY WURDE DURCH ein unangenehmes Rumoren in seiner Bauchgegend aus einem unruhigen Traum geweckt, in dem sein längst verstorbener Vater ihn aus einem Hühnerstall scheuchte und fragte, weshalb er vergessen habe, das Brot zu salzen. Dann waren einige Vögel mit dem Gesicht von Barbra Streisand über den plötzlich freien Himmel geflogen und seine Mutter war dazugekommen, um ihn zu fragen, weshalb Rouladen rot seien. Was ihn schließlich jedoch vollends aufweckte, war ein pochender Kopfschmerz zwischen den Schläfen, der nur noch durch die heftige Übelkeit ins Abseits gestellt wurde, die sich aus seinem Magen in Richtung seiner Kehle kämpfte. Er rollte aus seinem Bett, nur um eine heftige Schwindelattacke zu erleiden und, statt aufzustehen, auf den Boden zu stürzen. Dabei stieß er heftig mit seiner Stirn gegen den Nachttisch und verlor das Bewusstsein.

Als er wieder erwachte, waren sein Mund und sein Hals feucht und es stank säuerlich. Benommen rappelte er sich auf, fasste sich an die Stirn und sah klebriges Blut an seinen Fingern. Seine Übelkeit war verflogen, doch die Kopfschmerzen waren noch erbarmungsloser geworden. Dann sah er das Erbrochene neben dem Bett.

»Jemand hat auf den Boden gekotzt«, sagte er verwundert, bevor langsam die Gewissheit zu ihm durchdrang, dass er es war, der sich übergeben haben musste. Er befand sich in seinem Hotelzimmer, rechts von ihm das große Kingsize-Bett, links die Tür zum Badezimmer und daneben die zum Flur und hinter dem Bett die von Vorhängen verdeckte Fensterfront. »Oh, Scheiße.«

Mit schwirrendem Kopf rappelte er sich vorsichtig auf, prüfte seinen Stand und gab seinen Augen einen Moment, um sich zu orientieren. Als der Schwindel etwas nachgelassen hatte, ging er langsam Richtung Bad, drückte den Türknauf hinunter und trat in den rundum gefliesten Raum. Mit beiden Händen stützte er sich auf dem Rand des Waschbeckens ab und betrachtete sich in dem breiten Spiegel. Er sah das Gesicht eines betagten Mannes mit dünner werdendem, grau gesprenkeltem Haar, blutunterlaufenen Augen und einem hässlichen Dreitagebart. Was er da betrachtete, war nicht das Gesicht eines Fünfundvierzigjährigen, sondern das eines viel älteren Mannes. Es war freilich nicht der exzessive Alkoholkonsum, der dafür sorgte, dass er wie ein Schatten seiner Selbst aussah, sondern vielmehr das, was er in dem Alkohol zu ertränken versucht hatte.

Monty erbrach sich ein zweites Mal, diesmal ins Waschbecken und wischte schniefend mit dem Handrücken über den Mund, nur um sich damit in Erinnerung zu rufen, dass sein halbes Gesicht von Erbrochenem bedeckt war, weil er darin neben dem Bett eingeschlafen war.

Ich habe Glück, dass ich nicht erstickt bin!

Stöhnend schleppte er sich in die Dusche, stellte das Wasser lauwarm und wusch sich ausgiebig. Jede Bewegung sandte neuerliche Schmerzwellen durch seinen Kopf, obwohl er gedacht hatte, nicht noch mehr leiden zu können. Blut von seiner Stirn und Erbrochenes vermischten sich in der Duschwanne zu einem stinkenden Farbenspiel menschlicher Körperflüssigkeiten und ließen ihn beinahe erneut würgen, doch es gab nichts mehr in seinem Magen, das er hätte erbrechen können.

Irgendwann stolperte er aus der Dusche und fühlte sich tatsächlich ein klein wenig sicherer auf den Füßen, auch wenn er noch immer nicht sämtliche Sinne beisammen hatte. Die letzten zwei Tage hatte er sein Hotelzimmer nicht verlassen, sich von Tütensuppen und der Minibar »ernährt«, und sich davor gedrückt, seine Studenten oder die Dekanin anzurufen. Er brachte es nicht über sich, ihnen zu erklären, dass er auf ganzer Linie versagt hatte. Er brachte es auch nicht übers Herz, seiner kleinen Tullaby oder Erica zu erklären, er wäre so am Boden zerstört gewesen, dass er nicht sofort zu ihnen fahren konnte, um sich um seine Tochter zu kümmern. Seine Tochter, krank im Bett mit Masern, und er hatte sich dem Drang hingegeben, sich zu verkriechen und die Welt mit Hilfe harten Alkohols auszusperren. Was für ein schwacher Mensch musste man sein, um das zu tun?

Du bist peinlich, schalt er sich und hätte am liebsten geweint, während er seinen Bademantel umband.

»Aber damit ist jetzt Schluss. Du hast eine Tochter und Verantwortung«, redete er laut mit sich und sah sich grimmig im Spiegel an. Er sah lächerlich aus mit der Platzwunde auf der Stirn und den roten Augen mit ihren schwarzen Ringen, die einem Pandabären gut zu Gesicht gestanden hätten. Aber das war ihm hier und jetzt egal. Was er vor sich sah, hatte keine Zukunft mehr, das wusste er – zumindest nicht, wenn er sein letztes bisschen Selbstrespekt nicht auch noch verlieren wollte und das durfte er nicht. Um Tullabys willen.

Nach einem letzten festen Blick riss er sich von seinem Spiegelbild los und ging zurück in den Schlafraum, aus dem ihm sofort der beißende Geruch des Erbrochenen entgegenschlug. Mit gerümpfter Nase ging er direkt zu der langen Kommode unter dem an der Wand hängenden Fernseher und schnappte sein Smartphone, um Tullaby anzurufen.

Kein Netz? Das darf doch wohl nicht wahr sein! Brummend startete er sein zugegebenermaßen nicht besonders neues Smartphone neu und versuchte es ein zweites Mal. Jetzt hatte er Netz. Nur zwei Striche, aber das würde wohl reichen, immerhin befand er sich mitten in Washington. Also wählte er ihre Nummer, die er unter seinen Favoriten abgespeichert hatte und unterdrückte ein tiefes Schluchzen. Der erste Wählton erklang und dann brach die Verbindung ab.

»Hm.« Er sah auf das Display und sah, dass er wieder keinen Empfang hatte. Mit gerunzelter Stirn ging er zu der zugehängten Fensterfront, zog die Gardinen beiseite und sah auf die nächtlichen Lichter von Washington, auf die er aus dem dreizehnten Stockwerk einen guten Blick hatte. Das Smartphone hielt er möglichst dicht an die Scheibe, doch noch immer hatte er keinen Empfang.

Da fiel ihm mit einem Mal die Uhrzeit auf, die sein Home-Bildschirm anzeigte: 13:15 Uhr.

»Jetzt hat das Ding endgültig seinen Geist aufgegeben«, seufzte er und warf es halb enttäuscht, halb wütend aufs Bett. Monty spürte, dass er etwas tun musste, um sich aus seinem gedanklichen Sumpf von Enttäuschung und Selbsthass zu ziehen, also ging er zu dem altmodischen Festnetztelefon auf seinem Nachttisch und wählte Ericas Nummer von Hand. Endlich bekam er ein Freizeichen und rollte erleichtert mit den Augen, doch niemand hob ab. Der schnell aufeinanderfolgende Piepton klang eher, als wenn es keine Verbindung gäbe.

Ist schon Wochenende? Vielleicht sind sie bei Ericas Eltern in Albuquerque? Er rieb sich den Kopf, um seine vom Alkohol tauben Denkprozesse anzustoßen, und versuchte, sich die Festnetznummer seiner Schwiegereltern ins Gedächtnis zu rufen. Er hatte schon ewig keinen solchen Anschluss mehr benutzt, geschweige denn einen angerufen, doch die Eltern seiner Exfrau waren unbelehrbare und ewiggestrige Farmer, wie sie nur Texas hervorbrachte. Als ihm die Nummer einfiel, wählte er sie so hastig, dass er sich zweimal verwählte, eher er einen normalen Wählton am Ohr hörte.

»Hallo?«, erklang eine glockenhelle Stimme.

»Tullaby? Hier ist dein Dad!«

»Oh, Dad, hallo«, freute sich seine Tochter und hustete. »Wie geht es dir denn?«

Monty musste vorsichtig einatmen, um nicht loszuheulen, als sie ihn nach seinem Wohlbefinden fragte – teilweise, weil er sich gerührt fühlte, und teilweise, weil er sich schämte für das, was er ihr der Ehrlichkeit halber hätte sagen müssen.

»Liebes, mir geht es gut, aber wie geht es dir? Wirst du wieder gesund? Machst du fein, was deine Mom dir sagt?«

»Ja, ich denke schon, aber Mom sagt, dass ich nicht raus darf und Opa sagt das auch.« Tullaby klang enttäuscht.

»Du bist krank, natürlich musst du im Bett bleiben!«

»Nee, mir geht es schon besser, aber weil es nicht mehr Tag wird, sagt Mom, dass wir drinnen bleiben müssen. Ich glaube, dass Opa und Mom Angst haben. Kannst du vielleicht zu uns kommen?«

»Ich ... ich bin gerade sehr weit weg, Liebes ...« Er schluckte die restlichen Worte, die ihm wie automatisch von der Zunge rollen wollten, wieder hinunter und atmete tief durch, als er eine Entscheidung traf. »Ich komme zu dir. Ich bin gerade im Norden, aber ich nehme das nächste Flugzeug und komme zu dir.«

»Jaaa!«, freute sich seine Tochter und die ehrliche Freude in ihrer Stimme ließ sein Herz höher schlagen. Er wollte noch etwas sagen, doch plötzlich war die Verbindung weg.

»Tullaby? Liebes?« Frustriert nahm er den Hörer vom Ohr und betrachtete ihn wie einen Fremdkörper. Dann legte er auf und begann das Erbrochene neben seinem Bett mit Unmengen Toilettenpapier wegzuwischen. Das war ein Kampf, den er nicht gewinnen konnte und früher oder später würde er an der Rezeption anrufen und beichten müssen, doch er wollte wenigstens ein wenig Vorarbeit leisten, um sich nicht in Grund und Boden schämen zu müssen.

Weil es nicht mehr Tag wird, müssen wir drinnen bleiben, schossen ihm die Worte seiner Tochter irgendwann durch den Kopf und er hielt in seiner Putzaktion inne. Was könnte sie gemeint haben? Hatte sie doch noch Fieber und er hatte sie aus dem Schlaf gerissen? Aber sie hatte nicht besonders verschlafen geklungen.

Monty sah zu dem Radiowecker, der auf dem anderen Nachttisch stand und las dort die Uhrzeit ab: 13:48 Uhr.

»Das kann doch nicht sein«, flüsterte er, sah zwischen Radiowecker und Fenster hin und her, vor dem stockfinstere Nacht herrschte, durch die nur die Lichter der Stadt drangen.

Plötzlich klingelte das Telefon und erschreckte ihn bis ins Mark. Als er sich wieder gefangen hatte, krabbelte er an dem großen nassen Fleck auf dem Teppich vorbei und hob ab.

»Äh, ja?«

»Sir, wir haben einen Anruf für Sie, ein gewisser Mister Hulse. Soll ich durchstellen?«, erklang die Stimme der Rezeptionistin mit dem philippinischen Akzent.

»Mister Hulse?«

»Ja, Sir. Er meinte, er rufe aus dem Verteidigungsministerium an.«

»Verteidigungsministerium?«, fragte er wie in Trance und sah sich mit gerunzelter Stirn in seinem Zimmer um, unsicher, ob er gerade träumte oder ins Delirium verfallen war.

»Ja, Sir. Ich stelle durch«, beendete die Rezeptionistin ihr Gespräch und es klickte in der Leitung.

»Doktor Reed?«, fragte eine männliche Stimme.

»Am Apparat.«

»Mein Name ist Eliah Hulse, ich arbeite im Krisenstab des Verteidigungsministers ...«

»Des Verteidigungsministeriums?«, fragte Monty lahm.

»Ja, Sir.« Ein Hauch von Ungeduld schwang in der

Stimme des Fremden mit. »Der Verteidigungsminister wurde damit beauftragt, auszuloten, wie man die Barriere zerstören kann.«

»Welche Barriere?«

»Sir?«

»Wovon reden Sie?«

»Die Barriere, die den Himmel verdunkelt, Sir«, wiederholte Hulse und klang beinahe ungehalten. »Die Expertenkommission möchte Sie bei dem Versuch dabeihaben, herauszufinden, ob die Barriere durchlässig ist für Gravitationswellen.«

»Ich muss gestehen, dass ich ein wenig verwirrt bin, ich ...«

»Ein Helikopter des Ministeriums wird Sie in dreißig Minuten abholen, zusammen mit Ihrem Team. Halten Sie sich auf dem Dach Ihres Hotels bereit für die Extraktion. Gehen Sie nirgendwo anders hin, haben Sie verstanden?«

»Äh ...«

»Sehr gut.« Hulse legte auf.

Barriere? Wovon hat der geredet? Was für eine Barriere? Erneut blickte er zu dem Radiowecker, las die Uhrzeit ab und sah auf das nächtliche Washington D.C.. Was passierte hier?

Die halbe Stunde, die ihm von dem angeblichen Anrufer aus dem Verteidigungsministerium eingeräumt worden war, nutzte er, um sich die Zähne zu putzen, anzuziehen, eine Flasche Wasser zu trinken, und fieberhaft nach der Packung Ibuprofen zu suchen, die er vor einer Woche gekauft hatte. Er fand sie schließlich vorne in seinem Rucksack und warf sich gleich achthundert Milligramm ein. Dann zog er sich an, überprüfte noch einmal, ob er sein Portemonnaie und sein Smartphone eingesteckt hatte, und nahm seine Keycard, mit der er das Zimmer verließ.

War das ein Scherzanruf? Will mich jemand verarschen?

Hunderte Gedanken gleichzeitig schwirrten durch seinen Kopf, während er den verwaisten Gang vor seiner Tür Richtung Treppenhaus ging und dort nach oben stapfte. Jeder Tritt auf eine Stufe sandte eine kleine Erschütterung durch seinen Schädel, der sich anfühlte, als schlage ein riesiges Pendel abwechselnd rechts und links gegen seine Schläfen. Irgendwann hatte er die letzte erreicht und stand vor einer Metalltür, auf der »Betreten verboten« in abbröckelnder Farbe stand. Er wollte gerade umdrehen, als er einem Impuls folgend die Sicherheitsstange hinunterdrückte und die Tür sich tatsächlich öffnete.

Die Luft, die ihm entgegenschlug, war frisch und vermischte sich mit dem unaufhörlichen Verkehrslärm der Stadt, die zwanzig Etagen unter ihm niemals schlief. Das Dach war bis auf einige Antennen und Satellitenschüsseln vollkommen flach, wenn man von einer eingezäunten Sektion mit Wassertanks absah – und es gab keinen Helikopter. Er sah auf die Zeitanzeige seines Smartphones: Es waren bereits fünfunddreißig Minuten vergangen.

Hatten seine Studenten vielleicht Wind von seinem Versagen bekommen und waren so wütend geworden, dass sie ihm einen Streich spielten?

Was mache ich überhaupt hier draußen? Das Verteidigungsministerium will einen Helikopter schicken, um irgendetwas über eine Barriere herauszufinden? Bin ich vollkommen durchgedreht, dass ich so einen Blödsinn glaube?

Unvermittelt drehte er sich um und wollte wieder im Treppenhaus verschwinden, als er hinter sich ein tiefes Rattern hörte, das langsam lauter wurde. Zuerst runzelte er die Stirn und lauschte, als er keinen Zweifel mehr hatte, dass es sich um Rotorenlärm handelte, der näher kam, drehte er sich um und sah aus nördlicher Richtung Positionslichter aufblinken, die sich in seine Richtung bewegten. Wie gelähmt blieb er stehen und beobachtete das Fluggerät, das gar kein Helikopter war, sondern eine Kipprotor-Maschine mit kurzen Flügeln, die vor dem Dach in eine scharfe Kurve ging und abbremste, bis sie genau über der Mitte schwebte. Ein heftiger Wind zerrte an seiner Kleidung und er musste seinen Mantel mit beiden Händen zuhalten, um ihn nicht vom Körper gerissen zu bekommen. Etwa einen Meter über dem Boden verharrte die Maschine mit kreisenden Rotoren und eine Seitentür wurde nach hinten geschoben. Im Innenraum sah er in vier Sitzreihen nur schattenhaft erkennbare Gestalten mit wuchtigen Kopfhörern sitzen.

»Doktor?«, schrie jemand über das Rattern hinweg und erst jetzt fiel ihm der Soldat auf, der mit einer Hand an der Tür auf der Kante hockte und ihm hektisch zuwinkte. »Kommen Sie schon!«

Ehe Monty begriff, was er tat, bewegten sich seine Füße wie von selbst und er lief geduckt und mit gegen den künstlichen Sturm zusammengekniffenen Augen auf den Soldaten zu. Dort angekommen bot ihm der Mann in seiner weiß-grau gefleckten Uniform eine helfende Hand, die Monty dankend ergriff, um sich ächzend hochzuziehen.

»Nehmen Sie da vorne Platz! Doktor Osprey möchte Ihnen persönlich die Details erklären.« Der Soldat kam ein bisschen näher und reichte Monty einen Schallschutzkopfhörer mit Mikrofon. Als er ihn ergriff und aufsetzen wollte, hielt der Mann ihn zurück und beäugte ihn argwöhnisch. »Haben Sie getrunken, Sir?«

»Ja.«

Der Soldat ließ los und scheuchte ihn fort, bevor er mit einem Rück die Tür zuzog. Soweit Monty es erkennen konnte, saßen zehn Personen auf den gepolsterten Sitzen, von denen ihm nur wenige Beachtung schenkten. Die meisten wirkten irgendwie konsterniert und besorgt und starrten zu Boden oder lasen auf Tablets – was genau, konnte er nicht sehen. Also setzte er den Kopfhörer auf, brachte das Mundstück vor seine Lippen und setzte sich auf den mittleren der beiden freien Plätze in der ersten Reihe. Rechts von ihm saß ein Mann mit grauem Haarkranz, der ihm freundlich zunickte und er wollte schon zurücknicken, als ihm die Worte des Soldaten wieder ins Gedächtnis kamen und er sie mit dem Gesicht seines Sitznachbarn in Verbindung brachte.

»Doktor Osprey?«, fragte er erstaunt und gleichzeitig erleichtert über die Ruhe, als die Kopfhörer den Rotorenlärm aussperrten.

»Ja«, bestätigte der ältere Mann und reichte ihm die Hand. Monty schüttelte sie wie betäubt. Er saß nicht nur neben der Koryphäe der Gravitationsforschung schlechthin, sondern auch noch neben einem Nobelpreisträger für Physik.

»Es freut mich wirklich, Sie kennenzulernen, Sir«, versicherte er seinem Kollegen und wollte noch einen ganzen Schwall an Respektbekundungen folgen lassen, als er den Gesichtsausdruck des Physikers bemerkte. Er wirkte wahlweise verängstigt, besorgt oder angespannt, Monty konnte es nicht mit letzter Konsequenz feststellen, da der Alkohol noch immer seine Sinne vernebelte.

»Ich wünschte, es wäre unter besseren Umständen. Ich habe Ihre Arbeiten zu Gravitationswellen gelesen und wollte Sie unbedingt im Team haben. Sie haben wirklich gute praktische Arbeit geleistet.« Osprey nickte jemand anders zu und dann schnallte sich der Soldat auf dem freien Platz links von Monty an und sie hoben ab. Ihm wurde sofort schlecht.

»Wenn ich fragen darf: was für Umstände denn? Ich habe einen Anruf bekommen und bin mir nicht sicher, wie ich ihn verstehen soll.«

»Wo waren Sie denn die letzten beiden Tage?«

»Ich ...« Monty überlegte einen Moment und seufzte dann. »Ich habe mich zwei Tage in meinem Hotelzimmer eingeschlossen und um den Verstand getrunken.«

»Ah«, machte Osprey nur und schien nicht einmal irritiert. Stattdessen reichte er ihm ein Tablet, auf dem Monty die Erdkugel und den Mond sah und eine Art Sphäre aus winzigen, rotierenden Punkten, die offenbar die Satellitenbahnen anzeigte. Dann baute sich aus einzelnen Pixeln eine schwarze Barriere zwischen der Erde und den Satelliten auf, bis die Erde zu einem schwarzen Ball geworden war.

»Vor zwei Tagen ist sie einfach erschienen, eine Barriere, die sämtliches Sonnenlicht aussperrt. Sie war von einer Sekunde auf die andere da, als wäre sie schon immer dort gewesen«, erklärte Osprey und Montys Mund wurde trocken, als hätte er eine Handvoll Staub verschluckt. »Wir gehen aktuell davon aus, dass die Barriere sämtliche elektromagnetische Strahlung reflektiert und nicht absorbiert, da wir zwar einen Temperaturabfall rund um den Globus feststellen konnten, es sich aber eher um eine abnehmende Amplitude handelt bei gleichbleibender globaler Gesamttemperatur.«

»Warten Sie«, unterbrach er den Physiker und schluckte. »Wollen Sie sagen, dass wir seit zwei Tagen kein Sonnenlicht mehr haben?«

»Ja.« Osprey nickte. »Die Gezeitenkräfte sind allerdings noch vorhanden, was bedeuten muss, dass die Barriere – was auch immer sie ist – durchlässig ist für Gravitationskräfte. Und wenn der Mond noch auf uns einwirkt ...«

»Können wir mit LIGO nachsehen, was im Weltall um uns los ist«, komplettierte Monty den Gedankengang seines prominenten Kollegen. »Darum haben Sie mich abgeholt. Ich weiß allerdings nicht, ob ich Ihnen eine große Hilfe sein werde, weil ich gerade nicht sicher bin, ob ich das alles für einen schlechten Traum halten oder mich aus der Tür stürzen soll, falls es keiner ist.«

»Ich verstehe das, so ging es uns allen gestern Morgen. Die Barriere ist jetzt seit siebenundzwanzig Stunden da und wir wissen rein gar nichts über sie, außer, dass sie das gesamte elektromagnetische Spektrum reflektiert, Gravitationswellen durchlässt und unterhalb der Satellitenbahnen in etwa hundertzwanzig Kilometern Höhe entstanden ist. Glauben Sie nicht, dass ich mich an das gewöhnen könnte, womit wir es hier zu tun haben. Es wirkt einfach zu surreal, um echt sein zu können, aber das ist nun einmal die Realität. Gestern Morgen saß ich noch im Café mit meinem Sohn, der in Boston studiert und heute ist die Nationalgarde in sämtliche Großstädte eingerückt, um Massenpaniken zu verhindern und die Polizei zu unterstützen. Die Menschen haben furchtbare Angst, und ich will ehrlich zu Ihnen sein: Die habe ich auch.«

»Zu Recht. Wenn alles stimmt und ich mich nicht gleich in der Truman Show wiederfinde, werden wir ziemlich rasch Probleme bekommen, und zwar Weltuntergangsprobleme«, meinte Monty und seine Stimme wurde mit jedem Wort leiser. Ein hässlicher schwerer Klumpen legte sich in seine Magengrube, als sich seine Gedanken mit den Konsequenzen einer solchen Barriere befassten.

»Ja, das weiß auch der Präsident. Sein Krisenstab hat das Verteidigungsministerium angewiesen, eine strenge Rationierung von sämtlichen Brennstoffen wie Benzin, Diesel und Gas durchzusetzen. Der Flugverkehr ist aufgrund der Satellitenausfälle komplett zum Erliegen gekommen und wir werden bald Nahrungsmittelprobleme haben. Mich hat der Verteidigungsminister beauftragt, Kontakt zu unseren Astronauten im All aufzunehmen, um herauszufinden, ob sie mehr wissen oder sehen können als wir. Wir haben genau zwei Tage Zeit, bevor ...«

»Die werden doch nichts Dummes tun, oder?«, unterbrach er den Physiker, doch der wich seinem Blick aus.

»Sie werden versuchen, mit Atomwaffen ein Loch in die

Barriere zu schießen«, gab Osprey zu und seine Miene wirkte gequält.

»Das ist gar keine so dumme Idee. Na ja, sie ist auch nicht besonders umsichtig und in der Höhe wird sie kaum Druck erzeugen können, wenn überhaupt. Aber die extreme Hitze, die freigesetzt wird, könnte ein Loch in das Material brennen, aus dem die Barriere besteht.«

»Das stimmt. Falls es nicht funktioniert, hätten wir einen riesigen EMP geschaffen und uns etwas aufgewärmt. Ich muss zu meiner Schande gestehen, dass ich die Stabschefs indirekt erst darauf gebracht habe, als ich sie überzeugt habe, dass so etwas wie eine *Energiebarriere* physikalisch unmöglich ist und es sich um eine Sphäre aus irgendeinem Material handeln müsse. Sobald sie gehört haben, dass es fassbar ist, wollten sie es abschießen.«

»Und was sollen wir jetzt tun?«

»Wir rüsten Ihre LIGO-Observatorien auf, richten sie aus und versuchen, mit unseren Leuten da draußen Kontakt aufzunehmen«, erwiderte Osprey, während unter ihnen die Lichter Washington D.C.s dahinzogen und sie in die ewige Nacht donnerten.

Kapitel 6: Rodea

13. Januar 2035, Langley

Als Rodea in Langley ankam und auf das Gelände der Central Intelligence Agency einbog, zeigte sie am Kontrollpunkt ihren Ausweis und ließ ihre Fingerabdrücke überprüfen. Die diensthabenden Sicherheitsleute wollten allerdings nicht akzeptieren, dass sie Jimmy und Thomas mitbrachte, daher zwang sie die jungen Männer, ihren Vorgesetzten anzurufen und wurde durchgewunken.

Der Parkplatz vor den hässlichen Kastengebäuden aus den siebziger Jahren war brechend voll und sie brauchte über eine halbe Stunde, um einen freien Platz zu finden, in der Thomas immer aufdringlicher quengelte. Als sie in der Empfangshalle durch die Detektoren gingen und an den Scannerautomaten für die Dienstausweise vorbeiwollten, wurden sie erneut vom Sicherheitspersonal aufgehalten. Sie musste erneut erwirken, dass die Rangleiter hinauf telefoniert wurde, bevor sie mit ihrer Familie durchgelassen wurde.

Die CIA war brechend voll, so voll, dass sie sich sicher war, dass sämtliches Personal aus dem Urlaub, dem Feierabend und dem Ausland abgezogen worden war. Sie hatte ihr halbes Leben zwar an unterschiedlichen Schauplätzen der Welt verbracht, aber wenn sie hier gewesen war, hatten die leergefegten Gänge auf sie immer geradezu geisterhaft gewirkt.

Nicht dieses Mal. Wenn die Welt unterging, mangelte es offenbar nicht an Personal. So schob sie sich mit ihrer kleinen Familie durch die Massen der durcheinanderrufenden Agenten, Büroangestellten und Analysten, die mit teilweise zerzausten Haaren, Augenringen bis über die Wangen und koffeinvernebelten Blicken durcheinanderliefen. Es war das reinste Chaos. Als sie an ihrem Büro ankam, das sich eine Etage unter der des Direktors und seines Hofstaates befand, fürchtete sie schon, dass es sich jemand unter den Nagel gerissen haben könnte. Doch es war genauso leer, wie sie es zurückgelassen hatte, wenn man von alten Pizzaschachteln, riesigen Papierbergen und unbearbeiteten Aktenstapeln absah.

Als Jimmy sie mit hochgezogener Braue anschaute, zuckte sie nur mit dem Kopf. »Ich bin eben altmodisch.«

»Und du hasst Büroarbeit.«

»Und *das*, ja«, gab sie zu und schob Ehemann und Sohn in Richtung des Bürosessels, der in dem kleinen Büroraum geradezu überdimensioniert wirkte. Rodeas Blick verlor sich einen Moment auf den Fenstern, durch die sie nichts als Dunkelheit sah und erst als Jimmy sich räusperte, schüttelte sie den Kopf und setzte ein Lächeln auf.

»Ich gehe, um mit der stellvertretenden Direktorin zu sprechen und dann komme ich zurück, ja? Ich muss erstmal herausfinden, was los ist«, sagte sie und wollte schon aus der Tür gehen, als ihr Mann sie mit einem Kopfschütteln aufhielt und unauffällig in Richtung ihres gemeinsamen Sohnes schielte, der ihr mit bebender Unterlippe hinterherschaute.

»Hey, kleiner Kämpfer«, sagte sie und ging zurück, um sich vor Thomas hinzuknien und ihn in die Wange zu knuffen. Ihr ganzer Körper war voll Unruhe, weil sie schnellstens zu ihrer Vorgesetzten gehen wollte, um Antworten auf ihre brennenden Fragen zu erhalten.

Aber mein Sohn geht vor, ermahnte sie sich. *Das habe ich mir versprochen und Jimmy auch.*

»Mom geht jetzt und besorgt etwas zu essen, okay?« Sie strich ihm durch die Haare und zeigte zu seinem Vater. »Papa und du, ihr passt jetzt auf mein Büro auf. Hier seid ihr sicher und es kommen keine bösen Leute mehr, okay? Das hier ist so etwas wie eine Burg voller Ritter, nur dass die heute Agenten heißen.«

»Echt?«, fragte Thomas mit großen Augen, in denen plötzlich ein begeisterter Glanz lag. Er sah zu Jimmy, als wollte er sich vergewissern, dass das auch stimmte, und als der nickte, strahlte er. »Wow.«

»Hier arbeite ich und du darfst dir alles anschauen und mit allem spielen, was du findest«, versicherte sie und fügte in Gedanken hinzu: *Am besten machst du die Akten kaputt. Wenn sie nach zwei Jahren niemand vermisst hat, wird auch jetzt niemand damit anfangen, außer ich gebe sie zurück.*

Als Jimmy zufrieden schien und Thomas anfing, sich interessiert umzusehen, eilte Rodea aus der Tür und wühlte sich durch das Gedränge auf dem Flur. Eine Frau mit vier Kaffeebechern in einer Papphalterung wäre fast mit ihr zusammengestoßen und entschuldigte sich abwesend im Vorbeigehen. Mit dem Fahrstuhl fuhr sie eine Etage nach oben, wo es deutlich ruhiger zuging. Das gesamte Stockwerk war nur durch Glaswände in einzelne Räume unterteilt, auf denen in regelmäßigen Abständen das CIA-Logo zu sehen war. Hier trug jeder Anzug und ein Halsband mit Ausweis vor der Brust. Sie sah sich kurz um, sah mehrere Meetings, die gerade abgehalten wurde und lief an allen vorbei durch den Glastunnel, um vor der letzten Tür links anzuhalten und zu klopfen.

»Herein!«, rief eine ungehaltene, vertraute Stimme und verfiel in eine wüste Schimpftirade. Rodea sah die stellvertretende Direktorin, die das Schild neben der Tür als Alison David-Griffiths auswies, durch die Glasscheibe, die in ihr Telefon brüllte. Ihre direkte Vorgesetzte war klein und pummelig, trug einen schlecht sitzenden Hosenanzug und die lilafarbenen Haare zu einem nachlässig gebundenen Zopf-Etwas geflochten.

»Sie halten jetzt Ihr verdammtes Maul, sonst kommt mir

mein scheiß Abendessen wieder hoch. Nein, das dürfen Sie nicht«, fuhr sie fort und winkte Rodea mit einer Hand ungeduldig herein. »Ich bin unfreundlich? *Ich?* Sie haben mir gerade gesagt, dass wir nur drei Maschinen bekommen. *Das* ist nicht nur unfreundlich, das ist die größte Frechheit, seit die Juniortüte abgeschafft wurde, sie Dreckskerl.«

Der Telefonhörer knallte so laut in die Fassung zurück, dass der ebenholzfarbene Schreibtisch wackelte.

»Ah, Rodea, meine Liebe!« Die stellvertretende Direktorin stand auf und ihre düstere Miene löste sich in einem breiten Lächeln, das ihre tiefen Grübchen zeigte. Sie kam um den Tisch herum und sie umarmten sich, bevor sie auf einen der beiden freien Stühle deutete und zu ihrem Platz zurückging. Rodea wusste, dass sie wahrscheinlich die einzige Mitarbeiterin der CIA war, die sich nicht davor fürchtete, sich hier zu setzen – und das schloss den Direktor mit ein.

»Abdunkeln!« Das Glas des großen Büros, in dem sich außer dem Schreibtisch und den Stühlen nichts befand, wurde milchig und schlagartig fühlte sich Rodea geschützt und entspannte sich ein wenig.

»Was bin ich froh, dass du hier bist. Ich habe mir schon Sorgen gemacht, dass dir was passiert sein könnte«, fuhr Alison fort und atmete zischend aus. »Wir konnten dich ja nicht erreichen.«

»Mir geht es gut. Die Fahrt hierher war nicht einfach«, gab Rodea zu, winkte jedoch ab.

»Erzähl es mir.«

»Nein, das würde zu viel deiner Zeit ...«

»Papperlapapp!«, fuhr ihre Vorgesetzte dazwischen. »Ich muss mich den ganzen Tag mit Verwaltungsärschen herumärgern, die trotz einer Katastrophe wie dieser auf Formularen und dem korrekten Dienstweg bestehen. Ich will jetzt wissen, wie es dir ergangen ist. Wie bist du überhaupt hierhergekommen?«

»Ich habe ein Auto gestohlen«, begann sie ihren Bericht und schüttelte den Kopf, als Alison einen Daumen nach oben reckte und zwinkerte. »Der Fahrer war gerade beschäftigt gewesen, einen Supermarkt zu plündern, also habe ich mich dabei gut gefühlt. Wir sind über Nebenstraßen parallel zur Interstate nach Norden gefahren und haben uns in den Dörfern gegen Bargeld mit so viel Benzin eingedeckt, dass es noch bis Kanada gereicht hätte. Am ersten Tag nach der Dunkelheit hat noch niemand Benzin gehortet, weil keiner damit gerechnet hat, dass sie nicht aufhört. Als wir am nächsten Tag nach Georgia kamen, wurde es schlimmer. Wir sahen die ersten Plünderungen und haben versucht, auf noch kleinere Straßen auszuweichen, um keinen Banden zu begegnen. Am Tag danach ist eine riesige Kolonne der Nationalgarde mit Schützenpanzern und Humvees an uns vorbeigefahren. Ich schätze, die wurden einberufen, um die öffentliche Ordnung in den Städten wiederherzustellen oder zu gewährleisten. Das Land aber ist ungeschützt, das kann ich dir sagen. Die Leute haben Angst, Alison. Es würde mich nicht wundern, wenn Weltuntergangssekten und religiöse Fanatiker bald wieder Aufwind bekommen und wir noch viel mehr Probleme haben. Gestern haben wir spät abends ein kleines Dorf in North Carolina erreicht, das von dem örtlichen Sherriff und seinen Deputys gut organisiert und sicher gehalten wurde. Wir durften in der Wache schlafen und morgens, als es wieder losging, haben wir die ersten toten Pflanzen am Wegrand gesehen. Einfach verwelkt und braun. Ich war schockiert, wie schnell das ging. Bei unserem ersten Stopp wollte ich gerade Benzin aus einem unserer Kanister nachtanken, als zwei Halbstarke auf Motorrädern uns das klauen wollten. Ich habe einen erschossen.«

»Das ist absolut in deinem Recht, ich kann dir versichern, dass es keine Ermittlungen ...«

»Ich weiß«, unterbrach Rodea ihre Vorgesetzte und Freundin und seufzte. »Thomas hat es mitbekommen und er ist erst sechs Jahre alt, Alison.«

»Er hat es gesehen?« Alison machte große Augen.

»Nein, Jimmy hat früh genug begriffen, was passieren wird und ihm die Augen zugehalten, aber Kinder verstehen viel mehr als du denkst. Er weiß es.«

»Hat es etwas verändert?«

»Das weiß ich noch nicht. Ich glaube, er hat jetzt ein bisschen Angst vor mir.« Rodea verzog gequält ihren Mund und schüttelte erneut den Kopf. »Jetzt sind wir hier und in Sicherheit, nur darauf kommt es an. Ich habe die beiden mitgebracht, weil ich nicht wusste, wie sicher die Stadt ist.«

»Das hast du gut gemacht. Sicher ist momentan nur, dass wir knietief in der Scheiße stehen und noch tiefer zugeschissen werden«, brummte Alison in ihrer berühmt-berüchtigten derben Art. »Heute Morgen ist das Internet faktisch zusammengebrochen. Durch den Ausfall sämtlicher Satelliten funktionieren keine Suchanfragen mehr auf Google und Co. Der Verlust der Atomuhren im Orbit und irgendwelcher Synchronisationsmuster hat dafür gesorgt, dass es zwischen den verschiedenen Servern kleine Zeitdifferenzen gibt, die sich aufsummieren und zu so etwas wie einem Anfragenstau führen. Erst war das Netz nur vollkommen langsam, mittlerweile ist es so gut wie zusammengebrochen. Internationale Telefonate sind Geschichte und die Mobilfunknetze verabschieden sich auch langsam, soweit ich verstanden habe aus demselben Grund, aber da musst du die Experten fragen.«

Alison packte ihr altmodisches Festnetztelefon und hielt es hoch. Dann deutete sie auf ein zerstörtes Smartphone in der Ecke hinter sich, das offenbar einem Wutanfall zum Opfer gefallen war.

»Gut, dass wir noch die alten Festnetzleitungen hatten und

die Lager mit bejahrtem Hardwarebestand voll waren. Früher wären die Leute da unten gefeuert worden, weil sie den Mist nicht weggeschafft haben, heute könnte ich sie küssen. Jedenfalls versuchen sämtliche Behörden aktuell mit Hochdruck, die alte Telekommunikationsinfrastruktur wieder aufzubauen, aber die Lage ist trotzdem mies. Im Nahen Osten sind sämtliche Drohnen abgestürzt, die im Einsatz waren. Der zivile Flugverkehr ist zum Erliegen gekommen, der Schiffsverkehr auch, was zu einem beinahe kompletten Stillstand der Wirtschaft geführt hat. Der Präsident hat ein Dekret zur Rationierung und Konfiszierung von fossilen Brennstoffen unterzeichnet, das landesweit durchgesetzt wird. Du kannst dir vorstellen, wie die Leute das aufnehmen, immerhin kommt das für sie aus heiterem Himmel und sie haben keine Möglichkeit, sich Informationen zu beschaffen, da es nicht einmal mehr Kabelfernsehen gibt. Stellt sich doch glatt heraus, dass selbst Kabelsender ihre Signale über Satellit in die Netzwerke einspeisen.«

»Zivilisation ohne Kommunikation ist keine Zivilisation mehr«, meinte Rodea und atmete tief ein. Zwischen ihren Schulterblättern hatte sich ein unangenehmer Knoten gebildet.

»Ist das ein Zitat? Von wem?«

»Von mir. Das habe ich damals zu dem Sultan von Brunei gesagt, als er während der Revolution das Internet abgestellt hatte, weil er sich schützen wollte.«

»Und? Hat es ihn überzeugt?«

»Keine Ahnung, ein Scharfschütze aus unserem Back-Up-Team hat ihn erschossen, bevor die Verhandlungen abgeschlossen waren. Ein paar Leute haben dafür in Washington ihren Kopf hinhalten müssen.« Rodea zuckte mit den Achseln. »Du weißt ja, wie das ist.«

»Weiß ich.« Alison wirkte mit einem Mal nachdenklich

und beugte sich über den Schreibtisch zu ihr. »Es ist gut, dass du da bist, Rody. Ich habe einen Auftrag für dich.«

Rodea antwortete nicht. Zuerst, weil sie die Worte ihrer Vorgesetzten nicht ernst nahm, dann, weil sie nicht sicher war, ob sie sie richtig verstanden hatte und schließlich, als sie Alisons ernsten Gesichtsausdruck sah, weil sie es nicht glauben wollte.

»Ich weiß, ich weiß. Du wolltest deine Stunden kürzen und keine Auslandseinsätze mehr machen, aber das hier kann niemand machen außer dir.«

»Ist das ein Zitat?«, fragte Rodea säuerlich zurück und schüttelte entschieden den Kopf.

»Ja, von mir. Ich weiß, ich weiß. Das sage ich immer, aber nur, weil es stimmt«, beharrte Alison und hielt ihren rechten Zeigefinger über ein Touchfeld auf ihrem Schreibtisch, ließ ihn jedoch noch nicht sinken. Stattdessen musterte sie Rodea eindringlich. »Ich zeige dir etwas und dann entscheidest du, okay?«

»Habe ich denn eine Wahl?«

»Ob du den Auftrag annimmst? Ja. Wir können dich nicht zwingen, nur feuern, aber momentan ...« Alison hob die Hände und lächelte. »Sagen wir einfach, dass der Papierkrieg schwer durchzubringen wäre. Vermutlich müsste ich dich einfach rausschmeißen.«

»Und habe ich eine Wahl, ob ich mir anschauen will, was du mir gleich zeigst?«

»Natürlich nicht«, gab die stellvertretende Direktorin beinahe empört zurück und lachte so ausgelassen, dass man hätte meinen können, die Welt um sie ginge nicht unter. »Ich sitze doch nicht auf diesem verkackten Stuhl, weil ich meine Sklaven jeden Scheiß entscheiden lasse.«

»Na dann habe ich wohl keine Wahl.« Rodea gab ihrer Gegenüber einen Wink.

Alison drückte einen für sie nicht sichtbaren Knopf auf dem Touchfeld und die Glasscheibe hinter ihr verwandelte sich in eine Displaywand. Darauf war ein Ausschnitt des Globus zu sehen, der in Großaufnahme den Süden der Philippinen mit der Insel Mindanao und den Norden der indonesischen Insel Sulawesi zeigte. Das Meergebiet dazwischen war mit »Celebessee« gekennzeichnet.

»Schick, du willst mich in den Urlaub schicken? Darf ich Jimmy und Thomas mitnehmen?« Zu Rodeas Überraschung entrang ihr halbherziger Scherz ihrer Vorgesetzten nicht einmal ein müdes Lächeln. Im Gegenteil wirkte sie mit einem Mal nicht mehr auf ihre typische Alison-Art ausgelassen und feixend im Angesicht selbst der größten Krisen, sondern sehr ernst, was Rodea sofort unruhig machte.

»Du erinnerst dich an den diplomatischen Streit mit China letztes Jahr, als wir eine ihrer Drohnen abgeschossen und sie geleugnet haben, gegen den Vertrag von Incheon verstoßen zu haben?«

Rodea nickte.

»Das hier ist der Ort, wo die USS Jeremy Brandt das unidentifizierte Flugobjekt abgeschossen hat.« Ein roter Punkt erschien südlich von Davao City, der Hauptstadt von Mindanao, mitten im Meer. »So weit, so gut. Der Vorfall wurde zu den Akten gelegt. Aber wir haben in den letzten Wochen seltsame Informationen zusammengetragen. Es gab seit dem Abschuss zweiundzwanzig dokumentierte Vorfälle von unerklärbaren Stromausfällen in der Celebessee. Viele neue Punkte – nein, kleine Kreise – erschienen auf dem Seegebiet und sie bildeten eine ungefähre Linie zwischen dem Abschussort der Drohne und der Nordküste Sulawesis. Die Daten stammen aus Berichten der indonesischen Küstenwache und bestehen teilweise aus Notrufen, Zeugenaussagen von Fischern, Containerschiffen und zwei Militärschiffen. Stromausfälle gab es auch in einem Resort auf den Bunaken, einer Inselgruppe vor der indonesischen Küste.«

»Ah«, machte Rodea und hob irritiert die Hände. »Das ist wohl eher etwas für Mulder und Scully.«

»Hier gibt es einen einfachen Zusammenhang. Wir haben die markierten Orte mit Strömungsdaten einiger meeresbiologischer Institute aus der Region verglichen und es gibt dort eine starke Meeresströmung.« Alison deutete hinter sich und blaue Pfeile bildeten eine sich bewegende Kolonne entlang der roten Kreise, die von Norden nach Süden führte.

»Okay, du glaubst, dass die Strömung Wrackteile der angeblichen chinesischen Drohne nach Indonesien gespült hat«, schlussfolgerte Rodea und musste sich beherrschen, um ihrer Ungeduld keine Stimme zu geben. »Spielt das jetzt wirklich eine Rolle?«

»Das ist noch nicht alles.« Alison stand auf, stellte sich vor die Displaywand und schob das Bild mit einer wischenden Geste fort. Ein neues Bild erschien, das oben rechts das Logo der NASA zeigte und in der Mitte die Erde mit dem Mond. Ein Asteroid tauchte am rechten Rand auf, länglich und unförmig, bevor in der Nähe der Erde ein Stück abbrach und zur Oberfläche raste. Der verbliebene größere Teil flog an dem blauen Planeten vorbei, während die unsichtbare Kamera dem kleineren Bruchstück folgte, das durch die Atmosphäre raste, aufglühte und über einem tiefblauen Meer langsamer wurde, bevor es auf ein graues Etwas auf der Wasseroberfläche zuhielt, von dem es beschossen wurde, bevor es in die Fluten stürzte.

»Was habe ich da gerade gesehen?«

»Vor vier Tagen hat die NASA uns neue Daten geschickt von dem Asteroiden, der damals die Erde verfehlt hatte. Ich glaube, er war nach seinem Entdecker Möbius benannt, du erinnerst dich vielleicht.« Das Bild fror ein und Alison tippte mit einer Hand energisch auf den Aufschlagpunkt auf dem Meer. »Die Eierköpfe der NASA haben herausgefunden, dass wir keine Drohne der Chinesen abgeschossen haben, sondern einen Meteor.«

»Jetzt verstehe ich noch weniger als vorher«, gab Rodea zurück und rollte mit den Augen. »Alison, sag mir einfach, worum es geht, ja?«

»Immer auf den Punkt.« Ihre Vorgesetzte schnaubte, lächelte aber mit hochgezogenem Mundwinkel. »Unsere Quelle bei den indonesischen Behörden im nördlichen Sulawesi hat kurz vor dem Erscheinen der Barriere herausgefunden, dass sich die unerklärlichen, lokal begrenzten Stromausfälle wiederholt haben, und zwar an Land.«

Wieder wechselte das Bild und zeigte nun Sulawesi, rund um die Stadt Manado. Rote Punkte erschienen in einem Dorf namens *Badjo Kima* und in Manado selbst.

»Du glaubst, dass dieser Meteor gar kein Meteor war, sondern irgendetwas Außerirdisches, das lokal seiner Umgebung Strom absaugt, und du glaubst, dass jemand dieses Artefakt aus dem Meer geborgen und an Land gebracht hat«, fasste Rodea zusammen und musterte das Bild eingehender, während sie sprach. Dann sah sie Alison direkt in die Augen. »Und du glaubst, dass dieses Artefakt mit der Barriere zusammenhängen könnte und willst es deshalb in die Finger bekommen.«

»Ich weiß, dass das wie eine Akte X-Folge klingt, Rody«, gab Alison zu und kam um den Schreibtisch auf sie zu, bis sie direkt vor ihr stand. »Aber das gilt auch für diese beschissene Barriere und sie ist trotzdem sehr real. Wenn die Sonne nicht bald wieder zu uns durchkommt, wird ein Großteil der Weltbevölkerung in wenigen Wochen oder Monaten verhungert sein, um nur ein Problem zu nennen. Wir können es uns nicht leisten, irgendwelche Szenarien als unwahrscheinlich abzutun, und das hier«, sie zeigte auf die Displaywand, ohne ihren Blick von Rodea abzuwenden, »sind ziemlich viele Indizien für etwas Seltsames, das dort passiert.«

»Da hast du recht«, stimmte sie der stellvertretenden Direktorin zu und obwohl Alison überrascht wirkte, als hätte sie gerade ein Wunder erlebt, war diese Einschätzung nichts als die Wahrheit. Rodea glaubte nicht an Zufälle und wenn sie eine Indizienkette sah, konnte sie nicht wegsehen. »Du willst wahrscheinlich, dass deine Lieblingsagentin, die zufällig Bahasa Indonesia spricht und zwei Jahre bei den Special Forces war, dir dein neues Lieblingsspielzeug besorgt.«

»Ich habe gelesen, dass du da nur mit Waffen gespielt hast, bis du einen Fallschirmunfall hattest und aus dem aktiven Dienst ausgeschieden bist«, witzelte Alison, doch ihr Lächeln wechselte sich schnell mit einem eindringlichen Blick ab, der ihre hellen Augen blitzen ließ. »Ich fliege dich mit einem Black-Ops Team hin. Du findest unauffällig heraus, was du über das Artefakt herausfinden kannst und bringst es uns. Du bekommst eine hohe sechsstellige Summe zur Verfügung und ich habe außerdem veranlasst, dass der Zerstörer USS Walter Bonjarewski in die Region versetzt wird und dir bei der Bergung des Artefakts hilft, sollte es notwendig sein.«

»Ich habe noch nicht zugesagt«, gab Rodea zu bedenken, wusste jedoch, dass sie erstens keine Wahl hatte und zweitens der Schalter in ihrem Kopf umgelegt worden war, den sie nur zu genau kannte. Es war der Schalter, der sie immer wieder in die Ferne gezogen hatte, angetrieben von Neugier und dem Gefühl von Lebendigkeit, das sie durchfuhr, wenn sie einem Ziel nachspürte, das große Bedeutung hatte. In Momenten größerer Ehrlichkeit gegenüber sich selbst wusste sie, dass es nichts in ihrem Leben gab, das sie sich so lebendig und bedeutsam fühlen ließ, obwohl sie bei diesem Gedanken häufig von Gewissensbissen geplagt wurde.

»Doch, das hast du schon, als du durch diese Tür gekommen bist«, widersprach Alison und drückte freundschaftlich ihre Schulter. Sie hatte recht. »Ich sorge dafür, dass Jimmy und Thomas Feldbetten in mein Büro gestellt bekommen und ein Aufpasser sich rund um die Uhr um beide kümmert. Ich habe noch ein paar Leute, die ich zum Latrinenablecken verdonnern wollte, die können sich jetzt nützlicher machen, als mein verdautes Mittagessen zu entfernen. Hier ist es auch etwas ruhiger als unten bei dir.«

»Danke«, sagte Rodea und seufzte langgezogen. Der schwierigste Teil würde noch kommen, wenn sie Jimmy sagte, dass sie in den Einsatz gehen würde, ohne ihm sagen zu dürfen, wohin und weshalb. Und Thomas ... Thomas würde es nicht leicht aufnehmen und sein Gesichtsausdruck würde ihr wehtun. Aber wenn es nur eine winzige Chance gab, dass sie helfen konnte, etwas über diese Barriere herauszufinden oder gar etwas gegen sie zu unternehmen, hatte sie ohnehin keine Wahl. Hier in Langley zu versauern würde jedenfalls nicht helfen, sondern sie nur verrückt machen.

»Wann geht es los?«

»Wir haben eine Maschine drüben in der Langley Air Force Base bereitstehen. Das Team ist an Bord und unser lokales Kontaktteam in Sulawesi steht schon in Manado bereit. Die Maschine ist aufgetankt und sämtliches Equipment an Bord.«

Rodea musste unwillkürlich lächeln, obwohl sie beinahe Angst vor dem Gespräch mit ihrer Familie hatte.

»Du bekommst immer, was du willst, hm?«

»Ja und jetzt will ich das Artefakt haben, also sorg dafür, dass das auch so bleibt, okay?« Alison zwinkerte ihr zu und scheuchte sie mit wedelnden Handbewegungen aus ihrem Büro. »Viel Glück, Rody.«

Kapitel 7: Made

14. Januar 2035, Badjo Kima, Sulawesi Utara, Indonesien

»Ich will dieses Ding hier weghaben!«, schimpfte Mades Frau und deutete auf die blau leuchtende Kugel unter dem selbstgezimmerten Esstisch. Das blau leuchtende Band, das die Kugel in zwei gleiche Hälften teilte, tauchte ihr Haus, das aus einem großen Raum mit Schlafecke, einem flachen Tisch und einer Feuerstelle bestand, in kaltes Licht.

Aber es war Licht und damit waren sie die einzigen in Badjo Kima, die von sich behaupten konnten, das zu haben. Der Himmel war bereits seit drei Tagen verdunkelt und nackte Angst grassierte seither im Dorf. Die einen hielten es für eine Strafe Allahs, die anderen vermuteten die Rückkehr der erzürnten Naturgeister, die die Menschen dafür bestrafen wollten, sich von ihnen abgewandt zu haben. Und dann gab es noch die Opportunisten, die nichts von beidem interessierte, sondern ausschließlich wie sie Kapital daraus schlagen konnten. Wayan, der Sohn des Dorfvorstehers hatte herausgefunden, dass einige der Nachbardörfer komplett verlassen wurden und es weiter im Süden Kämpfe gegeben hatte, denen viele Menschen zum Opfer gefallen waren. Made wusste davon nichts und glaubte auch nicht an eine Strafe Allahs – im Gegenteil: Zum ersten Mal hatte er Glück, während alle anderen Pech hatten. Es gab kein Licht mehr, abgesehen von den beiden Straßenlaternen an der Uferpromenade, die ein wenig Helligkeit spendeten, aber er hatte seinen seltsamen Fund, der ihm Licht ins Haus brachte.

»Wieso willst du es weghaben? Wir haben Licht, Indah!«,

entgegnete er kopfschüttelnd. »Warum musst du das schlechtreden?«

»Hast du mal rausgeschaut?« Indah ging zur Haustür, die die einzige Öffnung nach draußen war, zog sie auf, und deutete in die Dunkelheit. »Na?«

»Dass ich deine Geste sehen kann, liegt nur daran, weil wir die Kugel haben, die uns Licht spendet!«

»Jetzt willst du auch noch witzig sein?«, fragte sie erbost und schloss die Tür wieder – das Scheppern klang wie eine Drohung.

»Nein«, erwiderte er versöhnlich. »Ich will nur sagen, dass sie nichts Schlimmes tut.«

»Die Kinder haben Angst davor, weil sie komische Geräusche macht. Außerdem funktioniert dein Telefon nicht mehr, seit wir das Ding hier haben.«

»Das hat schon vorher rumgesponnen. Abgesehen davon haben wir die weit und breit einzige Lichtquelle in unserem Haus, wenn man Wayan Glauben schenken kann. Was glaubst du, wie viel das wert ist in ewiger Dunkelheit? Vielleicht ist es genug, dass wir Rudy und Binta auf eine Privatschule nach Jakarta schicken können. Dann können sie von hier weg und etwas studieren oder so«, erklärte er voller Hoffnung und spürte, wie ihm bei dem Gedanken, dass seine Kinder anders aufwachsen könnten als er, das Herz warm wurde.

»Wenn das alles Allahs Strafe ist, bringt uns kein Geld der Welt etwas. Wahrscheinlich nimmt dir eher jemand deine geliebte Kugel weg oder erschießt dich wegen ihr. Was denkst du, würden die Leute machen, wenn es kein Benzin mehr gibt und du der einzige mit einem vollen Kanister bist?« Indah deutete auf ihre beiden Kinder, deren winzige Silhouetten auf ihrem Futon in der Ecke lagen. »Du bringst unsere Kinder in Gefahr. Schaff das Ding weg, ja?«

»Allah hat sie mir ins Netz gelegt, wer bin ich, dass ich sie nun entsorge?« Made schüttelte entschieden den Kopf. »Ich sorge dafür, dass wir davon profitieren, dass Rudy und Binta davon profitieren, das verspreche ich dir.«

»Wie willst du das anstellen, hm?«, fragte Indah und klang nicht besonders überzeugt. Sie hatte ihre Hände in die massigen Hüften gestemmt und blickte ihn mit schräg gestelltem Kopf abwartend an.

»Ich überlege mir was«, antwortete er, schnappte den Tabak und das Feuerzeug vom Tisch und verließ das Haus. Die Blicke seiner Frau kitzelten ihn unangenehm im Nacken. Er war ihr nicht böse, weil er wusste, dass sie sich nur ängstigte, und besorgte Menschen unterschiedlich gut mit ihren Nöten umgingen. Natürlich war auch er nicht frei von Sorge, immerhin war die Sonne verschwunden und die Welt ertrank in Dunkelheit, aber er hatte gelernt, nie die Hoffnung aufzugeben. Hoffnung war bis auf seine Frau und seine Kinder das Einzige, was ihn jeden Tag mit dem Boot nach draußen fahren ließ. Sein Leben lang hatte er gedarbt und mit der Armut gehadert, aber seine schwierige Situation hatte auch dafür gesorgt, dass er mit Hoffnung viel Erfahrung hatte, was ihm nun durchaus zugutekam.

Draußen in der Dunkelheit angekommen, hörte er das ferne Rattern des Dieselgenerators, der die beiden Straßenlaternen am Wasser mit Strom versorgte. Ihr schwaches gelbes Licht waberte zwischen den Dächern und Bäumen zu ihm durch – kaum merklich, aber je länger er seinen Augen Zeit gab, um mit dem Wenigen auszukommen, was es an Helligkeit gab, desto besser konnte er sehen. Zuerst waren es die Silhouetten der anderen Häuser an dem steil aufragenden Trampelpfad, dann die Umrisse der Bäume und Äste, die sich aus der Dunkelheit schälten wie ein depressives Gemälde.

Er zündete eine Zigarette an, deren dunkelrotes Glühen für einen Moment heller als die Sonne schien, als er an ihr zog, und schlenderte Richtung Strand. Irgendwann würde er aufhören müssen – Tabak war in Indonesien zwar beinahe so billig wie Wasser, aber jede Rupiah zählte. Jetzt aber musste er den Kopf frei kriegen und das konnte er am besten, wenn er die Brandung des Meeres hörte, die ihn tagein, tagaus begleitete, seit er das erste Mal mit seinem verstorbenen Vater hinausgefahren war. In einigen Nachbarhütten brannte Licht, wahrscheinlich von den Feuerstellen, in den meisten war es aber dunkel. Geladene Smartphones gab es in Badjo Kima schon seit Tagen nicht mehr und er war nicht sicher, ob das am fehlenden Strom lag oder aber an seiner Kugel, die offenbar der Umgebung Energie entziehen konnte. Seither stand Feuerholz so hoch im Kurs, dass der Waldrand nach Osten bereits mehrere Meter gewichen war. Wayan hatte dafür gesorgt, dass die Männer des Dorfes die Tage mit Rodungen für die Feuerholzproduktion verbrachten. Die Stämme der Palmen und Bäume wurden zersägt und im alten Viehstall getrocknet, damit sie genügend Licht und Hitze für die Nahrungsmittelzubereitung hatten. Letzteres war natürlich ein Problem, da sie zwar am Strand oder in Ufernähe fischen konnten, wo man die beiden Laternen noch sah, aber das war nicht besonders einträglich im Vergleich zu den reichhaltigeren Gewässern weiter draußen. Früher oder später würden sie ohne die Möglichkeit, Reis aus Manado zu holen, Probleme bekommen. Aber wenn er die Kugel gewinnbringend verkaufen konnte, würden sie vielleicht zu ihrem Bruder nach Jakarta gehen können. In der Hauptstadt würde die Regierung schon dafür sorgen, dass alles funktionierte. Bauern in der Provinz kümmerten die Politiker nicht, das war schon immer so gewesen und würde auch immer so bleiben, obwohl sie sich für die Ernährung der Stadtbürger krumm schufteten. Aber das Wirtschaftszentrum Jakarta – das würden sie nicht aufgeben können, weil es der Motor war, der das Land am Leben hielt.

Als Made an der Uferpromenade ankam, sah er rechts einen Schatten unter der östlichen Laterne, der sich hin und her bewegte.

»Salam«, sagte er und ging auf die Gestalt zu. Nach zwei Schritten stockte er und bemerkte gar nicht, dass ihm die Zigarette aus dem Mundwinkel gefallen war, als er begonnen hatte zu schreien. Die Person, die er sah, baumelte an einem fingerdicken Strick von einem Bangkirai-Baum, dessen dicker Ast sich über die Laterne beugte, in deren Schein die tote Gestalt im Wind hin und her pendelte. Unfähig, sich zu bewegen, starrte er in das Gesicht des Mannes, das bereits blau angelaufen war und Budi Darmawan gehörte, dem Tischler des Dorfes.

»Das ist Budi!«, rief jemand. Made, von der plötzlichen Stimme in seinem Rücken aufgeschreckt, fuhr herum und sah seinen Freund Roro, der mit großen Augen zu ihm aufschloss. Er knüpfte gerade sein Hemd zu und starrte ungläubig zu dem Toten. Made sah sich um, konnte ansonsten aber niemanden sehen, der aufgrund seines Schreis ins Freie getreten wäre, was ihn noch mehr beunruhigte als die Leiche von Budi.

»Er hat sich erhängt«, stellte er mit einem unangenehmen Kratzen im Hals fest.

»Ich glaube, das wird noch häufiger passieren«, murmelte Roro betroffen und das Weiß in seinen Augen stach im Kontrast zu seiner kakaofarbenen Haut geradezu leuchtend hervor.

»Was meinst du?«

»Die Sonne, sie ist weg und ich glaube ohne Licht werden die Leute traurig und träge.«

»Aber Selbstmord ist Sünde!« Made wusste nicht, ob er empört über diesen Frevel sein sollte oder doch traurig über den Verlust seines überaus hilfsbereiten und freundlichen

Nachbarn, der eine große Familie hinterließ. Letztendlich gewann aber das Mitleid die Oberhand und er schüttelte traurig den Kopf. »Wir sollten ihn herunterholen und begraben.«

»Ja«, meinte Roro und nickte, ohne sich jedoch zu regen. »Das sollten wir.«

Erneut blickte Made sich um, aber sie waren noch immer vollkommen allein. Die vom schwachen Lichtschein, der ihr Dorf umgab wie eine zerbrechliche Haube inmitten endloser Dunkelheit, angestrahlten Häuser lagen da wie verlassen, als stünden sie in einer Geisterstadt.

»Wo sind denn bloß alle?«

»Sie haben Angst«, erklärte Roro und sah sich mit unruhigem Blick um. »Die letzten Tage hat sich das schon angedeutet. Ich glaube nicht, dass ein lauter Schrei sie dazu bringt, sich besser zu fühlen und vor's Haus zu gehen.«

»Hörst du das?«, wechselte Made unvermittelt das Thema, als er entfernte Motorengeräusche vernahm. Zuerst war es nur ein kaum wahrnehmbares Rauschen, das in der sanften Brandung unterging, doch dann schwoll es zu einem kratzigen Brummen an, das ihm bekannt vorkam. »Mego! Das klingt nach Megos Auto!«

»Hm, ja, du könntest recht haben.« Roros Blick verlor sich im Nichts, während er lauschte, dann nickte er schließlich. »Vielleicht bringt er Lebensmittel und Diesel mit!«

»Komm, wir gehen zum Dorfeingang«, sagte Made und gemeinsam liefen sie schnellen Schrittes zur anderen Laterne, die sich vor dem Minimarkt befand, hinter dem der Schotterweg von Manado zur Uferstraße führte. Obwohl er sich schuldig fühlte, bemerkte er, dass es ihm guttat, so schnell wie möglich von der Leiche fortzukommen, die ihm eine riesige Angst einjagte.

Der Motorenlärm wurde immer lauter und jetzt kamen auch andere Dorfbewohner aus ihren Häusern oder streckten zumindest ihre undeutlich erkennbaren Köpfe aus der Tür. Offenbar hofften nicht nur er und Roro auf Nahrungsmittel aus der Stadt.

Als der Pick-up um die Häuserecke bog, mussten sie ihre Augen vor den Scheinwerfern abschirmen, die im Kontrast zu den schwachen Laternen geradezu grell wirkten. Made nahm seine Hand wieder herunter, als er die Bremsen des Fahrzeugs quietschen hörte und das Gluckern des Motors tief und gleichförmig klang. Der Wagen stand nun keine drei Meter von ihnen entfernt zwischen dem Minimarkt und einer Kokospalme, doch er war nicht weinrot wie der von Mego, sondern schwarz und von seiner Ladefläche sprangen vier Gestalten herunter, die sich zu zwei anderen gesellten, die aus den geöffneten beiden Fronttüren stiegen.

»Wer ist das?«, fragte Roro ängstlich und wie auf ein Kommando wichen sie zurück, bis er mit dem Rücken gegen die Laterne stieß und fürchterlich erschrak.

Die sechs Schatten hinter den Scheinwerfern traten nacheinander in den Lichtkegel ihres Wagens und bildeten einen breiten Fächer vor ihnen. Mit jedem Schritt verwandelten sie sich mehr und mehr von Schatten zu erkennbaren Personen: Es handelte sich um sechs Männer in zerschlissenen Jeans und Hemden mit hochgekrempelten Ärmeln, die schulterlanges, fettiges Haar hatten, das zwei mit Bändern zurückhielten. Drei hielten Gewehre in den Händen und die anderen drei rostige Macheten. Made gefror das Blut in den Adern, als er verstand, mit wem sie es zu tun hatten.

»Das sind Premans von der FPI«, stellte er fest und verschluckte sich beinahe an seiner eigenen Spucke, die offenbar selbst vor Angst den Rückzug in seinen Rachen antreten wollte. Die FPI war von einem paramilitärischen Arm islamistischer Revolutionäre in der Vergangenheit zur modernen Mafia des Landes geworden und ihre Vollstrecker, die *Pre-*

mans, gefürchtete Schläger und Killer, die sich niemand in einem Umkreis von hundert Kilometern wünschte. Wo sie auftauchten, gab es danach Artikel mit schrecklichen Bildern in den Tageszeitungen zu lesen, hatte er gehört. Der Drang, zurück zu seiner Familie zu laufen, um mit ihr zu fliehen, war beinahe übermenschlich und doch schaffte er es nicht, auch nur einen kleinen Finger zu heben. Er stand stocksteif da, unfähig, einen klaren Gedanken zu fassen und wie betäubt.

»Wir haben gehört, dass ihr hier was versteckt habt«, schnarrte einer der Männer, der eine Machete in der Hand hielt und sich damit lässig an der Schulter kratzte. Seinem langgezogenen Akzent nach musste er aus Java stammen.

Bis die Worte des Mannes, der ein ganzes Stück kleiner war als er, zu Made durchgedrungen waren, stand der schon eine Handbreit von ihm entfernt und starrte ihm mit schräggelegtem Kopf direkt in die Augen. Alles an seinem Gegenüber strahlte Gewaltbereitschaft und Aggression aus, wie ein Raubtier, das bei der kleinsten Provokation losspringen würde.

»Ich ... ich weiß nicht ...«, stammelte er ängstlich.

»Ich fragte: Wo habt ihr das Ding versteckt?«

»Made, sag ihm ...«, setzte Roro an, doch seine Stimme ging in einem nassen Gurgeln unter.

Mit aufgerissenen Augen schaute er zur Seite und wäre beinahe gestürzt, als er sah, dass einer der anderen Premans Roro die Machete in den Hals geschlagen hatte und es gerade wieder tat. Die Leiche seines halb enthaupteten Freundes war bereits zu Boden geglitten, doch der Preman hackte weiter auf ihn ein. Mehr konnte Made nicht sehen, als er zur Seite taumelte und sich heftig übergab. Seine Knie zitterten so heftig, dass er sich kaum auf den Beinen halten konnte, als jemand ihn am Kinn packte und seinen Kopf nach oben zwang.

Die Augen des Premans von eben funkelten belustigt, was

bei Made noch tieferes Entsetzen und noch heftigere Angst hervorrief.

»Roro, ihr habt .. ihr habt ...«, stotterte er, ohne einen der in seinem Kopf umherrasenden Gedanken fassen zu können.

»Der da?« Der Preman stieß mit einem Fuß gegen die zuckende Leiche seines Freundes. »Der ist hinüber, Nelayan. Ob das auch für dich oder deine Familie gilt, entscheidest du.«

Made machte unwillkürlich große Augen, als sein Gegenüber *deine Familie* sagte, nur um es sofort zu bereuen.

»Ah, eine Familie also. Das macht die Sache einfacher. Wir haben gehört, dass ein dreckiger Nelayan aus dem Norden ein seltsames Ding aus dem Meer gefischt hat, das geradezu magische Fähigkeiten haben soll. Was denkst du, wie lange wir bereits gesucht haben? Drei Dörfer im Süden gibt es bereits nicht mehr, in welchem Ausmaß deines auch dazugehört, hängt davon ab, ob du mir sagen kannst, inwieweit es in eurem Drecksloch diese Kugel zu finden gibt, von der wir gehört haben, oder nicht. Falls ja«, sagte der Preman und drückte Made die Spitze seiner Machete auf die Brust, »werde ich dich und dein Dorf in Ruhe lassen. Falls nicht, werden wir euch alle genauso behandeln wie deinen Freund hier. Was soll es also sein?«

Wenn ich es ihnen sage, werden sie Indah, Rudy und Binta auch ermorden. Das sind Tiere, dachte er fieberhaft und versuchte, sich auf seine Optionen zu konzentrieren, doch er fand keinerlei zusammenhängende Ordnung mehr in seinem Geist, nur pure Furcht. Es war eine mehrschichtige Furcht, die sich aus der Angst um seine Familie und der sehr direkten Angst, jetzt und hier getötet zu werden, zusammensetzte. Ehe er seine Panik in Worte fassen konnte, hörte er gehässiges Gelächter und sah, wie die kaum erkennbaren Gesichter der sechs Premans von dem Grinsen weißer Zähne zweigeteilt wurden. Als er an sich hinabsah, verstand er auch, warum sich sein Schoß so feucht anfühlte: Er hatte sich vor Furcht eingenässt und die nassen, stinkenden Flecken breiteten sich bereits bis zu seinen schlotternden Knien aus.

»Ich ... ich ...«, stammelte er kopflos und konnte kaum noch atmen.

»Ich, ich, ich«, äffte der Preman ihn nach und winkte seinen Kameraden herbei, der über Roros Leiche stieg und ihm die bluttriefende Klinge an den Hals hielt. Sofort hielt Made die Luft an und starrte mit großen Augen die Waffe an, die seinem besten Freund auf so bestialische Weise das Leben gekostet hatte. »Du solltest weniger an dich denken, sondern mehr an deine Familie und dein Dorf. Wenn du weißt, wo diese Kugel ist, die wir suchen, dann lassen wir euch in Ruhe, ich verspreche es. Mich interessiert euer nach Fisch stinkendes Kaff nicht.«

Ich habe keine Wahl, dachte er panisch und sein Widerstand schmolz schneller dahin als ein Eiswürfel unter einem Brennglas. Natürlich glaubte er dem Mafia-Killer kein Wort, aber er war sicher, dass er und seine Familie tot wären, wenn er ihnen nichts sagte. Wenn er es jedoch tat, würde er noch ein paar Minuten länger leben und vielleicht eine Chance haben, seine Familie rechtzeitig zu warnen.

»Ich habe die Kugel bei mir zuhause«, gestand er schließlich und seine Stimme brach mehrfach.

»Oh«, machte sein Gegenüber und sein bärtiges Gesicht mit den schiefen Zähnen wirkte für einen Moment überrascht. »So? Wo denn?«

»In meinem Haus.«

»In deinem Haus«, wiederholte der Preman und drehte sich zu seinen Leuten um. »Habt ihr das gehört? Das nenne ich mal einen Zufall!«

»Gott wird eure Sünden bestrafen«, murmelte Made,

ohne zu begreifen, dass er seine Gedanken laut ausgesprochen hatte. Die blanke Angst blendete jeden Versuch der Selbstbeherrschung aus.

»Oh, wird er das?«, gackerte der Killer und grinste sein hässliches Grinsen, das eher dem Zähnefletschen eines Tigers gleichkam. »Ich glaube eher, dass er uns alle schon bestraft, da macht es auch keinen Unterschied mehr.«

»Bring uns jetzt zu deinem Haus«, sagte ein anderer von links. Made glaubte, es sei derjenige, der ihm die blutige Machete an den Hals hielt und jetzt sinken ließ. Er klang nicht nach der gekünstelten Leichtigkeit des Mannes direkt vor ihm, sondern eher kalt und mechanisch, was ihm beinahe noch mehr Angst einjagte. »Geh vor.«

Jemand packte Made an den Schultern und drehte ihn um, dann setzte er zitternd einen Fuß vor den anderen und ging mit gesenktem Blick in Richtung des Trampelpfades, der zwischen den Hütten des Bäckers und der Wäscherei nach oben führte. Dabei sah er seine nackten Füße an und fragte sich, ob er sie gerade zum letzten Mal sah. Im Angesicht des nahenden Todes sah alles so wertvoll aus und so, als müsse er sich alles genau einprägen und als hätte er in der Vergangenheit gar nicht wertgeschätzt wie gut es war, zwei Füße zu besitzen. Der Sand kitzelte zwischen den Zehen, kleine Steinchen pikten seine Hornhaut und ab und zu streichelten Grasbüschel die Haut über seiner Ferse.

Wie im Traum ging er weiter und immer weiter, hörte hinter sich die gedämpften Schritte der Premans, die sich ansonsten vollkommen still verhielten, als wären sie gar nicht da. Dann stand er plötzlich vor seinem Haus und zuckte vor Schreck heftig zusammen. Er hatte doch seine Familie warnen wollen. Er hatte doch rufen wollen, schreien, irgendetwas, was sie dazu hätte bringen können, wegzulaufen, fort von den Psychopathen mit ihren Gewehren und Macheten.

»Das ist es also?«, fragte derjenige, der vorhin mit ihm gesprochen hatte, und deutete mit seiner bluttriefenden Machete auf die Tür, die er vor vielen Jahren gezimmert hatte.

Made reagierte nicht, doch das musste er auch nicht, da er so heftig geschubst wurde, dass er gegen das Sperrholz knallte und mit der Tür, die aus den Angeln flog, in sein Haus krachte. Vor Schreck schrie er auf und sein Schrei bekam ein mehrfaches Echo, als er Indah und seine beiden Kinder in der Schlafecke hochfahren sah. Im schwachblauen Licht der Kugel wirkten ihre Gesichter blutleer und entrückt wie verzerrte Fratzen von Cartoonfiguren.

Zwei der Premans liefen zu ihnen und rissen erst seine Frau und dann seine Kinder an den Haaren aus dem Bett und schubsten sie grob auf den Boden.

»Hört auf, ihr verdammten Schweine!«, schrie Made, als sich seine Furcht in einen unbändigen Zorn entlud, der ihm beinahe den Verstand raubte, ihm aber auch die Kraft gab, trotz seiner Schmerzen von dem Aufprall aufzuspringen.

»Ah, ah, ah«, machte der Mann mit der Machete und hielt sie ihm so dicht vors Auge, dass er die Spitze doppelt sah. Gleichzeitig luden die beiden Killer bei seiner Familie ihre Gewehre durch und hielten die Mündungen auf seine Kinder gerichtet. »Willst du als Held sterben, hm?«

»Da ist sie ja«, meinte der andere Preman, den Made für ihren Anführer hielt. Er war der letzte der FPI-Killer. Der Rest war offenbar beim Auto geblieben. Der Mann ging auf die Kugel zu, steckte die Machete in den Gürtel und tastete sie ab. Bei seinen nächsten Worten klang er geradezu nachdenklich: »Ein einsames Licht im Dunkeln.«

»Sind wir zufrieden?«, fragte der humorlose mit dem flaumartigen Bart und den kalten Augen, der Made in Schach hielt.

»Ja, das sind wir. Ich nehme sie mit und dann hauen wir

ab nach Mana, bevor mich der abartige Geruch nach Fisch und Feiglingen noch umbringt.«

»Was ist mit ihm und der Familie?«

»Hackt ihnen erst die Hände ab und dann die Hälse. Ich kann dieses Bauernpack nicht ausstehen. Guck dir diese Feiglinge an, verraten sogar ihre Familie, wenn es um ihren eigenen Hals geht«, meinte der Anführer und lachte, als Made hilflos auf die Knie sank. Er begann heftig zu schluchzen und streckte seine Hände mit verzweifelter Miene nach seiner Frau und seinen Kindern aus, die zu heulen begonnen hatten und in einer Pein schrien, dass es ihn beinahe zerriss. Scham und Schuld drohten ihn vollständig einzunehmen und Tränen flossen in Sturzbächen über seine Wangen.

»Ha!«, lachte der Preman auf, den Made nur noch als einen von vier sich bewegenden Schatten wahrnahm, weil sein Blick von den Tränen verschwommen war. »Das ist wirklich komisch. Lasst sie in Ruhe, er hat sich gerade schon selbst umgebracht.«

Schritte schabten über den staubigen Lehmboden seines Hauses und dann wurde es still. Es wurde beinahe vollkommen dunkel, bis ein fader Lichtschein durch den offenen Türrahmen hereinfiel und Made wieder Umrisse erkennen konnte.

Die Premans waren fort, doch seine Frau, die ihre beiden Kinder an ihre Brust gedrückt hielt, saß noch da und wiegte sich weinend hin und her. Ohne nachzudenken, stürmte er vor und schloss sie heftig in seine Arme.

»Es tut mir leid«, schluchzte er beschämt. »Es tut mir so leid. Alles ist jetzt gut, alles ist gut.«

Kapitel 8: Montgomery

14. Januar 2035, Luftraum über Montana

Der Flug zurück nach Hanford dauerte lange. Zuerst mussten sie die Kipprotor-Maschine auf einer Basis der Airforce landen, um in einen Transporthelikopter umzusteigen. Das riesige Militärgelände lag als greller Punkt in der endlosen Dunkelheit der weiten Natur, über die sie geflogen waren, wie ein Leuchtfeuer. Die beiden Start- und Landebahnen waren hell erleuchtet und bildeten eine Art Kreuz im allgegenwärtigen Schwarz, das so undurchdringlich war, dass es keinerlei Übergänge zwischen oben und unten gab. Die vielen Häuser und Baracken leuchteten ebenfalls – jedes Fenster bildete einen Stern inmitten eines Sternenhimmels am Boden, was so lange befremdlich aussah, bis sie landeten. Dann änderte sich alles, weil überall Soldaten herumliefen und sie von herumbrüllenden Männern und Frauen in einen anderen Helikopter gejagt wurden, immer mit gesenkten Köpfen gegen den Sturm der Rotoren.

Als sie mit der neuen Maschine abhoben, war ihm der Umstieg wie ein Traum vorgekommen – surreal und erschreckend zugleich, weil alles so hektisch vonstattengegangen war. Als er sich dieses Mal gegen den noch heftigeren Rotorenlärm einen neben seinem Platz hängenden Schallschutzkopfhörer aufsetzte, saß er in einer Reihe mit der Hälfte der Wissenschaftler in seinem offenbar neuen Team, während die andere Hälfte ihnen gegenüber saß. Es gab keine Fenster, nur die beiden Sitzbänke, auf denen sie in den heftiger gewordenen Turbulenzen hin und her geworfen wurden. Die Wände waren militärisch grau bemalt und mit allerlei Boxen und Säcken vollgestopft, die von einem eng verzurrten Netz gehalten wurden. Hinten gab es eine geschlossene Rampe und vorne einen offenen Durchgang zu den beiden Piloten. Das Licht blieb die gesamte Zeit über Dunkelrot, als befänden sie sich im Krieg – zumindest kannte er solche Szenen nur aus Kriegsfilmen.

»Irre, oder?«, schrie ihm sein neuer rechter Sitznachbar ins Ohr – zumindest hörte es sich so an, bis Monty realisierte, dass die Stimme, die zu dem breit grinsenden Gesicht gehörte, über Funk in seine Kopfhörer sprach.

»Äh, was von alledem? Die Tatsache, dass wir von einer Barriere eingeschlossen sind? Die Tatsache, dass wir in einem Helikopter der Airforce fliegen, oder die Tatsache, dass ich mich noch nicht eingepinkelt habe vor Angst?«

Sein Sitznachbar grinste noch breiter. Er hatte kurzes braunes Haar, war maximal Anfang Dreißig und besaß den unbeschwerten Augenausdruck eines jungen Akademikers, der sich noch nie für Forschungsgelder hatte beschämen müssen.

»Alles davon! Ich heiße Johannes Bohr, ich bin der Doktorand von Charles Osprey«, stellte sich der junge Mann vor und hielt ihm eine Hand hin, die Monty mit einem freundlichen Nicken ergriff, obwohl ihm nicht nach einer Unterhaltung zumute war. Andererseits war der Impuls, sich in sich selbst zurückzuziehen, in diesem Moment wohl eher kontraproduktiv. Er wusste, dass er ein Weltmeister im Grübeln war und das hatte ihm noch nie gutgetan.

»Montgomery Reed, aber alle nennen mich Monty.«

Bohr nickte. »Dann bin ich Johannes.«

»Woher stammt dein Akzent?«

»Deutschland. Ich habe in Hamburg Abitur gemacht, ein Stipendium für Yale bekommen und bin dann mit meinem letzten Geld zum Autohändler gegangen, um mir eine Schrottkarre zu kaufen, die mich zu Doktor Ospreys Haus in Wisconsin fährt. Nenn mich ruhig einen Stalker, aber ich habe die Doktorandenstelle bekommen, die er nie vergeben wollte«, erklärte Johannes und zuckte zufrieden mit den Achseln. »Aber das zählt jetzt auch nichts mehr. Ich habe noch nie so viel Mut zusammengenommen, wie in dem Moment, als ich in das Auto gestiegen bin, um bei Osprey alles auf eine Karte zu setzen. Kaum zu glauben, dass ein paar Tage später die Welt untergeht. Wenn ich noch einen Beweis gebraucht habe, dass es keinen gütigen Gott da oben gibt, dann hab' ich ihn jetzt anscheinend bekommen.«

»Noch ist die Welt nicht untergegangen«, hielt Monty dagegen und war nicht sicher, wen er damit zu überzeugen versuchte: sich selbst oder den jungen Deutschen.

»Na ja, wir atmen noch, da hast du wohl recht, aber nicht mehr lange. Die Pflanzen brauchen zur Fotosynthese nun einmal Sonnenlicht, sonst gibt es keine Glucose und keinen Sauerstoff, der bei der Umwandlung von Kohlendioxid entsteht. Das heißt, wir ersticken ganz langsam.«

»Das stimmt zwar, aber Bäume haben so viel Wasser und Glucose gespeichert, dass sie noch Jahrzehnte grün und aktiv sein werden«, widersprach Monty dem jungen Mann und musste sich beherrschen nicht zu schreien, da er die Rotorengeräusche von draußen selbst durch seine Schallschutzkopfhörer als unangenehmes Rattern vernahm.

»Aber wird das genug sein?«

»Genug für die Überlebenden, ja. Allein die verbliebene Atemluft wird für Jahrhunderte reichen, selbst wenn keine neue nachproduziert wird.«

»Was meinst du mit *die Überlebenden?*«, fragte Johannes und bedeutete einem der Wissenschaftler auf der Bank gegenüber, sich zu beruhigen, weil der ihn mit wilden Gesten auf sein Datenpad aufmerksam machen wollte.

»Ich meine diejenigen, die sich nicht das Leben nehmen,

weil sie durch Vitamin-D-Mangel depressiv geworden sind, diejenigen, die nicht aufgrund von extremer Nahrungsmittelknappheit verhungern, diejenigen, die nicht marodierenden Banden, Aufständen und Gewaltverbrechen zum Opfer fallen – die Liste ist lang.« Monty winkte ab und unterbrach sich selbst, da er diese apokalyptische Liste in seinem Kopf nicht weiterführen wollte. Doch der Doktorand ließ nicht locker.

»Hm, das stimmt. Der Zusammenbruch staatlicher Strukturen wird das Ganze noch gesellschaftlich anheizen, immerhin stirbt gerade das Internet aus und die Welt ist nicht mehr vernetzt. Auch der Verlust sämtlicher GPS-Signale ist ein Problem: Nicht nur, dass es keine Flüge mehr gibt und wir quasi festsitzen, auch die Börsen können keine Termingeschäfte mehr machen und sind geschlossen. Ohne Handel wird die globalisierte Welt schneller in der Steinzeit versinken, als wir es uns vorstellen können. Auch das Militär ist quasi abgeschnitten, denk nur an die Navy, die keinen Kontakt mehr zu ihren Überseeeinheiten haben wird. Wie sollen die herausfinden, dass es keinen Krieg gibt? Wie sollen die Befehle einholen im Falle eines Zwischenfalls? Was ist mit den Atomwaffen? Ohne Augen im Orbit weiß niemand, ob irgendeine Atommacht gerade einen Erstschlag führt. Irgendjemand könnte auf die dumme Idee kommen, lieber zuerst zu schießen, um sich dieses Risikos zu entledigen.«

»Das halte ich für sehr pessimistisch«, widersprach Monty und war erstaunt, dass jemand noch negativer in die Zukunft schauen konnte als er. Er fühlte sich noch immer wie in einem Traum, war in Gedanken hin und her gerissen zwischen Sorge um seine Tochter und zu einem gewissen Grad um seine Exfrau Erica und dem Pflichtbewusstsein, das ihn dazu brachte, dieser Sorge nicht nachzugehen und stattdessen am LIGO in Hanford an einer Lösung des Problems mitzuarbeiten. Wie sie dort allerdings etwas bewirken sollten, war ihm noch schleierhaft, aber Charles Osprey war der Nobelpreisträger an Bord und nicht er.

»Ich bin kein Pessimist«, entgegnete Johannes und klang beinahe beleidigt. »Sonst würde ich nicht hier an Bord sitzen, hm?«

»Wieso, hättest du einen anderen Ort, an dem du gerade lieber wärst?«

»Touché.« Der Deutsche grinste und verzog anerkennend den Mund.

»Lieutenant DeBruyne hier«, meldete sich unvermittelt der Pilot über Funk und unterbrach ihre Versuche, sich mit einem Gespräch von der Anspannung abzulenken. »Wir müssen ein ganzes Stück tiefer gehen, weil wir vor uns eine Wolkenfront haben, die wir ohne GPS nicht durchfliegen. Während des Sinkfluges kann es etwas holprig werden. Bleiben Sie einfach ruhig und lösen Sie Ihre Gurte nicht. DeBruyne Ende.«

»Ich kann nicht behaupten, dass ich mich gut fühle bei dem Gedanken, dass unsere Piloten auf Sicht fliegen müssen in einer stockfinsteren Umgebung«, schnaubte Johannes, während er den ordnungsgemäßen Sitz seines Dreipunktgurtes überprüfte und die ersten Turbulenzen einsetzten und sie heftig durchschüttelten.

»Das sind Militärpiloten, die werden auf so etwas vorbereitet«, redete sich Monty laut ein, während er bei einer heftigen Bö kurz die Augen schloss und ein Gebet murmelte, das er noch aus Kindertagen kannte. »Außerdem gibt es auch hier genügend Dörfer und Siedlungen mit Strom, sodass sie unter der Wolkendecke sicher anhand der Lichter am Boden genug sehen können, um nicht in einen Berg zu rasen.«

»Danke für das Bild«, brummte Johannes.

»Okay, Leute, hört mal zu«, meldete sich Osprey über den allgemeinen Funk zu Wort. Monty sah ihn auf der anderen

Seite ganz rechts in seinem Militärparka sitzen und ein Tablet schwenken. Im roten Kabinenlicht sah er aus wie eine Mumie. »Wir sind noch zweihundert Meilen von Hanford entfernt. Ich werde, sobald die Turbulenzen aufgehört haben, Tablets an alle verteilen. Darauf befinden sich sämtliche Daten meines Plans und meiner Vorschläge für die Wiederaufnahme des LIGO. Wenn wir dort ankommen, sollten sämtliche Festnetzanschlüsse mit Telefonen versorgt sein, damit wir uns mit unseren Kollegen am LIGO in Louisiana kurzschließen können. Ich weiß, dass es schwierig wird, so synchron wie bisher zu arbeiten ohne Internet, aber wir werden schon einen Weg finden, dass es funktioniert. Wenn es eine einzige Chance gibt, herauszufinden, was da draußen passiert oder passiert ist, müssen wir sie ergreifen und das werden wir auch.«

»Jetzt fehlt nur noch, dass wir alle *hooah* brüllen«, feixte Johannes, der sich ein wenig zu Monty herübergelehnt hatte.

Er wollte gerade etwas erwidern, als er heftig in seine Gurte gepresst wurde. Offenbar war der Helikopter in eine ebenso abrupte wie heftige Linkskurve gegangen und die Motoren jaulten so laut, dass er für einen Moment dachte, irgendetwas würde jeden Augenblick explodieren. Dann krachte es laut und er wurde noch brutaler hin und her geschleudert, bis sich die Gurte in seine Schlüsselbeine bohrten. Sein Schallschutzkopfhörer war mit einem Mal weg und er hörte ein metallisches Kreischen, als etwas Weißes durch die Kabine schlug und sie glatt in zwei Hälften teilte wie ein Messer.

Bevor er verstand, was gerade geschehen war, spürte er seinen Magen gegen sein Herz drücken, als sie wie ein Stein vom Himmel fielen. Der vordere Teil des Helikopters war einfach verschwunden – jetzt klaffte in dem Bereich, in dem eben noch Kollegen gesessen und sich der Durchgang zu den Piloten befunden hatte, ein riesiges Loch, durch das er trotz des heftigen Windes brennende Trümmerteile sehen konnte, die sich wild im Kreis drehten. Nein, sie drehten sich nicht im Kreis: Er drehte sich mitsamt dem Wrack im Kreis, an das ihn die Gurte festgekettet hielten.

Mit aufgerissenen Augen und einem Schrei auf den Lippen packte er mit beiden Händen seine Gurte, um sie ein wenig abzupolstern, als er bemerkte, dass es plötzlich ruhig wurde bis auf das Kreischen einiger Kollegen, die sich noch mit ihm im hinteren Teil befanden, der rasend schnell zu Boden fiel. Kein Motorenlärm, keine Rotoren – nichts.

Dann kam der Aufprall und er kam so abrupt und heftig, dass Monty beinahe das Bewusstsein verlor. Sie schlugen auf wie ein Stein, und zwar mit der Heckklappe zuerst, die sich einige Meter eindellte und in den Innenraum fraß. Zwei Kolleginnen und zwei Kollegen, die ganz links gesessen hatten, wurden zerquetscht und der Anblick der Blutfontänen und umherfliegenden Körperteile schockierte ihn nicht einmal, weil sein Gehirn vollständig von seinem Überlebenstrieb übernommen wurde. Die vorher noch von den Haltenetzen fixierten Boxen und Säcke flogen von den Wänden, als ihre Verankerungen rissen, und erzeugten für wenige Herzschläge einen Orkan an Gegenständen und Trümmern, der ihm um die Ohren flog. Etwas schnitt tief in seine Wangen, er hörte einen Schrei, der sofort wieder erstickte, und dann war es mit einem Mal totenstill.

Es dauerte eine Weile, bis Monty begriff, dass er nicht tot war, denn die Dunkelheit und die Stille waren so allumfassend, dass er sich nicht sicher war, ob es ihn überhaupt noch gab. Doch es war gar nicht still, seine Ohren wurden von einem unangenehmen Fiepen verstopft, das sich erst nach und nach auflöste und in Stöhnlaute und gedämpftes Wehklagen überging.

»Ist da jemand?«, fragte er in die Dunkelheit und begann

mit zitternden Händen, den Mechanismus des Dreipunktgurtes vor seiner Brust in die Finger zu bekommen. Obwohl er sich äußerst ungeschickt anstellte, bekam er den Knopf von zwei Seiten zu fassen und drückte schnell zu. Sofort fiel er zur Seite weg und hart auf den zerbeulten Boden der Rampe, die sich statt einiger Meter entfernt nun in Armreichweite von ihm befand. Dabei streifte er etwas Feuchtes und wusste, dass es sich um seinen linken Sitznachbarn handeln musste, der von einer herumfliegenden Kiste erschlagen worden war. Hastig rappelte er sich auf und stand auf dem Metall der Rampe. Es dauerte einige Sekunden, bis er begriff, dass es nicht mehr komplett finster war und er deshalb seine Umgebung erkennen konnte: Weiter oben, wo der Helikopter in zwei Hälften zerteilt worden war, brannte ein kleines Feuer, das sich an einigen Kabeln entlang fraß, die nach unten führten – zu ihm.

»Verdammter Mist«, fluchte er mit sich überschlagender Stimme und zwang sich, die Sitzreihen entlangzuschauen. Zwar hatte er Angst vor dem, was seine Augen erwarten würde, doch falls noch jemand wie durch ein Wunder überlebt haben sollte, musste er helfen. Rechts von sich sah er seinen linken Sitznachbarn, dessen Kopf und Brustkorb von der Kiste so heftig getroffen worden waren, dass man ihn nicht mehr als Mensch erkennen konnte. Johannes, der weiter oben wie eine leblose Marionette in den Gurten hing, hatte keine offensichtlichen Verletzungen davongetragen, soweit er das in dem spärlichen Licht sehen konnte, das durch die unruhigen Flammen ständig seine Intensität veränderte. Auf der anderen Seite war der oberste Sitzplatz leer und die Gurte offen. Er wusste, dass dort jemand gesessen hatte, aber offenbar waren dessen Gurte nicht richtig befestigt gewesen, denn er fehlte. Darunter saß eine Gestalt mit langem blonden Haar, die unaufhörlich nickte, und als Monty sah, dass sie ihn aus weit geöffneten Augen anstarrte, schreckte er zurück und stieß sich den Kopf.

»Ich helfe Ihnen«, rief er schnell und lief zu der Frau, der ein dünner Blutfilm aus der Nase lief. Ihr linker Fuß war in einem ungesund aussehenden Winkel abgeknickt, doch ansonsten schien sie nicht verletzt zu sein. »Wie heißen Sie?«

»Jane«, flüsterte sie schwach durch vom Blut verklebte Haarsträhnen, die ihr im Gesicht hingen und das Aussehen einer Figur aus einem Horrorfilm verliehen.

»Okay, Jane«, sagte er, während er ihre Gurte überprüfte und seine rechte Hand um den Verschluss legte. »Ich werde jetzt deinen Gurt lösen. Du wirst fallen, aber ich bin hier und fange dich auf. Es ist nicht tief. Hast du verstanden?«

»Ja.« Sie klang erschöpft und abwesend, aber ihrem Augenausdruck entnahm er, dass sie ihn verstanden hatte. Also drückte er zu und sie stürzte ihm etwa einen halben Meter in die Arme. Da er vom Adrenalin noch immer wackelig auf den Beinen war, fielen sie gemeinsam zu Boden und er prellte sich das Gesäß, doch immerhin schien Jane sich nicht weiter verletzt zu haben.

»SCHEISSE!«, schrie jemand mit schriller Stimme, als er sich gerade aufgerappelt hatte und ihren Fuß untersuchen wollte. Sein Blick ging ruckartig nach oben und er sah den deutschen Doktoranden, der in seinen Gurten hing und sich mit weit aufgerissenen Augen umsah. Auf Monty wirkte er wie ein scheuendes Pferd, das kurz vor der Panik stand, so sehr trat das Weiß in seinen Augen hervor.

»Wir sind abgestürzt, du befindest dich im Wrack des Helikopters«, erklärte Monty ruhig und wunderte sich selbst, wie gelassen er klang. Er erinnerte sich an so gut wie nichts von seinem Erste-Hilfe-Kurs, den er damals im Studium absolviert hatte, außer dass man mit Unfallopfern ruhig reden sollte, um sie zu beruhigen und ansprechbar zu halten.

Ein Schwall deutscher Wörter blubberte über Johannes' Lippen, dann sah er zu Monty und schien ihn zum ersten Mal überhaupt wahrzunehmen.

»Was ist passiert? Mein Kopf tut so weh.«

»Wahrscheinlich ein Schleudertrauma oder so«, erwiderte er und bedeutete Jane, dass er sie kurz dort liegenlassen würde, um sich um den jungen Mann zu kümmern. Sie nickte mit schmerzverzerrter Miene.

»Fuck, die sind alle tot!«, fuhr Johannes mit schriller Stimme fort und Monty wusste, dass er etwas unternehmen musste, bevor der in seinen Gurten gefesselte Doktorand komplett durchdrehte.

»Bist du verletzt?«

»Ich weiß nicht, mein Kopf tut weh.«

»Kannst du deine Hände und Füße bewegen?«, fragte Monty und sah zu, wie Johannes zuerst seine Füße in den dicken Militärstiefeln kreisen ließ und dann mit seinen Händen seine Oberschenkel abtastete.

»Gut. Hast du dabei Schmerzen im Nacken?«

»Nein, aber ich habe echt höllische Kopfschmerzen!«

»Ich mache dich jetzt los und versuche dich so aufzufangen, dass du auf deinen Füßen landen kannst«; erklärte Monty, packte den Schließmechanismus des Dreipunktgurtes und wartete auf ein bestätigendes Nicken, bevor er zudrückte.

Dieses Mal stürzten sie nicht. Johannes glitt an ihm hinab und landete unsicher, aber immerhin aufrecht auf den Füßen, ohne auf Jane zu fallen. Seine Augen wirkten noch immer unstet und schienen alles gleichzeitig absuchen zu wollen, also packte Monty ihn an den Schultern und deutete nach oben zu dem Feuer, das sich mittlerweile an den Kabeln nach unten fortgesetzt hatte. Nicht mehr lange und es würde auf die Sitze überspringen. Der Geruch nach Öl, Ozon und verbranntem Plastik war bereits Warnung genug und kündete von der nahenden Rauchvergiftung, an der sie sterben würden, wenn sie nicht bald aus dem Wrack entkommen sollten.

»Ich brauche deine Hilfe, Johannes«, sagte er ruhig und packte den jungen Mann am Kinn, als dieser ihn nicht zu bemerken schien.

»Hm? Was?«

»Ich brauche deine Hilfe. Du stehst unter Schock, aber ich benötige deine Hilfe, um diese Frau zu retten. Sie heißt Jane und braucht uns jetzt, klar?«

»Oh, na klar«, beeilte sich der Deutsche, zu versichern, und sah zu Jane, die sie mit einem dankbaren, aber schwachen Lächeln bedachte, das so dünn war, dass Monty fürchtete, sie könnte jeden Moment sterben.

»Das erste ist, dass wir hier rauskommen müssen, dann sehen wir uns unsere Verletzungen genauer an«, befand er und deutete auf den Rand der quadratischen Öffnung über ihnen, auf der links das Feuer tanzte und durch die sie den ewigen sternenlosen Nachthimmel sahen. Da ab und zu Rauchschwaden über ihnen vorbeizogen, die rot zu glühen schienen, als stammten sie aus der Hölle, schätzte er, dass es auch draußen rundum brannte. Also mussten sie vorsichtig sein. »Wir machen es so: Ich klettere über unsere Sitzbank nach oben, dann hilfst du Jane auf die Beine und schiebst von unten, während ich sie vom Rand hochziehe, okay?«

»Okay!« Johannes schien jetzt deutlich fokussierter. Offenbar half es ihm, sich auf die Hilfe für jemand anderen zu konzentrieren, statt auf die missliche Lage, in der sie sich befanden.

Monty holte tief Luft und zwang sich, sich direkt vor die halb zermatschte Leiche in den Gurten vor sich zu stellen. Dann packte er die Gurte seines vorherigen Platzes und benutzte sie zum Klettern. Es waren ungefähr vier Meter zu der Stelle, wo die Kabine zerteilt worden war, und das in seinen

Adern pumpende Adrenalin ließ ihn zwar zittern, gab ihm aber auch die Kraft, erstaunlich schnell sein Ziel zu erreichen. Er schnitt sich an aufgerissenen Metallteilen die Hände und Knie auf, aber nach einigen Minuten saß er mit einem Bein in der Kabine und einem nach außen auf dem Rand und sah sich schnell um. Sie befanden sich direkt unter einem riesigen Windrad, das mit seinen gigantischen Rotorblättern seine Kreise zog und von weit verteilten Feuern angeleuchtet wurde wie ein Monument. Überall lagen Trümmer und Körperteile verteilt, gemeinsam mit Kleidungsstücken, Gepäckstücken und brennenden Pfützen aus Flugkerosin. Immer wenn eines der Rotorblätter auf ihn zeigte und wieder nach oben schnellte, verursachte es ein wehendes Geräusch, als wenn jemand einen Fächer direkt auf sein Ohr richtete. Ein Blick zur Spitze des Windrades bestätigte seine Vermutung: Es gab kein Positionslicht oder es funktionierte nicht. Außerdem waren die Drehungen der drei Blätter, die jedes so lang waren wie mehrere LKW hintereinander, langsamer geworden und wurden es noch immer.

»Wie sieht es aus?«, rief Johannes von unten und Monty riss sich von der deprimierenden Szenerie um sich los, um sich mit beiden Händen an einer herausgerissenen Metallverstrebung zwischen seinen Beinen festzuhalten und über den Rand nach innen zu beugen. Dabei wurde er von einem heftigen Hustenanfall überfallen, als sich die giftigen Dämpfe des Kabelbrandes in seine Lungen fraßen.

»Wir leben noch«, krächzte er, als seine Bronchien ihm wieder genügend Freiraum zum Sprechen gaben. Dann beugte er sich hinunter und hakte sich mit dem rechten Fuß außen fest, um seine Hände Jane hinzustrecken, die mit Johannes Hilfe aufgestanden war und sich ihm nun entgegen reckte.

Monty war selbst überrascht, wie sehr es ihn trotz dieser

Katastrophe in die Gegenwart zwang, jemandem zu helfen und wie konzentriert er war. Doch ihr Helikopter war in vollkommener Finsternis unter das herabsausende Rotorblatt eines Windrades geraten und zerschmettert worden und er hatte wie durch ein Wunder überlebt. Das Mindeste, was er tun konnte, war, nun den anderen beiden zu helfen, auch wenn er noch keinerlei Idee hatte, was sie tun sollten, sobald sie es aus dem Wrack geschafft hatten. Rings um ihre Absturzstelle war es absolut finster und weit und breit waren keinerlei Lichter erkennbar, was ihn befürchten ließ, dass sie irgendwo im dünn besiedelten Montana abgestürzt sein mussten.

Kapitel 9: Rodea

15. Januar 2035, Manado, Sulawesi, Indonesien

DIE REISE IN DEN HOHEN Norden Sulawesis verlief einerseits leichter als erwartet und andererseits deutlich umständlicher, als dies noch zu Zeiten normalen Flugverkehrs und funktionierender Satelliten vonstattengegangen wäre. Zuerst war sie mit Alisons Dienstwagen zur Langley Air Force Base gebracht worden, nur um dort in einen Regierungsjet umzusteigen, in dem sie die einzige Passagierin war. Offenbar hatte es eine Planänderung gegeben und das Team aus Black Ops Soldaten war bereits im Zuge großer Umstrukturierungen der Überseestreitkräfte auf anderem Wege in die Celebessee gebracht worden. Im südlichen Kenia hatten sie landen müssen, um auf einem Navy-Stützpunkt mit Rollfeld aufzutanken, und weiter zur USS Gerald R. Ford zu fliegen. Der riesige Flugzeugträger der Gerald Ford Klasse befand sich mit der vierten Trägerkampfgruppe knapp vor der Zwölfmeilenzone Indonesiens, was Rodea im ersten Moment stutzig gemacht hatte. Hier gab es rein gar nichts strategisch so wichtiges, dass es den Abzug der Vierten aus den Gewässern zwischen Nord- und Südkorea gerechtfertigt hätte. Abgesehen davon musste der kommunikative und logistische Aufwand enorm sein, seitdem sie nicht mehr auf Satelliten zurückgreifen konnten und alles über Funk von Station zu Station weitergeben mussten. Das kostete nicht nur enorm viel Zeit, sondern machte das Militär auch anfälliger für Abhörmaßnahmen konkurrierender Großmächte und der Supermacht China. Aber es hatte offenbar funktioniert und als sie auf dem schwimmenden Rollfeld der USS Gerald R. Ford gelandet war, hatte sie keinen Zweifel, dass die Kampfgruppe nur wegen des angeblichen Artefakts herbeordert worden war. Diese Tatsache verrieten ihr mehrere Dinge: Erstens war Alison offenbar bis ins Mark überzeugt, mit ihrer Einschätzung recht zu haben, dass es sich um ein Stück Technologie aus dem Weltall handeln könnte. Zweitens vertrauten entweder der Präsident oder der Direktor ihr trotz der weit hergeholt klingenden These – oder beide. Nicht einmal der Verteidigungsminister verlegte eine Trägerkampfgruppe ohne Rücksprache mit dem Präsidenten. Drittens wusste sie nun, dass man in Washington bevorzugte, das Paket ungesehen und ohne große Wellen zu schlagen, einzuholen, aber im Zweifelsfall bereit wäre, es mit Waffengewalt in Beschlag zu nehmen. Das wiederum machte ihr klar, dass Alison sich in Washington mal wieder durchgesetzt hatte, wie das Vorgehen war, und sie eine Menge Kredit aufs Spiel setzte in der Hoffnung, dass Rodea erfolgreich war. Wenn die Regierungsspitze wirklich überzeugt war, dass vor einem Jahr ein extraterrestrisches Objekt mit außerirdischer Hardware von der USS Jeremy Brandt abgeschossen worden war und sich jetzt in Indonesien befand, wäre ihr erster Impuls eine sofortige Militäraktion. Sie war zwar keine Politikerin und hatte sich selbst aus der Politik der Agency immer herausgehalten, doch das hier war eine so eindeutige Geschichte, dass man nur eins und eins zusammenzählen musste. Sie suchte aktuell nach dem womöglich begehrtesten Gegenstand der Welt, der sich nach seinem Fund zum gleichzeitig wichtigsten der Welt wandeln könnte, sollte etwas an der Sache dran sein. Also hatte man sich darauf geeinigt, zuerst Alisons Vorschlag nachzugehen und ihren Spürhund für Südostasien einzusetzen, und gleichzeitig die geballte Faust der Navy vor der Tür zu parken, um notfalls sofort zuschlagen zu können. Eine gute Entscheidung wie sie fand, da eine Militäraktion nur dazu führen würde, dass das Objekt schneller im Nichts verschwand, als der befehlshabende Admiral *terima kasih* sagen konnte. Indonesien besaß noch immer eine veraltete, heute aber plötzlich modern gewordene Telekommunikationsinfrastruktur, die auf Landleitungen basierte, wenn man von den fortschrittlichen Metropolen einmal absah, die schon früher deutlich schneller in der 4G- und dann in der 5G-Umsetzung gewesen waren als so manche westliche Regionen. Hinzu kamen die engen Straßen und die dichten Dschungel, an denen sich das US-Militär schon einmal die Zähne ausgebissen hatte. Selbst wenn Indonesien sich gegen die Interventionen nicht militärisch wehren sollte, was es aufgrund der aktuellen Situation wahrscheinlich gar nicht zu leisten vermochte, würden sich die Navyeinheiten niemals zurechtfinden, und ganz Sulawesi nach einem Objekt von maximal einem Meter Durchmesser zu durchsuchen, hätte selbst bei Tageslicht und ohne humanitäre Katastrophe vor Ort ein Projekt für mehrere Jahre werden können.

Also war sie vorgeschickt worden und sollte es finden, bevor die Faust zuschlug, die sich nur die Knöchel blutig schlagen und dabei China erzürnen würde, das sich dann vielleicht noch ermutigt sah, selbst offener zu intervenieren, wo es ihm beliebte. Wenn die letzten zehn Jahre, in denen China wirtschaftlich und militärisch zum mächtigen Gegenpol der USA geworden war, ein Gutes gebracht hatte, dann, dass das Kräftegleichgewicht dafür gesorgt hatte, dass beide Seiten sich mit Militäraktionen weltweit zurückgehalten hatten, um keine Präzedenzfälle zu schaffen, die dem anderen eine Rechtfertigung für eigene Aktionen geliefert hätten.

Und jetzt lag es also an ihr, dafür zu sorgen, dass das auch so blieb, während sie gleichzeitig in einem Indonesien absoluter Dunkelheit ein Objekt, von dem sie nicht wusste, wie es aussah, in einer Umgebung, von der sie keine Ahnung hatte, wie die auf die Dunkelheit reagiert hatte, suchte. Nach allem was möglich war, könnte ganz Sulawesi bereits von Unruhen, Nahrungsmittelknappheit oder einer Seuche dahingerafft worden sein.

Nach einem kurzen Intermezzo mit Flottenadmiral Ludmilla Konrad, während dem die hagere Frau mit dem strengen Blick ihr klargemacht hatte, dass sie die Anweisung bekommen hatte, genau vier Tage zu warten, und keine Minute länger stillhalten würde, war sie in eine kleine, abgewrackte Cessna gestiegen, in der sie ihre Teamkameraden kennenlernte. Es handelte sich um die ehemaligen Ranger Boozta und Stinger, die sich nur so vorstellten, und die beiden ehemaligen Navy Seals Susan und Mike. Sie trugen dieselben formbaren Mienen mit den harten, unbeweglichen Augen zur Schau, die sie von allen Black Ops Kämpfern kannte. Die Arbeit als Elitesoldaten in wechselnden Gewändern mit ständig alternierenden Aufgaben, die mit sich brachten, sich unerkannt in neue Umgebungen einzufügen, hinterließ solche Spuren. Boozta und Susan waren beide philippinischer Abstammung und würden nicht als Ausländer auffallen. Sie trugen die weiten Jeans, die vor dreißig Jahren modern waren, und löchrige Hemden, die es ihnen leicht machen würden, in der lokalen Bevölkerung unterzutauchen, solange sie den Mund nicht aufmachten. Mike und Stinger allerdings waren chinesischer und koreanischer Abstammung, was problematischer war. Natürlich hatte sie Verständnis, dass man im eingeschränkten Umfeld von Black Ops Aktivposten nicht allzu wählerisch sein konnte und tatsächlich war ihr Aussehen nicht das Problem: In Indonesien gab es eine relativ große chinesische Minderheit und Stinger wäre für nicht allzu bewanderte Beobachter auch als Chinese durchgegangen, aber Sulawesi hatte den geringsten Anteil chinesischer Einwohner aller Regionen, wenn man von Aceh absah.

»Haltet euch einfach im Hintergrund, bleibt immer in

Funkreichweite, also am besten innerhalb Manados, während ich ein wenig Beinarbeit mache«, erklärte sie über ihr Headset, während sie dicht aneinandergedrängt in der Cessna hockten und ihre Pistolen, gefälschten Pässe und Geldscheine überprüften.

»Sollten wir nicht in Ihrer Nähe bleiben, um Ihnen bei Bedarf die Windeln zu wechseln?«, fragte Susan, die überraschend zierlich daherkommende ehemalige Navy Seal und erntete grinsende Gesichter ihrer Kameraden – Boozta und Stinger schlugen sogar mit ihr die Fäuste aneinander. Rodea ließ ihnen den Spaß und wartete, bis sie ihre typischen Frotzeleien vor einem Einsatz beendet hatten.

»Was heißt Windeln wechseln auf Bahasa Indonesia?«, fragte sie schließlich in die Runde und zog fragend eine Augenbraue hoch, als ihr niemand antwortete und man ihrem Blick auswich.

»Kamu Bajingan«, antwortete sie sich selbst und lächelte schmallippig. »Genau aus diesem Grund bleibt ihr weit genug weg, dass ihr mir nicht auf die Füße tretet oder über eure eigenen stolpert, während Mami die wichtigen Dinge klärt. Wenn es für euch etwas zum Ballern gibt, sage ich euch schon Bescheid, keine Sorge.« Sie formte mit ihrer rechten Hand eine Pistole, setzte eine etwas beschränkte Miene auf und tat so, als würde sie auf Mike schießen.

Einen Moment sahen sich die vier untereinander an, aufgrund von Rodeas ernster Miene offenbar unsicher, ob sie gerade scherzte oder angegriffen war, doch als sie leicht mit ihren Mundwinkeln zuckte, begannen sie zu lachen und ihr auf die Schulter zu klopfen.

»Für ne CIA-Schnepfe sind Sie wirklich lustig, Agent«, befand Susan amüsiert und nickte anerkennend. »Im Grunde hasse ich euch Typen.«

»Und wir stehen nicht auf euch, weil ihr wie eine Herde

Trampeltiere seid, die über die Steppe rasen, während man versucht einem Erdmännchen aufzulauern«, konterte sie. »Aber am Ende arbeiten wir alle für dieselbe Nation, hm? Wie ein gut sortierter Werkzeugkasten sollten wir sein und uns immer den Anforderungen anpassen. Ich bin jedenfalls froh, dass ihr dabei seid, denn ich habe keine Ahnung, wie es nach unserer Landung aussieht und was in Manado auf uns wartet.«

»Sie sind der Boss«, meinte Stinger und zuckte mit den Achseln.

Genau, das bisschen zusätzlicher Druck schadet jetzt auch nicht mehr, dachte sie und sah aus dem Fenster, weil ihr etwas ins Auge fiel. Zuerst dachte sie, dass die rote Passivbeleuchtung der Flugzeugkabine an einer ihrer Waffen reflektiert hatte und ihren Augen einen Streich spielte, doch als sie genauer hinsah, erkannte sie, dass sich etwas verändert hatte. Die tiefe Schwärze rechts, links, oben und unten hatte einen Farbklecks abbekommen, und zwar weiter unten vor ihnen. Es handelte sich um ein geisterhaftes Leuchten, als habe jemand Licht in Form eines Gases versprüht, das sich jetzt zu einer gelblichen Wolke formte. Die anderen begannen wieder zu reden, doch Rodea hörte ihnen nicht zu und sah genauer hin. Je näher sie kamen, desto deutlicher wurde, dass es sich um Manado handeln musste und die Lichter der Stadt so diffus erschienen, weil eine dichte Smogglocke über den Dächern hing, die von unten angestrahlt wurde. Sie ließ sich von dem halb ausgesperrten Dröhnen der Propeller einlullen und geriet beinahe in so etwas wie eine Trance, als sie den einzelnen Lichtflecken unter der Wolke zusah, wie sie immer deutlicher hervortraten, bis Manado zu einem Meer aus Laternen, leuchtenden Fenstern und versprenkelten Lichtern ringsum wurde.

Kurz darauf schaltete der Pilot das Passivlicht aus und steuerte sie in wilden Kurven an der Großstadt vorbei. Sie hatten Glück, dass die Stadtlichter den südlichen Berghang gerade noch genug beschienen, damit der Pilot ihn ausmachen und darüber hinwegsetzen konnte, denn erst dahinter gab es eine etwa zwei Kilometer lange Linie aus weißen Lichtpunkten, an deren Ende eine Leuchtfackel sie mit rotem Qualm anlockte. Tiefer und tiefer glitten sie auf die markierte Landebahn zu, die in so vollkommener Finsternis lag, dass Rodea schon damit rechnete, sie würden jeden Moment in einen Baum krachen, der sich vor ihnen auftat. Dann jedoch schaltete der Pilot die Scheinwerfer ein und sie sah die Schotterpiste näherkommen. Die war kurz und steinig und der Anblick brachte sie dazu, sich abzuwenden und die Augen zu schließen. Es ratterte und krachte und sie wurde zweimal in ihrem Gurt hin und her geworfen, doch dann kam die Maschine zum Stehen. Sie kämpfte die Magensäure hinunter, die ihr sauer hochgekommen war und wankte mit ihrem Black Ops Team in die Dunkelheit hinaus, wo sie von zwei Indonesiern in Militärkleidung begrüßt wurden, die sich lässig ihre Kalaschnikows über die Schultern gelegt hatten.

»Danke für die Unterstützung«, rief sie ihnen über den Propellerlärm hinweg auf Indonesisch zu und schüttelte ihnen nacheinander die Hand. Boozta, Stinger, Susan und Mike taten es ihr gleich, wenn auch etwas verhaltener. Sie konnte es ihnen nicht verübeln, denn sie waren dafür ausgebildet, wirklich niemandem zu vertrauen. Hinter ihnen drehte der Navypilot die Cessna bereits wieder und fuhr sie irgendwo ins Dunkel, wo sie vermutlich versteckt werden würde. Aus den Augenwinkeln sah sie auch, dass einige andere Helfer bereits dabei waren, die batteriebetriebenen Lampen einzusammeln, die als Markierungen für die Landepiste benutzt worden waren. Sie wollte nicht wissen, wie viel Geld oder Gefallen die Agency für diese Aktion eingelöst hatte.

»Gerne. Ihre Leute bezahlen uns immer noch gut«, versicherte ihr einer der beiden lokalen Einsatzkräfte und grinste an dem Zigarettenstummel in seinem Mundwinkel vorbei. Er sprach mit dem hüpfenden Akzent von Aceh, der streng islamischen Region im Norden Sumatras. »Es steht ein Jeep für Sie bereit, der Sie nach Manado bringt. Der Fahrer gehört zu uns und hat gute Kontakte zur Polizei, man wird Sie nicht behelligen.« Er sah über ihre Schulter zu den vier verkleideten Soldaten und runzelte die Stirn. »Die müssen wir irgendwie anders reinschmuggeln, die sehen wahlweise aus wie Touristen oder Killer und sämtliche Zufahrten zur Stadt sind abgeriegelt. Wir lassen uns etwas einfallen.«

»Danke«, sagte sie und drehte sich zu ihrem Team um. »Nicht vergessen: Nicht die Stadt verlassen und Füße still halten, bis ich euch anfunke.«

Nachdem sie sich vergewissert hatte, dass alle genickt hatten, folgte sie einem der beiden Indonesier zu einem Jeep, der am Rande des Lichtscheins wartete und verabschiedete sich auch von ihm, nachdem sie die Funkfrequenz seiner Zelle bekommen hatte. Wie ein kostbares Kleinod drückte sie ihren Rucksack fest vor die Brust.

»Wenn Sie uns brauchen, rufen Sie uns.«

»Ich hoffe, dass es nicht dazu kommen wird«, erwiderte sie, denn sie wusste nur zu gut, wie skrupellos die aus ehemaligen *Freiheitskämpfern,* Söldnern und dissidenten zusammengekauften lokalen Gruppen der CIA vorgingen. Sie waren kein Skalpell wie ihr Black Ops Team, sondern eine Axt, die man wirklich nur einsetzen sollte, wenn ein Baum gefällt werden musste.

Ihr Fahrer, ein junger Kerl mit schiefen Zähnen und langen Haaren, stellte sich als Suparman vor und blieb die ganze Zeit über äußerst wortkarg. Er fragte sie einmal, warum sie so gut Indonesisch spreche, und sie erzählte ihm etwas über ihre Großeltern, die aus Bali in die USA ausgewandert waren, doch er stellte keine Fragen und sie brauchte keinen Smalltalk, also schwiegen sie. Die Fahrt führte sie durch den Dschungel des Manado vorgelagerten Bergrückens und durch zwei kleinere Dörfer, die in den kurzen Eindrücken, die die Scheinwerfer im Vorbeifahren gewährten, geisterhaft und verlassen wirkten. Auch sonst war die Atmosphäre geradezu beklemmend. Normalerweise gab es wenige Ecken in Indonesien, an denen es keine Hütten, Kioske oder Werkstätten entlang der geteerten Straßen gab, und sie kannte das Land ihrer Großeltern nur voll mit Menschen, lautem Krach aus alten Auspuffen, leichtem Benzingeruch über allem und natürlich der brennenden Sonne. Jetzt aber schien alles wie ausgestorben und selbst die vielfältigen Rufe der Dschungeltiere und das Zirpen der Insekten, die in massenhaften Chören ihre fremdartigen Laute machten, waren kaum noch zu hören. Alles schien tot, als traue sich kein Lebewesen mehr, vor der drückenden Finsternis die Stimme zu heben, und sie konnte es verstehen. Keine Sterne zu sehen, keinen Mond, nicht einmal das kleinste Zeichen, dass es da oben irgendetwas gab, fühlte sich schrecklicher an, als sie gedacht hatte und sie verstand nun, warum die Hälfte des für sie vorbereiteten Gepäcks aus Vitamin-D Tabletten und Fischöl bestand. Die fehlende Sonne drückte selbst bei ihr auf die Stimmung, und das Wissen, dass der Dschungel, der schattenhaft rechts und links an ihnen vorbeirauschte, halb verwelkt und voll verhungerter Tiere sein musste, ließ sie mehrfach schwer schlucken.

Manado erreichten sie zehn Minuten später, was früher mit dem dichten Verkehr sicher über eine Stunde gedauert hätte. Ein Militärcheckpoint mit MG-Nest und schwerem Panzerwagen blockierte die Zufahrt zwischen den ersten Häuserreihen, und mindestens ein Dutzend Soldaten legte auf sie an, bis sie sich mit einem Umschlag und Suparmans schiefem Grinsen offenbar zufriedengaben und sie durchwinkten. Rodea bedachten sie nicht einmal mit einem zweiten Blick. Offenbar ging es ihnen mehr darum, größere Mengen Banditen fernzuhalten, und ein Zeichen für die lokale Bevölkerung zu setzen, dass man sie noch schützte, aber auch in Schach hielt.

Als sie durch die Stadt fuhren, bemerkte sie, dass nicht jedes Haus Strom hatte, aber vielleicht jedes zweite oder dritte, und nur hinter wenigen Fenstern Licht brannte. Also war der Strom rationiert und manche Heime vom Netz getrennt worden, was auch erklärte, warum an jeder Straßenecke Militär oder Polizei zu sehen war. Die Leute nahmen solche Einschnitte in ihr Leben nicht problemlos hin. Was sie beruhigte, war lediglich die Tatsache, dass die meisten Indonesier viel Familie hatten und damit ein soziales Netz besaßen, welches sie im Zweifel auffangen konnte. Doch selbst das würde natürlich nicht besonders viel helfen, wenn sie in einigen Wochen alle verhungert waren. Indonesien besaß für seine riesige Bevölkerung von über dreihundert Millionen Menschen viel zu wenige Reisanbauflächen, die schon in der Vergangenheit für einen hohen Importbedarf gesorgt hatten. Jetzt gab es keinen Handel mehr, aber das hätte keinen Unterschied gemacht, weil es keine Sonne mehr gab, die den Reis hätte wachsen lassen.

Rodea fuhr durch eine tote Stadt, deren Bewohner wussten es bloß noch nicht oder wollten es nicht wahrhaben. Die Tatsache, dass die lokalen Kraftwerke noch genügend Öl, Gas und Kohle besaßen, um in begrenztem Umfang Strom bereitzustellen, konnte nicht über das unausweichliche Schicksal Manados hinwegtäuschen.

»Gibt es noch Fischfang?«, fragte sie ihren Fahrer, während sie sich ungehindert durch die Straßen fortbewegten, wo sich sonst dichte Kolonnen gedrängt und in einem Hupkonzert gegenseitig zur Eile gemahnt hatten. Jetzt sahen sie nur ab und zu ein Auto oder einen Jeep der Polizei. Der Rest waren Fußgänger, die sich mit ängstlichen Gesichtern und eingefallenen Mienen über die brüchigen Bürgersteige aus aneinandergereihten Betonplatten schoben, umgeben von vielen Ratten, die auf der Suche nach allem waren, was die Menschen nicht mehr essen konnten.

»Ja, einige Fischer fahren noch hinaus, weil der Bürgermeister ihnen Diesel zugeteilt hat, damit sie Nahrungsmittel beschaffen«, antwortete Suparman und verzog das Gesicht. »Aber die Fische, die sie fangen, müssen sie an die Polizei abgeben, weil der Fang *fair verteilt* werden müsse. Natürlich behalten die alles für sich und Leute, die sie kennen.«

»Und die Fischer lassen es sich gefallen, weil sie sonst keinen Diesel mehr zugeteilt bekommen«, folgerte Rodea und schnaubte. »Selbst in der Krise ist der Mensch noch des Menschen Wolf.«

»Was bedeutet das?«, fragte Suparman.

»Das bedeutet, dass wir zum Hafen fahren. Am besten dem Hafen der privaten Fischer, nicht dem mit den großen Trawlern und Firmen«

»Aber die kleinen Fischer bekommen keinen Diesel, nur die großen Unternehmer mit Kontakten.«

»Trotzdem. Ich will zu den lokalen Fischern.«

Der Fahrer nickte und bog an der nächsten Kreuzung links ab, woraufhin sie nach zwei Minuten eine kleine Bucht im Norden der Stadt, die an die Schornsteine zweier Fabriken grenzte, welche den abblätternden Werbeplakaten nach Textilien gefärbt hatten, als der weltweite Handel mit billigen Arbeitskräften noch floriert hatte, erreichten. Mehrere dutzend Longtail-Boote lagen am Strand vertäut, während etwa genauso viele in der Bucht ankerten, auch wenn es in dem spärlichen Licht der einzigen Straßenlaterne oberhalb der Promenade schwer zu erkennen war.

Sie bedeutete Suparman, den Wagen anzuhalten und sie herauszulassen, als sie eine Gruppe Männer am Strand sitzen sah, die den kleinen Glühwürmchen zwischen ihnen zufolge offenbar am Rauchen waren.

»Ich warte hier«, sagte Suparman, doch sie war schon aus der Beifahrertür gesprungen, und hielt auf die Fischer zu, die sich gedämpft unterhielten. Als sie näher kam, erstarrten sie und ließen schnell die Schnapsflasche verschwinden, die sie herumgereicht hatten und deren Besitz unter normalen Umständen drakonische Strafen der indonesischen Scharia nach sich gezogen hätte.

»Hallo, ehrbare Herren«, benutzte sie die indonesische Höflichkeitsformel für Männer, die älter waren als sie, und setzte sich zu den fünf Männern, die allesamt ergrautes Haar und papyrusartige Haut hatten, welche sich über den Knochen spannte und von vielen Jahren harter Arbeit unter der Sonne kündete.

»Was wollen Sie?«, fragte der erste, ein kleiner Kerl mit knotigen Muskeln, mit feindseligem Blick.

»Ich habe ein paar Sachen gehört und wollte mich erkundigen, was Sie gehört haben«, gab sie scheinbar unbeschwert zurück und öffnete ihren Rucksack. »Ich habe auch ein paar Dinge mitgebracht, für die ich keine Verwendung mehr habe.«

Rodea wühlte in dem Rucksack, zog ihre Pistole heraus, was die Fischer hörbar nach Atem ringen ließ, schüttelte den Kopf und steckte sie mit gerunzelter Stirn zurück. »Nein, das war es nicht. Hm«, machte sie und dann: »Ah, hier!«

Sie zog eine Handvoll kleinerer Packungen mit AAA-Batterien hervor und lächelte zufrieden. »Batterien!«

Die Augen der Männer wurden groß, als sie zwischen ihr, den Batterien und den anderen hin und her wanderten. Einige überlegten sicher gerade, wie schnell sie die Pistole ziehen konnte, aber sie verstanden auch, wie alt sie und wie jung im Vergleich Rodea war und dumm waren sie nicht, also würden sie deren gespielte Naivität durchschauen – und genau das war das Ziel.

»Wir spielen jetzt ein Spiel. Ich sage, was ich gehört habe und dann sagt ihr, ob ihr das auch gehört habt und was ihr darüber wisst und wenn das Spiel Spaß macht, gehe ich wieder und die Batterien bleiben hier. Was haltet ihr davon?«, fragte sie lächelnd und stützte sich demonstrativ gelassen mit den Händen hinter sich im feinen Sand ab, während das Rauschen der anbrandenden Wellen die entstandene Stille ausfüllte.

»Was wollen Sie wissen?«, fragte einer der Männer und machte seine Zigarette im Sand aus.

»Es gab hier ein paar unerklärliche Stromausfälle, kurz bevor die Sonne verschwunden ist, richtig?«

»Ja«, antwortete ein anderer. »Drüben in Deswao gab es eine Massenkarambolage, als hundert Autos auf einmal keinen Strom mehr hatten, hab ich gehört! Der ganze Stadtteil hat die Fenster daraufhin mit weißen Laken zugehängt.«

Rodea unterdrückte den Impuls mit den Augen zu rollen bei dem ihr entgegenschlagenden Aberglauben und lächelte stattdessen weiter. »Hat einer von euch Fischern in den Tagen davor irgendwas Seltsames aus dem Meer gefischt?«

»Etwas Seltsames?«, wiederholte derselbe Mann und schüttelte den Kopf. »Was meinen Sie denn?«

»Ein Gerät, etwas aus Metall.«

»Nee, wir sind richtige Fischer und haben unsere Söhne nicht zu Schrotthändlern erzogen, wie dieser Albino«, lachte der Mann und die anderen stimmten gackernd mit ein.

»Albino?«, fragte sie und befürchtete schon, wieder eine abergläubische Geschichte zu hören zu kriegen, als sie sich in Erinnerung rief, dass das indonesische Wort *Bule* sowohl Albino bedeutete, als auch für einen männlichen Namen stand. »Wer ist dieser Bule?«

»Ach, so ein Dorftrottel, der keinen Fisch fängt, aber dafür Schrott, den er doch tatsächlich im Museum verkaufen wollte.« Der Opa, hinter dem sie den Verschluss der Schnapsflasche sehen konnte, schnaubte und schüttelte den Kopf.

Rodea warf jedem der drei, die bisher gesprochen hatten, eine Packung Batterien zu und beugte sich vor. Mit der rechten Hand hielt sie die restlichen Batteriepackungen hoch.

»Letzte Frage: Dieser Bule, wo lebt der?«

Die ersten beiden Antworten ignorierte sie, weil sie die Mischung aus Gier und Unsicherheit in den Augen der Männer zu gut kannte und wusste, dass sie ihr alles sagen würden, nur um an die Batterien zu gelangen, doch ein anderer, der bislang nichts gesagt hatte, meldete sich zum ersten Mal zu Wort und ihm warf sie die Batterien zu.

»Badjo Kima, glaube ich. Ich kenne einen Fischer von dort, Roro heißt er, und ich glaube, dieser Bule ist sein Freund, denn mit ihm zusammen ist er in die Stadt gekommen.«

Rodea verschwendete keine Zeit und lief zum Jeep zurück. Noch unterwegs gab sie Suparman ein Zeichen, den Motor zu starten und warf sich auf den Beifahrersitz.

»Badjo Kima. Weißt du, wo das ist?«

»Nein«, gab Suparman zurück und rieb sich den dünnen Ziegenbart. »Aber das finden wir schnell heraus, wenn es in der Nähe ist.«

Kapitel 10: Made

15. Januar 2035, Badjo Kima, Sulawesi Utara, Indonesien

MADE STIEG MIT SCHLOTTERNDEN Knien aus dem Wasser und zog den Beutel mit den Muscheln hinter sich her, welche er in den letzten Stunden mühsam von den Felsen rechts der Bucht gekratzt hatte. Dort war das Wasser flach und felsig und das wenige Licht der letzten verbliebenen Laterne des Dorfes reichte gerade aus, dass er mit seiner löchrigen Taucherbrille unter Wasser grobe Konturen erkennen konnte. Die essbaren Muscheln mit einem Küchenmesser vom Stein zu kratzen und dabei die Luft anzuhalten, war zeitraubend und kräftezehrend. Seine Arme und Beine waren von tiefen Schnitten übersät, wo er sich an scharfen Kanten die Haut aufgeschlitzt hatte, und sein linker Fuß brannte höllisch. Wahrscheinlich war er in einen Seeigel getreten. Hoffentlich würde Indah bei dem wenigen Licht, das ihnen das heimische Feuer schenkte, die Stacheln erkennen und herausziehen können, denn er konnte schlecht zum Arzt gehen.

Mit schmerzverzerrtem Gesicht kämpfte er sich durch die flachen Wellen an den Strand und warf den Sack vor sich in den Sand. Die Muscheln klackerten hohl aufeinander. Ein Blick auf seine vorgereckten Arme zeigte ihm, dass es noch schlimmer war, als er gedacht hatte. Er blutete aus mindestens drei Schnitten so stark, dass er einen Verband brauchen würde. Als es noch zwei Laternen gegeben hatte, war das Licht ausreichend gewesen, doch jetzt war es zu gefährlich geworden, die einzige Nahrungsquelle zu suchen, die er mit seinem Wissen finden konnte, ohne aufs Meer rauszufahren, was sein Tod gewesen wäre.

Ächzend schulterte er den Sack und stapfte durch den klebrigen Sand. Die Knie schlotterten ihm noch immer, da es mittlerweile deutlich kühler geworden war, als er jemals erlebt hatte. Er schätzte, dass ein Thermometer nicht mehr als etwas zwischen fünfzehn und zwanzig Grad angezeigt hätte.

Als er auf die steinige Hafenpromenade stieg, die durch eine kleine Mauer erhöht wurde, sah er zu der ausgefallenen Straßenlaterne hinauf, an der er Budis Leiche gesehen hatte. Nachdem er ihn und Roro eigenhändig begraben hatte, war über die Hälfte seiner Nachbarn und Dorfbewohner nach Manado geflohen und jetzt blieb nur noch die Familie des Dorfvorstehers, die sich weigerte, ihr Hab und Gut aufzugeben. Acht weitere Männer, Frauen und Kinder waren seither verstorben, meist durch Unfälle zuhause oder vor den Hütten aufgrund des spärlichen Lichts. Zwei wurden von einem Tiger gerissen, der im Dschungel offenbar keine Nahrung mehr gefunden hatte. Aus dem einst grünen Blattwerk wehte nun rund um die Uhr ein süßlicher Verwesungsgeruch zu ihnen herüber, der ihn mehrfach an die Grenzen dessen gebracht hatte, was er ertragen konnte. Ohne Indah und seine Kinder hätte er bestimmt schon aufgegeben.

Seine Augen hefteten sich auf die Straßenlaterne, die noch brannte, wie eine leuchtende Träne am Ende eines gebogenen Holzstamms. Ihm war klar, dass sie bald eine Entscheidung treffen mussten, ob sie wie die anderen glauben sollten, dass Manado noch Licht hatte, oder sie hier sicherer waren, denn wenn Manado *kein* Licht haben sollte, wäre ein Moloch mit einer halben Million Einwohner der letzte Ort, an den er seine Familie bringen wollte. Gleichzeitig wusste er, dass sie tot waren, sollte die letzte Laterne ausfallen und das würde irgendwann geschehen, weil Wayans Dieselvorrat nicht ewig reichen würde, selbst wenn er nur eine Lampe mit wenigen Watt versorgen musste. Vielleicht würde die Glühbirne auch durchbrennen und dann wäre es mit einem Schlag so dunkel, dass er die Hand nicht mehr vor Augen sehen konnte – was würden ihnen dann Ersatzbirnen bringen?

Mit einem kalten Schauer, der sich mit einer prickelnden Gänsehaut bis in die Füße fortsetzte, wandte er den Blick ab und ging in Richtung seiner Hütte, als er Motorengeräusche hörte und zusammenzuckte. Die Bilder von Roros Enthauptung schossen ihm durch den Kopf und sofort ließ er den Sack fallen und rannte wie vom Teufel besessen den Trampelpfad hinauf.

»Indah! Hol die Kinder!«, rief er außer Atem und stürmte durch die Tür, die er nach dem Überfall der Premans so gut repariert hatte, wie es das Licht ermöglicht hatte. Seine Frau war gerade dabei die beiden weinenden Kinder anzuziehen und auf sie einzureden, als er hereinkam und sie mit ihren Blicken suchte.

»Ein Auto?«, fragte sie mit geweiteten Augen und ihre Nüstern blähten sich, als er nickte und sich seinen Sohn Rudy schnappte. »Wir gehen hinter die Hütte und ...«

»Was?«, fragte sie alarmiert, als er so plötzlich innehielt.

»Ich höre die Motorengeräusche nicht mehr.«

»Bule?«, rief jemand und er glaubte, es sei eine Frauenstimme, was ihn kurz irritierte. Für die FPI arbeiteten keine Frauen, außer vielleicht als heimliche Prostituierte.

»Bule? Buuleee?« Da war sie wieder, die Stimme.

»Wer ist das?«, fragte Indah, die stocksteif stehengeblieben war und mit nach oben verdrehten Augen lauschte.

»Ich ... keine Ahnung. Los, wir verschwinden, schnell!«, drängte er sie und wollte sich zur Tür wenden, als sie ihn am Arm zurückhielt.

»Wenn es die Premans wären, würden sie dich nicht rufen, oder?«

»Diese Leute sind Psychopathen, die würden alles tun!«,

widersprach er und hielt Rudy mit einer Hand vor seinen Bauch gedrückt, um Indah und Binta mit der anderen hinter sich her zu ziehen. »Los, hinter die Hütte! Wir halten uns dicht an den Steinen, dann reicht es, wenn wir uns daran entlangtasten, ohne etwas zu sehen.«

»Aber was ist, wenn ...«

»Kein Aber!«, zischte er wütend, als die Sorgen in ihm hochkochten und eilte durch die Tür ins Freie. Ein schriller Schrei entwich ihm, als plötzlich eine Gestalt vor ihm erschien und er vor Schreck nach hinten stolperte, mit der Ferse an der Türschwelle hängen blieb und auf den Hosenboden stürzte.

»Bule?« Die sprechende Silhouette vor ihm war ein wenig größer als die Frauen, die er kannte, und trug ein nachlässig über den Scheitel gezogenes Kopftuch. Sie war schlank und drahtig und trug westliche Kleidung, was ihm noch seltsamer vorkam.

»Bule?«, wiederholte sie ruhig und streckte ihm eine helfende Hand entgegen.

»Wer sind Sie?«, fragte er und beäugte misstrauisch ihre Hand, während er sich, ohne sie aus den Augen zu lassen, vergewisserte, dass Rudy sich bei ihrem Sturz nicht wehgetan hatte.

»Mein Name ist Rodea Stone, ich bin möglicherweise auf der Suche nach Ihnen«, antwortete die Frau mit einem Akzent, den er nicht einordnen konnte. Sie sprach fehlerfrei und drückte sich sehr gewählt aus, aber das war es nicht. Sie klang ein wenig, als spräche sie mit einer Handvoll Brei im Mund und auch ihr Name war sehr ungewöhnlich. Zumindest hatte er noch nie einen Namen wie *Rodea Stone* gehört.

»Sie brauchen keine Angst vor mir zu haben«, fügte sie hinzu, als er sich nicht rührte und seinen Sohn schützend hinter sich schob, nachdem er sich aufgerappelt hatte. »Ich suche lediglich etwas, das Sie vielleicht aus dem Meer gefischt haben.«

Unwillkürlich wurde Mades gesamter Körper steif wie ein Brett und er beachtete nicht einmal die Tatsache, dass sie eine große Taschenlampe anschaltete und vor ihm auf den Boden leuchtete. Das Licht war so hell, dass seine Augen schmerzten. Sie bemerkte es offenbar und senkte den Lichtkegel noch weiter.

»Ich sehe, dass Sie wissen, wovon ich spreche.«

»Ich ... ich ...« Made sah hilfesuchend zu seiner Frau, doch auch sie hatte sich ängstlich zurückgezogen, und versteckte Binta hinter ihrem fülligen Leib. Seine kleine Tochter lugte mit ihren großen dunklen Augen zu der Fremden und schien das Ganze eher aufregend als furchteinflößend zu finden.

»Ich tue Ihnen nichts, wirklich. Hier, nehmen Sie die Taschenlampe. Ich habe Ihnen noch mehr mitgebracht.« Die Fremde kramte in ihrem Rucksack und hielt ihm zwei Taschenlampen hin, die so groß waren wie ein Unterarm und sich auch als Schlagstock geeignet hätten. Zögernd nahm er sie entgegen und betrachtete sie ungläubig, bis er begriff, dass er gar nicht mehr besaß, was sie suchte. Schnell lief er zum Bett und stopfte die Lampen unter die muffig riechende Decke, bevor er sich ihr wieder zuwandte.

»Ich habe es nicht mehr«, gestand er schließlich.

»Keine Sorge«, beschwichtigte sie ihn und hob ihre freie Hand, als wolle sie einen bellenden Hund beruhigen. »Sie können die Taschenlampen behalten. Erzählen Sie mir einfach, was sie gefunden haben, und dann sehen wir weiter, ja?«

»Arbeiten Sie für die FPI? Die Premans?«, fragte Made und hätte sich im nächsten Moment am liebsten geohrfeigt für seine Dummheit. Selbst wenn es so wäre, würde sie es ihm wohl kaum sagen.

Die Frau schien einen Moment zu überlegen und schüttelte dann den Kopf. »Nein, ich arbeite für die CIA.«

»Für die *was?*« Er zog die Stirn in Falten und versuchte, sich zu erinnern, ob er diese Abkürzung schon einmal gehört hatte. Falls dem so war, fiel es ihm nicht mehr ein.

»Für den amerikanischen Geheimdienst.«

»Ah, so wie James Bond«, meinte er und nickte verstehend.

»So ähnlich«, entgegnete sie kurz angebunden. »Können Sie mir bitte sagen, was Sie im Meer gefunden haben und was dann passiert ist?«

Made sah zu Indah, doch sie stand nur stocksteif da und reagierte nicht auf seine stumme Frage. Also wanderte er mit seinem Blick zu dem Rucksack der Frau, die angeblich aus Amerika kam, und der noch immer gut gefüllt aussah. Nach kurzem Zögern erzählte er ihr von dem Tag zwischen den Bunaken, ohne den Ort zu nennen, von der perfekten Kugel aus Metall, die offenbar der Umgebung Strom absaugen konnte, und die ihn und seine Familie mit Licht versorgt hatte. Er erzählte ihr auch von dem Fiepton, der aus der Kugel gekommen war und der seinen Kindern so viel Angst eingejagt hatte. Dann berichtete er von dem riesigen Unfall in Manado und seinen vergeblichen Versuchen, die Kugel gewinnbringend zu verkaufen. Als er schließlich von den Premans erzählte, die vor wenigen Tagen – er wusste aufgrund der Finsternis nicht mehr, wie viele es waren – Roro enthauptet und ihm die Kugel gestohlen hatten, begann er hemmungslos zu schluchzen und konnte sich kaum wieder beruhigen, bis die kleine Binta zu ihm kam und ihn in den Arm nahm. Daraufhin fühlte er sich beschämt, dass sie ihn so schwach sehen musste, wo er es doch war, der ihr als Vater Sicherheit und Hoffnung signalisieren musste.

»Premans von der FPI«, sagte Rodea schließlich, nachdem

er seine lange Geschichte beendet und sich einigermaßen beruhigt hatte. Mittlerweile saßen sie zusammen an seinem Esstisch, auf dem sich Schmutz und Asche angehäuft hatten, die er im schwachen Licht der Holzscheite, die sie rund um die Uhr glühen ließen, gar nicht gesehen hatte. »Es tut mir leid um Ihren Freund. Diese Typen sind wirklich üble Zeitgenossen. Ein Glück, dass die Sie und Ihre reizende Familie verschont haben. Denken Sie, dass Sie die Kerle identifizieren könnten, wenn Sie sie sehen?«

»Identifizieren? Was heißt das?«, fragte er unsicher. Er verstand einige der Worte nicht, die sie benutzte, aber bei diesem war es offenbar wichtig, dass er genau wusste, was sie meinte.

»Erkennen, würden Sie die Kerle erkennen, die Ihren Freund umgebracht und Ihnen die Kugel gestohlen haben?« Sie klang geduldig, wenn auch ein treibender Unterton in ihrer Stimme mitschwang, der signalisierte, dass sie keine Zeit hatte.

»Ja, ich denke schon«, erwiderte Made zögernd.

»Gut. Ich mache Ihnen einen Vorschlag: Ich nehme Sie und Ihre Familie unter meinen Schutz, wir fahren nach Manado und dann sehen wir uns mal in den örtlichen FPI-Revieren um.«

»Was?«

»Ich meine, dass ich Sie und Ihre Familie ...«

»Ich habe das schon verstanden«, unterbrach er sie und raufte sich die strähnigen Haare. »Aber das ist vollkommen verrückt! Diese Leute sind gefährliche, durchgeknallte Mörder. Ich kann doch nicht mit Ihnen nach Manado gehen, die werden mich töten und Sie auch!«

»Oh, wir haben genügend Rückendeckung, glauben Sie mir. Ich muss ein Gespräch mit meinem Funkgerät führen«, sie zog ein langes Funkgerät aus ihrem Rucksack und deutete darauf, »um Ihnen Zusicherungen geben zu können, aber ich denke, das wird kein Problem. Wenn Sie mir ein wenig Vertrauen schenken, kann ich Ihre Familie noch hier und jetzt evakuieren lassen. Das bedeutet, dass sie vom Militär abgeholt und in die Vereinigten Staaten gebracht wird.«

Made spürte, wie sein Herz einen Satz machte. Die USA waren alles, was er sich für seine Kinder nur wünschen konnte. Fort aus der Armut, aus der es hier kein Entkommen gab, fort aus der Dunkelheit, denn dort, auf der anderen Seite der Welt gab es so viel Geld und Licht, dass sie bestimmt keine Probleme hatten.

»Einverstanden!«, sagte er sofort, obwohl er noch immer einen leichten Zweifel spürte, ob er nicht gerade hereingelegt wurde. Also entschied er sich, noch ein wenig nachzulegen. »Sobald meine Familie abgeholt wurde, gehe ich mit Ihnen.«

»Wir haben keine Zeit ...«

»Das ist meine Bedingung«, beharrte er und betete zu Allah, dass sie einwilligte, denn sein Widerstand war schwächer, als seine Stimme vermuten ließ. Wie er so dastand mit aufgerissenen Armen und Knien, zerlumpt und frierend, seine Kinder voller Angst und seine Frau voller Erwartungen, dass er sie alle irgendwie rettete, gab es keine Optionen mehr.

»Ich bin einverstanden«, sagte Rodea schließlich und packte ihr Funkgerät, das sie vor den Mund hielt, bevor sie einen seitlich angebrachten Knopf drückte. Sie begann in fließendem Englisch zu sprechen, wovon er kein einziges Wort verstand und wartete. Die Stille breitete sich langsam zwischen ihnen aus und gerade in dem Moment, als er sich schon fragte, ob es keine Antwort geben würde, rauschte es aus dem Gerät und ein kurzer Schwall fremder Sätze schepperte durch seine Hütte. Die Frau antwortete noch einmal und gab irgendwelche Zahlen durch, dann ließ sie das Funkgerät wieder in ihrem Rucksack verschwinden und nickte zufrieden.

»In zwanzig Minuten landet ein Schlauchboot hier am

Strand. Ich habe meinen Leuten anhand einer Karte, die mein Fahrer hatte, erklärt, wo wir uns befinden, aber wir werden am Strand mit den Taschenlampen nachhelfen müssen, sonst werden sie uns nicht finden. Die Fahrt über das Meer ist gefährlich, weil es absolut kein Licht gibt, mit dem man Hindernisse oder im Weg liegende Atolle und Inseln sehen könnte. Die zwanzig Minuten kann ich also nicht garantieren.«

Made nickte bloß, wickelte Rudy in seine Jacke und ergriff dessen Hand. Indah tat dasselbe mit Binta und nahm sie auf den Arm, dann folgten sie der Agentin in die Dunkelheit. Kurz vor der Tür hielt er noch einmal inne und holte die Taschenlampen vom Bett.

Gemeinsam gingen sie zum Strand, der im kräftigen Licht der Taschenlampe weiß aussah. Links, im Haus des Dorfvorstehers, brannte Licht und er sah, wie zwei Köpfe hinter der Scheibe davonhuschten, als sein Blick sie traf. Die Feigheit seiner Nachbarn war beinahe erschütternder als die endlose Dunkelheit, die sie ereilt hatte. Zusammenhalt und Brüderlichkeit hatte er sich anders vorgestellt. Aber er sah keine direkte Gefahr, also ließen sie die Kinder wieder herunter.

»Was haben Sie in diesem Sack?«, fragte Rodea und deutete im Vorbeigehen auf den Sack Muscheln, den er hatte fallen lassen.

»Muscheln. Man kann sie mit dem wenigen Licht der Laterne noch geradeso erkennen in Ufernähe.«

»Mein Großvater war Fischer auf Bali, bevor er seiner Familie in die USA gefolgt ist«, erklärte sie und nickte.

»Sie sind eine Hindu, oder? Sind die Balinesen nicht Hindus?«

»Ja, ist das ein Problem?«

»Nein«, versicherte er schnell, da er das Gefühl hatte, einen wunden Punkt getroffen zu haben. »Wieso sollte das ein Problem sein?«

»Die hinduistische Minderheit hatte es nicht leicht in diesem Land«, gab sie zurück und machte eine wegwerfende Handbewegung. »Aber das spielt jetzt ohnehin keine Rolle mehr, schätze ich.«

»Was meinen Sie damit?«

»Ach, schon gut.«

Er wollte weiter auf sie eindringen, denn sie schien irgendetwas zurückzuhalten, doch sie waren am Strand angekommen und Indah zupfte ihn am Ärmel und kam etwas näher, sodass die Amerikanerin sie nicht hören konnte.

»Ich habe Angst, Made«, flüsterte sie.

»Aber wieso? Ihr werdet in Sicherheit gebracht.«

»Das sagt sie, aber woher wissen wir, dass sie nicht lügt?«

»Wir wissen es nicht«, gab er freimütig zu und betrachtete seine beiden Kinder, die fasziniert mit den Taschenlampen spielten. Er senkte die Stimme noch ein wenig mehr: »Aber was wir ganz sicher wissen, ist, dass wir hier sterben werden.«

Indah sah hastig zu ihren Kindern, die jedoch noch immer die Knöpfe ihrer Taschenlampen drückten und mit Rodea sprachen, die ihnen zeigte, wohin sie mit dem Licht zielen sollten.

»Du glaubst doch nicht ...«

»Du weißt es genauso gut wie ich«, unterbrach er sie sanft. »Was denkst du, wie lange die Dieselvorräte noch reichen? Wir bekommen keinen neuen mehr, wir frieren, wir haben Hunger. Binta weint fast jede Nacht und der Reis ist seit vorgestern alle. Das waren nur einige Tage in der Dunkelheit, was denkst du, passiert nach einer Woche, hm? Und was ist, wenn die Premans zurückkommen?«

»Wahrscheinlich hast du recht«, gab sie schließlich zu und begann, stumm zu weinen. »Kannst du nicht mit uns kommen?«

Made schüttelte traurig den Kopf. Zuerst musste er seine

Seite der Vereinbarung einhalten, denn er machte sich nichts vor: Seine Familie war auf dem Schiff der Amerikaner sowohl eine Handreichung als auch ein Druckmittel, damit er sich an die Abmachung hielt. Er war vielleicht ungebildet, weil er keine Schule hatte besuchen können, aber er war nicht dumm.

»Alles wird gut«, sagte er schließlich. »Ich gehe mit ihr und komme dann mit ihr nach, keine Sorge.«

Seine Frau schien nicht besonders beruhigt, ließ es aber bewenden und holte den Sack mit den Muscheln heran. In Badjo Kima wurde nichts verschwendet.

Eine Weile später, die sie damit verbrachten, mit den Taschenlampen aufs offene Meer zu leuchten und sie hin und her zu schwenken, hörte er tatsächlich leise Motorengeräusche. Ein dunkelgraues Schlauchboot mit einem kleinen Aufsatz und einem Maschinengewehr am Bug hielt direkt im Lichtkegel seiner Taschenlampe auf sie zu. Wie im Traum sah er dem halben Dutzend Soldaten mit Körperpanzern und schwarz geschminkten Gesichtern zu, wie sie mit gezückten Sturmgewehren an den Strand stürmten und sie absicherten. Einige andere Männer und Frauen in Uniform halfen seiner Familie an Bord und wickelten sie in dicke Filzdecken, bevor ein älterer Soldat einige Worte mit Rodea wechselte und die sechs Bewaffneten zurückbeorderte. Es dauerte keine fünf Minuten, dann rauschte das Boot schon wieder mit voller Beschleunigung in die Dunkelheit davon. Alles war so schnell gegangen, dass er sich nicht einmal richtig von seiner Familie verabschieden konnte, und er hatte das schmerzhafte Gefühl, als hätte er sie gerade zum letzten Mal gesehen.

»Also gut, Made«, sagte Rodea, zog eine Pistole aus ihrem Rucksack und klemmte sie sich vorne in ihren Hosenbund. »Gehen wir uns die Kugel holen.«

Kapitel 11: Montgomery

15. Januar 2035, irgendwo in Montana

DIE FLUCHT VON DER ABSTURZSTELLE hatte viele Stunden in Anspruch genommen, die Montgomery jetzt in Form einer erdrückenden Müdigkeit in den Knochen steckten. Zuerst hatte er Johannes eingeschworen, bei Jane zu bleiben und dafür zu sorgen, dass sie wach blieb. Dann war er selbst zwischen den Trümmern hin und her gelaufen und hatte nach Überlebenden gesucht, fand aber nichts außer verstreuten Körperteilen und Kleidungsstücken und den beiden Piloten in ihrer Kanzel, die frontal in ein Geröllfeld gestürzt und kaum noch als Menschen erkennbar gewesen waren. Er fand eine Jacke, die wie durch ein Wunder relativ heil geblieben war, mehrere Paar Schuhe, die er Toten ausziehen musste und zwei Schokoriegel, die irgendjemand im Gepäck gehabt hatte. Die restliche Kleidung, die er fand, riss er in Streifen, was ihn viel Zeit kostete, aber am Ende eine große Menge Stoff bescherte. Er nahm auch die beiden Pistolen der Piloten an sich, vergaß allerdings, nach Ersatzmagazinen zu suchen, was er erst später bemerkte. Zurückgehen wollte er aber nicht, da er nicht wusste, ob er den erneuten Anblick der übel zugerichteten Leichen zwischen den brennenden Trümmern ertragen würde.

Also bastelte er aus einem dicken Ast und einigen Stoffbahnen eine Fackel, mit der er im Wald, der die lange Reihe Windräder umgab, weitere Äste sammelte, die sich als Fackeln eignen würden. Danach kehrte er zu Johannes und Jane zurück, die noch ein wenig bleicher geworden war und schnürte die Äste zu einem dicken Bündel zusammen, das er sich auf den Rücken wuchtete. Da sie sich medizinisch nicht auskannten, schienten sie Janes Fuß mit zwei Stöcken und festgewickelten Stoffresten und bauten aus den übriggebliebenen Fetzen und zwei langen Stangen eine improvisierte Trage.

Bevor sie losgingen, grub Monty mit einem Stück Metall ein Loch in den nassen Boden, bis sich eine Kuhle mit Wasser gebildet hatte. Dann schnappte er sich ein Blatt und legte den kleinen Metallbügel darauf, der als Zierde an seinen Lederschuhen geprangt hatte. Blatt und Metallbügel drehten sich und er wusste, wo Norden und Süden waren. Da sie von Washington relativ gerade nach Westen fliegen mussten, um Hanford zu erreichen, und sie über Montana abgestürzt waren, mussten sie also weiter nach Westen, vielleicht ein paar hundert Meilen. Er hatte keine Ahnung, wie sie das schaffen sollten, denn abgesehen von der enormen Entfernung, die sie zu Fuß zurücklegen mussten, hatten sie in der Dunkelheit keinerlei Orientierungspunkte, außer ihrem spärlichen Fackelschein. Darüber hinaus besaßen die Fackeln keinerlei Brandflüssigkeit, was bedeutete, dass der Stoff schnell abbrannte und sie bloß noch glühende Stöcke in den Händen hielten. Selbst mit zwanzig improvisierten Fackeln würden sie maximal einige wenige Stunden genug sehen, um festzustellen, ob sie gerade auf einen Baum, einen Abgrund oder eine Felswand zumarschierten. Doch auch normale Fackeln oder Taschenlampen hätten wenig genützt, denn die absolute Finsternis gab ihnen absolut keinerlei Chance zu sehen, ob es in der Richtung, in die sie gingen, überhaupt einen Weg gab. Vielleicht würden sie auf einen Berg zulaufen, der nicht passiert werden konnte.

Glücklicherweise fiel ihm irgendwann trotz seines vollkommen durcheinandergeratenen Kopfes ein, dass Windräder Zugangswege für die Autos der Techniker und Wartungsingenieure besaßen und suchte das Trümmerfeld nach so einem Weg ab, bis er ihn fand. Zwar sah er nur wenige Meter um sich, doch es gab keinen Zweifel, dass er auf einem Schotterweg stand, dessen Ränder er erkennen konnte.

Sie liefen also los, schleppten Jane mit sich, die pausenlos vor sich hin flüsterte. Zuerst hielt er sie für fiebrig, doch als er sie fragte, ob es ihr gut gehe, erklärte sie ihm, dass sie sich von ihren Schmerzen abzulenken versuche. Montys Hoffnungen wurden erfüllt, als sie nach einer Weile auf eine Teerstraße gelangten. Der Asphalt glänzte feucht in seinem Fackelschein, hätte in jeder anderen nächtlichen Umgebung dunkel gewirkt, glitzerte in der absoluten Finsternis aber beinahe einladend. Er bedeutete Johannes, anzuhalten, und sie setzten Jane vorsichtig ab. Er drückte dem Deutschen die Fackel in die Hand, die nicht mehr als ein dicker Glimmstängel war und bedeutete ihm, sie ganz dicht über den Waldboden neben der Straße zu halten. Daraufhin grub er erneut ein Loch, bis er eine Pfütze geschaffen hatte, legte Blatt und Metallspange hinein und sah beiden zu, wie sie sich drehten, bis sie sich fest ausgerichtet hatten.

»Wir haben Glück«, sagte er und deutete die Straße entlang, die laut der improvisierten Kompassnadel nach Nordwesten führte. »Nicht exakt unsere Richtung, aber geteerte Straßen führen immer an Orte, die an den Verkehr angebunden sind.«

»Eine Stadt vielleicht?«, fragte Johannes hoffnungsvoll. Sein Gesicht wirkte im spärlichen Glühen des Stocks hager und blass wie das eines Vampirs.

»Ein Dorf würde mir schon reichen.« Monty sah sich um. Die Straße war schmal, gerade breit genug, um zwei Autos passieren zu lassen, wenn sie sehr weit nach außen fuhren, aber doch zu breit, um mit dem lächerlich unzureichenden Leuchten beide Straßenränder zu sehen. »Am besten gehen wir in Fahrtrichtung und hoffen, dass wir Straßenschilder finden, die eine Kilometeranzeige mit dem Namen von Städten oder Siedlungen haben.«

»Ist gut.« Johannes war seit ihrem Absturz alles andere als der gesprächige, gut gelaunte Doktorand, der ihn im Helikopter angesprochen hatte. Er wirkte zutiefst erschüttert, seit das Problem der allumfassenden Dunkelheit für sie nicht mehr abstrakt und damit geistig sortierbar, sondern gegenwärtig und direkt bedrohlich war. Störend war allerdings nicht nur die Finsternis, sondern auch der süßliche Verwesungsgeruch, der sie die gesamte Zeit umgab. Er war nicht besonders stark, aber doch erkennbar, wann immer der leichte Wind sich um ihre Nasen legte.

Also gingen sie schweigend weiter, einige Stunden vielleicht, in denen Morty seinem in der Kälte kondensierenden Atem zusah, wie er dichte Wolken vor seinem Gesicht bildete. Immer, wenn die Fackel zuerst ihre Flamme und später ihr Glühen verlor, hielten sie kurz an, um eine neue anzustecken. Dieser Moment war jedes Mal wie eine Erlösung, da sie für wenige Augenblicke beim Auflodern des Stoffes erstaunlich weit sehen konnten. Sie sahen Bäume, die wie aufgeschreckte Riesen rechts und links über ihnen emporragten und aussahen, als würden sie vor dem Feuer zurückweichen. Die Schatten zwischen ihnen waren tief und undurchdringlich wie eine schwarze Mauer. Aber sie konnten immerhin sehen, dass sie nicht von Monstern, wilden Tieren oder Wegelagerern umzingelt waren – Einbildungen, die mit der natürlichen Angst des Menschen vor der Dunkelheit einhergingen. Wenn das Glimmen der Fackeln schwach wurde, sah er maximal einen Meter um sich und seine Fantasie stellte sich die gruseligsten Dinge vor, die da direkt um ihn lauerten, ohne dass er sie sehen konnte. Er fühlte sich, als würde er aus unsichtbaren Augen beobachtet, von gefletschten Zähnen, die sich auf ihn stürzen würden, sobald er einmal vergessen sollte, die nächste Fackel zu entzünden, bedroht.

Als sie die neunzehnte und vorletzte ansteckten und das

Licht aufloderte, schreckten erneut die Bäume zurück, die ganz plötzlich da waren und wieder konnten sie relativ weit sehen. Das grau-bräunliche Gras am Straßenrand war so farblos wie Papier und die Halme lagen schwach am Boden.

Doch da war noch etwas vor ihnen, das ihn so abrupt anhalten ließ, dass Johannes es zu spät bemerkte und ihm die Trage schmerzhaft in den unteren Rücken stieß.

»Was ist?«, fragte der Doktorand angespannt und mit so leiser Stimme, dass Monty ihn kaum verstand.

»Da vorne ist etwas«, erwiderte er und spürte, wie zuerst ein Kribbeln über seinen Rücken lief und sich dann seine Nackenhaare aufstellten.

»Da ist etwas? Was denn?«

Monty konnte fühlen, wie die Äste unter seinen Händen zitterten und war nicht sicher, ob es seine Finger oder die von Johannes waren, die es erzeugten.

»Ich glaube ein totes Reh«, gab er zurück und schluckte gegen seine trockene Kehle an, während er einen Fuß vor den anderen setzte und langsam auf die liegende Silhouette zuging. Je näher er kam, desto deutlicher wurde, dass es sich tatsächlich um totes Damwild handelte, denn der stärker gewordene Gestank nach Verwesung ließ keinen Zweifel mehr daran. Er legte sich erst um und dann in Montys Nase und brachte ihn mehrfach an den Rand des Würgens.

»Alter, wir haben zwar keine Schokoriegel mehr, aber wir werden jetzt nicht dieses Ding essen, oder?«, krähte Johannes hinter ihm, als sie neben dem toten Tier anhielten und es inspizierten. »Scheiße, ich glaube, ich muss kotzen.«

»Tu es nicht, das kostet nur Energie«, entgegnete Monty abwesend und suchte nach irgendwelchen Hinweisen, wie das Reh gestorben sein könnte. Er kannte sich nicht mit Verwesungszuständen aus, schätzte aber, dass es schon über einen

Tag hier liegen musste. Zeichen für einen Unfall oder den Angriff eines Raubtiers konnte er nicht entdecken.

»Ist es verhungert oder so?«, fragte Johannes zaghaft.

»Könnte sein, ich weiß es aber nicht. Bäume halten etwas länger durch als Pflanzen am Boden, glaube ich, und Rehe fressen Blätter, oder?«

»Macht doch keinen Unterschied. Selbst wenn es noch ganz viel Nahrung gäbe, würden die Tiere sie nicht finden, weil sie rein gar nichts sehen können.«

»Stimmt.« Monty schüttelte den Kopf und stellte sich unvermittelt vor, wie die Barriere plötzlich wieder verschwand und sie überall im Wald tote Tiere und Insekten auf dem Boden liegen sahen. Raubtiere, Pflanzenfresser, Vögel – alle nebeneinander, im Tod gleichgestellt. Einige mit Wunden an den Köpfen, wo sie gegen Bäume gestoßen waren, die Vögel mit gebrochenen Flügeln und die Insekten überall dazwischen wie ein Rasen aus Chitin und Beißwerkzeugen. Das Schlimmste an dieser Vorstellung war, dass sie nicht der Fantasie entsprang, sondern purer Logik. Tiere, die an den Boden gebunden waren, konnten sich nicht mehr fortbewegen und würden keine Nahrung mehr finden. Vögel navigierten zwar entlang der Magnetfeldlinien, aber sobald sie landen wollten und nichts sahen, würden sie abstürzen, beziehungsweise mit einem Berg oder Bäumen zusammenstoßen und sterben. Fledermäuse mit ihrem Ultraschall hätten möglicherweise noch Vorteile, aber er wusste nicht, ob sie sich von Aas ernährten, und selbst wenn würde auch das Aas nicht lange vorhalten. Falls irgendwelches Getier überlebt haben sollte, von dem er nichts wusste, weil er kein Zoologe war, würde es sicher an den Seuchen zugrunde gehen, die es mit sich brachte, wenn die gesamte Tierwelt in sehr kurzer Zeit verstarb. Es gab ja nicht einmal mehr Insekten, die sich um die Kadaver kümmern und den Ökokreislauf am Leben erhalten konnten.

Schweigend gingen sie weiter, nachdem es beiden die Sprache verschlagen hatte, begleitet von dem unablässigen Gemurmel von Jane. Irgendwann hatten sie wieder ihren Trott gefunden und stießen auf weitere tote Tiere: Mäuse, einen ganzen Zug Käfer und zwei Maulwürfe, die offenbar angefressen worden waren. Dann neigte sich die Glut seiner vorletzten Fackel dem Ende und er hielt an.

»Wir sollten hier rasten. Ich bin wirklich erschöpft«, sagte er und sie legten die Trage ab. »Lass uns in den Wald gehen und etwas Holz sammeln, um ein Feuer zu machen. Sonst erfrieren wir im Schlaf.«

Johannes nickte nur und sie wollten gerade losgehen, als Jane sie mit einem feuchten Husten zurückhielt.

»Nein, geht nicht, bitte!«

»Wir müssen Holz sammeln, sonst erfrieren wir.«

»Aber das Licht! Lasst mich nicht im Dunkeln zurück, bitte lasst mich nicht im Dunkeln zurück«, flehte sie und jedes ihrer Worte schmerzte Monty, weil es so hilflos und von tiefer Furcht ergriffen klang.

»Es geht ganz schnell, versprochen. Wir müssen es tun«, zwang er sich zu sagen und wandte sich mit zusammengekniffenen Augen von der Verletzten ab, die mit jedem Schritt, den er und Johannes von ihr weg in Richtung der Bäume am Straßenrand machten, panischer zu heulen begann.

Es tut mir leid, dachte er und der Drang, zu ihr zurückzulaufen, und sie zu trösten wurde unmenschlich, doch er zwang sich, weiterzugehen. Als der Wald sie umfing, der vollkommen still war, durchzogen von süßlichem Gestank, wurde es noch unheimlicher als auf der Straße. Der Asphalt hatte ihm den Eindruck von Zivilisation gegeben, doch hier gab es nur Schatten und Stille, die ihm Angst einjagten. Dies sollte ein Ort des Lebens sein und doch war es jetzt ein Friedhof geworden, durch den sie im spärlichen Licht der glühenden Fackelreste stolperten. Früher war er mit Erica immer im Wald spazieren gegangen, als Tullaby noch viel kleiner gewesen war. Er hatte den Wind geliebt, der tosend mit den Baumwipfeln spielte, den vielstimmigen Gesang der Vögel und die vielen Geräusche der Waldbewohner, die er nur von ihren Tönen her kannte. Der Wald war für ihn immer ein beruhigender Rückzugsort gewesen, an dem er den Kopf freibekommen konnte, aber jetzt hatte er sich in das Gegenteil gekehrt und in einen Alptraum verwandelt.

»Los, schnapp du dir schnell das trockenste Holz, das du finden kannst«, forderte er Johannes auf und leuchtete dem deutlich jüngeren Mann mit dem Glutstock. Es hatte schon länger nicht geregnet, was ihnen jetzt zugutekam, doch leicht würde es trotzdem nicht werden, mit der spärlichen Glut ein Feuer zu entzünden. Möglicherweise musste er noch mehr Stoff opfern, aber sie hatten nur noch eine Fackel und brauchten die Trage, genau wie die Kleidung, die sie trugen, da die Temperaturen nur knapp über dem Gefrierpunkt lagen.

Als Johannes einen beachtlichen Stapel auf seine Arme geladen hatten, ließen sie sich von Janes Wehklagen leiten, und fanden relativ problemlos zurück zur Straße. Mittlerweile weinte die Gravitationsforscherin ungehemmt. Es war ein leises, verzweifeltes Weinen, das gebrochen und hilflos klang.

»Sssch«, machte er, als sie zurückkamen und beugte sich zu ihr, um ihr beruhigend durchs Haar zu streichen. Ihr Kopf regte sich und sie sah mit großen Augen zu ihm auf.

»Ihr seid zurückgekommen?«

»Natürlich«, antwortete er verwirrt.

»Ich dachte, ihr lasst mich zurück, weil ich euch eine Last geworden bin«, sagte sie schluchzend und schloss die Augen. Ihre Lider zitterten leicht. »Ich bin doch eine Last, oder?«

»Nein!«, sagte er empört und schüttelte energisch den Kopf. »Wir lassen dich nicht zurück, hörst du?«

»Danke«, war alles, was sie erwiderte und ihre Stimme ließ ihn zweifeln, ob sie ihm wirklich glaubte.

Es dauerte fast eine Viertelstunde, bis sie das Feuer entzündet hatten, da es erschreckend schwer war, den glühenden Ast als Anzünder zu benutzen, aber wie sich herausstellte, dauerte es nur länger, bis die kleineren Ästchen sich entzündeten. Als es zwischen ihnen loderte, schnappten er und Johannes sich je ein Scheit und gingen wieder in den Wald, um noch mehr Holz heranzuschaffen. Diesmal weinte Jane nicht.

Das Feuer diente jetzt als Licht und Leuchtturm für ihre Orientierung, sodass sie deutlich schneller sammeln konnten, zumal sie es immer höher aufschichteten. Nach etwa einer Stunde, in der sie auf die Kadaver zweier Füchse, eines Waschbären und vieler Vögel und Insekten gestoßen waren, brannte das Feuer lichterloh und riesengroß. Die Flammen leckten gierig in die Dunkelheit und vertrieben sie auf viele dutzend Meter. Zwar brachten sie auch längere Schatten mit und die Bäume ringsum wirkten noch furchteinflößender, aber immerhin hatten sie das Gefühl, wieder einen Anflug von Kontrolle zu haben.

»Einer sollte immer Wache halten«, entschied Johannes, der sich dicht vor das Feuer gekauert hatte. »Falls ... ich weiß auch nicht, falls etwas passiert eben.«

»Falls einer im Schlaf den Flammen zu nahe kommt«, half Monty ihm aus und ließ die Angst vor anderen Dingen bewusst unausgesprochen zwischen ihnen stehen. »Du kannst zuerst schlafen.«

»Danke.« Johannes schob seine Kapuze über den Kopf und schloss die Augen.

Monty setzte sich zu Jane und hielt ihre Hand. Sie zitterte.

»Morgen haben wir keine Fackeln mehr, oder?«, flüsterte sie und ihr Gesicht war von den Schmerzen so verzerrt, dass er es seit dem Absturz nicht mehr entspannt gesehen hatte.

Die Falten sahen aus wie eingestanzt, als hätte sie noch nie anders ausgesehen, und er bemerkte, dass er sie zuvor gar nicht wahrgenommen hatte, als sie noch im Helikopter gesessen hatten und unterwegs nach Hanford gewesen waren. Irgendwie schämte er sich, vorher keine Augen für diese Frau gehabt zu haben, die jetzt so große Qualen litt und sich darauf verließ, dass er sich um sie kümmerte.

»Ja«, gestand er und deutete ein Nicken an. Er hatte kurz überlegt, sie anzulügen, empfand es aber als nicht richtig ihr etwas vorzumachen. Auch Verletzte hatten ein Anrecht auf die Wahrheit.

»Ihr braucht dann Stöcke, damit ihr den Asphalt ertasten könnt im Dunkeln.«

»Ihr?«

»Ja. Wenn zumindest der Vordere mit einem improvisierten Blindenstock über den Boden hin und her streicht, kann er die Trage nicht mehr halten. Mit der Fackel ging es einigermaßen, weil es egal war, ob man sie waagerecht hält oder nicht. Mit einem Blindenstock wird es nicht funktionieren«, erklärte Jane mit leiser, aber klarer Stimme. Nur ihre geröteten Augen verrieten, dass jedes einzelne Wort, das ihr über die Lippen floss, anstrengend für sie war.

»Wir finden eine Lösung«, log er, obwohl er sich schon in den letzten Stunden Gedanken über dieses Problem gemacht hatte. Es gab keine. Sie wusste es, er wusste es, und doch weigerte er sich, diese Tatsache zu akzeptieren.

»Das wird die Hölle, weißt du?«, fuhr sie fort, ohne auf seine Lüge einzugehen. Sie richtete ihren Kopf neu und starrte an ihren feuchten Haarsträhnen vorbei in die ewige Nacht über ihnen. Der gelbliche Feuerschein ließ ihre geröteten Wangen schimmern, als wäre sie geschminkt. Sie war schön, wie er erst jetzt herausfand, wo sich ihre Züge leicht entspannten, obwohl er nicht verstand weshalb.

»Ja, das wird es.« Ihn schauderte allein der Gedanke, als Sehender in vollkommener Finsternis wie ein Blinder gehen zu müssen. Wenig zu sehen war erschreckend, gar nichts zu sehen, konnte einen Menschen an den Rand des Wahnsinns bringen, da war er sich mittlerweile sicher.

»Ich wollte immer lieber in den Himmel«, sagte sie ernst und lächelte schwach, als er sie irritiert anschaute. »Nicht jeder Wissenschaftler ist Atheist, daran solltest du dich erinnern.«

»Stimmt«, sagte er, da ihm nichts Besseres einfiel. »So ein Phänomen wie das, was die Erde eingeschlossen hat, lässt einen schon nachdenklich werden.«

»Ich komme nicht in den Himmel, ich kann nur zwischen der Hölle wählen, die ich sehe, und der, die mir versprochen wurde«, fuhr Jane fort, als hätte er nichts gesagt und eine stumme Träne rann ihr aus dem ihm zugewandten Augenwinkel.

»Was meinst du damit?« Er versuchte, sich einen Reim auf ihre Worte zu machen, kam jedoch zu keinem Ergebnis und schob es auf ihren Schmerzzustand. Sein Vater war an Lungenkrebs gestorben und besonders zum Ende hin, hatten die Schmerzen ihn eine Menge wirres Zeug reden lassen, bei dem er sich hatte zwingen müssen, daran zu denken, dass es nicht sein Vater war, der diese Dinge sagte, sondern dessen von Schmerzen gepeinigtes Gehirn.

»Schon gut. Du kannst schlafen, ich lege mich auf die Seite und behalte euch im Auge. Ich kann sowieso nicht schlafen mit diesen Schmerzen.« Er wollte protestieren, doch sie winkte schwächlich mit der Hand. »Mach schon, wir brauchen dich morgen kräftig und ausgeschlafen. Wenn ich zu müde werde, sage ich dir Bescheid.«

Monty überlegte zu protestieren, entschied sich jedoch mit einem Seufzen dagegen, da er spürte, dass er sich ohnehin nicht viel länger wach halten konnte. Also zog er seine Jacke zu, rollte sich dicht vor das Feuer und wartete, dass es ihn genug wärmte, damit der kalte Asphalt ihm nicht mehr die gesamte Körperwärme entzog. Da er Hunger hatte, dauerte es eine ganze Weile, bis er einschlafen konnte, doch schließlich umfingen ihn die dunklen Schwingen des Schlafes und brachten Alpträume mit sich, die ihn unruhig hin und her warfen.

Er erwachte, weil es einen einzigen, extrem lauten Krach gab, ein Donnern, das ihn senkrecht hochschrecken ließ. Hastig sah er sich um, kam zitternd auf die Beine und suchte nach einer Gefahr. Auch Johannes stand bereits und blickte in die Dunkelheit. Das Feuer war weit herabgebrannt, glühte aber noch immer stark genug, um ihnen einen großen Sichtradius zu schenken.

Jane!, dachte er und sah auf die Physikerin hinab. Sie hielt seine Pistole in der Hand, aus deren Mündung es leicht qualmte. Ihr Kopf war zur Seite gewandt, weg vom Feuer. Er stürzte auf sie zu und stolperte wie von einer unsichtbaren Faust getroffen zurück, als er das klaffende Loch in ihrer Schläfe und die gebrochenen Augen sah.

»Oh nein«, sagte er noch, bevor er auf die Knie fiel und hemmungslos zu schluchzen begann.

Kapitel 12: Rodea

15. Januar 2035, Manado, Sulawesi Utara, Indonesien

»BLEIBEN SIE RUHIG, MADE«, bat sie den vollkommen aufgelösten Fischer auf Indonesisch. Unter normalen Umständen hätte sie ihm beruhigend eine Hand auf sein zitterndes Knie gelegt, während sie sich vom Beifahrersitz zu ihm umdrehte. Doch sie wusste, wo gerade in der Provinz die religiöskulturellen Grenzen gezogen wurden. Die erste Regel lautete in solchen Situationen: Wenn man im Einzelfall nicht ganz sicher war, lieber zu vorsichtig sein als zu nachlässig. Sie musste es wissen, denn sie war es, die diese Regeln aufgestellt hatte in ihrem Agentenhandbuch für Indonesien, Malaysia und Brunei.

»Sie haben nicht gesehen, was ich gesehen habe«, gab er beinahe beleidigt zurück, doch sie nahm es gelassen hin, denn mit der blanken Angst in seinen Augen tat er ihr leid.

Wenn du wüsstest, was ich alles gesehen habe, würdest du dir jetzt die Augen auskratzen, dachte sie und setzte ein beruhigendes Lächeln auf.

»Sie sind nicht alleine. Ich habe zwei Teams vor Ort, die uns unterstützen werden, und ich verspreche Ihnen, dass ich Sie nicht unnötig in Gefahr bringe«, versprach sie ihm.

»Ist gut.« Er klang nicht wirklich überzeugt, eher ergeben, als fügte er sich dem Unvermeidlichen wie ein im Kampf unterlegener Hund, der sich auf den Rücken rollte und die Kehle offenlegte für den tödlichen Biss des Alphas. »Sie brauchen doch ihren Vater«, flüsterte er am Rande des Hörbaren.

»Und den werden sie auch zurückbekommen. Tun Sie einfach genau das, was ich Ihnen sage, okay?«

»Und was ist es, was ich tun soll?«

»Das werde ich wissen, wenn wir gefunden haben, was wir suchen«, entgegnete sie und drehte sich wieder um. Sie fuhren bereits durch die ersten Viertel von Manado, dem hell leuchtenden Fleck im Norden Sulawesis. Noch vor einigen Tagen hätte man den Anblick der Stadt bei Nacht gespenstisch genannt, weil viele Häuser komplett dunkel waren, doch jetzt, zu Zeiten der absoluten Finsternis wirkte selbst diese unregelmäßige Anwesenheit von Licht wie ein Leuchtfeuer. Schweigend fuhren sie durch die einst klaustrophobisch engen Gassen der Stadt, die jetzt offen und mit kaum vorhandenem Verkehr dalagen. Das ließ sie ohne Schwierigkeiten vorankommen, wie schon auf der Hinfahrt, aber es machte sie auch auffällig und das Spiel im Licht war nicht Rodeas Spiel. Doch es gab keine Alternative, wenn sie nicht riskieren wollte, dass die Navy dieses Gebiet auf der Suche nach dem Artefakt zu Kleinholz verarbeitete. Also wies sie Suparman an, sämtliche ihm bekannten Unterschlupfe der FPI anzusteuern. Wenn sich seit dem Erscheinen der Barriere nichts Grundlegendes geändert hatte, bezog die indonesische Mafia, die etwa wie eine geduldete paramilitärische Islamistenfraktion in der Halböffentlichkeit operierte, offen Stellung in ihren Einflussgebieten. Ihre Macht speiste sich aus der Angst der Bevölkerung und den Gegnern der Regierungen und Mächtigen, die die FPI heimlich finanzierten und mit Geschenken gefügig hielten. Das hatte zweierlei Konsequenzen: Solange sie nicht auf offener Straße aktiv wurden und die Polizei einschreiten musste, weil es sonst Wellen geschlagen hätte, durften die Premans ruhig einschüchternd auftreten. Auch ein Mord in einer dunklen Gasse, von niemandem oder wenigen beobachtet, führte höchstens dazu, dass ein Polizist, der es sah, sie verwarnte, den folgenden doch so durchzuführen, dass er es nicht mehr sehen und Papierkram abarbeiten müsse.

Wie sich herausstellte, hatte sich an diesen Abläufen noch immer nichts geändert. Suparman steuerte mehrere Verstecke an, nachdem sie ihr amerikanisches und indonesisches Team Richtung Stadtzentrum beordert hatte. Made wies sie an, sich die Gestalten genau anzuschauen, auf die sie ihn hinwies und sich zu erinnern, ob einer oder mehrere bei dem Überfall auf ihn dabei gewesen waren. Sie musste ihm mehrfach versichern, dass ihre Teams in der Nähe und sie in dem Jeep sicher seien, und schließlich willigte er ein.

Der erste Ort war eine alte Reiswäscherei, in der Reiskörner geschält und gebleicht worden waren, als noch Reis von den Feldern im Landesinneren gekommen war. Jetzt standen und saßen vor dem ehemaligen Rolltor ein Dutzend Halbstarke, die Karten spielten und mehr oder weniger offen ihre Waffen zeigten. Als sie langsam an ihnen vorbeifuhren, richteten sich sämtliche Gesichter auf sie und es wurde in Jacken und Taschen gegriffen, aber niemand machte schnelle Bewegungen. Made schüttelte den Kopf und sie fuhren weiter.

Der zweite Ort war ein chinesisches Restaurant an einer Straßenecke, das mit einer großen Leuchtreklame in Form eines Drachen geschmückt war, die jetzt nicht mehr leuchtete, sondern blass und alt aussah. Hinter den Schaufenstern saß ein alter Mann, der von mehreren jüngeren Männern umringt war, die immer wieder ehrfürchtig nickten. Sie waren leicht als Premans zu erkennen, weil ihre Tätowierungen ähnlich auffällig waren wie die der russischen Vory. Hier ging es nicht um organisierte Kriminalität in den Schatten, sondern um offene Zurschaustellung von Macht, ohne Konsequenzen fürchten zu müssen. Auch in dieser Hinsicht besaßen sie Ähnlichkeit zu der Vory. Made schüttelte allerdings auch hier den Kopf und tat es auch bei einer Autowerkstatt, am Hafen und bei einem Reifenhändler, dessen Schild »Knallpott« ihn auch als Auspuffaufmotzer pries. Erst bei einer zweiten Autowerkstatt, über der sich offenbar ein Restaurant befand, dessen Eingang sie nicht sehen konnten, erstarrte er plötzlich, während sie schon dachte, er mache ihr etwas vor, um sich nicht in Gefahr zu bringen.

»Sind Sie sicher?«, fragte sie von ihrem Platz auf der anderen Straßenseite aus, während Made auf der Rückbank immer tiefer in seinem Sitz versank.

»Ja«, wimmerte er. »Der mit den langen Haaren und dem ernsten Gesicht, er ist es, der Roro ... der ...«

»Ist schon gut«, beruhigte sie ihn und sah zurück zu dem offenen Gitterschiebetor, hinter dem sich eine im Schatten liegende Werkstatt befand. Einige Männer in Unterhemden und langen Hosen taten, als würden sie an etwas arbeiten, doch sie erkannte Kriminelle, die so taten, als würden sie etwas Normales tun und diese hier wussten nicht einmal, wie sie ein Stück Chassis von seinen Beulen befreien konnten. Zwei andere Premans standen davor und rauchten. Sie schienen ihren Wagen noch nicht bemerkt zu haben, obwohl er der einzige weit und breit war, oder aber sie scherten sich nicht um sie. Beides war ihr recht.

»Gut, ich gehe mal hin und spreche mit ihnen«, entschied sie, nur um einen unterdrückten Proteststurm von Made und Suparman auf sich zu ziehen.

»Sind Sie verrückt?«, fragte Made.

»Das meinen Sie nicht ernst«, gleichzeitig Suparman.

»Wieso nicht?«

»Die werden Sie umbringen!«, war der Fischer sicher und sah abwechselnd zwischen hier und der anderen Straßenseite hin und her, wie ein panisches Tier, das aus beiden Richtungen gleichzeitig einen Angriff erwartete.

»Ach, ich kann schon auf mich aufpassen. Vielleicht geben die mir ja das Artefakt freiwillig, dann haben wir alle einen guten Tag, hm?« Rodea lächelte unbeschwert und zuckte mit den Schultern.

»Sie sind vollkommen verrückt! Ich bin mit einer Verrückten mitgefahren!«

»Nein, ich habe einfach nur den Diamantencop gesehen. Erste Regel, wenn du jemanden bestehlen willst: Sieh nach, ob der Tresor offen ist, danach kannst du dich immer noch mit dem Aufbrechen abmühen.« Sie öffnete die Tür und stieg aus. Die unterdrückten Protestrufe der beiden im Auto verbleibenden Männer ignorierte sie, während sie im Schein der flackernden Straßenlaterne über die leergefegte Straße auf die sechs Premans zuging. Sie ignorierte die vier hinter dem offenen Gittertor, die so taten, als wären sie Mechaniker, und hielt auf den Langhaarigen mit dem kalten Blick zu, der mit seinem Kumpel rauchte. Als er sie bemerkte, stieß er seinen Nachbarn an und schnippte seine Zigarette weg.

»Hallo, die Herren«, sagte sie gut gelaunt und nickte den beiden nacheinander zu. Aus den Augenwinkeln sah sie, wie die vier im Halbdunkel der Werkstatt innehielten, sie musterten und dann weitermachten. Offenbar stuften sie sie nicht als Bedrohung ein. Weil sie eine Frau war, natürlich.

»Haben geschlossen«, murrte der Langhaarige. Der andere, ein untersetzter Kerl mit anzüglichem Blick, musterte sie offen lüstern.

»Oh, das ist aber sehr schade, ich wollte mein Auto reparieren lassen.« Sie deutete auf den Jeep und seufzte, als bewege sich ihr emotionales Befinden irgendwo zwischen naiver Enttäuschung und Ratlosigkeit.

»Verzieh dich, alter Esel!« Der Langhaarige scheuchte sie mit wedelnden Handbewegungen fort. Über ihnen im ersten Stock flackerte das Licht, das aus den Fenstern drang, es wirkte kalt und bläulich, vielleicht auch weiß.

Hm, dachte sie. *Interessant.*

»Das da oben ist doch ein Restaurant, oder? Gibt es Nasi Bunkus? Ich bin echt am Verhungern! Ihr habt doch bestimmt einen Durchgang in der Werkstatt, oder?« Bevor die anderen etwas sagen konnten, schob sie sich einen Schritt an ihnen vorbei auf die Werkstatt zu, als sich der Langhaarige beinahe in ihren Weg warf. Die vier Pseudo-Mechaniker hielten plötzlich Pistolen und Messer in den Händen und hatten sprungbereite Positionen eingenommen, wie ein Rudel Raubtiere.

Ah, was haben wir denn da so eifersüchtig zu verstecken?

»Verstehe, kein Nasi Bunkus für mich«, meinte sie und zuckte mit den Schultern.

»Bist du lebensmüde, Schlampe?«, fragte der Langhaarige, während seine Mitstreiter sich unsichere Blicke zuwarfen und ihre Waffen wieder wegsteckten.

»Nein, nur hungrig«, erwiderte Rodea und hielt seinem Blick, der sie offenbar einschüchtern sollte, stand. Zuerst fletschte er die Zähne, doch dann schien ihr unerschütterlicher Blick ihn zu verunsichern.

Der ist nicht doof. Gewaltbereit, verroht, gefährlich, ja, aber nicht doof. Er erkennt Gefahr, wenn er sie sieht, dachte sie und zwinkerte ihm zu, bevor sie sich abwandte und zu ihrem Auto zurückkehrte. Als sie die Tür hinter sich geschlossen hatte, bedeutete sie Suparman, langsam loszufahren, und beobachtete die Szene aus den Augenwinkeln. Der Langhaarige und sein Begleiter begannen, wild aufeinander einzureden, dann waren sie um die nächste Ecke gebogen und die Werkstatt außer Sicht.

»Sind Sie bescheuert?«, fragte ihr Fahrer aufgebracht und schnaubte. »Was denken Sie sich dabei, die so zu reizen. Sie haben sich verhalten wie jemand ...«

»... der keine Angst hat«, beendete sie seinen Satz. »Ich habe herausgefunden, dass diese Premans selbst eine zierlich daherkommende Frau abknallen würden, um sie davon abzuhalten, nach oben zu gehen. Ich habe gesehen, dass sie sogar ihre Tarnung beim ersten Schritt Richtung Werkstatt aufgeben, statt mich wie normale Menschen zum Gehen aufzufordern. Ich habe auch gesehen, dass der Langhaarige kein dummer Schläger, sondern taktisch geschult und im Zweifel vorsichtig ist. Er hat verstanden, dass er es mit jemandem zu tun hat, den er nicht einschätzen kann und ich wette, dass er in diesem Moment Verstärkung ruft. Wo ich das gerade sage: Fahr in zwanzig Minuten nochmal vorbei. Die werden plötzlich mit doppelt so vielen Leuten dasitzen, wollen wir wetten?«

»Oder sie bringen die Kugel an einen anderen Ort«, gab Made zu bedenken.

»Zu auffällig.« Sie winkte ab. »Wenn das Teil wirklich unvorhergesehen Strom aus seiner Umgebung absaugt, wird es schon eine Qual gewesen sein, es von der Polizei unentdeckt hierher zu bringen – und glauben Sie mir: bei einem solchen Artefakt, das auch noch künstlich Licht erzeugt in einer Gegend, wo es bald dunkel wird, weil es keine Rohstofflieferungen und keine Atomkraftwerke gibt, will das jeder haben. Da hört das Wegsehen der Polizei selbst bei der FPI auf.«

Made und Suparman schwiegen daraufhin und sie drehten ihre Kreise im selben Viertel, ohne noch einmal an der Werkstatt vorbeizufahren. Rodea nutzte die Zeit, um ihre beiden Teams zu koordinieren und ihnen in etwa den Ort und die Anfahrt vom Hafen aus zu beschreiben, was gar nicht so leicht war. Sie hatte ihre gesamte Einsatzlaufbahn über nur mit GPS-Unterstützung und Smartphones gearbeitet. Agenten in den Achtzigern oder Neunzigern hätten vermutlich deutlich weniger Probleme gehabt, jemandem eine gute Ortsbeschreibung abzuliefern, anhand der man selbst in einem hässlichen Moloch wie Manado sein Ziel fand. Als sie nach ungefähr zwanzig Minuten wie geplant erneut die Werkstatt passierten, befanden sich bereits doppelt so viele Premans vor dem Gittertor und der dahinter befindlichen Werkstatt, sodass das scheinbare Bild eines normalen Betriebs komplett ad absurdum geführt wurde.

»Gut«, befand sie und nickte. »Mehr Leute am Eingang, weniger am Hintereingang.«

»Es gibt einen Hintereingang?«, fragte Suparman verwundert. »Sie kennen sich aber gut aus.«

»Es gibt immer einen Hintereingang.« Sie ignorierte den sarkastischen Ton seiner Stimme und erfragte über Funk die Positionen ihrer Teams. Obwohl sie mit den ungenauen Angaben nicht viel anfangen konnte, half es ihr, ihre normalen Abläufe einzuhalten und damit fokussiert zu bleiben. Eine Viertelstunde später trafen sie sich vor einer recht markanten Statue irgendeines Sultans, die von einem verwelkten Blumenbeet umrahmt war. Zuerst traf ihr indonesisches Team ein, das aus fünf scheinbar zufällig beieinander sitzenden Zivilisten mit weiten Jacken und alten Jeanshosen bestand. Sie wusste es natürlich besser, weil sie die von der CIA bezahlten Veteranen kannte und wusste, was sie unter ihren Jacken verbargen. Sie ging zu ihnen hinüber und erklärte ihnen in kurzen Sätzen den Plan, den die Männer nacheinander abnickten, bevor sie den Platz verließen, um sich in Position zu bringen. Zehn Minuten später traf auch ihr amerikanisches Black-Ops-Team ein. Boozta und Stinger sahen aus wie zwei Hawaii-Urlauber, wie sie im fahlen Laternenschein dahin schlenderten, und Susan und Mike folgten ihnen in geringem Abstand aus verschiedenen Richtungen. Rodea versicherte sich, dass keine Polizisten oder neugierige Anwohner in der Nähe waren, und wies ihre Mitstreiter ein. Auch sie nickten nacheinander und folgten ihr in den Jeep. Susan und Stinger klemmten sich auf die Rückbank, von der sie Made scheuchten, und Boozta und Mike stellten sich hinten auf die Stoßstange und hielten sich an dem Verdeck fest.

»Ich fahre nicht mit?«, fragte der Fischer halb erstaunt, halb erleichtert, als er neben dem Fahrzeug stand, und sich unbehaglich umschaute. Er wirkte in dieser Stadt wie ein Fremdkörper, fand sie, und es tat ihr beinahe leid, als sie den Kopf schüttelte.

»Nein, Sie haben eine andere Aufgabe«, erklärte sie und breitete ihre Handfläche vor seinem Gesicht aus. »Das hier«, sie deutete auf die Mitte ihrer Handfläche, »ist der Eingang zur Werkstatt. Ich möchte, dass Sie den Jeep nehmen und so tun, als müsste er repariert werden. Wenn die Kerle Sie abwimmeln wollen, gehen Sie Ihnen einfach ein bisschen auf die Nerven, um Zeit für uns zu gewinnen. Die sind nicht besonders aggressiv, ich habe es selbst getestet. Wir werden derweil von hinten in das Gebäude eindringen und die Kugel sicherstellen. Zwei meiner lokalen Aktivposten werden um die Häuserecken an der Front warten und eingreifen, wenn es für Sie brenzlich werden sollte.«

»Aber ich habe gar keinen Führerschein!«, protestierte er und raufte sich mit beiden Händen die Haare. Sie zitterten leicht.

»Sind Sie schon einmal gefahren?«

»Ja, aber nur den Pick-Up von ...«

»Gut, das reicht schon. Suparman setzt Sie an der Ecke ab und Sie brauchen nur noch fünfzig Meter bis vor die Werkstatt fahren.«

»Aber der Mann mit den langen Haaren, Roros Mörder, er kennt mich doch! Der wird mich sofort umbringen, wenn er mich sieht!« Made schüttelte mit dem Kopf und in seinen Augen trat das Weiß vor, wie bei einem scheuenden Pferd.

»Glauben Sie mir, diese Kerle erinnern sich nicht an solche Details. Für die sind alle Abziehbilder der immer gleichen Opfer. Außerdem war und ist es sehr dunkel, ich würde mir an Ihrer Stelle keine Sorgen machen. Falls doch etwas passiert, haben meine Leute auf Ihrer Seite des Gebäudes die Anweisung, einzugreifen.«

»Aber wieso? Können Sie nicht einfach mit Gewalt hinein?«

»Nein.« Sie schüttelte den Kopf. »Wir dürfen nicht zu viel Aufmerksamkeit erregen, sonst kommen wir aus dieser Stadt nicht mehr hinaus. Wenn es passiert, sollte es so kurz und schnell wie möglich sein, damit wir längst weg sind, bevor die Polizei oder Verstärkung der FPI eintrifft. Davon hängt die Mission ab.«

»Ich kann das nicht«, sagte Made und sah beinahe flehend in den Himmel, als könne er von dort Unterstützung erwarten.

»Doch, das können Sie«, schwor Rodea ihn ein und fasste ihn zum ersten Mal an den Schultern, um ihn zu zwingen, ihr ins Gesicht zu sehen. »Sie können und Sie müssen. Für Ihre Familie, schon vergessen?«

»Ich ...« Der Fischer zögerte und obwohl er ihr in diesem Moment leidtat, war es doch der beste Plan und sie hatte sich noch nie für zweitbeste Pläne interessiert, weil das immer bedeutete, dass Menschen starben. »Ich mache es.«

»Sehr gut.« Sie nickte dankbar und deutete auf eine etwas dunklere Straße, die Richtung Osten von dem Kreisel wegführte, in dessen Mitte die Statue stand. »Gehen Sie da lang und warten Sie nach zweihundert Metern. Dort werden Sie einen von unseren Aktivposten finden. Suparman fährt uns in Position und holt Sie dann ab. Haben Sie das alles verstanden?«

»Zweihundert Meter da lang«, er zeigte auf die Straße, die von schiefen, zweistöckigen Häusern umrahmt war, an denen dicke Bündel schwarzer Stromkabel entlangliefen, »und dann bei Ihrem ... ich weiß nicht, was ein *Aktivposten* ist, aber ich werde dort warten, bis Suparman mich abholt. Dann nehme ich sein Auto, rolle vor die Werkstatt und verwickle diese Mörder in ein Gespräch, das ich so lange hinziehe, wie möglich.«

»Sehr gut!« Rodea setzte sich wieder auf den Beifahrersitz und bedeutete Suparman, loszufahren.

* * *

Rodea fasste ihre Pistole ein wenig fester und nickte Susan und Mike zu. Susan drückte die Türklinke des kleinen verlassenen Minimarktes hinunter und schob sie langsam auf. Es gab kein Quietschen oder Knacken und die beiden huschten, gefolgt von Boozta und Stinger, durch den schmalen Spalt. Rodea folgte als letzte und sah sich in dem Halbdunkel um, das von der Straßenlaterne aufrechterhalten wurde, deren Licht durch die schmutzige Fensterfront schien. Die Regale rechts und links waren komplett leergeräumt und die einzigen Zeichen, dass es sich einmal um einen Verkaufsraum gehandelt haben könnte, waren eine verwaiste Kasse und auf dem Boden liegende Verpackungsreste. Sie umging die knisternden Plastikfolien großzügig, bei denen es sich größtenteils um koreanische Instant-Ramengerichte handelte, und folgte den vier Black-Ops Soldaten zur Hintertür. Sie führte zwischen zwei Kühlregalen in eine kleine Hohlgasse, auf deren anderer Seite sich eine Metalltür befand, die sie nur als Umriss erkennen konnte. Das Licht reichte jedoch aus, um die massive Eisenkette zu sehen, die Türgriff und Gemäuer miteinander verband.

Mike war bereits dabei, eine Sprengladung aus seinem Rucksack zu ziehen, doch Rodea legte ihm eine Hand auf den Arm und schüttelte den Kopf. Stattdessen zeigte sie auf die Fenster eine Etage höher, aus denen fahles Licht sickerte wie Wasser durch ein feinmaschiges Sieb. Der ehemalige

Navy-Seal nickte, verstaute die Sprengladung wieder in seinem Rucksack und kletterte mit Susans Hilfe an der Mauer des Hauses nach oben, bis er durch das Fenster sehen konnte und nickte. Er machte eine Bewegung nach rechts und zog sich geschickt wie eine Viper ins Innere und aus ihrem Blickfeld.

»Scheint ein Schiebefenster zu sein«, kommentierte Susan flüsternd und half Boozta und Stinger hinauf, bevor sie Rodea ihre Hilfe anbot. Dankend nickte sie und ließ sich hochdrücken. Sie packte ein aus der Wand ragendes Abflussrohr, das am Ende abgeschnitten war und offenbar sämtliche Flüssigkeiten in die Hohlgasse entließ, und mit der anderen Hand den Fenstersims. Dann wurde sie von oben an den Schultern gegriffen und schneller hochgezogen, als sie realisieren konnte, was geschah. Kurz darauf stand sie in einer Art Wohnzimmer, das nur aus bunt durcheinandergewürfelten Sofas bestand, die von der tropischen Feuchtigkeit dunkel geworden waren. An den Wänden befanden sich verstellbare Ventilatoren, die stillstanden und deren Zugleinen im leichten Wind klackerten. Von der Decke flimmerte eine alte Vierzig-Watt-Glühbirne schmutzig-trübes Licht auf sie herab.

Boozta und Mike zogen Susan hinauf und schwärmten in einem Halbkreis vor Rodea aus. Sie griff in ihre Tasche und wollte gerade ihren Schalldämpfer aufschrauben, als die einzige Tür aufging, und zwei sich unterhaltende Männer mit umgehängten Maschinenpistolen hereingeschlurft kamen. Als sie die fünf Bewaffneten vor sich sahen, erstarrten sie und es wurde kurz still, als sei die Zeit stehengeblieben. Dann ließen sie die Teller fallen, die sie in den Händen hielten und wollten nach ihren Waffen greifen, doch noch bevor die Teller den Boden berührten, klackte es mehrfach hintereinander laut und die Köpfe der Premans zuckten heftig zurück. Sie prallten gegen die Tür und rutschten mit breiten Blutspritzern auf den Boden, wo sie in sitzender Position und mit gebrochenen Augen erstarrten.

Schalldämpfer taten zwar genau das, was ihr Name besagte, doch die Schallunterdrückung war minimal und veränderte das Donnern einer Pistole eher zu einem überlauten Scheppern, als schlage jemand zwei Eisenstangen gegeneinander. Der wesentliche Vorteil, nämlich, dass man kein Mündungsfeuer sehen konnte, half ihnen jetzt nicht viel, denn wer auch immer sich noch im Haus befand, würde sowohl die Schüsse als auch das Poltern der beiden Körper gehört haben, die gegen die Tür gestoßen waren.

»Los, los, los!«, trieb sie ihr Team an, doch die erfahrenen Soldaten waren schon längst in Bewegung geraten, und eilten mit vorgestreckten Pistolen und angewinkelten Armen durch die Tür. Einzig Susan blieb am Fenster zurück, um ihren Rückzugspunkt zu sichern.

Rodea folgte den breitschultrigen Soldaten in einen Flur mit Treppenhaus, in dem es geradeaus und nach unten ging. Von unten hörte sie gedämpfte Rufe, als streite jemand, und die Tür nach vorne ging in diesem Moment auf. Boozta und Stinger feuerten, bevor sie überhaupt gesehen hatte, dass dort ein Mann mit Baseballcap und Machete aufgetaucht war, der jetzt wie ein Brett rücklings in den Raum fiel, in den die beiden Ranger und Mike stürmten. Um ihre Silhouetten strahlte ein kaltes blaues Licht, das sie zuerst für eine LED hielt, mit der einige Leute früher ihre Fernseher oder Bettgestelle »verziert« hatten, doch als sie um Mikes Hüfte spähte, sah sie eine Kugel von der Größe eines Medizinballs in der Mitte des Raumes liegen. Wieder schepperten die Pistolen ihres Teams, doch sie hatte nur Augen für das Artefakt, denn sie wusste sofort, dass sie es gerade gefunden hatte. Das dünne leuchtende Band um den Äquator der Kugel war die Quelle des Lichts und entsprach exakt der Beschreibung des Fischers aus Badjo Kima.

»Gesichert!«, rief Boozta aus dem Raum, als gleichzeitig von unten lautes Gewehrfeuer durch die Nacht hämmerte. Die peitschenden Schüsse setzten sich wie ein endloses Echo durch das Treppenhaus fort und Rodea ging instinktiv in die Hocke, um mit ihrer Pistole durch das rostige Geländer nach unten zu zielen. Boozta und Stinger waren schnell an ihrer Seite und visierten ebenfalls den Treppensturz hinab, doch niemand tauchte auf.

»Mike, Stinger, ihr sichert das Artefakt!«, befahl sie laut über den Gefechtslärm von unten hinweg, ohne die Augen von der Kimme ihrer Pistole zu lassen. Dann erstarb das Rattern und Donnern plötzlich und es wurde still.

»Eingangsbereich sicher«, meldete jemand auf Indonesisch über ihr Funkgerät. Das musste einer aus ihrem indonesischen Team sein, da sonst niemand diese Frequenz kannte.

»Diese Vollidioten«, zischte sie und lief die Treppe hinunter, dicht gefolgt von Boozta, die sie mit einem Sprung über das Geländer überholte, mit ausgestreckter Hand aufhielt und dann die Tür in den Werkstattraum langsam öffnete, um mit gezogener Waffe hindurch zu spähen.

»Frei!«, befand sie kurz darauf, zog die Tür ganz auf und schlüpfte hindurch.

Rodea folgte ihr und fand sich in einem wahren Blutbad wieder. Sie erkannte die Werkstatt, die sie ausgekundschaftet hatte, als sie mit dem Langhaarigen gesprochen hatte. Jetzt lagen überall halb zerfetzte und durchlöcherte Körper zwischen den Werkbänken und umgestürzten Werkzeughalterungen. Dunkel schimmerndes Blut bedeckte beinahe den gesamten Fußboden und rann langsam Richtung Straße, auf der weitere Tote zu Füßen der vier Indonesier aus ihrem lokalen Team, die ihre Maschinenpistolen und Gewehre lässig abgewinkelt hatten, lagen.

Mit einem dumpfen Gefühl im Magen ging Rodea die Gesichter der Getöteten durch und als sie in den offenen Frontbereich durch das Blut gewatet war, fand sie auch das von Made. Der Fischer war offenbar mit einer Machete ermordet worden, und seine Augen blickten glasig und vorwurfsvoll ins Nichts.

»Scheiße«, fluchte sie und ballte die Hände zu Fäusten. »So eine verdammte Scheiße!«

»Sorry, Boss. Die haben ihn in Stücke gehackt, bevor wir überhaupt eingreifen konnte«, meinte einer der Kämpfer und klang nicht besonders bedrückt.

»Das ist nicht eure Schuld«, erwiderte sie, ohne sich von Mades reglosem Gesicht abzuwenden. Während sie seine Züge betrachtete, legten sich die seiner Frau und seiner Kinder über seines und sie schüttelte seufzend den Kopf.

Es ist ganz allein meine Schuld.

Kapitel 13: Montgomery

15. Januar 2035, irgendwo in Montana

»DIESE BARRIERE«, FING Johannes zum x-ten Mal mit seinen lauten Überlegungen an, die ihm offenbar halfen, die bitter schmeckende Angst hinunterzuschlucken, die beiden in den Knochen saß. Montgomery und der deutsche Doktorand waren nun schon seit mehreren Stunden – oder waren es erst Minuten? Tage vielleicht? - in vollkommener Dunkelheit unterwegs. Nachdem Jane sich das Leben genommen hatte, wollten beide nichts sehnlicher als schnellstens von diesem schrecklichen Ort verschwinden, der sie beinahe den Verstand gekostet hatte. Die Finsternis und ihre langsam versiegenden Möglichkeiten, Helligkeit zu erzeugen, waren schon bedrückend genug gewesen, aber der halb zerfetzte Kopf der Physikerin hatte ihnen beinahe den Rest gegeben. Monty hatte sich selbst überrascht, als er den jungen Mann geschüttelt und gezwungen hatte, ihm in die Augen zu sehen. Dann hatte er ihm gut zugeredet, obwohl jedes einzelne Wort an sich selbst gerichtet gewesen war. Doch natürlich war es noch schlimmer gekommen. Die letzten brennenden Scheite, die sie aus dem Feuer gezogen hatten, waren schließlich versiegt und seither waren sie vollkommen blind unterwegs. Als die letzte improvisierte Fackel noch geglüht hatte, waren sie kurz panisch geworden, weil sie es nicht geschafft hatten, neue Äste zu entzünden. Sie hatten sogar versucht, den gesamten Wald anzuzünden, einfach nur, um nicht in Dunkelheit zu versinken, egal, welche Konsequenzen das hätte. Doch Boden und Holz waren zu feucht gewesen und es hatte nicht funktioniert – im Gegenteil, sie hätten dabei beinahe ihre letzte Glut gelöscht, die letztendlich ohnedies versiegt war.

Seither ging Monty, der sich einen langen Ast geschnappt hatte, mit Johannes, der ihn hinten am Gürtel festhielt, auf dem Asphalt voran ins Nichts. Den Stock ließ er vor sich in stetem Rhythmus hin und her schleifen und das kratzende Geräusch des Holzes auf dem Asphalt war ihr ständiger Begleiter geworden. Zuerst hatte es sie beinahe wahnsinnig gemacht, doch je länger sie durch das lückenlose Schwarz gestolpert waren, desto mehr war es zu einem Halt geworden, einer Art akustischem Ankerpunkt, der sie daran erinnerte, noch am Leben zu sein.

Ab und zu traf sein Stock auf etwas, doch wenn es nicht so groß war, dass sie es umgehen mussten, ignorierten sie es und versuchten gar nicht erst herauszufinden, worum es sich handeln könnte. Etwas Gutes würde es sowieso nicht sein, denn der Verwesungsgeruch, der ihnen um die Nase wehte, war noch immer allumfassend und trug zu dem Eindruck, durch den Tod zu marschieren, nur noch mehr bei.

»Diese Barriere«, fuhr Johannes hinter ihm fort, eine unwirkliche Geräuschquelle des Lebens inmitten des Nichts, »ist von Aliens erschaffen worden. Hundertprozentig. Wer sonst sollte so etwas zustande bringen? Nicht einmal die Chinesen können sowas!«

»Mhm«, machte Monty. Seine Augen hielt er bereits seit längerer Zeit geschlossen, weil sie ihm ohnehin nichts genutzt hätten. Johannes verstand sein Gemurmel offenbar als Zustimmung.

»Wer macht sowas, hm? Die hätten uns auch einfacher erledigen können!«

»Zum Beispiel?«, ermutigte er den jungen Mann, weiterzusprechen. Offenbar fühlte der sich besser, wenn er pausenlos reden konnte und Monty hielt es immerhin ab, im Gehen einzuschlafen.

»Puh, da gibt es viele Möglichkeiten. Vielleicht mit einer

Bombe. Oder einem Parasiten, der sich von Chlorophyll ernährt. Damit wären ruckzuck sämtliche Pflanzen auf der Welt im Eimer und wir würden keinen Sauerstoff mehr produzieren und auf einer Menge Kohlendioxid sitzenbleiben. Ganz abgesehen von der Nahrungsmittelknappheit, versteht sich.«

»Klar, versteht sich.«

»Sie hätten auch einfach einen Asteroiden werfen können, ein Virus gegen uns maßschneidern, die Sonne zur Supernova machen mit einem Haufen Eisen – gut, es müsste ein sehr großer Haufen sein, aber immer noch leichter als eine solche Sphäre, die ziemlich kompliziert und teuer sein muss.« Johannes schnaubte vernehmlich. »Die hätten auch ein winziges Steinchen schicken können, das einen unserer Satelliten trifft und das Kesslersyndrom auslöst. Die Kettenreaktion, die der Trümmerwolke folgen würde, hätte in null Komma nichts den gesamten nahen Erdorbit leergefegt und uns ins Mittelalter zurückgeworfen – ähnlich wie jetzt. Keine Börsen, kein internationaler Handel, kein Güterverkehr, kein Internet, keine Navigation, kein Flugverkehr, keine internationalen Telefonate – ach, die Liste ist lang. Sie hätten auch den Mond sprengen und die Erde damit ins Taumeln bringen können. So ziemlich alles wäre einfacher als diese verfluchte Barriere, die uns langsam dahinsiechen lässt.«

»Langsam?«, fragte Monty in die Finsternis. »Sie ist nicht einmal eine Woche da und wir sind bereits am Ende. Die Tier- und Pflanzenwelt ist es allemal und wir sind nur ein kleiner Teil dieses Ökosystems, das gerade rings um uns zusammenbricht.«

»Das stimmt schon, aber trotzdem bleibe ich dabei: Das ergibt keinen Sinn. Wieso uns mit so einem Aufwand töten?«

»Vielleicht wollen sie uns ja gar nicht umbringen?«, schlug Monty eher beiläufig vor, um Johannes weiteren Raum zum

Reden zu geben, während er in Gedanken bei seiner kleinen Tullaby war und hoffte, dass es ihr gut ging.

»Wer auch immer so eine Sphäre erschaffen kann, muss uns ziemlich weit voraus sein. Ein nettes *Hallo* geht sicherlich auch in Epsilon Eridani oder sonst wo, statt eine Todesbarriere um unseren Planeten hochzuziehen«, sinnierte Johannes. »So viel Aufwand für etwas, das sie viel müheloser erreichen könnten.«

»Vielleicht wollten sie uns schlechthin nicht mehr sehen.«

»Das könnte ich sogar verstehen. Aber warte mal, das ist überhaupt kein schlechter Gedanke. Die wollten uns vielleicht gar nicht umbringen, sondern nur einsperren.« Der Deutsche klang, als wollte er seine eigenen Worte auf der Zunge abschmecken. Schließlich schnalzte er mit der Zunge, als befänden sie sich gerade auf einem Ausflug und nicht inmitten einer bedrückenden Finsternis und einem Meer aus Stille. »Aber nein, eine Zivilisation mit solch fortschrittlicher Technik wüsste es ganz sicher besser. Wollten sie uns nicht umbringen, hätten sie uns vorgewarnt.«

»Haben sie ja vielleicht auch«, schlug Monty vor.

»Ich habe nichts gehört, du etwa?«

»Nein, aber ich höre auch nichts, wenn ich auf der Veranda sitze und ein Vogel singt. Ich höre nur die Hintergrundgeräusche der Natur. Vielleicht erzählt mir der Vogel ja irgendetwas, aber ich verstehe es nicht.«

Johannes schnaubte. »Eine Zivilisation ...«

»... *die so weit fortgeschritten ist* ... du wiederholst dich«, seufzte Monty und ließ unentwegt seinen improvisierten Blindenstock von links nach rechts und wieder zurückgleiten. Er wusste nicht, was sie hier draußen noch taten. Montana war riesengroß und dünn besiedelt, sie konnten zu Fuß tage- oder wochenlang in eine Richtung gehen, ohne auf eine Stadt oder auch nur eine Siedlung zu stoßen.

»Ich versuche nur ...«, begann Johannes sich zu rechtfertigen, als Monty unvermittelt stehenblieb und der Deutsche ihm gegen den Rücken prallte. »Was ist los?«

Er wollte antworten, verstand aber selbst nicht ganz, was geschehen war. Möglicherweise nur einer jener seltsamen Blitze auf seiner Netzhaut, die er manchmal bei geschlossenen Augen sah, nur dass dieser länger anhielt. Wie ein heller Punkt mit einer schmalen Korona leuchtete etwas in der Mitte seiner geschlossenen Lider. Geradezu träge erinnerte er sich daran, dass er seine Augen öffnen sollte.

»Da ist ein Licht!«, frohlockte er, als er inmitten der Schwärze einen winzigen Lichtfleck direkt vor ihnen sah – oder hinter ihnen? Neben ihnen? Ohne jedwede Bezugspunkte war es schwer, das zu sagen.

»Du hast recht! Aber das sind zwei Lichter, oder?«

Monty sah genauer hin und nach einem Augenblick musste er dem Doktoranden zustimmen. Da waren zwei Lichtpunkte und sie wurden langsam größer.

»Die kommen auf uns zu.«

»Ja«, stimmte Johannes ihm zu, klang aber längst nicht so euphorisch wie er. »Vielleicht sollten wir uns verstecken.«

»Verstecken? Wenn das zwei Lichter sind, die auf uns zukommen, kann es sich nur um ein Auto handeln. Du willst dich wirklich in die Dunkelheit zwischen den Bäumen tasten und das Auto vorüberziehen lassen?«

»Guter Punkt.«

»Ja. Selbst wenn das Banditen wie aus einem schlechten Endzeitfilm sein sollten, wäre es mir immer noch lieber, von ihnen geschnappt und ausgeraubt zu werden, als auch nur eine einzige weitere Minute verloren in der Dunkelheit vor mich hin zu stolpern«, befand Monty und zögerte, als Bilder von vagabundierenden Räubern vor seinem inneren Auge entlangzogen, die sich aus diffusen Film- und Fernseheindrücken speisten. Er hatte früher zu viel Zeit vor dem Kabelfernsehen verbracht und das schlechte Nachtprogramm der verschiedenen Sender als Einschlafhilfe benutzt. Diese Erfahrung erwies ihm jetzt keinen Dienst, sondern machte ihn mit einem Mal nervös. Die Erleichterung und Freude, die der doppelte Hoffnungsschimmer am Horizont bei ihm ausgelöst hatte, verflüchtigten sich in derselben Angst, die seit ihrer Flucht durch die Finsternis sein ständiger Begleiter war.

»Das sind bestimmt die Guten.« Johannes' Stimme zitterte leicht, während er das sagte und anhand des Zuges an seinem Gürtel konnte Monty spüren, dass sein Begleiter bereits nach rechts auszuweichen versuchte.

»Wir bleiben hier stehen und warten«, entschied er, selbst überrascht, wie fest seine Stimme klang. Er wollte sich nicht von seinen Horrorvorstellungen leiten lassen und hoffte vielmehr, das alte Prinzip würde sich bewahrheiten, dass nichts im Leben so schlimm sein konnte wie von Angst erzeugte Gedanken. Dass sich im Angesicht einer existenziellen Krise alle Menschen in grausame Tiere verwandelten, hielt er für eine Erfindung von Hollywood.

»Bist du sicher?«, fragte Johannes vorsichtig, obwohl gleichzeitig so etwas wie Hoffnung in seiner Stimme mitschwang, als könnte Monty ihm die Sicherheit geben, dass es sich tatsächlich um jemanden handelte, der ihnen helfen würde.

»Ja«, sagte er einfach – was hätte er schon sagen sollen?

»Was macht dich so sicher?« Die Worte des Deutschen versickerten in der gespenstischen Stille der ewigen Nacht wie kondensierte Atemluft, aufgesogen von der Atmosphäre des Verfalls, die sie fest in ihrem Griff hatte.

»Weil es die einzige Alternative ist, die mir hilft, aufrecht stehenzubleiben und nichts noch Dümmeres zu tun, wie zum Beispiel in den stockfinsteren Wald zu rennen und wahlweise über einen Tierkadaver zu stürzen oder mir den Schädel an einem Baum aufzuschlagen«, erklärte er durch zusammengebissene Zähne und sah den beiden Scheinwerferlichtern zu, wie sie größer und größer wurden. »Selbst wenn man uns nicht findet, und das Auto vorbeifährt, sitzen wir wieder in kompletter Dunkelheit fest und werden womöglich nicht einmal die Straße wiederfinden. Sie könnte wenige Meter entfernt sein, aber die ersten Schritte in die falsche Richtung würden das Ende besiegeln. Dann werden wir verdursten.«

»Wir sind echt am Arsch«, befand Johannes schließlich trocken und Monty lachte freudlos auf.

»Ja, das sind wir. Aber mittlerweile würde ich mich lieber von Banditen erschießen lassen als weiter durch diese Hölle zu schlurfen wie ein Zombie.« Als seine Worte von der Dunkelheit verschluckt worden waren, blieben sie still und lauschten den langsam einsetzenden Motorengeräuschen, die mit den Scheinwerfern immer näher kamen. Wie zwei grelle Sonnen bewegte sich das Licht auf sie zu, war gleichzeitig so wunderschön und kostbar, dass er am liebsten geweint hätte, und doch so bedrohlich, dass ein Teil von ihm am liebsten weglaufen würde.

Plötzlich wurde es so hell, dass Monty einen Arm vor seine Augen reißen musste, weil er das Gefühl hatte, seine Netzhaut würde in Flammen aufgehen. Offenbar handelte es sich um einen Pick-up, der eine Reihe Dachscheinwerfer eingeschaltet hatte, die den gesamten Bereich, in dem sie standen, mit Licht fluteten.

»Stehenbleiben!«, rief jemand mit einem heiseren Bellen. Da Monty und Johannes bereits reglos nebeneinanderstanden, entschied er sich, vorsichtshalber die Arme hochzunehmen.

»Wir sind unbewaffnet«, gab Monty blinzelnd zurück. Schemenhaft sah er mehrere Gestalten mit langen auf ihn gerichteten Waffen neben und hinter den geöffneten Seitentüren des Pick-ups stehen. Das Licht der vielen Scheinwerfer flutete den dichten Bodennebel rings um sie, der die Photonen in einen scheinbaren Tanz versetzte, als breiteten sie sich wie eine Wolke in alle Richtungen aus.

»Arme oben lassen, runter auf die Knie und mit dem Gesicht auf den Boden legen, das ist eure erste und letzte Warnung!«, bellte der Mann von zuvor. Monty glaubte, dass die harte Stimme zu der Gestalt mit dem ausladenden Hut gehören musste, die wie ein fleischgewordener Schatten zwischen Fahrerkabine und Tür stand, und durch den Spalt auf sie zeigte.

Mit dem Ellenbogen stieß er den vollkommen verdutzten Johannes an und ging nacheinander auf beide Knie. Der Asphalt fühlte sich kalt an und Feuchtigkeit saugte sich in den Stoff seiner Hose.

»Ist gut«, flüsterte er dem Deutschen zu, der in das Licht starrte wie ein paralysiertes Reh, sich langsam bewegte und ebenfalls auf die Knie ging, um sich dann Montys Beispiel folgend auf die Brust zu legen und seine Stirn auf den Asphalt zu drücken.

»Keiner rührt sich!«, fuhr die Stimme fort und Schritte trommelten dumpf um sie. Kurz darauf wurde Monty heftig an den Handgelenken gepackt und hörte ein helles Ratschen. Was folgte, war ein unangenehmes Ziehen in den Unterarmen. Jemand hatte ihn gefesselt.

»Warum tut ihr das?«, fragte er ächzend, als man ihn grob auf die Beine zerrte, aber noch festhielt. Es mussten mindestens zwei Personen sein, die ihn wie zwei Schraubzwingen fixierten. Die silhouettenhafte Gestalt, die eben noch zwischen Fahrerkabine und Tür gestanden und sie angeschrien hatte, kam mit dem Scheinwerferlicht im Rücken und einer abgewinkelten Schrotflinte auf sie zu.

»Wer seid ihr?«

»Ich bin Doktor Montgomery Reed, das ist Johannes Bohr, wir sind Physiker«, antwortete er und versuchte mit zusammengekniffenen Augen, das Gesicht der Person vor sich zu erkennen. Er meinte, eine grau-blaue Uniform zu erkennen und einen Cowboyhut.

»Ich bin Sheriff Dean und das sind meine Deputys. Was habt ihr hier kurz vor Roundup zu suchen?« Die Stimme klang noch immer fordernd und hart wie Stein, aber nicht mehr so bedrohlich wie noch zuvor, obwohl sie Monty weiterhin Angst einjagte.

»Unser Helikopter ist abgestürzt. Einige Windräder östlich von hier hatten keine eingeschalteten Positionslichter und unser Pilot muss blind geflogen sein«, erklärte er und die Worte sprudelten aus ihm wie ein Wasserfall, als hätte sich irgendwo in seiner Kehle ein Pfropf gelöst.

»Ein Helikopter? Zwei Physiker? Wieso?«, fragte der Sheriff misstrauisch und wiegte abschätzend die Schrotflinte in seinen Händen hin und her. »Ich warne euch, Roundup weiß sich zu schützen!«

»Was? Roundup?«

»Unsere kleine Stadt, die unter meinem Schutz steht. Wenn ihr zu diesen marodierenden ...«

»Nein, Sir«, versicherte Monty dem Gesetzeshüter schnell und schüttelte eindringlich den Kopf. »Wir waren insgesamt beinahe ein Dutzend Physiker auf dem Weg zum LIGO, um Kontakt mit der Unity Basis aufzunehmen, und wenn möglich, mit der ARES-Mission. Mithilfe von Gravitationswellen können wir ...«

»Moment mal«, fragte eine Stimme hinter ihm plötzlich, sie klang jung und unruhig. »Was erzählt der Kerl für ein Zeug?«

»Die Barriere«, beeilte sich Monty, zu sagen, und nickte

in Richtung des tiefschwarzen Himmels. »Sie reflektiert elektromagnetische Strahlung, ist aber durchlässig für Gravitationswellen. So können wir Kontakt zu unseren Leuten im All aufnehmen. Vielleicht können sie von dort sehen, was da draußen los ist und wie wir ein Loch in die Barriere bekommen. Wartet mal.« Er unterbrach sich selbst und sah sich nach den Deputys hinter sich um, doch irgendjemand drehte sofort sein Gesicht wieder nach vorne zum Sheriff, der wie ein fleischgewordener Schatten umrahmt vom Scheinwerferlicht dastand und auf ihn herabschaute. »Ihr wisst von alledem gar nichts!«

»Roundup hatte noch nie eine besonders gute Internetverbindung, aber das Netz ist seit ein paar Tagen komplett tot. Fernseher, Mobilfunk – nichts geht mehr. Wir wissen nicht, was passiert ist«, meinte der Sheriff knapp und gab seinen Männern einen Wink, woraufhin die Fesseln gelöst wurden. Er nahm die Hände vor seinen Bauch und rieb sich die eingeschnittenen Handgelenke.

»Es handelt sich um eine Barriere, aber wir wissen nicht, woher sie stammt oder zu welchem Zweck sie erschaffen wurde, ganz zu schweigen von der Frage nach denjenigen, die sie gesetzt haben. Aber wir können mittels Gravitationswellen Kontakt mit unseren Astronauten aufnehmen und hoffen, dass sie zuhören und uns etwas sagen können, was wir noch nicht wissen«, fuhr er hastig fort, da er den Fortschritt mit diesen Leuten nicht aufs Spiel setzen wollte. Neben sich sah er Johannes unruhig zwischen sich und dem Sheriff hin und her blicken. »Wir waren gerade mit Kolleginnen und Kollegen auf dem Weg nach Hanford zu einem der beiden LIGOs in den USA, als unser Helikopter von dem Rotorblatt erwischt wurde, wie ich schon sagte. Danach haben wir versucht, uns durchzuschlagen, nachdem wir die Straße gefunden haben.«

»Und dieses riesige Feuer, das wart ihr?«

»Ja, äh, Sir. Wir haben versucht, uns zu wärmen und …« Er dachte unwillkürlich an Janes halb zerfetztes, von den Flammen beschienenes Gesicht und schluckte schwer. »Wir sind die einzigen, die es geschafft haben.«

»Tut mir leid um Ihre Leute. Bis Hanford ist es noch ein ganzes Stück.« Der Sheriff hielt ihm wie aus dem Nichts sein Portemonnaie mitsamt seinem Ausweis entgegen und Monty zögerte erst, weil er nicht bemerkt hatte, dass es ihm jemand weggenommen hatte. Nachdem auch Johannes' Papiere gecheckt waren, wurde der Deutsche ebenfalls freigelassen und entspannte sich zum ersten Mal ein wenig.

Dean trat einen Schritt vor und schulterte seine Schrotflinte. Dadurch, dass er jetzt in Armreichweite von Monty stand, schirmte er mit seinem Körper die grellen Scheinwerfer ab und Monty konnte zum ersten Mal das Gesicht des Polizisten erkennen. Es war erstaunlich füllig für einen ansonsten schlanken Mann, dessen untere Hälfte von einem dichten grauen Vollbart dominiert wurde, über dem zwei große, aufmerksam dreinschauende Augen über die Umgebung wachten. Sein Blick erinnerte ihn an einen stolzen Raubvogel.

»Ihr könnt hinten auf der Ladefläche sitzen. Wir haben in Roundup nicht viel, aber ihr könnt etwas von dem abhaben, was wir haben. Wie Banditen seht ihr jedenfalls nicht aus«, entschied Sheriff Dean und gab seinen Deputys einen Wink, worauf die im Laufschritt und mit gesenkten Waffen zum Pick-up zurückkehrten.

»Danke, Sir.«

»Nennt mich Sheriff oder Dean, wir sind hier nicht beim Militär, sondern beim verdammten Weltuntergang, hol' mich der Teufel«, schnaubte Dean und forderte sie mit einem knappen Wink auf, ihm zum Auto zu folgen. »Ich wünschte, die Nationalgarde hätte sich mal blicken lassen.«

»Ich glaube, die konzentrieren sich auf die Städte. Mein letzter Stand war, dass die Polizei in den Großstädten nicht genügend Personal hat, um die öffentliche Ordnung aufrecht zu erhalten«, sagte Monty und stieg mit einem Fuß auf den rechten Hinterreifen des riesigen Toyotas. Einer der Deputys auf der Ladefläche packte ihn an den Schultern und half erst ihm und dann Johannes hoch.

»Kann ich mir vorstellen.« Der Sheriff nickte von unten und legte eine Hand auf die Brüstung. Sein Kopf reichte gerade so darüber. Etwas leiser fuhr er fort: »Wenn wir in Roundup sind, müsst ihr mir erzählen, was ihr wisst. Die Lage hier draußen ist dramatisch, aber das werdet ihr schon noch sehen.«

Kapitel 14: Rodea

17. Januar 2035, Luftraum über Nevada

Rodea wackelte in ihren Sitzgurten hin und her, synchron zu den leichten Turbulenzen über der Wüste von Nevada. In der großen Turboprop-Maschine der Airforce saß sie mit Boozta, Stinger, Susan und Mike auf der linken Sitzbank, die sich von der Pilotenkanzel bis zur Rampe im Heck hinzog. Vor ihnen, fest vertäut auf dem Boden des Transportflugzeugs, befand sich der Container, in dem die Kugel lag. Die Extraktion aus Manado war überraschend einfach verlaufen: Sie waren mit dem Jeep nach Badjo Kima zurückgekehrt, hatten einmal anhalten müssen, weil er ausgegangen war und nicht mehr anspringen wollte, konnten aber nach zehn Minuten weiterfahren. Am Dorfstrand hatten bereits zwei große Zodiacs auf sie gewartet und ihren geübten Augen waren auch die im Unterholz auf der Lauer liegenden Marines nicht entgangen. Von der USS Gerald R. Ford waren sie mit einem Helikopter zu einer ihr unbekannten Luftwaffenbasis auf den südlichen Philippinen gebracht worden, wo sie und das Artefakt in die Globemaster verfrachtet worden waren, in der sie jetzt saß. Daraufhin waren sie nach Hawaii geflogen, hatten aufgetankt und waren sofort weiter Richtung Nevada geflogen.

Der Tod des indonesischen Fischers hatte sie eine Weile betrübt, doch sie hatte einmal mehr den Schalter in ihrem Kopf gefunden, mit dem sie ihre eigene Schuld verdrängen konnte. Sie wusste nicht, wieso sie diese Fähigkeit abrufen konnte, aber sie hatte ihr durch zwanzig Dienstjahre geholfen. Sie hatte deutlich schlimmere Dinge getan, als Made Buring Bule für eine Aktion wie die von ihnen durchgeführte einzusetzen, und würde es wieder tun. Nicht jeder bekam in seinem Leben die Chance, sich für etwas Wichtiges einzusetzen und sich selbst einen höheren Sinn zu geben. In seinem Fall war es die Aufopferung für seine Familie, die ohne ihn früher oder später in diesem Dorf gestorben wäre. Jetzt würde sie nach Amerika gebracht werden und zumindest überleben. Natürlich hätte sie es vorgezogen, wenn er mit ihnen gegangen wäre, aber er hatte sich aus freien Stücken auf ihr Angebot eingelassen.

Bevor sie die Maschine auf den Philippinen betreten hatten, hatte sie von einem Verbindungsoffizier der CIA noch ein Tablet zugesteckt bekommen, auf dem sich die neuesten Informationen der Agency befanden. Rodea war sie angelegentlich durchgegangen und das Bild, das ihre Heimat abgab, war erschreckend. Es waren nur sechs Tage vergangen, seitdem die Barriere erschienen war und doch waren die Auswirkungen dieses Ereignisses bereits jetzt enorm. Aufgrund der weltweit gestoppten Fotosynthese war die Landwirtschaft innerhalb von nur zwei Tagen zusammengebrochen. Die Weltmeere ließen sich ohne GPS und Sternenhimmel nicht mehr befahren und der Luftverkehr funktionierte ebenfalls nicht mehr, da die gesamte Linieninfrastruktur auf Satellitenunterstützung ausgelegt war. Die Börsen waren geschlossen, da Termingeschäfte unmöglich geworden waren, Fernsehen und Internet funktionierten nicht mehr, die Mobilfunknetze waren zusammengebrochen und Benzin und Diesel rationiert worden. Aufstände in sämtlichen Ballungsgebieten inklusive blutiger Auseinandersetzungen zwischen Demonstranten und Randalierern auf der einen Seite und Polizei und Nationalgarde auf der anderen. Sämtliche Nutztiere, deren Anzahl die der Bewohner der Vereinigten Staaten bei weitem überstieg, waren entweder geschlachtet oder verendet, genau wie sämtliche Wildtiere und Insekten, was zu ersten Seuchenausbrüchen in Alabama, Kalifornien, Virginia, Vermont, Washington, Colorado, North Carolina und Philadelphia geführt hatte. Da keine neuen Medikamente mehr hergestellt wurden, mussten die für den Katastrophenschutz zurückbehaltenen Bestände eingesetzt werden und verminderten sich rasant. Doch das kollabierende Ökosystem war noch nicht alles: In New York und Los Angeles waren ganze Stadtteile abgebrannt, ohne dass die Feuerwehr effizient genug durchgekommen wäre, um die Schäden einzudämmen. Die Temperatur fiel landesweit merklich ab, und schien sich schneller als erwartet dem von wissenschaftlichen Beratern vorhergesagten weltweiten Mittelwert anzunähern: Fünfzehn Grad Celsius, in etwa die Durchschnittstemperatur auf der Erde, würden schon bald überall herrschen, ob am Nordpol oder am Äquator, da aufgrund der fehlenden Sonneneinstrahlung keine Schwankungen mehr zu erwarten waren und sich das Energieniveau in Form von Temperatur anglich. Das wiederum würde massive Überschwemmungen durch rasant abschmelzende Gletscher und Polkappen nach sich ziehen. Aus einem Problem von Jahrzehnten war eines von wenigen Jahren oder gar Monaten geworden. Hinzu kamen Veränderungen des Windes: Durch die weiter sinkenden Temperaturamplituden hatte der Wind weltweit deutlich abgeschwächt, blieb aber auf einem niedrigen Level bestehen, da die Corioliskraft der Erde noch auf die Luft einwirkte und sie in Bewegung hielt. Den CIA-Berichten entnahm sie außerdem, dass sämtliche Reservisten eingezogen worden waren und die Regierung beschlossen hatte, sich auf die Sicherung der Ballungsgebiete zu konzentrieren. Die ländlichen Regionen wurden offenbar sich selbst und ihren Ordnungshütern überlassen, weil man davon ausging, dass in kleineren Städten, Dörfern und Siedlungen weniger Potenzial für ausufernde Katastrophenkriminalität herrschte. Das war erschreckend, aber noch erschreckender war, dass man über große Teile der USA in Langley rein gar nichts wusste. Das Informationsnetzwerk funktionierte über Festnetzleitungen recht gut, aber eben nur dort, wo sich Agenten und Büros befanden und das waren nun einmal ausschließlich die großen Städte. Mit ähnlichen Problemen hatten die NSA und das Militär zu kämpfen, sodass die Regierung im Prinzip nur noch maximal zehn Prozent des Landes regieren konnte, nämlich die, über die Informationen vorlagen, auf die man reagieren konnte.

Ein lautes Läuten hallte durch die Transportkabine des Flugzeugs und Rodea schreckte aus ihren Grübeleien. Sofort drängte sich der Lärm der Propeller in den Vordergrund ihrer Wahrnehmung und erst langsam wurde ihr klar, dass dieses Klingeln sie auf die bevorstehende Landung hinweisen wollte.

»Endlich gibt's hier mal echten Alienscheiß zu bestaunen«, raunte Boozta über die lauten Motorengeräusche hinweg und grinste breit, während sich sämtliche Organe in Rodeas Bauch nach oben zu drücken schienen. Sie hasste den schnellen Sinkflug.

»Endlich«, wiederholte sie freudlos und musste sich konzentrieren, um sich nicht zu übergeben. Also starrte sie die hin- und herwackelnden Wandnetze über der gegenüberliegenden Sitzbank an und überhörte das Gefeixe und Gegröle der Soldaten rechts von ihr. Irgendwann, nach einer viel zu langen Zeit, rumpelte es und ein heftiger Ruck ging durch die Maschine, gefolgt von dem lauten Rauschen aufgestellter Landeklappen. Dann wurde es deutlich ruhiger, bis sie endlich zum Stehen kamen. Die Rampe fuhr langsam hinunter und gab den Blick frei auf einen betonierten Platz vor zwei riesigen Hangargebäuden, die sich als helle Bogenbauten vor dem schwarzen Hintergrund abzeichneten. Direkt vor der Rampe stand ein hochgewachsener Mann in Uniform und

Schirmmütze und dahinter ein Gabelstapler und zehn weitere, unbewaffnete Soldaten.

Rodea schälte sich aus ihren Gurten und folgte den vier Black-Ops-Soldaten auf die hell erleuchtete Air Force Basis Groom Lake. Der hochgewachsene Mann, ein Major mit überraschend offenem Gesicht und grauem Dreitagebart gab ihr die Hand und bedeutete ihr, ihm zu folgen, während Gabelstapler und Soldaten sich auf den Weg in die Transportmaschine machten, um das Artefakt zu entladen.

»Willkommen in der Area 51«, schrie der Major über den Lärm der Propeller und legte ihr eine Hand auf den Rücken, um sie in Richtung eines Humvees zu führen, der etwas weiter entfernt vor einem der Hangars geparkt stand. »Ich bin Major Kook.«

»Agent Stone«, erwiderte sie knapp und atmete erleichtert aus, als die Propeller hinter ihnen endlich abgeschaltet wurden, und sich eine angenehme Stille ausbreitete.

»Gute Arbeit, Agent Stone. Wir sind schon gespannt, was es mit dem ersten echten Alienartefakt, das wir hier zu Gesicht bekommen, auf sich haben könnte.«

»Ach, kommen Sie! Sie stellen das Ding doch direkt neben das abgestürzte UFO von damals«, meinte sie und zwinkerte ihm zu, damit er ihren Scherz auch als solchen wahrnahm.

»Darum sollen sich die Eierköpfe unter uns kümmern!« Er deutete mit ausgestrecktem Zeigefinger in Richtung des Betonbodens unter seinen Füßen und hielt ihr die Tür zum Fond des Humvees auf, als sie das Fahrzeug endlich erreicht hatten. »Sie kommen übrigens gerade rechtzeitig, ich dachte schon, dass ich alles verpasse, weil ich Sie abholen muss.«

»Rechtzeitig für was?«

»Na für den ICBM-Start auf Hawaii«, erwiderte er und schien irritiert von ihrer Frage.

»Was für ein ICBM-Start?«

»Ich habe ganz vergessen, dass Sie in den letzten zwölf Stunden keine Informationen bekommen haben. Der Präsident hat dem Verteidigungsminister zugestimmt, mittels Atomwaffen ein Loch in die Barriere zu sprengen – oder es zumindest zu versuchen. Der Start findet in«, Kook sah auf seine Armbanduhr, »zwölf Minuten statt.«

»Und der wird live im Fernsehen übertragen, das nicht mehr funktioniert?«, fragte sie zweifelnd.

»Besser: Er wird live im Internet gestreamt.«

»Ich dachte, das Internet funktioniert nicht mehr?« Der Humvee setzte sich in Bewegung und raste mit erstaunlicher Geschwindigkeit über die Wege des Rollfelds auf ein großes Gebäude im Westen zu, das sie an ein überdimensioniertes Schullandheim erinnerte und von großen Flutlichtlaternen umgeben war.

»Oh.« Der Major drehte sich vom Beifahrersitz zu ihr und hielt sich an der Rückenlehne des Fahrers fest, um das Rumpeln auszugleichen, wenn sie über die Fugen der verschiedenen Betonplatten rasten. »Wir haben für das Militär ein eigenes Netzwerk hochgezogen über die Telefonleitungen, so wie damals, als das Internet bei der Army entstanden ist.«

»Das Internet wurde im europäischen Kernforschungszentrum CERN erfunden«, korrigierte sie ihn beiläufig und sah durch die gedrungenen Seitenfenster, wie eine weitere graue Globemaster wie ein gigantischer Silbervogel in den Himmel stieg. Auf einer zweiten Startbahn startete ein zweiter durch und auf den Zubringern wartete noch ein halbes Dutzend weiterer. Offenbar war das Air Force Testgelände zu einer Art Umschlagplatz für die Westküste geworden. Nach wenigen Augenblicken waren beide Maschinen in der allumfassenden Schwärze verschwunden und übrig blieben nur ihre kleiner werdenden Positionslichter.

»Na, wir haben es auf jeden Fall als erste eingesetzt«, brummte Kook in missbilligendem Tonfall, den sie ignorierte. In Gegenwart von ignoranten Militärheinis fiel ihr das stets leicht.

»Freut mich«, erwiderte sie. »Das dürfte die Koordination der Streitkräfte deutlich erleichtern.«

»Ja, die massiven Truppenverlegungen der letzten Tage waren das reinste Chaos. Schon bei Tageslicht und mit Satellitenunterstützung wäre es eine Mammutaufgabe gewesen, aber unter diesen Umständen war es ein Alptraum, das können Sie mir glauben.«

»Solche Lichtblicke können wir brauchen. Denken Sie, dass sich das Netzwerk auch auf Privathaushalte ausweiten lässt?«

»Sicher, aber das würde verdammt viel Arbeit an der Telekommunikationsinfrastruktur erfordern, und das bei fehlenden Arbeitskräften, fehlender Koordination der Arbeiten, fehlender Bezahlung, fehlendem Tageslicht ...«

»Schon klar«, unterbrach sie ihn und seufzte. »Was passiert jetzt mit dem Artefakt?«

»Es wird in die Forschung und Entwicklung gebracht und von den Wissenschaftlern seziert. Falls es auch nur ein Piepen von sich gibt, werden die das schon aufzeichnen und entschlüsseln«, antwortete der Offizier und beim Tonfall seiner Stimme horchte sie auf.

»Sie glauben nicht wirklich, dass es außerirdischen Ursprungs ist, oder?«

Kook drehte sich wieder zu ihr und musterte sie einen Moment. Als sie über eine Bodenwelle fuhren, wackelte seine USAF-Basecap leicht »Natürlich nicht, Sie etwa?«

»Ich weiß es nicht. Sie halten es wahrscheinlich für Tech der Chinesen?«

»Ja.«

»Und das da?« Rodea deutete nachlässig mit dem Finger aus dem Fenster.

»Die Barriere?«

»Ja, genau die.«

»Die ist sicher nicht von den Chinesen, so viel traue ich denen nicht zu.«

»Eben. Wenn es die Chinesen nicht waren, wer dann?«, hakte sie nach und blickte ihn forschend an, während es in seinem Gesicht arbeitete.

»Ein natürliches Phänomen, das wir bisher noch nie beobachtet haben, möglicherweise.«

»Unmöglich ist das nicht«, gab sie widerwillig zu, während sie versonnen in die Dunkelheit hinaussah. »Aber für mich liegt der Gedanke einer anderen Zivilisation, die das verbrochen hat, doch ein wenig näher als etwas, was man wissenschaftlich so gut wie ausschließen kann.«

»Selbst wenn«, sagte Kook und zuckte mit den Achseln, als der Fahrer den Wagen abbremste und einen Halbkreis vor dem Gebäude fuhr, um sie direkt vor dem von zwei Wachtposten flankierten Eingang entsteigen zu lassen. »Die Eierköpfe werden es herausfinden.«

Der Major öffnete mit einem metallischen Klicken seine Tür, stieg aus und hielt ihr ihre Tür auf.

»Danke«, murmelte sie und kletterte hinaus. Beim Verlassen des Flugzeugs war ihr gar nicht aufgefallen, wie kühl die Luft war – vielleicht, weil sie instinktiv gedacht hatte, es wäre mitten in der Nacht, die in der Wüste durchaus kalt sein konnte. Doch laut ihrer Armbanduhr war es vierzehn Uhr und sie hätte normalerweise unter der sengenden Wüstensonne geschwitzt. Sie seufzte, warf sich je eine ihrer Vitamin D und K Tabletten zusammen mit einer Fischölkapsel ein und folgte dem Major in das große Gebäude. Im Empfangsbereich und den verschiedenen Fluren, durch die er sie führte, war erstaunlich wenig los und sie trafen nur wenige Uniformierte, die ihnen zunickten und schnell wieder hinter einer der vielen schmucklosen Türen verschwanden. Sie fuhren mit einem Fahrstuhl in die Tiefe und stiegen auf Sublevel zehn aus, das mit *Operations* gekennzeichnet war. Dabei handelte es sich um einen großen, einem Hörsaal ähnlichen Raum, auf dessen Rängen Soldaten saßen und Arbeitskonsolen bedienten, auf denen offenbar der gesamte Luftraum der Westküste überwacht und koordiniert wurde. Sie sah Schemadarstellungen verschiedener Luftschichten, Flugvektoren, Windrichtungen und blinkende Symbole mit langen Kennziffern, die bestimmt für einzelne Flugzeuge standen. Die Operatoren, von denen sie sicherlich fünfzig sah, sprachen leise in ihre Headsets, obwohl sie viele heimlich nach vorne schielen sah, wo ein Dutzend älterer Männer und Frauen vor einem riesigen Display standen. Das Bild darauf war von schlechter Qualität, aber gut genug, um zweifelsfrei zu erkennen, was zu sehen war: Eine Raketenabschussrampe vor einer grünen Gebirgslandschaft, die vom passiven Licht vier massiver Flutlichtscheinwerfer angestrahlt wurde, welche auf die Abschussrampe gerichtet waren. Aus dem Gitterrohrgestell ragte eine Rakete auf, um die dichter weißer Dampf wehte. Ein Countdown in der rechten oberen Ecke war gerade bei zwei Minuten angekommen.

»Folgen Sie mir«, sagte Kook und tippte ihr auf die Schulter.

»Hm? Oh, ja, natürlich.« Rodea folgte dem Major über einen Treppenabgang an der rechten Seite zu den versammelten Offizieren, die in vereinzelte Diskussionen vertieft zu sein schienen, ohne das Display mit der startbereiten Rakete aus den Augen zu lassen.

Kook stellte sie einigen der hochrangigen Offiziere vor, deren Namen sie sich nicht merkte, weil ihre Aufmerksamkeit immer wieder zu der startbereiten Atomrakete abdriftete. Auch ihre Gegenüber nickten lediglich kurz angebunden, bis auf eine Frau mit langen grauen Haaren, die ein mausartiges Gesicht mit den Augen eines Raubvogels besaß und ihre Hand etwas länger gedrückt hielt als erwartet.

Rodea sah vom Display zurück zu der Frau, die die Abzeichen einer Brigadegeneralin trug.

»Danke für Ihre Lieferung, Agent Stone«, meinte die und ließ endlich ihre Hand los. »Sagen Sie, wie war die Lage drüben in Indonesien?«

»In Indonesien?«, fragte Rodea überrascht. Bisher hatte niemand danach gefragt und sie hatte auch nicht damit gerechnet, dass es jemand tun würde. »Schlecht, Ma'am. Ich gehe davon aus, dass ein Großteil der Landbevölkerung bereits tot ist und weite Teile des Landes durch unkontrollierte Ausbreitung von Seuchen folgen werden. Indonesien ist hoffnungslos überbevölkert, hatte schon unter normalen Bedingungen eine mangelhafte medizinische Versorgung und schlechte Energieinfrastruktur.«

»Eine Schande«, befand die Generälin und schüttelte betroffen den Kopf. »Ich habe ein Jahr in Medan studiert im militärischen Austauschdienst und meinen Tauchschein in Pulau Weh gemacht.«

»Oh, im nördlichen Aceh.« Rodea runzelte überrascht die Stirn. »Da verschlägt es nicht viele Westler hin.«

»Nein, darum hat der Tauchschein auch so gut wie nichts gekostet und die Gruppen waren klein. Ein wirklich herzliches Völkchen, die Indonesier. Haben Sie noch Familie dort?«

»Nein.« Rodea schüttelte den Kopf. »Meine Großeltern und danach meine Eltern haben den gesamten Zweig meiner Mutter in die Staaten geholt, zu der Verwandtschaft meines Vaters haben wir keinen Kontakt mehr. Meine Mutter war hinduistische Balinesin, er Muslim und sie wollte nicht konvertieren, also sah er es als sicherer an, den Kontakt zur Familie abzubrechen.«

»Und was ist mit Ihnen?«

»Sie meinen meine Religion? Dürfen Sie mich das überhaupt fragen?«, fragte Rodea und schmunzelte leicht, um ihrer Stimme den Ernst zu nehmen. Sie wusste nicht wieso, aber sie mochte die Generälin.

»Ja, Sie gehören ja nicht zum Militär.«

»Ich glaube an Spesen.«

Die Frau lachte kurz auf, wurde jedoch jäh von einem anderen Offizier angestupst, der zum Display deutete. Rodea fuhr zur Seite und sah, dass der Countdown gerade die letzten Sekunden abzählte. Schlagartig wurde es still im Operationszentrum, als zum ersten Mal seit Ende des Zweiten Weltkriegs, wieder eine Atomwaffe auf ein Ziel abgeschossen wurde.

Das Triebwerk der Rakete zündete und spie eine wahre Feuersbrunst in die Tiefe, die sich über den Beton der Abschussrampe wälzte wie ein Donut aus Hitze, und schob sie beinahe gemächlich auf einer dichten Dampfwolke in die Höhe. Mit jeder Sekunde gewann sie an Fahrt, stemmte sich gegen die Erdanziehung und raste als umgedrehte Fackel dem lückenlosen Schwarz des Himmels entgegen.

»Zeit bis Einschlag sechs Minuten und zehn Sekunden«, verkündete eine Stimme über Lautsprecher.

»Ob das wirklich eine gute Idee ist?«, murmelte Rodea.

»Die Barriere befindet sich in hundertzwanzig Kilometern Höhe, also bereits außerhalb der Atmosphäre, beziehungsweise direkt an deren äußerem Rand. Das ist näher als damals bei Starfish Prime in den Sechzigern, aber wir schießen auf einen Punkt südlich von hier über unbewohntem Gebiet. Auch wenn man die Effekte noch an der Westküste wird sehen können, ist die Gefahr eines EMPs sehr gering«, erklärte Kook neben ihr, ohne den Kopf aus dem Nacken zu nehmen und sich von dem einsamen Lichtpunkt in der Mitte des Displays abzuwenden.

»Falls es fehlschlägt, wird es wenigstens etwas wärmer hier unten«, kommentierte die Generälin auf Rodeas anderer Seite. Sie las verstohlen ihr Namensschild ab: *Blalock*.

Wieder schwiegen sie eine Weile, dann geschah es, beinahe auf die Sekunde genau und doch so plötzlich und überraschend, dass sie zusammenzuckte: Ein heftiger Lichtblitz war zu sehen, dann ein roter, sich ausdehnender Fleck vor einer schwarzen Wand, dessen Ränder nach außen strebten. Wie in Zeitlupe bildete sich ein sphärischer Donut aus davonrasendem grünlichem Licht, das von grellen Blitzen umgeben war, die in dichtem Staccato aufleuchteten, verschwanden und an anderer Stelle wieder auftauchten. Durch den tosenden Photonenorkan konnte sie zum ersten Mal die Barriere selbst sehen, die jetzt von unten angestrahlt wurde: eine perfekte, an den Seiten leicht gekrümmte Wand, ohne jegliche Struktur. Der einzige Hinweis, dass es sich nicht bloß um Dunkelheit, sondern um festes Material handeln musste, war die strikte Begrenzung der Hitze- und Strahlungseffekte, die die ICBM erzeugte.

»Die Schockwelle breitet sich in alle Richtungen etwa gleichmäßig aus, weil es praktisch keine Atmosphäre gibt dort oben«, kommentierte Blalock das irre Farbenspiel auf dem Display. »Die Aurora entsteht durch Elektronen, die besonders leicht sind und sich schnell vom Epizentrum entfernen. Ein sich bewegendes Elektron wird vom Erdmagnetfeld beeinflusst und darum fließen sie entlang der magnetischen Feldlinien der Erde. Was wir jetzt sehen, sind jene Elektronen, die sich in die obersten Atmosphärenschichten absenken, von denen sie gestoppt werden. Die dortigen Atome und Moleküle absorbieren die Energie der Elektronen und glühen deshalb auf: Das ist die Aurora, die Sie gerade sehen.«

»Woher wissen Sie das alles?«, fragte Rodea und klappte ihren Mund zu, als sie bemerkte, dass sie das Schauspiel auf dem Display mit offenem Mund begaffte.

»Physikerin. Die Detonation hat außerdem schwere Ionen erzeugt, also Atome, denen die Elektronen entrissen wurden. Diese Ionen erzeugen die Korona, die Sie kurz nach dem Impakt gesehen haben, als sie auf die obere Atmosphärenschicht getroffen sind und dort absorbiert wurden. Der hellere Teil im Zentrum, der aussieht wie das Segel eines Windsurfers, das sind die winzigen Überreste der Rakete und das Hintergrundglühen stammt von Atomen oberhalb von hundert Kilometern und zwar Sauerstoffatomen, die von den schweren Ionen getroffen wurden.«

So plötzlich, wie das Schauspiel am Rande der Atmosphäre gestartet war, so langsam schlich es sich aus. Die Korona aus seltsam flackerndem Licht und immer vereinzelteren Blitzen breitete sich weiter aus, wurde aber immer schwächer und erstarb schließlich, als auch die letzten Photonen hinter der Erdkrümmung verschwunden waren.

»Und jetzt?«, fragte Rodea leise, in die angespannte Stille hinein.

»Und jetzt wissen wir, dass der Test fehlgeschlagen ist«, meinte Blalock, sah ein letztes Mal auf das Display, das so schwarz war, dass man hätte meinen können, es sei gar nicht angeschaltet, und verließ ohne jedes weitere Wort den Raum. Der Rest der Offiziere folgte ihr gehorsam. Zurück blieben die frustrierte Stille der anwesenden Operatoren und die Tatsache, dass die letzte Idee der Regierung, etwas gegen die Barriere und den drohenden Untergang der Menschheit zu unternehmen, gerade in einem großen Feuerball gestorben war.

Kapitel 15: Montgomery

8. Februar 2036, Hanford, Washington

DER WECKER HÄMMERTE MIT einem unnachgiebigen Zweiklang auf Montgomerys Trommelfelle ein und mit jedem Ausschlagen seiner Hand frustrierte es ihn mehr, dass er den Knopf nicht fand.

Endlich berührten seine vom Schlaf tauben Finger eine leichte Erhebung aus kaltem Plastik und der Lärm erstarb abrupt. In seinen Träumen war Monty wieder in Montana gewesen, in Roundup, als der Sheriff ihn und Johannes bei sich aufgenommen hatte. Es handelte sich um halb reale, halb verklärte Erinnerungen an die beiden gemeinsamen Abende, an denen sie versucht hatten, dem Mann zu erklären, was sie hier und heute schließlich wirklich taten. Er konnte sich noch genau an den aufmerksamen Blick des Mannes erinnern, der sein kleines Dorf so sorgsam gehütet hatte wie seinen Augapfel. Was Monty in Roundup gesehen hatte, beeindruckte ihn noch heute und hatte ihm eine Kraft und ein Durchhaltevermögen beschert, die er selbst nach der Tortur nach dem Absturz nicht für möglich gehalten hätte. Er hatte gesehen, wie die paar hundert Einwohner ihre Siedlung verbarrikadiert und bewaffnete Wachtrupps gebildet hatten. Er hatte erlebt, dass sie alle Lebensmittel und Vorräte an Wasser, Werkzeug, Konserven und Medikamenten auf dem Dorfplatz zusammengetragen hatten. Bereitwillig hatten sie sich darauf eingelassen, dass der Sheriff und seine Deputys alles gerecht ein- und verteilten und trotz der Katastrophe des verdunkelten Himmels hatte er nichts als Hilfsbereitschaft und Kameradschaft gesehen. Der Höhepunkt des Ganzen war aber gewesen, dass sie ihm und Johannes einen Wagen mit

Ersatzbenzin, zwei Gewehre und genügend Lebensmittel und Wasser für die Fahrt nach Hanford überlassen hatten.

»Ist schon gut. Wir investieren ja nicht nur in Ihre Zukunft, sondern in unser aller«, hatte Sheriff Dean den Schritt kommentiert, als sie zum Abschied auf dem Dorfplatz gestanden hatten.

Es klopfte an der Tür und Monty schüttelte die letzten Fetzen aus Traum und Erinnerung von sich, um sich auf einen Ellenbogen hochzustemmen.

»Herein«, brummte er verschlafen.

Es war Johannes, der seinen Kopf durch die Tür steckte. Aus dem Flur drang gelbes Licht durch den Spalt, direkt auf Montys Gesicht, das er blinzelnd mit einer Hand abschirmte.

»Ich sollte dich doch wecken, wenn der letzte Test abgeschlossen ist«, meinte der Deutsche und streckte ein Klemmbrett durch die Tür, auf das er mit einem Finger tippte wie ein Specht. »Sieht gut aus und die Jungs in Louisiana sind auch bereit.«

»Ich bin gleich bei euch«, versprach er und verscheuchte seinen Kollegen, der artig die Tür hinter sich schloss und ihn im Dunkeln zurückließ. Monty schaltete das Licht seiner Nachttischlampe ein und schwang die Beine aus dem Bett, obwohl sich alles in ihm sträubte, die wohlige Wärme der Decke zu verlassen. Als sein Blick auf seine Oberschenkel fiel, seufzte er. Sie waren so dünn wie seit der High School nicht mehr. Die strenge Rationierung der Lebensmittel hatte auch vor ihnen und ihrer wichtigen Arbeit nicht haltgemacht. Die vom Militär zugeteilten Portionen beliefen sich auf hundert Gramm In-vitro-Fleisch aus den Laborfarmen in Kalifornien alle zwei Tage und einem Proteinriegel, einem Haufen Nahrungsergänzungsmitteln und zwei Händen voll Gemüse und einem Apfel pro Tag. Die Folge war gewesen, dass er die erste Zeit mit knurrendem Magen ins Bett gegangen war, doch mittlerweile hatte sich sein Körper an den niedrigen Energieumsatz gewöhnt. Immerhin musste er keinen Sport treiben oder sich körperlich betätigen wie die Soldaten, die entsprechend größere Rationen zugewiesen bekamen. Trotzdem hatte die Umrüstung des LIGO in Hanford und in Livingston, unten in Louisiana, so viel geistige Arbeit erfordert, dass er sich täglich ausgezehrt und erschöpft fühlte. Doch wenn Johannes die Wahrheit gesagt hatte und die finalen Tests wirklich positiv verlaufen waren, konnten sie jetzt deutlich feineren Gravitationswellen aus dem Weltall lauschen. Eine Kommunikation mit der ARES oder der Unity-Mondbasis war also in greifbare Nähe gerückt. Das war eine gute Nachricht und davon konnten sie eine Menge brauchen, denn das letzte Jahr hatte nichts als Rückschläge und bittere Erkenntnisse gebracht. Niemand wusste es genau, aber weit mehr als siebzig Prozent der Weltbevölkerung waren wahrscheinlich verhungert, während weitere zehn Prozent den grassierenden Seuchen zum Opfer gefallen waren, die die überall verwesenden Körper verursacht hatten. Die Tatsache, dass die Medikamentenvorräte rasant zur Neige gegangen waren, hatte den Prozess nur noch beschleunigt und bald hatte das Militär sämtliche Großstädte abgeriegelt, um die Problematik einzudämmen. Auch den extremen Depressions- und damit einhergehenden Suizidraten war die Regierung erst spät beigekommen, indem sie die Versorgung mit Vitamin D und Fischöl hochgefahren hatte. Heute, über ein Jahr nach der Katastrophe arbeiteten die restlichen zehn bis fünfzehn Prozent der Amerikaner in vorgegebenen Arbeitszentren der großen Metropolen, wo sie Tageslichtlampen, Medikamente und Nahrungsergänzungsmittel herstellten, wenn sie nicht in den sterilen In-vitro-Fleisch- und Gemüsefarmen arbeiteten – oder beim Militär, in das man die verbliebenen Polizisten eingegliedert hatte.

Ein Gutes hatte man doch erfahren in all dem Leid und Elend: Größere Aufstände oder gar ein Bürgerkrieg waren ausgeblieben, stattdessen hatten sich bereits früh in der Krise viele freiwillige Helfer gemeldet und Stadtbewohner hatten ihre Häuser und Wohnungen für Flüchtlinge vom Land geöffnet. Auch Kabelfernsehen – solches, das tatsächlich über Kabel eingespeist wurde, sendete ab dem dritten Monat wieder, wenn auch lokal begrenzt, so empfingen sie hier in Hanford lediglich den Lokalsender aus Seattle, der wie alle anderen seine Informationen von der Regierung, beziehungsweise dem gut vernetzten Militär, erhielt. So kehrte zumindest teilweise etwas wie Normalität in ihren Alltag zurück. Durch seine besondere Stellung hatte Monty sogar herausfinden und durchsetzen können, dass Erica und seine kleine Tullaby in einer Notunterkunft in Dallas untergekommen und in Sicherheit waren. Ohne diese Information hätte er sich nicht auf seine Arbeit konzentrieren können.

Schnell, aber nicht hektisch, putzte er die Zähne über dem kleinen Blechwaschbecken, wusch sich kurz unter den Armen und warf ein frisches Hemd über, das er in die Hose stopfte, während er schon auf dem Flur Richtung Kontrollraum ging. Die Bezeichnung *Kontrollraum* war in Wirklichkeit viel zu hochtrabend für den etwas größeren Büroraum im Herzen der Anlage, der mit Schreibtischen und Monitoren zugestellt war. Über zwanzig Wissenschaftler waren aktuell hier versammelt, also nahezu die volle Belegschaft des Laser-Interferometer Gravitationswellen-Observatoriums. Johannes, den er zu seinem direkten Mitarbeiter gemacht hatte, als man ihm nach Ospreys Tod die Leitung des LIGO in Hanford übergeben hatte, lief aufgeregt zwischen den Arbeitsplätzen hin und her. Hier und da deutete er wild auf irgendwelche Messdaten, schüttelte den Kopf oder machte einen Kommentar.

»Also gut«, sagte Monty laut in die Runde und die Köpfe

derjenigen, die keine Headsets trugen, wandte sich ihm zu. Die meisten der Mitarbeiter kannte er noch von seiner Zeit als stellvertretender Einrichtungsleiter vor der Barriere und die Bilder von damals und heute hätten nicht unterschiedlicher sein können. Barbara beispielsweise, ursprünglich Teilchenphysikerin, oder Ralph, Ingenieur aus Wisconsin, waren damals beide extrem übergewichtig gewesen und sahen jetzt aus wie Striche in der Landschaft – genau wie alle anderen auch. Er wollte schon weiterreden, als er von der anderen Seite des Raumes eine Gestalt im Anzug auf sich zukommen sah und schluckte. Es war Timothy Green, der Undersecretary des Innenministers, der ihm damals die Forschungsgelder verwehrt hatte. Er konnte den Typen noch immer nicht leiden und hatte ganz vergessen, dass Johannes ihm mitgeteilt hatte, dass der Politiker gestern Abend mit dem Helikopter aus Seattle gelandet war, um der ersten Messung beizuwohnen.

»Mr. Undersecretary«, sagte er steif, als Green ihm die Hand entgegenstreckte und er sie schüttelte.

»Doktor. Tun Sie einfach, als wäre ich gar nicht hier.«

Und wie soll ich das bitte anstellen, jetzt, wo du direkt vor mir stehst, der einzige im Raum, der sich noch einen Bauchansatz leisten kann?

»Natürlich.« Monty räusperte sich und sah an Green vorbei zu Johannes, bevor er auf die drei großen Leinwände deutete, auf denen die Messdaten in Form von Diagrammen, die der Darstellung eines EKG ähnelten und Ausschläge der Laser darstellten, angezeigt werden würden. »Sobald ihr bereit seid, legt los.«

In Filmen wäre jetzt vielleicht etwas Spannendes passiert, alle wären still geworden oder man hätte durcheinander gerufen und irre Bilder wären auf den Schirmen zu sehen gewesen – nicht jedoch hier. Faktisch veränderte sich rein gar nichts, außer dass er jetzt wusste, dass die Laser eingeschaltet worden waren. Dem Undersecretary schien das nicht zu genügen, denn er musterte erst die anwesenden Physiker und dann Monty eingehend, bevor er sich räusperte.

»Ähm, wann geht es denn los?«

»Oh, es hat schon begonnen, wir lauschen gerade auf Signale von außerhalb der Barriere. Wenn unsere Jungs und Mädels da draußen es hinbekommen haben, ausreichend starke Gravitationswellen zu erzeugen, werden wir sie messen können.«

»Und wie wahrscheinlich ist das?«

»Sehr unwahrscheinlich.«

»Wie bitte?«, fragte Green und sah ihn an, als hätte er gerade einen Scherz gemacht.

»Das ist sehr unwahrscheinlich, weil sie dafür extrem viel Masse bräuchten«, erklärte Monty geduldig.

»Und warum bin ich dann hierher geflogen?«

»Das weiß ich nicht.«

Der Politiker brummte frustriert und deutete auf den Monitor, auf dem ein Graph eine gleichmäßig verlaufende Linie zeigte. »Können Sie mir die Funktionsweise erklären?«

»Natürlich. Sie besitzen ja eine schnelle Auffassungsgabe und so kompliziert ist das Ganze auch nicht«, sagte Monty sofort, froh über die Möglichkeit, es dem Kerl auf seine Weise heimzuzahlen, dass der ihm damals das Budget gestrichen hatte. Ein Karrierist aus Washington, der den Mensa-Test wahrscheinlich für ein Wettessen hielt, und für ihn entschieden hatte, ob sich seine Forschung lohnte. Frustrierender ging es für einen Forscher kaum. »Also, Sie müssen sich den Aufbau des LIGO wie zwei Linien vorstellen, die sich am kurzen Ende im rechten Winkel überkreuzen. Auf einer Seite haben wir einen Laser mit dreißig Watt Leistung, der durch einen Spiegel geschickt wird. Dieser Spiegel lässt das Licht in eine Richtung durch, aber nicht zurück, das nennt man einen *Power-Recycling-Mirror*. Die Leistung des Lasers steigt durch diesen Spiegel auf über tausend Watt. Danach trifft der Laserstrahl auf einen Strahlteiler, den sogenannten Splitter, der den Strahl teilt und jeweils eine Hälfte in einen der beiden sechs Kilometer langen Arme entlässt, in denen sich Resonatoren befinden, die auch aus Spiegeln bestehen. Zwischen diesen geht das Licht einige hundert Male hin und her, wodurch sich die effektive Strecke verlängert, die das Licht zurücklegt, bevor sie wieder auf den Strahlteiler trifft. Wir erreichen damit knapp tausendfünfhundert Kilometer effektiver Lauflänge und das ist eine ziemlich große Empfindlichkeit. Eine Fotodiode misst dann die Intensität des zurückgekehrten Lichts. Ein Interferometer stellen wir passend ein, damit sich die beiden Teilstrahlen, die zuvor vom Strahlteiler getrennt wurden, löschen und kein Licht mehr bei der Fotodiode ankommt. Wenn jetzt eine Gravitationswelle unser Observatorium trifft, beziehungsweise durch uns hindurchgeht, ruft das eine Phasenverschiebung hervor, weil sich die Länge eines oder beider Laserstrahlen verlängern oder verkürzen kann, wodurch sich die Intensität verändert. Wir messen relative Unterschiede von unter zehn hoch minus zweiundzwanzig.« Monty schaute den immer planloser dreinschauenden Politiker an und fügte hinzu: »Das ist eine ganz, ganz große Zahl im negativen Sinne und entspricht, wenn Sie als Referenzwert Ihren Unterschenkel nehmen, in etwa dem Zwölftausendstel des Protonendurchmessers.«

»Ah«, sagte Green irgendwann und nickte, als hätte er auch nur die Hälfte verstanden. »Und jetzt?«

»Jetzt warten wir, bis jemand *hallo* sagt.«

»Können wir nicht hallo sagen?«

»Oh, das könnten wir, wir bräuchten dafür nur sehr viel Masse. Wir könnten beispielsweise die Erde explodieren lassen, wenn uns ein Weg einfiele, das würden sie womöglich messen können.«

»Klingt nach keiner einfachen Lösung«, kommentierte Green und versuchte es mit einem Grinsen. »Dafür habe ich bestimmt nicht das Budget.«

Einfache Lösungen gibt es hier nicht, dachte Monty und wollte gerade etwas erwidern, als er seine Kaffeetasse fallen ließ. Scheppernd zerschellte sie am Boden und sämtliche Gesichter wandten sich ihm zu. Er beachtete sie nicht und eilte zu Johannes, der zwischen zwei Schreibtischen stand und mit einem Kollegen sprach, welcher gerade Eingaben an seiner Konsole vornahm.

»Mechanische Signalübertragung!«

»Was?«, fragte der Deutsche irritiert und sah ihn an, als hätte er gerade den Verstand verloren.

»Wenn die da oben uns zuhören, genau wie wir es tun, kann das ewig dauern, bis einem von uns etwas einfällt, wie wir Gravitationswellen erzeugen können, die stark genug sind. Aber die haben LISA, die Laser Interferometer Space Antenna! Die drei Satelliten haben zweieinhalb Millionen Kilometer Seitenlänge für ihre Laserinterferometer, das ist ziemlich sensibel. Was wissen wir über die Barriere?«

»Äh, sie reflektiert alles außer Gravitation?« Aus Johannes' Mund klang das mehr wie eine Frage.

»Ja! Wenn die klug sind, und wir haben unsere besten Leute hochgeschickt, dann haben sie LISA auf die Barriere gesetzt, um die Empfindlichkeit zu steigern. Dazu müssen sie nur eines der drei Interferometer auf der Schale platzieren. Das heißt, wenn wir einen mechanischen Impuls setzen, wird sich LISA neu justieren, weil sich Vibrationen durch die Barriere fortsetzen müssen, da sie massiv ist. Damit könnten wir quasi morsen«, erklärte Monty geradezu manisch und riss einem seiner Kollegen ein Stück Papier vom Schreibtisch und den Kugelschreiber vom Ohr. Er kritzelte hastig einen Halbkreis hin, darunter einen weiteren, der die Erde unter der Barriere darstellen sollte und verband beide mit einer gestrichelten Linie.

»Oh Mann, Monty, das ist keine dumme Idee!«, befand Johannes und nickte anerkennend. »Es würde schon reichen, die Armee mit irgendeiner Kanone von unten dagegen schießen zu lassen. Vielleicht eine Railgun, die dürfte genug Kraft haben, um so hoch zu kommen und sich gegen die Schwerkraftsenke zu stemmen. Bleibt nur noch das Problem, die Antworten von draußen abzuhören.«

»Nein, kein Problem«, widersprach Monty kopfschüttelnd. »Wir haben kaum noch Wolken, soweit ich weiß, und ebenso kaum noch Wind, das heißt der Himmel ist klar und wird es auch bleiben, also ...«

»... richten wir vom Boden einen leistungsstarken Infrarotlaser auf die entsprechende Stelle!«, unterbrach Johannes ihn und scheuchte Bobby, der direkt vor ihnen saß, von seinem Stuhl, um selbst Platz zu nehmen und frenetisch auf der Tastatur herumzuhacken.

»Kann mir jemand sagen, was gerade los ist? Ich verstehe nur Bahnhof«, gestand Green, der sich ihnen vorsichtig genähert hatte, als könnten sie vor Aufregung explodieren.

»Wenn wir einen Infrarotlaser auf die Barriere richten und die klopfen, messen wir vorher die Strecke, die das Licht inklusive seiner Reflexion zu uns braucht. Wenn dann geklopft wurde, verändert sich die Länge der Lichtwellen minimal und ergibt ein interferometrisches Muster. Der Impuls muss bloß rhythmisch und modulierbar sein, das war's. Einfacher geht es nicht. Wieso sind wir da nicht früher drauf gekommen?« Monty schlug sich gegen die Stirn und sah Johannes zu, wie der mit flinken Fingern die Simulation programmierte.

»Und? Klappt es, wie Sie sich das vorstellen?«, fragte Green, angesteckt von der Aufregung.

»Oh, das wissen wir in ein paar Tagen, wenn wir das Programm geschrieben und die erste Simulation durchgeführt haben«, musste Monty ihn enttäuschen. »Aber Sie könnten schon einmal bei der Army anrufen, oder bei der Air Force oder Navy, keine Ahnung. Irgendjemand, der eine Railgun hat oder irgendwas ähnlich Großes. Es muss genug Wumms haben, dass es die Erdatmosphäre verlassen kann, eine Pistole wird leider nicht reichen.«

»Ich werde sehen, was ich machen kann«, versprach Green und räusperte sich mit einem entschuldigenden Gesichtsausdruck. »Ich, äh, muss dann auch wieder los. Dringender Termin in Seattle.«

»Oh, natürlich«, meinte Monty und schüttelte dem Politiker die Hand, froh, ihn endlich wieder loszusein.

Kapitel 16: Rodea

10. Februar 2036, New York City

RODEA STAND AM FENSTER ihrer Wohnung in Upper Manhattan und starrte auf die winterliche Straßenszenerie in der Tiefe. Schmutz bedeckte die Fassaden der monolithischen Wolkenkratzer und türmte sich neben den Straßen weit unten, auf denen so wenige Fahrzeuge entlangkrochen, dass man hätte meinen können, es herrsche Ausgangssperre. Aber die gab es nicht – es gab nur kaum noch Menschen, die sich in ein Auto setzen könnten. Der Nachthimmel war mittlerweile ein so vertrauter Anblick, dass sie gar nicht mehr zu ihm aufsah. Stattdessen konzentrierte sie sich auf alles, was von den Straßenlaternen und Fenstern, hinter denen Licht brannte, ausgeleuchtet wurde. Manchmal hatte sie das Gefühl, sich nicht mehr erinnern zu können, wie der echte Himmel ausgesehen hatte. Er war blau gewesen, manchmal grau und wolkenverhangen und in der Nacht gab es Sterne und den Mond zu sehen. Ja, das wusste sie, und doch war die Erinnerung blass und unwirklich, als wenn sie es in einem Film gesehen hätte. Gleiches galt für den Anblick der Straßenszenen, die besonders in Manhattan immer ein Bild von Hektik, Überbevölkerung und Geschäftigkeit vermittelt hatten. Ohne Stau war man selten durch die Häuserschluchten gelangt, und jetzt waren die wenigen Autos, die sich mit den Humvees des Militärs abwechselten, eher seltene Anblicke. Schon früh während der Krise waren es nur noch die Elektroautos gewesen, die fahren konnten, weil alles an Benzin und Diesel vom Militär konfisziert worden war. Doch nach der fossilen Brennstoffkrise war die Stromkrise gekommen. Zwar standen die USA ironischerweise aufgrund ihrer weltweiten Vorreiterrolle in der Nutzung von Kernkraftwerken zuerst relativ gut da, weil sie weder Sonne noch Wind benötigten, doch dieser Vorteil hatte sich schnell in einen Nachteil gewandelt: Viele Reaktoren hatten aufgrund von Personalmangel heruntergefahren werden müssen, was nicht ausreichend schnell funktioniert hatte. Zumindest nicht so schnell, wie die Mitarbeiter der oft entlegenen Meiler verhungerten, verunfallten oder einer Seuche zum Opfer fielen. Aus geheimen CIA-Dossiers, die sich aus Informationen des noch aktiven Agentennetzwerkes speisten, das sich seit der Krise auf die Heimat beschränkte, wusste sie von mindestens zwei Kernschmelzen im letzten Jahr in Colorado und Arkansas. Weite Teile dieser Bundesstaaten dürften heute radioaktiv verseucht sein, wenn auch der Umstand etwas half, dass der Wind mittlerweile beinahe zum Stillstand gekommen war. Zuerst hatte sie gedacht, dass das Problem daraus resultierte, dass nicht genügend Mitarbeiter vor Ort gewesen waren, um auf Probleme zu reagieren, oder dass die Lieferung von Ersatzteilen, Wartungsgerätschaften und solchen Dingen ausgeblieben waren. Doch das Hauptproblem waren offenbar die Schwankungen im Stromnetz, das vor der Krise von Satelliten gesteuert worden war. Über sie waren exakt terminierte Versorgungspläne minütlich angepasst worden, um den Strombedarf im gesamten Land nach aktuellen Erfordernissen zu decken. Der Verlust der Atomuhren im Orbit hatte dafür gesorgt, dass es extreme Netzschwankungen gegeben hatte, die zu regionalen Stromausfällen geführt hatten. Das wiederum hatte einige Reaktoren vom Netz getrennt und, anders als gedacht, besaßen diese kein Backupsystem in Form von zum Beispiel Dieselaggregaten, sondern redundante Systeme, die sich ebenfalls aus dem Hauptnetz speisten, sprich etwas wie ein zweites Kabel zur gleichen Quelle. Als also die Notstromversorgung desgleichen ausfiel, waren die möglichen Gründe für die Katastrophen laut ihrem Dossier vielfältig. Aus

Atlanta wusste sie, dass hohe Strahlungswerte gemessen worden waren, doch die Auswirkungen waren noch halbwegs überschaubar gewesen. Am meisten sorgte sie sich um die ländlichen Regionen, die schwarz gewordenen Flecken auf der Landkarte, die für immer schwarz bleiben würden, weil man sie zwangsweise abgeschrieben hatte. Vor der Krise hatte man das Land draußen im Falle einer Katastrophe für deutlich bevorteilt gehalten, doch das Ausbleiben der Sonne hatte diesen Fakt umgekehrt. Jetzt überlebten nur noch die Bereiche, in denen es genügend Strom und Lebensmittel gab und die wuchsen nicht mehr auf den Feldern, sondern in abgeschirmten Laboren und Gewächshäusern.

Rodea schaute nach rechts, folgte den Menschen, die sich mit hochgestellten Krägen und tief ins Gesicht gezogenen Mützen auf den Bürgersteigen gegen die Kälte zu schützen versuchten, zu den ersten Ausläufern des Central Parks. Dort hatte sie mit Thomas gespielt, als er gerade laufen konnte. Im Winter war sie mit ihm Schlittschuh auf dem See gefahren. In ihren Augen sammelten sich Tränen, die sich hartnäckig auf ihren unteren Lidern hielten. Sie sah die Reflexion ihres Gesichts im Fenster – es war faltiger geworden, durch die Mangelernährung hager und ihre Augen schienen tiefer in die Höhlen zurückgezogen.

»Er kommt nicht zurück, Liebes«, hörte sie eine Stimme von hinten und sah im Fenster, wie sich Jimmy näherte und sie schützend in seine Arme nahm, die jetzt dünn und zerbrechlich wirkten. Von ihrem einst pummeligen Ehemann war vielleicht noch die Hälfte geblieben und sie wusste nicht einmal, ob es an den winzigen Rationen des letzten Jahres lag oder an dem Kummer, den sie teilten.

»Ich weiß«, hauchte sie und umfasste seine Hände, die sich vor ihrem Bauch kreuzten. »Ich weiß.«

»Eben war ein Sergeant von der Nationalgarde hier. Unsere Nahrungsbewilligungen werden ab übermorgen deutlich hochgeschraubt. Offenbar haben die Untergrundfarmen mittlerweile ein Effizienzniveau erreicht, das gute Ernten einbringt.«

»Das und die Tatsache, dass nur noch ein Bruchteil der Bevölkerung lebt, die ernährt werden muss«, erwiderte sie mit kaum verhohlener Bitterkeit in der Stimme.

»Bist du sicher, dass du nicht wieder zur Arbeit gehen solltest?«

»Warum? Damit ich *über unseren Sohn hinwegkomme,* so wie du? Soll ich auch Mais pflegen in den ehemaligen Schächten der U-Bahn? Um nicht an Thomas denken zu müssen?« Noch bevor sie zu Ende gesprochen hatte, bereute sie ihre harten Worte und seufzte. »Tut mir leid, ich wollte das nicht sagen.«

»Doch, das wolltest du«, gab er zurück, ließ sie aber nicht los, sondern drückte sie noch ein wenig fester an sich. »Aber es ist okay. Jeder geht anders mit seinem Schmerz um. Aber ich meine es ernst: Anders als ich hast du die Möglichkeit, zu deiner alten Arbeitsstelle zurückzukehren. Du musst nicht in den Untergrundfarmen arbeiten.«

»Da unten ist es immerhin warm und du tust etwas Sinnvolles.«

»Ja, in der Wohnung sitzen und unserem Sohn nachtrauern, gehört nicht dazu«, ermahnte er sie und als sie sich wütend regte, hielt er sie mit erstaunlicher Kraft fest und sprach weiter: »Ich meine es ernst. Trauer ist angemessen und notwendig, aber dein Leben mit einer Depression auszutauschen, hat nichts damit zu tun, dass du Thomas ehren würdest – im Gegenteil. Er kommt nicht zurück, egal wie sehr wir um ihn weinen. Was ich aber weiß, ist, dass er nicht gewollt hätte, dass seine Mutter sich in seinem Namen selbst zerstört.«

»Das sagst du so einfach«, brummte sie und wusste doch,

dass er recht hatte. Die Tatsache, dass jedes einzelne Wort aus seinem Mund Sinn machte, ärgerte sie nur noch mehr.

»Einfach ist daran gar nichts.«

»Aber was soll ich tun? Zurück nach Langley gehen? Was ist mit dir? Kommst du mit? Gibst du deinen neuen Job als Farmer auf?«

»Naja, *Job* kann man es nicht wirklich nennen, seit niemand mehr bezahlt wird, hm?«, scherzte er.

»Ich meine es ernst.«

»Ja, ich würde mit dir kommen, wenn ich dort irgendetwas arbeiten kann.«

»Das geht aber nicht mehr und das weißt du. Wir nehmen die Arbeit, die uns zugeteilt wird, oder ein Soldat steht vor der Tür und wir landen im Zwangsdienst«, gab sie zu bedenken. »Ich bin nur verschont geblieben, weil Alison an den richtigen Fäden gezogen hat.«

»Und das ist das Problem. Du musst etwas tun. Du hast es ja schon vor der Krise zuhause nicht ausgehalten und musstest immer wieder in den Auslandseinsatz. Es bekommt dir nicht, hier zu sitzen und langsam in deine seelischen Einzelteile zu zerfallen«, befand Jimmy mit Nachdruck und drehte sie zu sich wie ein Tänzer seine Dame, um ihr eindringlich in die Augen zu schauen. »Du bist eine Problemlöserin, du darfst nicht zum Problem werden.«

»Denn dann löse ich mich selbst auf«, wiederholte sie den Satz, den er ihr schon so oft gesagt hatte und lächelte schwach, während sie versuchte, ihre Tränen fortzublinzeln. »Du hast ja recht. Aber die Agency ist nicht mehr das, was sie mal war.«

»Nein? Was ist sie denn jetzt?«

»Wir waren mal ein Auslandsgeheimdienst, aber jetzt gibt es nichts mehr zu tun im Ausland. Unser weltweites Netzwerk ist ohne Kommunikationsmöglichkeiten zusammengebrochen, wir haben weniger Personal verloren als andere, weniger von der Regierung protegierte Branchen, aber immer noch über die Hälfte – und was machen die? Sie spionieren die eigene Bevölkerung aus, wie die von der NSA, die jetzt alle in den Farmen arbeiten, weil es keine Netzwerke mehr gibt, in die sie ihre Finger stecken könnten.« Rodea schnaubte verächtlich. »Wir sind so etwas wie die neue Stasi. Big Brother auf analog.«

»Du bist zu hart zu ihnen«, ermahnte er sie und schüttelte den Kopf. »Sie helfen, die Ordnung aufrechtzuerhalten und dafür zu sorgen, dass es nicht zu Anschlägen oder Ausfällen kommt. Wir bauen gerade so etwas wie eine Arche für eine Zukunft ohne Sonne auf, und da ist jedes Zahnrädchen überlebenswichtig und muss geschützt werden. Ich zumindest bin jedesmal froh, wenn ich in den Schächten Möhren ziehe oder *meinen Mais streichele*, wie du immer sagst, und weiß, dass ihr und die Soldaten auf uns aufpasst.«

Rodea wollte widersprechen, wusste aber doch, dass er recht hatte. Das Problem war eher, dass es kaum Probleme gab, soweit sie wusste. Die Überlebenden hatten sich nicht in Wölfe verwandelt, wie viele vorhergesagt hatten. Im Gegenteil: Sie wusste noch genau, wie sie aus Nevada nach New York zurückgekehrt war und die langen Schlangen der Freiwilligen gesehen hatte, die sich vor den Meldezentren gebildet hatten.

»Ist gut, ich gehe gleich zu unserem Büro unten am Pier«, versprach sie und sah auf ihre Armbanduhr. »Kurz nach neun, die müssten schon auf haben.«

»Ruf aus der Lobby an, die haben doch ein Festnetztelefon«, schlug er vor, doch sie schüttelte den Kopf.

»Nein, ich brauche ohnehin frische Luft. Auch, wenn es die strenggenommen nicht mehr gibt.«

Jimmy sah ihr noch einen Moment in die Augen, nickte

dann und ließ sie los. Rodea schnappte ihre Jacke von der Garderobe im Flur ihrer luxuriösen Wohnung, die früher einmal einem gut bezahlten Fondsmanager gehört haben musste. Vor der Krise wäre sie der perfekte Yuppie-Traum einer ganzen Generation gewesen, mit vielen Glaselementen, aufgeräumtem Design und einer geradezu zenartigen Schlichtheit. Heute lebten in New York City noch sechs Millionen Menschen, wodurch sich die Aufteilung der Restbevölkerung, die aus überlebenden Stadtbewohnern und Landflüchtlingen zusammensetzte, relativ einfach gestaltet hatte. Der Wolkenkratzer, in dem sie mit Jimmy lebte, bot hochrangigen Geheimdienstmitarbeitern und Militärs Wohnraum, da man den gesamten Block für ähnlich gestellte Personen mit hoher Sicherheitsfreigabe geräumt hatte. Sie nahm den Fahrstuhl in die Lobby, wo zwei Soldaten vor der unbesetzten Rezeption standen und Karten spielten. Als die beiden Männer sie sahen, zuckten sie zusammen und taten, als hätten sie die ganze Zeit über Wache gehalten.

»Viel Spaß, Jungs«, sagte sie einfach und hielt zielstrebig auf den Ausgang zu. Ihre Schritte hallten hell von dem brüchigen Marmorboden wider und wehten ihr durch die Tür hinterher. Draußen trat sie in den Schein der Straßenlaterne, die direkt vor ihrem Hochhaus, dem ehemaligen *Marriott Essex* stand und sah die W 59th Street nach links und rechts hinunter. Keinerlei Fahrzeuge waren zu sehen, bis auf einige Elektro-SUVs der Regierung vor den Nachbargebäuden. Auch Passanten sah sie kaum, außer einigen wenigen Gestalten, die sich in Richtung des Kreisels im Westen bewegten. Der Central Park befand sich direkt vor ihr, war jedoch noch spärlicher beleuchtet als die Straßen, auf denen nur noch jede sechste Laterne mit Strom versorgt wurde. Die Abstände zwischen ihnen hatten sich alle paar Monate verlängert und vielleicht würden auch die letzten bald weichen müssen, um den wachsenden Energiehunger der Produktionsstätten und Untergrundfarmen zu decken. Rechts von ihr, wo sich der erst ein Jahr vor der Barriere fertiggestellte Zugang zu der neuesten U-Bahn-Linie befand, sah sie das riesige transparente Zelt, das sich wie eine Kuppel über den Treppenabgang spannte. Es wurde von unten beleuchtet und sah aus wie die Kulisse eines Science-Fiction-Films aus den achtziger Jahren, mit den Soldaten, die vor der Eingangstür Wache hielten und sich mit abgewinkelten Gewehren unterhielten. Sie hatte die Farmen darunter im Dezember zum ersten Mal gesehen und war erstaunt gewesen, was aus dem Schachtsystem geworden war, das New York auf vielen Ebenen unterhöhlte. In die Röhren waren auf halber Höhe Zwischenetagen eingebaut worden, sodass man auf doppelter Fläche Gemüsebeete hatte anlegen können. Die unteren waren sämtlich mit Mais gefüllt gewesen, da er als pflegeleicht, widerstandsfähig und relativ genügsam galt. Was in den oberen Beeten gepflanzt wurde, hatte sie damals nicht sehen können, aber sie bekam wöchentlich Mohrrüben, Kohlrabi und Kartoffeln geliefert. So tief unter der Erde war es offenbar leichter, die nötige Wärme zu halten und über die vielen Spiegel das Licht der installierten Tageslichtlampen effektiv und energieeffizient zu halten. Zudem war der gesamte Bereich unter der Stadt antiseptisch gehalten und unterlag strengsten Quarantänebestimmungen, um möglichst wenige Schädlinge und Schadstoffe bekämpfen zu müssen. Durch die extreme Bevölkerungsreduktion fehlte es an ganzen Wirtschaftszweigen, sodass an einen normalen Warenfluss laut Bedarf und Nachfrage gar nicht mehr zu denken war. Die Anzahl der Personen, die dort unten schufteten, war frappierend gewesen. Hunderttausende New Yorker ackerten sich in der Tiefe die Rücken krumm, um das Überleben der letzten Menschen zu sichern. Andere arbeiteten in den Fleischlaboren in Queens, wo unter ebenfalls sterilen Bedingungen Fleisch in Petrischalen gezüchtet wurde, komplett mit dem richtigen Aminosäurenprofil und ohne die Nachteile einer Massentierhaltung mit Platzbedarf, der schlechten Energiebilanz durch die Fütterung und der nötigen Behandlung von Krankheiten. Das Ergebnis waren zwei Stücke Fleisch in Kubusform, die wie Steak ohne Fettmaserung aussahen, pro Woche. Große weitere Teile der Stadtbevölkerung waren mit der Produktion von Nahrungsergänzungsmitteln beschäftigt, die vor allem drüben in New Jersey stattfand. Die Labore dort arbeiteten rund um die Uhr und synthetisierten vor allem Vitamin D, aber auch eine ganze Palette anderer Vitalstoffe, die für Menschen überlebensnotwendig waren. Ironischerweise lebten diejenigen, die die Krise überlebt hatten, heute mit ziemlicher Sicherheit gesünder als vor der Krise, als man noch alles essen konnte, was man wollte – zu viel und das Falsche. Jetzt wurde darauf geachtet, dass das gesamte Bedarfsprofil gedeckt wurde, was einer gesunden Vollwertkost entsprach, um keine Arbeitsausfälle, Krankheiten oder andere Probleme zu begünstigen. In der neuen Planwirtschaft gab es eine große Fehlertoleranz.

Geld war bereits kurz nach der Krise abgeschafft worden, weil es keinen Wert mehr besaß. Ohne die Wirtschaft mit Angebot und Nachfrage und der Möglichkeit potenziell endlosen Wachstums, war der kollektive Glaube an den Wert von bedrucktem Papier verflogen. Seither amtierten Technokraten in der Regierung, die zwar noch immer die gewählte unter Führung von Präsidentin Harris war, aber in einigen Jahren Fragen aufwerfen würde: Wie sollte man noch wählen? Ging das überhaupt noch? Es gab kaum noch Politiker, ohne Medien, Zeitungen und den Bedarf an gewählten Vertretern. Faktisch regierte man in Washington mittels der Notstandsgesetze in einem permanenten, niemals offiziell ausgerufenen Ausnahmezustand – wer hätte den Ausruf auch hören sollen?

Zudem gab es ohnehin keine Anwälte mehr, die auf Einhaltung rechtlicher Verfahrenswege hätten pochen können. Die Vereinigten Staaten waren zu einem Ameisenstaat geworden, der den Umständen entsprechend effizient die Befehle der Königin, also der Regierung und ihres Apparates, umsetzte. Niemand begehrte auf, vielleicht, weil niemand die Zeit oder die Kraft besaß, etwas zu unternehmen, vielleicht aber auch, weil es keinen Grund gab. Jeder wusste, dass es einer Führung bedurfte, und jeder wusste auch, dass jedes einzelne Leben, das noch am großen Überlebensspiel teilnahm, viel zu kostbar war, um es zu riskieren. Andererseits arbeitete der verbliebene dezimierte Apparat in Washington ihrer Meinung nach äußert effektiv und sinnvoll. Es gab keine Gängeleien, gleiche Rationen für alle und keinen Machtmissbrauch des Militärs, das zugegebenermaßen die meisten Zugeständnisse im Zuge der Krise erhalten hatte. Die Führung der Army hatte ihre Offiziere offenbar eingeschworen, ihre neue Rolle als Polizei für alles und jeden behutsam anzunehmen, und das hatte erstaunlich gut funktioniert, soweit Rodea das beurteilen konnte. Die Soldaten in der Stadt erlebte sie seither als hilfsbereit und freundlich, und sie hatte bisher noch nicht gesehen, dass einer seine Macht missbraucht hätte, um sich Vorteile wie Rationen zu ergaunern. Aber zugegebenermaßen lebte sie auch in einem privilegierten Block und wollte nichts dergleichen ausschließen.

Insgesamt wäre die Aussicht den Umständen entsprechend beinahe tröstlich gewesen: Die Menschen zogen an einem Strang, ordneten die eigenen Bedürfnisse dem Gemeinwohl unter und das Gemeinwohl diente den Einzelnen, soweit sie das sehen konnte. Doch dieses Glimmen von Hoffnung inmitten der Dunkelheit zeigte ihr auch, dass ihr Sohn dieses Glimmen niemals sehen würde, weil er nicht mehr bei ihnen war. Erst mit seinem Tod hatte sie begriffen, wie viel

Sinn er ihrem Leben gegeben hatte. Zu ihrer Erkenntnis kamen auch die Schuldgefühle, dass sie so wenig Zeit mit ihm verbracht hatte. Statt zuhause zu sein und ihm zuzusehen, wie er zu krabbeln lernte, mit einem Löffel zu essen, oder mit Lego zu spielen, war sie in der Welt herumgereist und hatte Verbrecher und Terroristen gejagt, die Politik unliebsamer Länder beeinflusst oder Zugeständnisse fremder Regierungen erpresst. Doch wofür? Die Barriere hatte all das null und nichtig gemacht – zu Spielereien einer unreifen Menschheit, die sich dem Luxus hingegeben hatte, sich selbst Probleme zu schaffen. Wie absurd ihr das jetzt vorkam.

Sie warf einen letzten Blick in die unruhigen Schatten des Central Parks und rollte ihren Kragen hoch, bevor sie sich in westliche Richtung aufmachte, auf den ehemaligen Verkehrskreisel zu, der Richtung Hudson Bay führte. Wenn man die Straße hinuntersah, konnte man bereits schemenhaft die riesigen Flutmauern erkennen, die den gestiegenen Meeresspiegel zurückhielten. Sie kam etwa fünfzig Meter weit, ging an einer Gruppe in dunkle Jacken gehüllter Männer und Frauen vorbei, die zwischen der Lobby eines ehemaligen Hotels und einem der dunklen Elektro-SUVs standen und sie mit stummem Nicken grüßten, wie es heute üblich war. Früher hatte niemand in New York seine Nachbarn gekannt. Der Big Apple war eine von vielen anonymen Großstädten gewesen, in denen jeder seiner Arbeit, dem abendlichen Netflix-Marathon oder den Trinkgelagen in einer der vielen Szenebars nachgegangen war. Heute gab es all das nicht mehr, nur noch den täglichen Kampf um die Zukunft und die Hoffnung, dass möglichst viele auch morgen noch teilnehmen konnten. Dieses Wissen schweißte zusammen, genau wie die Tatsache, dass jeder und jede Einzelne sicher sein konnten, dass es niemanden gab, der kein Zahnrädchen in der neuen Survival-Maschine bildete und wichtig war.

»Hey, Agent«, rief jemand und ihr Kopf ruckte irritiert zur Seite. Neben ihr fuhr ein SUV im Schritttempo und eine junge Frau lehnte sich halb aus dem hinuntergelassenen Fahrerfenster zu ihr. »Agent Stone?«

»Ja?«

»Direktorin David-Griffiths schickt mich, ich soll Sie so schnell es geht in die Zentrale bringen«, erklärte die junge Frau über das sonore Surren des Elektromotors hinweg und hielt an, als Rodea stehenblieb und sich ihr zuwandte.

»Nach Washington? Jetzt?«

»Ja, eine bewaffnete Eskorte steht schon in New Jersey bereit.«

»Kann ich sie nicht einfach anrufen?«

»Negativ, Ma'am«, antwortete die Frau im typischen Militärsprech und schüttelte den Kopf. »Es ist dringend.«

»Ich kann nicht, mein Mann ...«

»Die Direktorin sagte das schon. Ich soll Ihnen sagen, dass die ersten Ergebnisse aus Nevada eingetroffen seien, Sie wüssten schon, was das bedeutet.«

Rodea erstarrte schlagartig. *Nevada. Area 51. Ergebnisse? Haben die Wissenschaftler wirklich das Artefakt entschlüsselt?*

Bevor sie ihre Gedanken zu Ende gedacht hatte, saß sie bereits im Fond des Wagens und sie rasten über die leergefegten Straßen Richtung Washington.

Kapitel 17: Montgomery

11. Februar 2036, Hanford, Washington

»ALSO GUT, WAS DENKST DU? Stellen wir uns gut an?«, fragte Monty und sah zuerst Johannes zu seiner Rechten und dann Egon zu seiner Linken an. Der einst bärenhafte Physiker saß jetzt wie ein Skelett an dem kleinen Tisch in der Kantine. Er schlürfte laut seinen Kaffee und zuckte mit den Schultern.

»Ich glaube schon. Johannes' Programm sieht gut aus. Wir haben ein gutes Muster herausgearbeitet, das die da draußen schnell verstehen sollten.«

»Ist ja auch einfacher Morsecode, der noch immer zur Ausbildung gehört«, gab Johannes zu bedenken, und streckte sich seufzend über die Rückenlehne seines in die Jahre gekommenen Plastikstuhls. Die Kantine war vollkommen leer, da ein Großteil des LIGO-Teams gerade schlief und sie die Nachtwache übernommen hatten. Falls doch ein Signal hereinkommen sollte, wollte er nicht riskieren, dass sie es erst Stunden später bemerkten. In ihrer jetzigen Situation konnte jede Minute oder gar Sekunde zählen.

»Hat sich das Büro des Undersecretary schon gemeldet?«

»Ja. Die Railguns der neuen Navy-Zerstörer können das Anklopfen erledigen. Es gibt genau vier, von denen zwei aktuell auslaufbereit sind. Zwei befinden sich allerdings gerade im Atlantik und müssen erst in den Pazifik beordert werden. Das Ganze wird mehrere Wochen in Anspruch nehmen«, erklärte Johannes und rieb sich müde mit den Händen durchs Gesicht.

»Immerhin haben wir eine Möglichkeit. Wir klopfen einmal, lesen mit dem Infrarotlaser ab, ob die da oben antworten, und dann feuern wir eine entsprechend getaktete Morsenachricht in Form von Railgun-Projektilen ab. Soweit ich weiß, fliegen die Geschosse mit sieben- bis achtfacher Schallgeschwindigkeit, das heißt, selbst in eine Höhe von hundertzwanzig Kilometer dürften sie recht schnell gelangen.« Montgomery stand auf und wollte sich verabschieden, als er innehielt und auf die beiden Physiker hinabschaute, die ihn aus dunkel umränderten Augen ansahen. »Wartet mal, wenn eine der Railguns bereits im Pazifik ist, soll sie schon einmal Schüsse abgeben. Der Punkt, wo wir das aufgesetzte Interferometer von LISA vermuten, sollte irgendwo grob über Hawaii liegen, wo sich praktischerweise mit HEILA auch einer der größten Infrarotlaser befindet. Während die beiden Zerstörer aus dem Atlantik verlegt werden, können wir ja schon mal auf uns aufmerksam machen.«

»Aber bei der Feuergeschwindigkeit der Railgun wird es schwierig, kurz und lang auszudrücken. Die Schusskarenz ist recht lang«, gab Egon zu bedenken.

»Egal!« Monty winkte ungeduldig ab und streckte einen Finger in Richtung der abgehängten Decke über ihnen. »Wir müssen nur darauf hinweisen, dass wir da sind und zuhören, und ihnen diesen Weg der Kommunikation aufzeigen. Dann lauschen wir, weil wir das bereits können. Die Wochen, in denen die Zerstörer sich aufmachen Richtung Panamakanal, könnten wichtig sein für unsere Leute da oben. Maxim Gontscharow ist ein cleverer Kerl wie ich gehört habe, und vielleicht kann er die Zeit nutzen, um sich schon etwas einfallen zu lassen. Jeder Tag zählt für die Leute in den Städten.«

»Ich hab gehört, dass die bereits zwei Rationen pro Tag bekommen in den Sicherheitszonen New York, Los Angeles und Denver, schlechter geht es eher uns hier draußen«, widersprach Egon mit saurer Miene.

»Wir leben noch, also dürfen wir uns nicht beschweren.« Montgomery wedelte mit den Händen, um seine Kollegen aus ihren lethargischen Sitzpositionen aufzuscheuchen. »Los jetzt. Johannes, du nimmst Kontakt zur Navy in Seattle auf und bittest um Kommunikation über die Funkbrücke nach Hawaii. Wenn das Team dort HEILA einsatzbereit hat, melden wir uns bei Green und bitten um Zugang zum Internet. Der Festnetzanschluss ist doch einsatzbereit, oder?«

»Ja, wir sind angeschlossen, mit der richtigen Freigabe dürften wir mit Hawaii chatten können«, bestätigte Johannes, und Monty blähte aufgeregt die Wangen auf.

»Gut, gut, hoffen wir, das alles so klappt. Egon, du kümmerst dich um die Koordination mit der Navy und das Feuermuster der Railgun. Johannes, du übernimmst den Kontakt mit Hawaii. Also, an die Arbeit.« Er klatschte in die Hände und wartete, bis seine Kollegen eilig die Kantine verlassen hatten, bevor er die verspannten Schultern kreisen ließ. »Meine Herren, dann geht es jetzt wohl los.«

* * *

Fünf Stunden später war der Kontrollraum wieder mit sämtlichen Mitarbeitern vollgestopft, die aktuell am LIGO in Hanford arbeiteten. Es wurde wild durcheinandergeredet, die großen, in einem Halbkreis aufgebauten Leinwände ganz vorne zeigten die unaufgeregten blauen und roten Linien der Interferometer, die keine Spitzen aufzeigten, außer gelegentlichen Bergen und Tälern durch natürliche Effekte wie tektonischen Mikrobeben. Auf den Bildschirmen seiner Mitarbeiter liefen die verschiedensten Simulationen, Planspiele, Datenabfragen und Analysen herunter, doch auf zweien fanden ganz besondere Dinge statt: Ein Programm, vor dem Johannes saß, zeigte einen Chat mit Doktor Bamouha, dem Leiter des Infrarotlasers HEILA auf Hawaii. Ein anderes, an dem Egon am Arbeitsplatz daneben klemmte, zeigte ein

Chatfenster mit einem Lieutenant der Navy, der ihre direkte Verbindung zur Railgun der USS Zumwalt darstellte.

»Wie sieht es aus?«, fragte Monty aufgeregt und stellte sich hinter die beiden Bürostühle seiner Mitarbeiter, deren Lehnen er rechts und links umklammert hielt. Wie ein Greifvogel beugte er sich mit dem Oberkörper zwischen ihnen vor.

»Die Zumwalt ist bereit. Der anvisierte Punkt der Barriere südlich von Hawaii liegt am Rande der Reichweite ihrer Railgun und dürfte von unserem ursprünglich geplanten Punkt leicht abweichen, dafür muss sie aber keine Fahrt aufnehmen und kann beim Feuern vertäut bleiben. Das wiederum ist unsere einzige Möglichkeit, über den Lieutenant per Chat zu kommunizieren«, erklärte Egon und tippte mit dürrem Finger auf seinen Monitor. »Deutlich besser als die kratzige Funkbrücke mit ihren ständigen Rauschern und Ausfällen.«

»Das war die richtige Entscheidung«, bestätigte Monty und sah auf Johannes hinab. »Und bei dir?«

»Bamouha hat HEILA auf den Punkt ausgerichtet, den die Zumwalt auf unsere Anweisung anvisiert und meldet volle Systembereitschaft.«

»Gut. Gehen wir den Plan noch einmal durch.«

»Aber ...«

»Ist mir egal, dass wir es schon tausendmal gemacht haben«, unterbrach er den Doktoranden grob. »Dann machen wir es eben Tausend und einmal. Der Undersecretary hat dafür gesorgt, dass wir sofort durchkommen, also setzt man in Washington offenbar große Hoffnungen in uns, und die werden wir nicht durch dumme Fehler im Ablauf gefährden, klar? Wenn wir jetzt was verkacken, geht es bei unserer nächsten Idee vielleicht nicht so schnell.«

»Also gut«, seufzte Johannes und hob ergeben die Schultern. »Die Zumwalt feuert eine SOS-Botschaft per Morsecode ab. Die Feuerkarenz beträgt sechs Sekunden. Wenn wir

Pausen von sechs und zwölf Sekunden nutzen, werden Maxim und seine Leute hoffentlich darauf kommen, dass nicht die Erschütterungen für kurz oder lang stehen, sondern die Pausen dazwischen. Das sollte relativ schnell gehen, weil es nur so Sinn ergibt. Danach pausiert die Zumwalt und HEILA registriert währenddessen die Erschütterungen, um erste Referenzwerte im Ablesen der Vibrationen zu erschaffen. Anhand dieser Daten sollten sie die Feinkalibrierung vornehmen können, um eine eventuelle Antwort von draußen aufzuzeichnen. Sämtliche eingehenden Daten werden in Hawaii ausgewertet. Aufgrund der limitierten Bandbreite des Festnetzinternets werden wir nur die Auswertungsergebnisse erhalten, die jedoch sofort nach Fertigstellung. Der Chat bleibt sowohl zur Navy als auch nach Hawaii während des gesamten Projekts dauerhaft offen. Funkbrücken nach Pearl Harbor auf O'ahu und zum HEILA auf Hawaii sind vorbereitet und stehen als Backup-Kommunikation bereit, im Falle eines Internetausfalls.«

»Gut, sehr gut«, sagte Monty zufrieden und fasste Egon an der Schulter. In seiner Fantasie hätte es jetzt schlagartig still werden müssen im Kontrollraum, doch das Gerede um ihn ging unbeeindruckt weiter, während seine Mitarbeiter sich auf ihre Aufgaben stürzten. »Legen wir los.«

Während Egons Finger über die Tastatur flogen und sich sein Text in dem einfachen Chatfenster ausbreitete, fühlte sich Monty an seine Kindheit in den neunziger Jahren erinnert, in denen er unter Windows 98 mit seinen Freunden gechattet hatte über MSN Messenger und später ICQ. Ein ähnlich archaisch aufgebautes Programm heute, beinahe vierzig Jahre später im Einsatz zu sehen, war befremdlich.

»Feuerbefehl ist erfolgt«, erklärte Egon und kurze Zeit später: »Der Lieutenant meldet den ersten Abschuss.«

Monty sah auf seine Armbanduhr, die jedoch schon vor

einigen Wochen stehengeblieben war, und zählte die sechs Sekunden im Kopf mit. Er brachte es einfach nicht über sich, das Erbstück wegzuwerfen, weil das einer Niederlage gleichkommen wäre, die er sich noch nicht eingestehen wollte. Irgendwann würde es wieder Uhrenmacher geben, die sie reparieren konnten.

Ein Teil von ihm ärgerte sich, dass er nicht sehen konnte, was passierte. Immerhin feuerte die Zumwalt gerade die mächtigste kinetische Waffe im Arsenal der Navy ab, und zwar im Namen der Wissenschaft, was sowohl ironisch als auch wie ein Sieg der Vernunft über den menschlichen Zustand daherkam. In diesem Moment schoss ein fünf Kilo wiegendes Stück Metall mit zweieinhalbtausend Metern pro Sekunde durch die Dunkelheit auf die Barriere zu und würde in knapp fünfzig Sekunden ihr Ziel erreichen. Eine leise Stimme in seinem Hinterkopf hegte sogar die Hoffnung, dass es durch seine ungeheure kinetische Wucht die Barriere durchschlagen könnte, die sie aus dem Universum aussperrte, doch nach dem Test mit der ICBM glaubte er nicht daran. Mit einem Mal kam ihm der gesamte Versuchsaufbau so unrealistisch und irre vor, dass er kaum glauben konnte, offizielle Kanäle dafür benutzt zu haben. Als habe sein Gehirn einen Schalter umgelegt, wurden seine Hände schwitzig und sein Verstand verwandelte sich in ein wirres Durcheinander aus Befürchtungen, kritischen Stimmen und dem Gefühl, sich schämen zu müssen. Was, wenn das alles nur eine Fantasterei, ersonnen in einer Phase der Hilflosigkeit war, und sie sich gerade lächerlich machten? Mit einer Railgun auf eine unbekannte Barriere schießen? Sie wussten ja nicht einmal, woraus sie bestand. Dann darauf hoffen, dass auf der anderen Seite LISA oder zumindest eines ihrer drei Teile auf der Oberfläche platziert worden war, damit ihnen jemand da draußen zuhören konnte – all das klang mehr nach Hoffnung als nach Logik.

»Das erste Schussmuster ist abgeschlossen mit acht Geschossen«, unterbrach Egon seine Grübeleien. Jetzt gab es keinen Weg mehr zurück.

»Hawaii?«

»Bamouha meldet, dass HEILA die Vibrationswellen, die dem ersten Einschlag gefolgt sind, bereits erfasst hat. Anhand des neuen Referenzwertes wird eine Anpassung vorgenommen, mit der sie im Umkreis der Einschlagstelle auch deutlich feinere Vibrationen erfassen sollten«, meinte Johannes.

»Gut, das ist gut«, erwiderte Monty und leckte über die Lippen. »Ich würde zu gerne wissen, welches Material einem Railgungeschoss standhält.«

»Na ja, normalerweise wird das Geschoss in den Orbit geschossen, wo es bereits deutlich abgebremst wurde durch die Schwerkraft, die es zurückzieht. Die Wucht nimmt es ja erst wieder auf, wenn es am Scheitelpunkt der Parabel angekommen ist und zurück zur Erde in Richtung Ziel fliegt«, erklärte Egon, ohne die Augen von seinem Chatprogramm zu lösen, und Monty ärgerte sich, dass er seine Frage laut ausgesprochen hatte und sich jetzt wie ein belehrter Schuljunge vorkam.

»Aber, was meint ihr, woraus sie besteht? Die Barriere, meine ich?«

»Jedenfalls nicht aus Energie, wie die Vollidioten im Pentagon geglaubt haben. Seit wann kann *Energie* die Form einer stabilen Blase annehmen?« Johannes schnaubte verächtlich. »Ich tippe auf Naniten.«

»Naniten?«

»Klar. Naniten lassen sich schnell anordnen, sie können im Zusammenschluss so glatte Flächen bilden, dass nicht einmal ein Monofilamentdraht dazwischen passt, und sind höchst adaptiv. Also zumindest potenziell«, fuhr der Deutsche fort. »Wie genau sie elektromagnetische Strahlung reflektieren, weiß ich natürlich nicht, aber es spricht nichts dagegen, dass es prinzipiell möglich ist.«

»Für jemanden, der solch eine Barriere erschaffen kann, ist sicherlich rein gar nichts unmöglich«, entgegnete Monty. Am liebsten hätte er die Monitore seiner beiden Mitarbeiter angeschrien, ihm endlich die Antworten zu geben, auf die er wartete. Doch kein neuer Text entstand auf den Anzeigen. Er sah lediglich die blinkenden Unterstriche, die anzeigten, dass das Programm auf eine Eingabe wartete.

* * *

Montgomery hatte ein Déjà-vu. Er wälzte sich unruhig in seinem Bett hin und her, als es an der Tür klopfte und durch den schmalen Lichtspalt, der aus dem Flur direkt sein Gesicht traf, steckte Johannes seinen Kopf herein.

»Monty?«

»Was ... was ist los?«, stammelte er müde und räusperte sich heftig, bevor er sich auf die Ellenbogen hochhievte. »Johannes?«

»Ja. Wir haben eine Antwort erhalten.«

»Aus Hawaii?«, fragte er und war schlagartig wach und klappte in seinem Bett hoch wie ein Springmesser. Nach über zwei Tagen hatte er schon nicht mehr damit gerechnet.

»Nein, vom Team der Unity.«

»Was?« Monty fiel aus allen Wolken, riss die Bettdecke zur Seite und warf seine dünnen Beine aus dem Bett. Dabei verhakte sich sein linker Fuß im Laken und er stürzte heftig auf den Boden. Johannes eilte herbei und half ihm, sich wieder aufzurappeln. Irgendwo in seinen Knien schmerzte es, doch er hatte keine Gedanken für sein körperliches Empfinden übrig. Die Unity, natürlich. Maxim und seine Leute hatten mit Sicherheit einige Zeit gebraucht, um zur Barriere zu fliegen und ihrerseits ein Klopfzeichen zu erzeugen. »Sie haben wirklich geantwortet? Mit Klopfzeichen?«

»Ja. Bamouha und seine Leute haben Vibrationen aufgezeichnet, die eindeutig ein Morsesignal ergeben und haben es bereits entschlüsselt. Es stammt von Maxim und seiner Crew«, erklärte Johannes und reichte ihm Schuhe und Kleidung, die er von dem Stuhl neben dem Nachttisch gefischt hatte. »Hier.«

»Was sagen sie?«

»Nun, das ist nicht so leicht zu erklären. Am besten siehst du es dir selbst an. Wir haben die Nachricht gerade erst hereinbekommen und wollten dich sofort hinzuziehen.«

»Das habt ihr gut gemacht, ja, wirklich gut«, versicherte Monty ihm, zog sich hastig an. Dabei knöpfte er sein Hemd falsch zu, doch es fiel ihm nicht einmal auf. Stattdessen lief er zu seinem Waschbecken, putzte sich einige wenige Sekunden die Zähne und stürzte an Johannes vorbei und aus seinem Zimmer.

Der Kontrollraum war leer bis auf eine Rumpfbelegschaft, da der Großteil der Mitarbeiter schlief und man offenbar nur ihn geweckt hatte. Egon saß noch immer an seinem Rechner, genau wie Tilda und Fabiola weiter vorne in der Nähe der Leinwände, die alle drei das Gleiche anzeigten: eine lange Textnachricht.

Unity an Erde. Nachricht erhalten. Arbeiten an Lösung. Loch in die Barriere am Südpol. Antiprotonen, erzeugt mit LISA, angezogen vom Erdmagnetfeld. Unity Ende.

»Ich dachte, die Nachricht sei lang«, meinte Monty und schüttelte mehrfach den Kopf in der Hoffnung, sich von der nur langsam weichenden Schläfrigkeit zu befreien. *Antimaterie-Ionen? Südpol? Meine Güte.*

»Für eine Morsenachricht in Form von starken Einwirkungen auf eine möglicherweise außerirdische Barriere war das sicherlich lang genug«, gab Egon zu bedenken.

Monty ignorierte ihn. »Antimaterie-Ionen«, sinnierte er laut. »Die Reaktion wird eine Weile dauern, aber wenn sich die Ionen entlang der Feldlinien nach unten bewegen ...«

»Der Südpol«, fuhr Johannes in einer Art Heureka-Aufschrei dazwischen. »Dort laufen die Feldlinien zusammen.«

»Ja, allerdings am magnetischen Südpol, nicht am geografischen. Tilda!«, rief Monty nach vorne und die rothaarige Physikerin aus Irland drehte sich auf ihrem Stuhl zu ihm um. »Ruf eine Karte vom magnetischen Südpol auf den Schirm.«

Sie nickte und er wandte sich an Johannes.

»Nimm Kontakt zu Green auf, wir werden eine Expedition vorbereiten müssen.«

»Eine Expedition?« Der Doktorand riss die Augen auf und sah ihn an wie einen Verrückten.

»Natürlich! Wir müssen Leute und Material da hinunterbringen. Wenn die da oben es schaffen, mit Antimaterie-Ionen ein Loch in die Barriere zu fräsen, müssen wir es wissen und genügend Personal und Material da haben, um schnell zu reagieren und mit Maxim und der Crew der Unity zu kommunizieren. Außerdem werden wir die Europäer brauchen.«

Nun drehte sich auch Egon zu ihm um und die beiden Physiker musterten ihn mit in Falten gelegter Stirn.

»Wohin?«, fragte Egon.

»Da hin«, antwortete Monty und deutete auf die neu erschienene Karte auf der mittleren Leinwand. Sie zeigte die Antarktis auf einem Satellitenbild vor Erscheinen der Barriere, als sie noch von Eis überzogen war. Aus ihrer Perspektive unten rechts war vor der eisigen Küste ein roter Punkt eingezeichnet, neben dem *magnetischer Südpol* geschrieben stand.

»Der magnetische Südpol liegt nicht über der Landmasse?«, fragte Johannes und raufte sich die Haare.

»Nein, und es wird noch schlimmer sein. Das gesamte Eis ist geschmolzen durch die weltweite Temperaturangleichung. Das heißt, dass die Antarktis deutlich kleiner geworden ist. Falls der Plan mit dem Loch funktioniert, werden wir dafür sorgen müssen, dass wir die Unity und die ARES am Leben erhalten, und ihnen Material und Proviant hochschicken. Die einzigen, die mobile Startrampen für Raketen besitzen, sind die Europäer mit Arianespace«, erklärte Monty und ging im Kopf durch, was sie alles brauchen würden. Schon nach wenigen Sekunden schwirrte ihm der Kopf. »Ich glaube, dass wir auch mit den Chinesen werden sprechen müssen.«

»Ich rufe besser sofort den Undersecretary an«, meinte Johannes aufgeregt und rollte energisch mit seinem Stuhl zurück, bis er gegen den Schreibtisch auf der anderen Seite stieß und nach dem Hörer des alten Festnetztelefons griff.

»Weck alle auf«, wandte sich Monty an Egon. »Wir brauchen alle Köpfe auf Hochleistung, um das jetzt zu regeln.«

»Aber Monty, sollen wir echt aufgrund einer kryptischen Nachricht aus dem Orbit so einen Wind machen? Wir wissen doch rein gar nichts über ihren Plan. Wir wissen nicht einmal, ob die Nachricht echt ist, weil wir sie nicht überprüfen können. Nach allem, was möglich ist, könnte auch die Barriere selbst mit einer Art KI ausgestattet sein, die uns glauben machen will, dass es ein Loch über dem Südpol geben wird. Jetzt sämtliche Hoffnungen auf eine Morsenachricht zu setzen, ist doch hirnverbrannt.«

»Nein«, korrigierte er seinen Mitarbeiter ruhig. »Es ist die einzige Hoffnung, die wir aktuell haben und damit auch die mit Abstand hilfreichste. Hast du eine bessere Idee?«

Egon schwieg.

»Siehst du. Wenn die Barriere mit uns hätte sprechen wollen, hätte sie es längst getan. An diesem Punkt müssen wir jeden Rettungsring ergreifen, der uns hingeworfen wird, und wenn Maxim da oben etwas ausgetüftelt hat, kommen wir recht schnell dahinter und werden alles darauf setzen, dass wir so schnell wie möglich Unterstützung leisten können. Wir werden jetzt sehen, wie viel die Vernetzungsbemühungen der Regierung gebracht haben und wie viel wir noch mobilisieren können. Wenn wir es wirklich schaffen, ein Loch in die Barriere zu bekommen, das groß genug ist ...«

»Dann könnten wir wieder Sonnenlicht bekommen.« Egons Miene hellte sich ein wenig auf, als die Hoffnung nun auch mit zaghaften Fingern den Weg in seinen Verstand zu finden schien. »Ich denke da an große Spiegel, die das Sonnenlicht aus dem Orbit einfangen, zum Südpol bringen, und weitere Spiegel, die auf dem Südpol das Sonnenlicht verteilen.«

»Ganz genau. Um das zu erreichen, müssen wir aber erst einmal dafür sorgen, dass alles klappt und wir auf dem Südpol stehen, also an die Arbeit!«

Als Egon sich wieder seinem Rechner zugewandt hatte, machte Monty einen Schritt zurück und hielt sich die ausgestreckten Hände vor den Mund.

Hoffnung.

Kapitel 18: Rodea

14. Februar 2036, Washington D.C.

»Ah, Rody.« Alison, mittlerweile zur CIA-Direktorin aufgestiegen, da der bisherige Direktor wenige Wochen nach Auftauchen der Barriere gestorben war, kam um ihren großen Schreibtisch gelaufen und sie umarmten sich kurz. »Wie hältst du dich?«

»Den Umständen entsprechend«, gab Rodea zurück und sah sich in dem kleinen, schmucklosen Büro um. »Hätte nicht gedacht, einmal das CIA-Hauptquartier im gleichen Haus wie das des FBI zu sehen.«

Alison zuckte mit den Schultern und kehrte seufzend zurück zu ihrem Bürosessel. »Seit Langley aufgegeben und das FBI praktisch aufgelöst wurden, halten einige schlaue Köpfe das Gebäude mit den meisten Festnetzanschlüssen der Stadt offenbar für am besten geeignet.«

»Klingt schlüssig. Die Fahrerin meinte, dass ...«

»Willst du einen Kaffee?«, wurde sie von Alison unterbrochen und die einst pummelige und heute abgemagerte Direktorin deutete auf eine kleine, futuristisch anmutende Kaffeemaschine, vor der eine Schale mit bunten Kugeln stand.

»Ist das eine ...«

»Ja, ist es. Einer der Vorteile, wenn man an der Macht sitzt. Ein wenig Amtsmissbrauch hat noch keinem geschadet, hm?«, scherzte ihre Freundin, stellte zwei Tassen unter die Düsen, legte die Kapseln ein und drückte einen Knopf. Die Maschine begann zu knirschen und zu brummen und dann ertönte ein gleichmäßiges Schnurren, als zwei schwarze Stränge in die Tassen flossen. Ein unwiderstehliches Aroma von Kaffee breitete sich zwischen ihnen aus und vertrieb beinahe den Kummer aus Rodeas Geist, der sich dort seit Monaten wie Zement festgesetzt hatte.

»Ich werde dich jedenfalls nicht verpfeiffen, du Umweltsünderin.«

»Na, da bin ich ja beruhigt.« Alison faltete die schlanken Hände vor sich auf dem Schreibtisch, der bis auf ein Tablet und einige Zettel neben dem Telefon leer war. »Ich habe eine Mission für dich.«

»Ich …«

»Ja, du machst das nicht mehr, bla, bla, bla, du hast jetzt nur noch Jimmy, bla, bla, bla und sowieso hättest du früher alles anders machen sollen, bla, bla, bla«, äffte ihre Vorgesetzte sie nach und rollte mit den Augen. »Verschone mich bitte mit all dem. Selbstmitleid hat dir noch nie gut zu Gesicht gestanden und ich mochte es lieber, als du noch taff warst und logisch gedacht hast.«

»Ich habe meinen Sohn verloren«, knurrte Rodea und heiße Wut brodelte in ihrer Brust wie ein toxisches Gemisch hochentzündlicher Flüssigkeiten.

»Das weiß ich. Er ist eines von schätzungsweise zwanzig Millionen Todesopfern, die auf fehlende medizinische Versorgungsmöglichkeiten zurückzuführen sind. Das heißt, dass es zwanzig Millionen Familien gibt, die denselben Horror durchgemacht haben, den du erleiden musstest. Ich habe keine Kinder und kann mir nicht einmal vorstellen, wie hart das für dich sein muss, aber das ist kein Grund, den Kopf in den Sand zu stecken. Es gibt noch beinahe vierzig Millionen Amerikaner, die darauf zählen, dass wir sie beschützen.«

»Komm mir jetzt nicht mit der patriotischen Keule. Diese Amerika-Glorifizierung hat bei mir noch nie funktioniert.«

»Ach, du denkst, dass es darum geht? Oh nein«, entgegnete Alison und schüttelte entschieden den Kopf. Ihre Miene blieb ernst und ihr Blick stahlhart. »Staaten spielen keine

Rolle mehr, davon kannst du ausgehen. Was zählt, ist nur noch das Überleben. Wir werden aber nun einmal von der amerikanischen Regierung regiert und müssen uns um unsere Schäfchen kümmern, daran hat sich nichts geändert. Wer soll es tun, wenn wir den Kopf in den Sand stecken, hm? Du bist nicht die Einzige, die schlimme Sachen erlebt hat, so leid es mir auch tut. Einige meiner engsten Mitarbeiter hier im J. Edgar Hoover Building haben Eltern, Geschwister, Kinder und Ehepartner verloren. Die haben niemanden mehr. Und was tun sie? Sie setzen ihre verbliebene Lebensenergie dafür ein, dass in Zukunft möglichst wenige dasselbe Schicksal ereilt.«

Rodea wollte reflexhaft etwas erwidern, sich verteidigen, dann rechtfertigen oder direkt zum Angriff übergehen und bemerken, dass Alison niemanden gehabt hatte, den sie hätte verlieren können, doch am Ende schwieg sie, während die Worte ihrer Freundin in ihr nachklangen. Der Schmerz um Thomas' Tod machte seither ihr ganzes Leben aus, überlagerte jeden Gedanken, alles, was sie tat, fühlte, träumte. Bisher hatte sie sich immer darauf berufen können, dass sie denken und fühlen gut voneinander trennen und als zwei verschiedene Dinge sehen konnte, doch mit dem Verlust ihres Sohnes hatte sie diese Fähigkeit verloren und war nicht sicher, ob sie sie jemals wiederfinden würde.

»Worum geht es?«, fragte sie schließlich und Alison lächelte halb mitfühlend, halb erleichtert.

»Es geht um das Artefakt, das du aus Sulawesi extrahiert hast.« Alison zog das Tablet näher zu sich und das Display erwachte zum Leben. Es zeigte die Kugel, die sie in Indonesien gefunden und nur kurz gesehen hatte, weil sie schnell verhüllt und in einen Container verfrachtet worden war. Aber es gab keinen Zweifel: Das Artefakt war dasselbe, das sie zur Area 51 gebracht hatte: von der Größe eines Medizinballs, metallisch, von perfekt runder Form. Einen Unterschied gab es jedoch: Die Kugel war in zwei Hälften geteilt, die jeweils in Greifarmen steckten, die die Schalen auseinanderhielten wie ein Mensch eine in der Mitte durchgeschnittene Apfelsine. Erst, als mehrere Personen in weißen Kitteln mit der Aufschrift *USAF* in den schmucklosen Betonraum kamen, erkannte sie, dass es sich nicht um ein Bild, sondern ein Video handelte. Alison drückte einen Knopf und das Video wechselte in schnellen Vorlauf. Personen in Weiß kamen und gingen, Apparaturen wurden aufgestellt und abgebaut, Kabel angeschlossen und wieder herausgezogen, und irgendwann musste Rodea blinzeln, um noch einigermaßen mitzubekommen, was vor ihren Augen geschah.

»Was sehe ich da?«

»Die Wissenschaftler von der Air Force haben das Ding komplett auseinandergenommen und allen möglichen Tests unterzogen«, erklärte Alison und drehte das Tablet wieder zu sich.

»Nach über einem Jahr hätte ich gedacht, dass sich das Thema erledigt hat«, gab Rodea zu und spürte prickelnde Aufregung ihren Rücken hinaufkrabbeln. Da war es wieder, dieses alte, aber bekannte Gefühl, es mit einem Problem zu tun zu haben, das ihre Aufmerksamkeit erforderte.

»Offenbar ist es nicht so einfach, ein außerirdisches Artefakt so zu untersuchen, dass man ihm seine Geheimnisse entlockt.«

»Denkst du etwa immer noch, dass ...«

»Ich unterbrech dich gleich hier.« Alison tippte mit ausgestrecktem Zeigefinger auf das Tablet, das wieder in den Energiesparmodus geschaltet hatte. »Ich denke es nicht, sondern ich *weiß* es jetzt.«

Rodea hob eine Augenbraue, schwieg aber und setzte einen *Ich-höre-zu*-Blick auf.

»Also zuerst einmal: Die Schale und das Innere bestehen aus uns bekannten Elementen.«

»Natürlich tun sie das.«

»Hm?«

»Unser Periodensystem ist recht einfach aufgebaut: geht man vom ersten Element die Periodenleiter hinauf, findet sich mit jedem Schritt ein Atom mit einem Proton mehr bis zur uns bekannten Maximalzahl, darum ist das Periodensystem vorerst komplett, und wir werden im Universum so schnell kein neues Element finden. Die Protonenanzahl ist zwar prinzipiell nach oben offen, aber da würden dann die Eigenschaften des Elements schon stark eingegrenzt sein.« Rodea winkte ab. »Außer vielleicht in Hollywood, aber das gibt es ja nicht mehr.«

»Wie auch immer«, entgegnete Alison ein wenig genervt. »Es besteht aus vier Elementen, die hier irgendwo drin stehen und mir komplett an meinem knochigen Arsch vorbei gehen. Ein Keramikkomposit, das erstaunlich widerstandsfähig ist. Die Oberfläche der Schale ist auf Nanoebene versiegelt und damit so fein, dass sie mit keiner Säge durchgekommen wären, wenn nicht in der Mitte eine Art Fuge gewesen wäre. Aber jetzt kommt's: Im Inneren haben die Eierköpfe einen großen Datenspeicher auf einer Art Spule mit mikroskopisch dünnem Plastik entdeckt. Außerdem einen Funksender.«

»Einen Funksender?«, fragte Rodea überrascht. »Du meinst einen, der auf unseren ganz normalen Funkfrequenzen sendet?«

»Ja, ein, äh, wie hieß der verkackte Scheiß«, fluchte Alison auf ihre typisch-deftige Art und öffnete mit Zornesfalte auf der Stirn das Tablet. »Ah, ein Breitbandfrequenzsender. Wer denkt sich so ein beschissenes Wort aus?«

»Also doch Tech der Chinesen?«

»Nein!« Alison schüttelte den Kopf. »Der Datenspeicher

konnte erst jetzt ausgelesen werden, weil es so lange gedauert hat, ihn zu entschlüsseln. Es musste offenbar optisch geschehen mit einem ultrafeinen optischen Laser, der extra vom MIT nach Nevada geschafft worden ist. Dabei haben die herausgefunden, dass der Speicher auf einem Binärcode basiert und nicht verschlüsselt ist. Außerdem ist das, was gefunden wurde, in sämtlichen auf der Welt gesprochenen Sprachen verfasst. Ich wusste gar nicht, dass es mehrere Tausend gibt.«

»Und was stand drin?«

»Dazu komme ich noch, du Tochter der notorischen Ungeduld!« Alison drehte das Tablet wieder in Rodeas Richtung und drückte darauf herum, bis ein einfacher Text in englischer Sprache erschien:

An die Bewohner des Planeten Erde.

Alison zog das Tablet zurück und hob ermahnend eine Hand, als Rodea etwas sagen wollte.

»Das ist alles.«

»Im Ernst? Deswegen habt ihr mich nach Washington gekarrt?«

»Nein, das ist alles, was von der Nachricht ausgelesen werden konnte. Der Datenspeicher ist schwer beschädigt. Die Fuzzis von der Area 51 sind der Meinung, dass es sich um eine Art Blackbox der Drohne handelt, die von der USS Jeremy Brandt über der Celebessee abgeschossen wurde. Sie hat noch eine Menge Zeitstempel, unter anderem von dem Zeitpunkt, an dem die Sonde, von der die Drohne offenbar über der Erde abgeworfen worden war, in unsere Heliosphäre eingedrungen ist. Das war vor genau zwei Jahren und zwei Monaten. In der Logdatei, in der die Eierköpfe all diese Informationen gefunden haben, die darauf hindeuten, dass es sich um ein extraterrestrisches Objekt handelt, stand aber auch noch eine Art Protokoll all seiner Operationen seit Eintritt in die Erdatmosphäre und eine Sache ist besonders spannend.« Alison bedeutete ihr, mit dem Gesicht näher an das Display zu rücken, und drückte einen Finger auf eine bestimmte Stelle, die mit Datum und Uhrzeit versehen war. »Hier, am zweiten Januar, einige Minuten vor seiner Zerstörung durch die Navy, hat der Datenspeicher ein großes Datenpaket in sämtliche Richtungen ausgesandt, das erst nach einer Minute von den Störmaßnahmen der USS Jeremy Brandt zerhäckselt worden ist. Ein Empfänger hat eine automatische Empfangsbestätigung geschickt, und zwar eine britische Abhörstation im südlichen Mindanao.«

»Die Drohne hat ein Datenpaket transportiert und die Tommies saßen die ganze Zeit darauf?«

»Oh, ich glaube nicht, dass sie wussten, worauf sie da sitzen. Nicht vergessen: Unsere Leute haben ein Jahr gebraucht, um den Code der Blackbox zu entschlüsseln, wahrscheinlich haben die diensthabenden Soldaten in dem kleinen Horchposten gedacht, dass es sich um Schrott von Funkamateuren handelt, und dem keine weitere Beachtung geschenkt«, sagte Alison und betrachtete das Tablet wie ein Habicht.

»Selbst wenn«, Rodea winkte ab, »hat das für uns keinerlei Relevanz. Wenn sie das für Quatsch gehalten haben, haben sie es gelöscht und es ist weg, was auch immer es gewesen ist, was die Drohne uns mitteilen wollte.«

»Nicht ganz. Ich habe mich im Pentagon umgehört und nach unseren Einsatzregeln für Abhörstationen müssen sämtliche Daten vier Wochen gespeichert werden, bevor sie gelöscht werden dürfen. Aber ...«

»... aber vor dieser Frist kam die Barriere und es ist möglich, dass die Soldaten nicht mehr dazu gekommen sind.«

»Ganz genau.«

»Und jetzt möchtest du, dass ich den Horchposten finde,

nach der versteckten Sendung suche und sie dir bringe«, schloss Rodea und musterte ihre Vorgesetzte, die schließlich nickte und sich zufrieden zurücklehnte.

»Bring mir die Sendung, finde für mich heraus, was in den Daten steckt und vor allem, von wem sie stammen.«

»Ich kann mir nicht vorstellen, wie ich unter den aktuellen Umständen dort hingelangen soll.«

»Die Europäer haben die transatlantischen Datenkabel genutzt, um wieder Kontakt mit uns aufzunehmen. Sie haben offenbar wie wir sämtliche Internetseiten vom Netz genommen und den Pfropf aus aufgestauten Suchanfragen und Pings damit gelöst. Soweit ich weiß, werden wir in Kürze wieder sehr viel enger mit den Europäern zusammenarbeiten können. Wie es scheint, hat die Europäische Union überlebt. In welchem Rahmen weiß ich noch nicht, aber das würde bedeuten, dass wir uns auf Funkfeuer einigen können, mit Hilfe derer wir zumindest Militärflugzeuge weit genug koordinieren können, um dich und ein Team nach Europa zu bringen, von da wirst du nach Asien gelangen, entweder mit dem Schiff oder auch per Flugzeug, das wird noch beraten«, gab Alison zurück. »Ich muss dir ja nicht erklären, wie wichtig die Mission ist, oder?«

»Nein, auch wenn ich den Gedanken immer noch nicht loswerde, dass es sich um ein Spiel der Chinesen von vor der Barriere handelt, dem wir jetzt aufsitzen wie ein paar dumme Kinder.« Rodea streckte sich und überlegte. Eine Sonde vom Rand des Sonnensystems, die eine mysteriöse Sendung über Funk verteilte, bevor sie von der Navy abgeschossen wurde. Ein Datenspeicher mit einer Nachricht in sämtlichen Erdsprachen, der allerdings schwer beschädigt war. Das alles hätte reichlich weit hergeholt und allzu fantastisch geklungen, wenn sie nicht kurz nach dem Ereignis von einer mysteriösen Barriere eingeschlossen worden wären, die sämtliche elektromagnetische Strahlung reflektierte und sich vom Einsatz von Atomwaffen unbeeindruckt zeigte. Sie wollte Alison noch einen kurzen Kampf liefern, doch sie musste sich eingestehen, dass sie sich längst entschieden hatte. Jimmy würde es verstehen, und er wollte ja unbedingt, dass sie aufhörte, sich zuhause zu verkriechen. Jetzt hatte sie die Chance, auch wenn sie sicher war, dass er genau das nicht meinte. Die Frage war nur, wie er klarkommen würde, wenn sie fort war, möglicherweise mehrere Wochen mit ungewissem Ausgang der ganzen Sache. »Also gut, ich mach's.«

»Gutes Mädchen«, freute sich Alison und strahlte über beide Ohren, auch wenn ihre mittlerweile in tiefen Höhlen liegenden Augen keinerlei Überraschung zeigten. »Dein Auftrag lautet, in die ehemalige britische Abhöranlage einzudringen, die dortigen Datenspeicher anzuzapfen und die Sendung zu finden, die von der Sonde empfangen wurde. Alexa Svea aus der Kryptografie wird dich begleiten. Bring mir diese Daten und ich mache dich zu meiner Nachfolgerin.«

»Wie bitte?«, fragte Rodea, die bereits hatte aufstehen wollen, und plumpste verwirrt in ihren Stuhl zurück.

»Oh, habe ich dir noch gar nicht gesagt: Es hat sich herausgestellt, ich habe Krebs in meinen beiden einstmals prallen Brüsten.« Alison fasste sich an die Brust und zuckte mit den Schultern. »Jetzt sind sie aber ohnehin nur noch dürre, schlaffe Dinger, wenn du mich fragst.«

»Wie bitte?«, wiederholte Rodea und suchte nach den passenden Worten, konnte aber keine finden.

»Ich. Habe. Krebs.«

»Alison, ich wusste nicht, dass ...«

»Ist schon gut. Behandlungsmöglichkeiten gibt es keine mehr, da es kaum noch Medikamente gibt, und die wenigen, die noch da sind, werden nicht an jemanden mit Krebs Stufe Vier verschwendet«, erklärte Alison mit erstaunlich ruhiger, beinahe unbeteiligter Stimme. Hätte Rodea ihre Freundin nicht so lange gekannt wie sie es tat, hätte sie gedacht, dass sie sich in der kompletten Verdrängung befand und innerlich kurz vorm Zusammenbrechen war.

»Kann man wirklich gar nichts tun?«

»Nein. Meine alten Knochen werden bald eingeäschert. Wenn du mich fragst, das bessere Los. Ihr müsst in dieser lichtverlassenen Kacke noch ausharren bis es euch am Ende auch erwischt.«

Rodea musste unwillkürlich lachen bei den derben Worten der Direktorin, doch es war kein fröhliches Lachen, sondern ein von Verlustangst getränktes.

»Tu mir einfach einen Gefallen, und beschaff mir die scheiß Daten, ja? Bevor ich ins Gras beiße, will ich noch wissen, welche verdammten Penner uns diese Scheiße eingebrockt haben«, bat Alison und verdrehte die Augen, als sie sah, dass Rodeas Augen feucht wurden. »Ich meine es ernst, ich komme klar, hörst du. Noch glücklicher wäre ich allerdings, wenn du deine Mission erfüllst und ich dich danach zu meiner Nachfolgerin aufbauen kann, bevor es für mich ins Krematorium geht. Könntest du das gnädigerweise für mich tun?«

»Scheiße, ja«, lachte Rodea über ihre Tränen hinweg, stand auf und ging um den Tisch herum, um Alison in den Arm zu nehmen.

»Ist schon gut, Rody.«

»Nichts an alledem ist gut«, brummte sie, an die Brust ihrer Freundin gedrückt, und dachte gar nicht daran, sie in nächster Zeit loszulassen.

»Wenn du es genau nimmst, geht es bereits wieder aufwärts. Ich glaube wirklich, dass wir das Schwierigste überstanden haben. Das neue Versorgungssystem läuft überraschend gut, der Strom reicht für diejenigen, die überlebt haben, und wir nehmen wieder Kontakt zu unseren Verbündeten auf der anderen Seite des Großen Teiches auf. Die Menschheit passt sich an die neuen Gegebenheiten an, das hat sie schon immer getan und das wird sie auch weiterhin tun«, gab Alison zuversichtlich zurück. »Außerdem haben ein paar Forscherheinis eine verrückte Idee vorgelegt und versuchen aktuell, mit unseren Leuten im Weltraum Kontakt aufzunehmen, hast du davon gehört?«

»Nein«, gab Rodea zu und löste sich langsam von der Direktorin.

»Ja, die wollen an die Barriere klopfen und gucken, ob draußen jemand zuhört, klingt das nicht bescheuert?«

»Ja, das tut es irgendwie.«

»Aber wenn sie es schaffen, können die von draußen vielleicht etwas mehr über die Barriere erzählen. Vielleicht findet dort irgendetwas Großes, etwas Bedeutendes statt, das wir hier unten gar nicht mitbekommen.«

»Fängst du jetzt an, zu hoffen?«, fragte sie verwundert.

»Nein, ich wollte mich nur über diese Schwachsinnigen lustig machen«, grinste Alison und scheuchte Rodea unvermittelt mit ausgestreckten Händen fort. »Los jetzt, bring mir meine Daten, sonst rasiere ich dir so gründlich den Hintern, dass du drei Monate nicht mehr aufs Klo gehen kannst.«

Rodea lachte, als ihre Gegenüber einen ihrer typischen Alison-David-Griffiths-Sprüche bellte, und salutierte scherzhaft, bevor sie auf dem Absatz kehrtmachte, und das Büro verließ.

»Hey«, rief Alison ihr noch hinterher, als sie gerade im Türrahmen stand. Sie drehte sich um und blickte fragend zurück, als sie das Tablet vom Schreibtisch zugeworfen bekam und es gerade noch auffangen konnte, bevor es zu Boden fiel. »Da sind alle Infos drauf, die du brauchst. Und jetzt raus mit dir.«

Rodea ging durch die belebten Flure der obersten Etage des ehemaligen FBI-Hauptquartiers und ging die Daten auf dem Tablet durch. Wie nicht anders zu erwarten, verweilte bereits eine Maschine auf der Langley Air Force Base, wo auch die Kryptografin Alexa Svea auf sie wartete. Alison hatte mal wieder nichts dem Zufall überlassen und gar nicht mit einer Absage ihrerseits gerechnet – oder sie hätte sie einfach nicht akzeptiert. Sie bekam eben immer, was sie wollte. In Langley sollten sie auf die Freigabe aus Europa warten und losfliegen. Mit ihr würden auch Boozta und Stinger, die offenbar beide überlebt und sich für den Einsatz mit ihr freiwillig gemeldet hatten, kommen. Sie spürte einen kurzen Moment der Freude, als sie an die beiden ehemaligen Ranger dachte, die sich auf Sulawesi für weitere Einsätze empfohlen hatten. Das mussten sie auch, denn als sie das alte Satellitenbild der britischen Abhörstation auf einer Landzunge inmitten des philippinischen Dschungels sah, glaubte sie nicht, dass sie sich zwischen den Bäumen und Schlingpflanzen besonders geschickt anstellen würde, zumal es stockfinster sein würde.

»Also gut, dann besorgen wir Alison ihre Daten«, seufzte sie, sperrte das Tablet und machte sich auf den Weg in die Tiefgarage, wo die Fahrerin auf sie wartete.

Kapitel 19: Rodea

17. Februar 2036, Luftraum über Europa

Rodea sass in dem kleinen Langstrecken-Learjet ganz hinten, direkt vor den Toiletten. Der Ledersitz, einer von acht, war wie alles an Bord sicher überaus teuer gewesen, doch sie fand ihn unbequem. Das hatte nichts mit dessen Komfort zu tun, sondern mit der Tatsache, dass dieser Jet für eine Planänderung stand, der sie nicht zugestimmt hatte. Sie hasste Planänderungen.

Ihr Flug nach Europa, genauer gesagt zur Ramstein Air Base, die mittlerweile von den europäischen Verteidigungsstreitkräften betrieben wurde, war noch angenehm gewesen und sie hatte sich die Zeit mit dem Lesen von Informationen über das südliche Mindanao vertrieben. Doch dann waren sie gelandet. Während der neun Stunden Flug war offenbar viel zwischen EU und US-Regierung verhandelt worden und man hatte sie informiert, dass ihr Team um einen weiteren Einsatzleiter anwachsen würde, der ihr gleichgestellt war und zwei weitere Elitesoldaten mitbrachte. Nun saß sie mit Frank Brenner, einem deutschen GSG-9-Offizier, einem belgischen Fremdenlegionär, der sich *Jerome* nannte, und einer schwedischen Hünin der Särskilda Operationsgruppen in dem Jet. Die kräftige, blonde Frau sah aus wie einem Wikingerfilm entsprungen, und als würde sie jeden Moment jemanden in Stücke reißen wollen – und das auch problemlos tun können. Sie saß ganz vorne neben Jerome und schlief. Hinter ihnen spielten Boozta und Stinger Karten und lachten ab und zu gedämpft oder gestikulierten sich wild über den kleinen Gang zwischen ihren Sitzen zu. Die nächsten beiden Sitze gehörten einem Ersatzpiloten, der mit Schlafbrille und Ohropax ebenfalls schlief und die Ablösung für die beiden aktuell fliegenden Luftwaffenpiloten bildete. Alexa Svea, die Kryptografin, saß auf der anderen Seite und studierte irgendwelche Tabellen. Was darin zu erkennen war, konnte Rodea von ihrem Sitz nicht sehen und wahrscheinlich würde sie ohnehin nichts verstehen. Alexa hatte sich als überaus schweigsame und zurückhaltende Frau entpuppt, was irgendwie seltsam wirkte, da sie überaus attraktiv aussah und Rodea eine extravertiertere Persönlichkeit erwartet hatte.

»Was denken Sie?«, unterbrach Brenner ihre Grübelei und beugte sich von seinem Sitz über die Armlehne in ihre Richtung. Rodea blinzelte ein paarmal und wandte sich dem deutschen Polizisten zu. Er musste bereits über fünfzig sein, schien jedoch sehnig und rüstig mit seinen kurzgeschorenen Haaren und dem ledrigen Gesicht. Er wirkte ernst, aber vital, besaß den Blick eines Asketen, strahlte jedoch auch eine Aufmerksamkeit und Wachsamkeit aus, die sie daran erinnerte, ihn nicht zu unterschätzen.

»Ich frage mich, warum ein Elitepolizist zwei Elitesoldaten anführt.«

Brenner zuckte mit den Achseln. »Das Auftauchen der Barriere hat so einige der ehemaligen Regeln durcheinandergeworfen.«

»Offensichtlich.«

»Ihnen gefällt es nicht, dass wir dabei sind, oder?«

»Nein«, gab sie ehrlich zurück und erwiderte seinen Blick. Er wirkte weder verletzt noch überrascht, eher neugierig, was sie als Aufmunterung sah, sich zu erklären. »Ich arbeite gern allein, und je wichtiger die Mission, desto lieber habe ich Mitarbeiter zu meiner Verfügung, mit denen ich schon einmal zusammengearbeitet habe.«

»Das sehe ich ganz genauso«, erwiderte er und sie zog eine Braue hoch.

»So?«

»Ja. Ich teile meine Autorität nicht gerne, das ist ein ganz natürlicher Reflex für Leute wie uns. Also zumindest für Leute wie mich, die es gewohnt sind, Männer und Frauen in Einsätze zu führen. Sich ständig abzusprechen braucht Zeit und verbrauchte Zeit bedeutet verbrauchte Leben. Oder besser gesagt, verschwendete. Aber Sie sind CIA-Agentin, also befehligen Sie gar keine Soldaten, richtig?«

Rodea entschied sich, diese kleine Spitze zu ignorieren.

»Nein, ich bin nur indirekt weisungsbefugt, wenn ich in einem Einsatz bin. Meine Stärken sind Ortskunde, Sprachen und die Fähigkeit, in so ziemlich jeder Situation wie ein Teil des normalen Ganzen zu wirken. Ich löse Probleme, im besten Fall ohne Waffengewalt, weil das immer der beste Fall ist.«

»Sehr gut«, grinste Brenner und entblößte eine Reihe weißer Zähne, die sich von seinem wettergegerbten braunen Gesicht abhoben. »Sie wissen, wie man mit Sprache umgeht und sich diplomatisch verhält, das gefällt mir. Ich will gar nicht bezweifeln, dass mein kleines Team und ich eher für die Brechstange, vielleicht sogar nur dafür geeignet sind, aber ich bin auch nicht dumm, Mrs. Stone. Wir wurden beide in eine Situation geworfen, die nicht ideal für uns ist und die wir nicht gewohnt sind. Wie wäre es, wenn wir einen Deal machen: Wenn es um den Einsatz von Waffengewalt geht, habe ich das Sagen, wenn es um strategische, diplomatische, oder ...« Der Deutsche schien nach dem richtigen englischen Wort zu suchen, aber nicht so recht fündig zu werden.

»*Hinterhältige?*«, versuchte sie, ihm ironisch auf die Sprünge zu helfen, und er lächelte wieder. »Einverstanden.«

»Sehr gut.«

»Sie haben das Gespräch gar nicht schlecht vorbereitet«, sagte sie anerkennend. »Ein gemeinsames Problem beschworen und damit eine gemeinsame Basis, dann die Bereitschaft für einen Schritt zurück gezeigt, um beim nächsten eine Forderung durchzusetzen. Nicht so raffiniert, wie Sie wahrscheinlich dachten, also sollten Sie sich kein Sternchen ins Tagebuch malen, aber gar nicht schlecht für einen Cop.«

»Sie gefallen mir«, lachte Brenner heiser und schien tatsächlich belustigt. »Ich will nur nicht, dass mir in einer Gefechtssituation jemand dazwischenredet, der einmal in der Woche auf dem Schießstand übt, genauso wenig wie Sie wollen, dass ich Ihnen sage, wie man sich undercover in einen Drogenring einschleust oder Informationen aus einem Spitzel quetscht.«

»Fair.«

»Ich denke auch.«

»Was haben Ihre Leute noch in den Verhandlungen erzielt?«, stellte Rodea endlich jene Frage, die ihr schon seit ihrem Abflug aus Deutschland auf den Lippen brannte.

»Meine Leute? Meinen Sie die EU-Kommission?«

»Ja.«

»Ich weiß es ehrlich gesagt nicht. Die Informationen über diese merkwürdige Sendung stammen von Ihrem Geheimdienst, also wird die Originalaufzeichnung, wenn wir sie denn finden sollten, sicherlich auch in die USA gehen, während wir eine Abschrift erhalten für unser Mitwirken als NATO-Partner und transatlantische Verbündete.«

»Wegen einer Luftbrücke«, brummte sie.

»Nun, Ihr Land hat es vorgezogen, sämtliche Überseebasen aufzugeben und alle Soldaten in die Heimat zurückzuholen.« Brenner verzog ungerührt den Mund. »Ihre gesamte Politik basierte schon immer mehr auf Einfluss als auf Kooperation, und während Sie erst ihre heimatlichen Festnetzsysteme ausgebaut haben, haben wir parallel versucht, möglichst schnell wieder Kontakt mit anderen Ländern aufzunehmen. Als Europäer sind wir Kooperation wahrscheinlich aus geschichtlichen Gründen gewohnt. Jetzt werden wir unterwegs betankt, von einem konstanten Funkfeuer über dreizehn Länder geleitet und springen ganz entspannt über dem südlichen Mindanao ab, während Ihre Schiffe hoffentlich schon vor Ort sind.«

»Wie ist es denn in Europa gelaufen? Bei uns sieht es wirklich düster aus«, wechselte sie das Thema, da sie sich nicht auf politische Debatten einlassen wollte. Die endeten ohnehin nie mit der Wahrheit, aber meistens im Streit über Dinge, über die sie ohnehin nur einen Bruchteil aller relevanten Informationen besaßen.

»Mies«, gab Brenner zu und seine Miene verdüsterte sich eine Spur. »Bezüglich der Energieversorgung hatten wir Glück, dass wir einerseits einen deutlich geringeren Pro-Kopf-Verbrauch haben als Sie, und andererseits europaweit einen Energiemix, der sich genügend auf Atom- und Wasserenergie stützt, um die Grundlast zu tragen – zumindest der Überlebenden. Am Anfang war es schwierig, aber mit weniger Verbrauchern wurde es ironischerweise immer besser. Das Verhungern ging ziemlich schnell, ich hätte nie gedacht, dass es nur wenige Wochen dauert, bis unglaublich viele Leute dahingerafft werden. Durch die dichte Besiedlung in vielen Regionen, konnte eine Art Mund-zu-Mund-Netzwerk entstehen, das möglicherweise geholfen hat, aber wir haben auch ganze Regionen an Aufstände verloren. Es sieht schlecht aus, ich will nicht lügen, aber es ist auch paradox, dass die Europäische Union heute geschlossener zusammensteht als je zuvor. Durch die Krise haben viele gemerkt, dass wir bereits so vernetzt sind, dass wir nicht mehr alleine klarkommen. Deutschland wäre aufgrund der seit zehn Jahren abgeschalteten Atommeiler beinahe komplett in Dunkelheit versunken, wie auch einige andere Länder, hätte es nicht eine europaweite Umverteilung des Stroms gegeben. Das ging sogar relativ einfach, weil bereits seit Jahrzehnten auf dem europäischen Binnenmarkt mit Energie gehandelt wird und sie je nach Bedarf hin und her geschoben wurde. Haben Sie von der Sache mit dem Südpol gehört?«

»Südpol?«, fragte sie irritiert. »Was soll damit sein?«

»Ein gemeinsames Projekt wird von den USA und der EU gestartet. Irgendeine neue Idee, um die Barriere zu zerstören. Soweit ich weiß, ist es gelungen, Kontakt zur Unity auf dem Mond aufzunehmen und die haben wohl irgendeinen Plan. Es rumort in der Gerüchteküche, dass die Kommission eine Expedition zum Südpol vorbereitet«, Brenners neutrale Miene lieferte keinerlei Anhaltspunkte, ob er diese Gerüchte für Schwachsinn oder glaubwürdig hielt.

»Hm. Von alldem habe ich ohnehin keine Ahnung, aber wenn wir die Sendung in dieser Abhörstation finden sollten, dürfte das möglicherweise Hinweise auf den Ursprung der Barriere oder den Grund für ihre Existenz liefern«, erklärte sie und winkte ab. »Darauf konzentriere ich mich, der Rest ist weißes Rauschen, das ich ausblende, um mich zu fokussieren.«

»Sehe ich auch so. Wie gut sind Sie am Fallschirm?«

»Ich werde noch am Leben sein, wenn ich lande«, gab sie ausweichend zurück und Brenner musterte sie einen Augenblick, bevor er es bei einem Nicken bewenden ließ, und sich wieder in seinem Sitz zurücklehnte. Die einzigen Geräusche neben dem hohen Rauschen der Turbinen waren nun wieder die gedämpften Frotzeleien von Boozta und Stinger, was genügend Raum für Rodeas Gedanken ließ. Ihr letzter Fallschirmsprung lag zehn Jahre zurück und sie hatte seit ihrer Ausbildung erst sechzig Sprünge in insgesamt fünfzehn Jahren gemacht, was ihr bei absoluter Dunkelheit nicht besonders viel Selbstvertrauen gab. Der Plan sah vor, dass sie in dreitausend Metern abgesetzt wurden, was um die dreißig Sekunden freien Fall bedeuten würde. Durch Kompass und Inertsysteme konnten die Piloten ihre Abwurfzone recht genau bestimmen. Im Flug würden sie die Ultraschallsensoren ihrer Helmsysteme einsetzen, um den Strand auszumachen, an dem sie landen wollten. Aber die funktionierten nur auf maximal sechshundert Meter, was ihnen nicht viel Zeit für Korrekturen ließ. Außerdem war es sicherlich schwierig, anhand eines Ultraschallbildes die Umgebung klar einzuschätzen. Aber es gab keine andere Möglichkeit, so viel stand fest. Hoffentlich war der Fallschirm gut gepackt, denn die Reserve würde sie nur ziehen können, wenn sie nach dem Öffnen merken sollte, dass sie noch immer fiel oder sich extrem drehte. Ein Kappencheck, bei dem sie sah, ob der Schirm rechteckig, alle Kammern mit Luft gefüllt, die Leinen gerade und der Slider unten waren, konnte sie sich sparen, da sie ihre Helmlampen nicht einschalten durfte – erst im Endanflug bei knapp fünfzig Metern.

Was kann schon passieren nach vielen Jahren Pause, wenig Erfahrung und schlechtesten Bedingungen?

* * *

Rodea nahm ihren Fallschirm von einem der Piloten entgegen. Es handelte sich um einen Anfängerschirm mit neun Kammern und kantiger, rechteckiger Form, mit dem sie langsam sinken würde und der ein etwas zu grobes Lenken mit den Steuerleinen leicht verzieh. Zuerst hatte sie gedacht, dass man um ihre Unerfahrenheit wusste, doch dann stellte sich heraus, dass alle die großen Rucksäcke trugen, statt der normalerweise sehr kleinen der Special Forces. Im Dunkeln machte das wahrscheinlich selbst für erfahrene Springer Sinn. Der Learjet hatte seine beiden Turbinen am Seitenleitwerk und die hintere Tür konnte bei dreitausend Metern gefahrlos nach einer Druckanpassung geöffnet werden. Obwohl die Gefahr, in den Strahl der Triebwerke zu gelangen, sehr gering war, entschied Brenner, dass sie mit einem Dive, also einer Art Kopfsprung mit angelegten Gliedern, aussteigen sollten, um so sicher wie möglich zu sein. Zuerst hatte sie widersprechen wollen, doch dann rief sie sich in Erinnerung, dass sie sich womöglich nur als Anfängerin geoutet und damit ihre Position als gleichwertige Leiterin dieser Bergungsmission untergraben hätte. Irgendetwas sagte ihr, dass ihr das zum Nachteil gereichen könnte, sollte sie ihr Standing gegenüber dem Deutschen schon vor dem tatsächlichen Beginn der Aktion auf wacklige Beine stellen. Also stand sie nun in voller Montur, einem schwarzen Einteiler mit verstärkten Knie- und Ellenbogenpartien, ihrer Dienstwaffe im Oberschenkelholster, einem Rucksack vor der Brust, festgeschnalltem Gürtel mit allerlei Taschen und Halterungen und ihrem geschlossenen Helm, bereit. Die verschiedenen Sichtmodifikationen des Hightech-Visiers ließen sich über ein Drehrad an der rechten Seite wechseln. Die Kabinenbeleuchtung war mittlerweile abgeschaltet und die hintere Tür bereits geöffnet worden, als sie noch angeschnallt gewesen waren. Ein rotes Leuchtband, das sich von der Cockpittür zu der Tür und dem WC im Heck zog, bot die einzige Lichtquelle – schwach und diffus und kaum genug, um die Umrisse der Bullaugen und die Silhouetten ihres Teams zu erkennen. Sie fragte sich, ob wenigstens Svea ähnlich unerfahren war wie sie.

Vor ihr stand Brenner, hochaufragend und sehnig wie eine muskulöse Vogelscheuche, und begann, über Funk zu sprechen.

»Okay, Kinder, wir sind in sechzig Sekunden über der Absprungzone. Eine Sekunde zwischen den Absprüngen. Wenn euer Vordermann raus ist, rechts und links in den Rahmen fassen und den Dive rausmachen, klar?«

»Aye«, erklang es viermal, einmal mit starkem französischem Akzent. Rodea nickte bloß. Nicht etwa, weil sie sich von dem Polizisten nichts befehlen lassen wollte – so kindisch war sie schon lange nicht mehr –, sondern weil sie nervös war und sich nicht durch eine zitternde Stimme verraten wollte.

»Gut. Nicht vergessen: Pull in tausendzweihundert Metern. Wir wollen genug Zeit haben, um uns an die Ultraschallsicht zu gewöhnen und zu orientieren. Der erste, der landet oder sicher ist, sich über der Landezone zu befinden, wirft eine Signalfackel«, fuhr Brenner fort, während Rodea sich nach Boozta und Stinger umsah, die hinter ihr standen. Stinger in etwa so klein wie sie und Boozta einen Kopf größer, was sie ein wenig wie Pat und Patachon aussehen ließ. Da ihre Helme von innen nicht beleuchtet waren, konnte sie keinerlei Gefühlsregung sehen, meinte jedoch, ein kurzes Nicken erkennen zu können. Dann schellte plötzlich eine Klingel durch die Kabine, laut genug, um das Rauschen der offenen Tür zu übertönen, das selbst durch den Helm noch laut war.

»Okay, los geht's!«, rief Brenner, drehte sich um und machte einen Schritt auf die Tür zu, packte rechts und links in den Rahmen und schleuderte sich hinaus. Auf einmal war er weg, verschluckt von dem undurchdringlichen Schwarz draußen, das aussah wie eine Wand. Mit einem Mal wurde ihr klar, dass nichts mehr zwischen ihr und dieser Wand stand, und sie sich beeilen musste, weil jede Verzögerung einen großen Abstand zur Landezone darstellen würde, obwohl die Maschine extrem gedrosselt war und gerade genug Geschwindigkeit machte, um keinen Strömungsabriss zu erleiden.

Du kannst das noch, du kannst das noch, redete sie sich ein, während sie rechts und links den Rahmen packte, mit den Fingern auf der Außenhülle. Sie schloss die Augen. Dann tat sie es. Halb sprang sie, halb katapultierte sie sich mit der Kraft ihrer Arme nach vorne.

Schlagartig wurde alles um sie schwarz. Das Gefühl ins Nichts zu kippen war eine Sekunde unangenehm, dann zerrte die Luft, durch die sie mit annähernd zweihundert Stundenkilometern auf die Erde zuraste, an ihr und gab ihr wieder ein Gefühl von Realität, obwohl sie rein gar nichts sehen konnte. Sie begann, heftig zu taumeln, und erinnerte sich daran, in ihre Haltung wechseln zu müssen, weil sie sonst instabil blieb. Also bog sie den Rücken durch, spreizte die Arme neben den Körper und bildete in den Ellenbogen einen Winkel von neunzig Grad. Die Beine behielt sie mit leicht geneigten Unterschenkeln unter Spannung. Sofort drehte sie sich mit dem Schwerpunkt, den jetzt ihre Hüfte, beziehungsweise ihr Bauchnabel bildete, nach unten und stabilisierte sich.

»Okay, Rodea«, sagte sie zu sich selbst in ihr Visier. Die Aufregung umklammerte ihr Herz und schien es im Takt ihres Pulses zu boxen. »Handdeploy finden. Linke Hand vor den Kopf, rechte zurück an den Handdeploy.«

Sie tat es und hätte beinahe den kleinen Ball, der sich jetzt in ihrer rechten Hand befand, gezogen, als ihr ein Gedanke durch den Kopf schoss und sie schlagartig wieder in ihre Ursprungsposition wechselte.

Höhenmesser! Sie neigte leicht den Kopf, um auf ihren linken Handrücken zu sehen, wo sich ganz schwach leuchtend ihr Höhenmesser befand. *Tausendeinhundert. Scheiße!*

Schnell brachte sie den Arm wieder nach vorne und den rechten zum Deploy, den sie sofort zog und fortwarf. Der Hilfsschirm flog aus seiner Lasche und einen Augenblick später hatte sie das Gefühl, eine Marionette zu sein, die von einem Riesen zurückgerissen wurde. Die Gurte des Schirmsystems zerrten heftig an ihren Oberschenkeln und Schultern und sie hatte das Gefühl, dass alles wackelte, obwohl sie keinerlei Referenzpunkte zur Verfügung hatte, außer ihrem Höhenmesser. Alles andere war schwarz. Der Boden hätte direkt unter ihr sein können und sie hätte ihn nicht gesehen. Es war gespenstisch und beunruhigend, doch sie musste sich konzentrieren. Also tastete sie mit zitternden Fingern an ihren Leinen entlang nach oben, bis sie die Schlaufen der Steuerleinen gefunden hatte und sie aus dem Klett zerrte. Ohne Umschweife riss sie die rechte ganz nach unten, bis sich Hand und Hüfte berührten, damit sie in eine Abwärtsspirale gleiten und schnell an Höhe verlieren konnte. Zudem sollte es dafür sorgen, dass sie möglichst nah über der Landezone blieb und nicht zu weit fortflog, was in der Dunkelheit schnell geschehen würde. Sie rechnete schon damit, plötzlich mit Brenner zu kollidieren, weil sie einige hundert Meter zu spät geöffnet hatte, doch noch geschah nichts. Als ihr Höhenmesser fünfhundert Meter anzeigte, sah sie unter sich plötzlich einen Lichtpunkt.

Brenners Visier! Erleichtert führte sie ihre rechte Hand mit der Steuerleine zu ihrem Helm und schaltete ihr eigenes Licht ein, was gleichzeitig als Positionslicht für die anderen diente. Sie hatten im Vorfeld entschieden, aus Sicherheitsgründen nicht über fünfhundert Metern auf sich aufmerksam zu machen, da sie nicht wussten, wer sie sehen könnte. Die Chancen waren gering, dass in weitem Umkreis noch ein einziges Insekt am Leben war, doch solange es ein Restrisiko gab, durften sie es nicht eingehen.

So drehte sie weiter ihre Spiralen abwärts, orientierte sich an dem ebenfalls kleine Kreise ziehenden Licht unter sich und behielt ihren Höhenmesser im Auge. Nach etwa einer Minute zeigte der nur noch zweihundert Meter an, als es plötzlich hell wurde unter ihr. Rotes, flackerndes Licht, sphärisch wie ein Feuer aus Magentarot, erwachte zum Leben und beleuchtete einen langen Strand, an dem weiße Gischt anbrandete, und eine lange Linie Palmen und tropischer Bäume. Obwohl sie diese Motive kannte, sahen sie gespenstisch und unwirklich aus aufgrund der unnatürlichen Farbe des Lichts. Aber sie hatte nun eine Landezone zur Verfügung, dank der Präzision ihres Vordermannes. Als sie noch hundert Meter auf dem Höhenmesser hatte, drehte sie nach links bei. Bei fünfzig Metern lenkte sie in Richtung der Fackel, neben der jetzt auch eine Taschenlampe blinkte und sie kurze Zeit später erfasste und blendete. Sie blinzelte und fluchte, dann war das Licht fort und ihr Schirm begann zu leuchten.

»Korrigieren Sie mit halber Bremse nach rechts«, funkte Brenner und es war klar, dass er sie meinte. Rodea verstand sogar, was er meinte: Sie befand sich etwas zu nah am Wald. Im Zweifel war es gesünder, im Wasser nahe dem Ufer zu landen, als in den Bäumen. »Gut so. Jetzt Hände oben lassen, nicht mehr bremsen. Gut so, gut. Augen nach vorne und einen Punkt hinter der Fackel anvisieren.«

Rodea leckte über die Lippen und folgte seinen Anweisungen so genau, wie sie konnte. Es war höllisch schwer, die Höhe einzuschätzen mit so wenig Sicht.

»Gut, Agent Stone. Jetzt volle Bremse!«, rief Brenner über Funk und sie zog die Steuerleinen ruckartig herunter bis zu ihrer Hüfte. Die Beine streckte sie leicht nach vorn, landete im Sand und begann sofort zu laufen. Beinahe hätte es auch geklappt, doch sie war noch ein wenig zu schnell gewesen und stürzte im letzten Moment nach vorne.

»Verdammt«, murrte sie, wusste jedoch sofort, dass sie sich nicht verletzt hatte, da sie keine Schmerzen spürte, also überwog schnell die Erleichterung.

»Alles in Ordnung?«, hörte sie den Polizisten aus nächster Nähe. Sie rappelte sich auf und sah den hochgewachsenen Deutschen neben sich auf einen großen Stein deuten. »Glück gehabt.«

»Woher wussten Sie es?«, fragte sie ohne Umschweife, während über ihnen die vier Lichter der anderen näher kamen. Sie drehte sich zu ihren Leinen und wickelte sie ein, bis sie am Schirm stand und ihn achtlos zusammenraffte und über die Schulter warf.

»Sie wirkten bei der Besprechung ein wenig abwesend und vorher erschienen Sie mir nicht gerade wie jemand, der bei einer Besprechung Tagträumen nachhängen würde«, erklärte er und zuckte mit den Schultern. Seinen Helm trug er noch immer, als er zur Seite sah und sie in Richtung Waldrand winkte. »Machen wir Platz für die anderen.«

Nacheinander landete ihr Team, erstaunlicherweise ohne Zwischenfälle und punktgenau. Sogar die Kryptografin schaffte es, nicht in den Bäumen zu landen und ihr Gleichgewicht zu halten. Kurz darauf hatten sie die Schirme zwischen zwei Bäumen abgelegt, ihre Waffen ausgepackt und ausgeklappt, die Munition, Batterien, Verpflegung und Kompass überprüft. Dann begann ihre wesentliche Mission und sie tauchten in den finsteren Dschungel der südlichen Philippinen ein.

Kapitel 20: Rodea

17. Februar 2036, südliches Mindanao

»WIDOW, HIER OSCAR, BITTE kommen«, tönte es so plötzlich über Funk in Rodeas Ohren, dass sie beinahe über eine Wurzel gestolpert wäre. Sie hasste den Dschungel – indonesische Herkunft hin oder her. Schon damals, als es die Sonne noch gegeben hatte, war ihr die grüne Hölle zuwider gewesen mit all ihrem Getier, den unbekannten Lauten und der erdrückenden Feuchtigkeit, die nicht bloß in der Luft lag, sondern sich aus dem Boden, den Blättern und den Häuten der allgegenwärtigen kreuchenden und fleuchenden Waldbewohner zu drücken schien. Alles roch nach Tod und Vergehen in Form verrottender Biomasse. Immerhin wusste sie, dass es heute kaum noch etwas gab, das verrotten konnte, da es keine Tiere und kaum noch Pflanzen gab. Es war so totenstill wie auf einem Friedhof und selbst die Feuchtigkeit war weg. Im Gegenteil: Die Luft war trocken, genau wie das tote Geäst unter ihren Stiefeln, über das sie schon seit einer halben Stunde im Gänsemarsch hinwegsetzten.

»Widow hier, schön von euch zu hören, Oscar«, erwiderte sie den Ruf des Navyzerstörers, der offenbar seine Position direkt vor der Küste eingenommen hatte. »Befinden uns im Anmarsch auf Zielpunkt Alpha.«

»Verstanden, Widow. Falls ihr Unterstützung braucht: Wir sind hier. Oscar Ende.«

Es wurde wieder still in Rodeas Helm, abgesehen von den knirschenden Geräuschen der anderen, die vor ihr in der Dunkelheit marschierten – schattenhafte Silhouetten zwischen den noch schattenhafteren Silhouetten der Bäume. Das Visier hatte sie nach dem Sprung abgenommen und an ihren

Gürtel geklemmt, da es ohne den Wind des freien Falls begonnen hatte, zu beschlagen. Nun konnte sie besser sehen, was die beiden Lampen rechts und links an ihrem Helm ihr zeigten, abgesehen von den Gestalten ihres Teams, die sich schweigend durch den Dschungel kämpften. Es war nicht viel: abgestorbenes Holz, welke Blätter und aus dem Boden ragende Wurzeln. Auch wenn das Weißlicht eine unwirkliche Farbgebung erzeugte, hätte selbst bei normalem Licht wahrscheinlich nichts mehr an einen Dschungel erinnert, sondern an ein abgestorbenes Biotop, das sich überall befinden konnte.

»Für Sie ist das wirklich normal, oder?«, hörte sie Brenner über Funk fragen. Sie hatte gar nicht bemerkt, dass er sich neben sie gesellt hatte.

»Was meinen Sie?« Rodea sah zu dem großen Mann neben sich und schnell wieder nach vorn, als sie sah, wie er sein Gesicht zusammenzog, da sie ihn mit ihren Lampen blendete.

»In ein fremdes Land auf der anderen Seite der Erde zu fliegen, die Waffe zu zücken und sich etwas zu holen, was Sie haben wollen«, erklärte er.

»Ach, kommen Sie. Verschonen Sie mich bitte mit einer politischen Debatte.« Sie winkte desinteressiert ab. »Ihr ach so gebildeten Kultureuropäer habt die Nase echt weit oben mit euren ständigen Moralisierungen. Dabei hat euer Kontinent doch die blutigste Geschichte von allen. Ihr haltet uns bis heute vor, was wir mit unseren Ureinwohnern getan haben – zu Recht. Aber gleichzeitig wart ihr es doch, die im fünfzehnten Jahrhundert Soldaten nach Südamerika geschickt habt, die in ihrer Gier nach Gold beinahe die gesamte indigene Bevölkerung ausgelöscht haben. Beispiele gibt es genug, wenn Sie nur ...«

»Darauf wollte ich nicht hinaus«, unterbrach Brenner sie brüsk. »Kein Land ist unschuldig und jeder handelt nach seinen Möglichkeiten zu seinem Vorteil, das ist ein trauriger Fakt. Ich meinte damit nur, dass Sie Erfahrung damit haben, weil es lange zur ausgesprochenen Politik Ihres Landes gehörte.«

»Ja«, sagte sie, nicht sicher, worauf er hinauswollte und noch immer ein wenig misstrauisch, ob er sie auf ein argumentatives Glatteis führen wollte oder nicht.

»Was denken Sie, wie wichtig kleinere Länder wie die Philippinen im Kampf ums Überleben der Menschheit sein werden?«

»Die Philippinen sind gar nicht so klein, bevölkerungstechnisch. Selbst wirtschaftlich gehörten sie vor der Krise immerhin zu den *Next Eleven* und hatten eine starke Elektronikindustrie«, belehrte sie ihn und umrundete einen Baum, der sie kurz voneinander trennte.

»Sie wissen, was ich meine.«

»Ich schätze, dass die gesamte Äquatorialgegend tot ist«, gab sie mit gedämpfter Stimme zu und schluckte die Bitterkeit hinunter, die sie plötzlich in ihrem Mund schmeckte. »Diese Länder sind auf die für sie relativ kalten Temperaturen nicht eingestellt, haben keine Infrastruktur, die eine Reaktion wie in unseren Ländern ermöglicht. Die können nicht mal eben unterirdische Farmen anlegen, Flutmauern hochziehen und In-vitro-Fleisch in großem Stil produzieren. Nehmen Sie nur diesen Ort hier: Die Abhöranlage befindet sich auf dem Kraterrand eines ehemaligen Vulkans, noch etwa drei Kilometer von hier, wenn alles stimmt. Die Küste ist zwei Kilometer hinter beziehungsweise unter uns. Auf den Karten habe ich gesehen, dass sie vor der Barriere ganze vierzig Kilometer hinter uns gewesen wäre. Die Überschwemmungen durch den Anstieg des Meeresspiegels sind enorm, und was denken Sie, was in Davao City passiert ist? Die Stadt ist tot, darum haben wir ihre Lichter aus dem Flugzeug auch nicht gesehen.«

»Denken Sie, dass die meisten Menschen in ärmeren Ländern versucht haben, zu fliehen?«, fragte Brenner und seine Stimme klang seltsam. Sie kannte ihn nicht gut genug, um zu verstehen, was es zu bedeuten hatte. Es könnte sich um Mitgefühl handeln, um Betroffenheit, aber auch um nichts anderes als geschäftsmäßige Plauderei.

»Natürlich haben sie das, aber den Umständen entsprechend werden sie unterwegs statt zuhause verhungert sein«, schnaubte sie verbittert und stellte sich vor, wie ein großer Teil um die breiteste Achse des Planeten komplett entvölkert war. Allein der Gedanke ließ ihr übel werden.

»Wir sind als Spezies zu einem Patienten auf der Intensivstation geworden«, folgerte der Deutsche und seufzte. »Wir liegen in den letzten Atemzügen, schätze ich, selbst wenn es den USA, China und der EU gelungen sein sollte, ihre Überlebenden einigermaßen an die neuen Verhältnisse anzupassen, ist uns doch allen klar, dass die Intensivstation kein Ort für Erholung ist. Wir werden trotzdem verhungern, sobald die ersten Engpässe an Personal, Ressourcen oder irgendwas kommen.«

»Da haben Sie recht«, erwiderte sie. »Deswegen sind wir ja hier und versuchen, diese Sendung in die Finger zu bekommen. Vielleicht kann die uns Antworten geben.«

»Oder diese seltsame Mission zum Südpol, was auch immer die da vorhaben«, fügte Brenner hinzu, als ihre Vorderleute plötzlich anhielten und Boozta, die ganz vorne lief, eine Faust nach oben reckte. Sofort gingen sie in die Hocke und schalteten ihre Lampen ab. Rodea reagierte am langsamsten, da sie den Knopf nicht sofort fand, doch schließlich saßen sie in vollkommener Schwärze da.

Nein, nicht vollkommen, dachte sie, als sie ein helles Leuchten zwischen einigen Ästen sah, die sie sonst gar nicht hätte erkennen können. Genauer genommen waren es mehrere klar umrissene Lichter, die Konturen um sich erkennen ließen. Sie meinte, so etwas wie felsigen Boden zu sehen, ein paar Bäume, die Hälfte abgerissen.

»Ist das die Abhörstation?«, fragte Kittala, die Schwedin, über Funk. Jemand schaltete eine rote Taschenlampe ein. Es war Brenner neben ihr, der offenbar seinen Kompass anleuchtete und dann nickte.

»Ja, das müsste sie sein.«

»Scheint, als wäre jemand zuhause«, brummte Boozta.

»Das darf doch nicht wahr sein«, ärgerte sich Rodea und dachte fieberhaft nach. Eine entlegene Abhörstation der Briten, die offiziell nicht existierte oder verzeichnet war, und ihnen nur aufgrund der engen Kooperation ihrer Länder bekannt war und jetzt sollte dort jemand sein? Das war ebenso unwahrscheinlich wie unlogisch.

»Ist es aber«, stellte Brenner fest. »Umschalten auf Passivlicht und auf Nachtsichtgeräte wechseln.«

Vor ihr begann es zu rascheln, als die Soldaten dem Befehl nachkamen. Rodea nahm es ihren Leuten nicht übel, dass sie auf den GSG-9-Mann hörten, sie hatte ohnehin nicht die Expertise für diesen Teil des Einsatzes und war froh, dass sie angewiesen wurde, was zu tun war.

Gerade, als sie sich die Brille aufgesetzt hatte und ihr gesamtes Sichtfeld aus Grün- und Grautönen bestand, zupfte jemand sie an der Schulter. Sie fuhr herum und sah Brenner vor sich.

»Was denken Sie, wie wir vorgehen sollten?«, fragte er mit gedämpfter Stimme. Für einen Moment war sie überrascht von seiner Frage, dann erkannte sie die verbale Handreichung und schürzte die Lippen. Sie sah kurz nach oben zu der Abhörstation, die jetzt aus den Fenstern grün zu leuchten schien, dann zurück in Brenners Gesicht, das aussah wie ein schlecht gerenderter Charakter in einem Videospiel. »Vielleicht gab es einen großen Vorrat haltbarer Nahrungsmittel. Viele militärische Abhörstationen wurden nach dem Zweiten Weltkrieg auf Bunkern aus dem Pazifikkonflikt errichtet. Das wäre ein lohnendes Ziel für Überlebende, aber das hier ist ein Nationalpark und militärisches Sperrgebiet. Kaum jemand dürfte von der Anlage gewusst haben.«

»Regierungsleute vielleicht? Ranghohe Militärs?«, schlug Brenner vor.

»Oder die ursprüngliche Besatzung. Wir haben keine Daten, wie viele Soldaten hier Dienst geschoben haben, aber viele können es nicht sein. Es ist natürlich möglich, dass sie nicht abgezogen wurden und sich dann verschanzt haben.«

»Verbündete also.«

»Zumindest waren sie das vor der Krise. Was über ein Jahr Dunkelheit und Isolation mit Männern und Frauen machen kann, wissen wir ja.« Rodea überlegte und sah wieder zu der Abhörstation hinauf. »Wir sollten auf jeden Fall vorsichtig und pessimistisch vorgehen.«

»Lieber eine positive Überraschung als eine negative«, stimmte er zu und lud sein Sturmgewehr durch. »Also gut, dann wollen wir mal. Ich gehe mit den Soldaten vor, kreise die Anlage ein, die ja nur aus einem Kuppelbau mit großem Keller besteht. Wir schneiden uns durch den Zaun, gucken durch die Fenster und funken Sie und Mrs. Svea dann hinterher. Bleiben Sie uns auf den Fersen und halten Sie ganz am Ende Abstand in Sichtweite, okay?«

»Einverstanden. Passen Sie auf sich und unsere Leute auf.«

»Ehrensache.« Damit stand Brenner aus der Hocke auf und ging zu den wartenden Soldatinnen und Soldaten. Er begann mit ruhiger Stimme mit ihnen zu sprechen und sie für den Einsatz anzuweisen. Rodea ging derweil zu Svea, die an einen Baum gelehnt stand und gerade ihre wasserdichte Laptoptasche überprüfte.

»Agent Svea, alles in Ordnung?«

»Oh, ja, schon gut. Nennen Sie mich doch bitte Alexa«, gab die geradezu verschüchtert wirkende Informatikerin zurück und stieß ein Seufzen aus, wie eine Dampfmaschine unter Druck.

»Gut, ich bin Rodea. Dein erster Außeneinsatz?«

Alexa nickte. »Ich bin kurz vor der Krise von der NSA nach Langley gewechselt und hatte seither nicht besonders viel zu tun, außer mich um die alte Festnetzinfrastruktur zu kümmern. Das war gar nicht so leicht, kannst du dir vielleicht vorstellen. Na ja, jedenfalls fühle ich mich hier nicht so wohl.«

»Keine Sorge. Die da«, sie deutete auf die fünf Gestalten ihrer Mitstreiter, die sich als dunkle Personen vor dem grünen Hintergrund abhoben, »regeln alles Unangenehme für uns. Wenn wir oben sind, stöpselst du dich ein und machst, was du eben machst. Ganz in Ruhe. Wenn wir etwas haben, ist es Zeit. Auf ein paar Tage mehr oder weniger kommt es jetzt auch nicht mehr an, wenn du mich fragst. Jedenfalls werden wir nicht in den nächsten Stunden aussterben, wenn wir es im letzten Jahr nicht getan haben.«

Alexa schlug die Augen nieder und lächelte, bevor sie erneut nickte. Dann war es so weit und Brenner, Boozta, Stinger, Jerome und Kittala reckten die Waffen hoch und begannen mit dem Aufstieg zum Kraterrand. Der war zum Glück nicht besonders steil, sodass sie nicht klettern mussten, aber immer noch höchst anstrengend zu bewältigen, da es konstant bergauf ging.

Unterwegs hielten alle Funkstille und so dauerte es beinahe eine Stunde in absoluter Ruhe, die nur hier und da durch unter ihren Stiefeln knackende Äste unterbrochen wurde, bis sie schließlich oben ankamen. Das passive Licht, das von kleinen Knöpfen auf ihren Anzügen abstrahlte, war gerade genug, um Konturen zu erkennen, doch jetzt, wo sie die letzten Bäume hinter sich ließen und auf freies Feld traten, musste jenes aus den Fenstern der Anlage reichen, damit sie nicht entdeckt wurden. Auf einen Wink Brenners schalteten sie die Knöpfe ab. Rodea fasste Alexa am Arm und bedeutete ihr, sich hinzuhocken. Von ihrer Position zwischen zwei Bäumen am Waldrand sahen sie den Soldaten zu, wie die gewandt und schnell wie Leoparden ausschwärmten zu fünf Stellen am Zaun und mit kleinen, isolierten Zangen Löcher hineinschnitten. Sie ließen sich Zeit, aber das war vermutlich gut so, da der gesamte Draht unter Strom stehen könnte. Die Anlage wurde ihren Informationen zufolge von einem kleinen Thermalkraftwerk mit Energie versorgt, mit dem die Briten den Vulkan in der Tiefe angezapft hatten. Als die ersten Löcher groß genug waren, stiegen ihre Leute hindurch und liefen mit angelegten Gewehren und dem typischen schnellen Vorwärtsschritt von Spezialeinheiten auf das Gebäude zu, das wie ein Quader aus Beton aussah, auf den man eine aufgeblasene Haube gesetzt hatte, die vollkommen rund war. Ein Jeep war vor der Eingangstür geparkt, doch Rodea konnte mit ihrem Nachtsichtgerät nicht erkennen, ob der überhaupt noch fahrbar war. Durch insgesamt drei kleine, an Schießscharten erinnernde Fenster auf ihrer Seite floss grünliches Licht geradezu heraus in die Dunkelheit, pulsierte unruhig.

»Feuer«, flüsterte sie. »Das ist kein elektrisches Licht, wahrscheinlich Fackeln oder ein improvisierter Kamin.«

Alexa sagte nichts, also konzentrierte sie sich wieder auf die Gestalten ihrer Teammitglieder. Drei hatten sich neben den Fenstern postiert, die sich in etwa auf Brusthöhe befanden, während zwei um das Gebäude verschwanden. Da hörte Rodea plötzlich einen gellenden Schrei, der von irgendetwas gedämpft wurde und dann abrupt abbrach. Schlagartig versteifte sie sich.

»War das eine Frau?«, fragte Alexa ängstlich.

»Klang zumindest so, aber nicht wie eine von uns.«

»Ich hoffe es.«

Dann erwachte plötzlich der Funk zum Leben, als Brenner sich meldete: »Zugriff.«

Die drei Soldaten an den Fenstern reagierten sofort, schlugen gleichzeitig mit irgendetwas gegen die Scheiben, die sofort klirrend zu Bruch gingen und schoben ihre Gewehre hindurch. Irgendwo wurde laut gerufen, doch es erklangen keine Schüsse.

»Gesichert!«, rief Boozta und ihr Ausruf wurde mehrfach bestätigt, bevor sich Brenner wieder meldete: »Stone, Svea, die Luft ist rein.«

Als sie mit Alexa zusammen den Schutz des Waldrands verließ, gingen sie vorsichtig über das steinige Feld zu einem der in den Zaun geschnittenen Löcher und stiegen nacheinander hindurch, darauf bedacht, den Draht nicht zu berühren. Aus der Nähe sah die Abhöranlage wie ein riesiger Pilz aus, bestimmt zwanzig Meter breit in seiner Basis. Jerome und Stinger kamen von den Fenstern zu ihnen gelaufen und flankierten sie schützend, die dritte Gestalt, Kittala oder Boozta, war verschwunden. Um die Ecke, vor der der Jeep geparkt war, welcher aus der Nähe verwittert und rostig aussah, befand sich die Eingangstür aus massivem Stahl, deren zwei Flügel jetzt offenstanden. Hier war das Licht so grell, dass sie ihre Nachtsichtbrillen abnehmen konnten.

Nachdem Stinger ihr zugenickt hatte, gingen sie hinein und sobald sie erkennen konnte, wohin sie lief, stockte sie sofort. Die Szenerie vor ihr schien so unwirklich, dass sie dachte, zu träumen: Brenner, Boozta und Kittala hatten sich ihre Gewehre lässig umgehängt und standen in einer Gruppe aus fünf Männern mit kahlrasierten Schädeln, die den Neuankömmlingen lachend und johlend auf die Schultern schlugen. Sie trugen verschlissene Uniformen mit tropischem Waldtarnmuster und Pistolen an den Hüften. Der Raum war eine Art großer Flur, in dem sich einige Spinde mit offenen Türen und eine lange Sitzbank befanden. Die Wände waren schmutzig, genau wie der Boden, auf dem sich Erde und welke Blätter sammelten.

»Ähm, guten Tag, meine Herren«, sagte sie nach einem Räuspern und alle Augen richteten sich auf sie und Alexa, die gerade über die Türschwelle getreten waren.

»Ah, das ist Agent Stone«, sagte Brenner schnell und führte einen der überaus zufrieden strahlenden Männer zu ihr. Er war äußerst dürr, besaß aber noch knotige Muskeln und konnte nicht älter als fünfunddreißig, vielleicht vierzig Jahre sein. »Agent Stone, das ist Lieutenant Stirling von der Royal Air Force.«

»Royal Air Force?«, fragte sie und nickte anerkennend. »Sie haben aber lange durchgehalten, Lieutenant.«

»Yeah, wir sitzen auf einem Bunker«, erwiderte der britische Offizier und deutete auf seine Kameraden hinter sich, die sich gerade wieder mit ihren Leuten unterhielten. Sein britischer Akzent klang beinahe übertrieben. Sie tippte auf das Londoner Eastend. »Da ist noch immer jede Menge gutes Zeug drin.« Er grinste, doch etwas in seinen Augen passte nicht zu der gezeigten Fröhlichkeit. »Ich hoffe, dass Sie zum Essen bleiben. Ich habe schon lange keine Frau mehr gesehen und schon gar nicht gleich zwei, auch noch so attraktive, freundliche Ladies.«

Brenner verdrehte die Augen und schüttelte den Kopf, als Stirling nacheinander ihre Hände nahm und einen Handkuss andeutete.

»Im Ernst: Wir sind froh, Sie zu sehen, wir dachten schon, dass wir hier sterben müssen, Mann. Seien Sie bitte unsere Gäste und sagen Sie uns noch einmal, was Sie brauchen, dann kriegen Sie es. Nur bitte: Nehmen Sie uns mit nach draußen, wenn Sie es haben, ja?« Diesmal war der Augenausdruck des Mannes geradezu frenetisch flehend.

»Natürlich«, versicherte sie ihm und nickte. »Sie werden selbstverständlich mit uns extrahiert. Wir brauchen nur etwas aus Ihren Datenarchiven.«

»Gut.« Stirling überlegte kurz und klatschte so unvermittelt in die Hände, dass sie zusammenfuhr. »Essen wir erstmal! Gäste muss man gut bewirten, wir haben tolle Cracker, mit denen man Feuer machen kann, Steak Mignon als Instantversion und jede Menge recycelten Urin.«

Gackernd ging der Lieutenant zu seinen Kameraden und führte sie in den Raum hinter dem Flur, der ganz offensichtlich einmal so etwas wie ein Büro gewesen war. Rechts und links standen mit einer Patina aus Schmutz überzogene Rechner, Monitore und Keyboards an den Wänden, während die Schreibtische, die sie einmal getragen hatten, zu einer Tafel in der Mitte des Raumes zusammengeschoben waren. Darauf befanden sich jede Menge offener Plastikpackungen, Handfeuerwaffen, Munitionsbehälter und Metallrohre, die sie an Hobokocher erinnerten und in denen tatsächlich kleine Feuer brannten, die durch Löcher im Metall Licht und Wärme spendeten.

»Äh, es ist nicht gerade das Ritz«, meinte der Lieutenant und scheuchte seine Leute hin und her, um die Klamottenreste, vergilbten Isomatten und Decken vom Boden zu räumen. »Aber es handelt sich ja auch um den Weltuntergang oder so. Hehe.«

Rodea wusste nicht, wieso, aber der Mann war ihr zutiefst zuwider und sie wunderte sich, wie fünf Soldaten, denen ab der Grundausbildung Ordnung eingetrichtert worden war, ihre Unterkunft in ein solches Dreckloch hatten verwandeln können. Unter anderen Umständen hätte sie sich gefragt, ob es sich um Gauner handelte, die so taten, als wären sie die

Besatzung, aber sie bezweifelte, dass zufällig andere Briten in der Nähe gewesen waren. Möglicherweise hatten die Isolation und die Dunkelheit ihnen hart zugesetzt – wer konnte es ihnen verübeln?

Während die britischen Soldaten hektisch aufräumten, verschwand Stirling kurz und erklärte ihnen, dass er gleich mit dem »Festmahl« zurück sein würde.

»Was denken Sie?«, fragte Rodea Brenner, die sich zusammen in eine Ecke zurückgezogen hatten, während ihr Team entspannt den Raum untersuchte.

»Ich glaube, dass die zu lange alleine waren.«

»Ganz offensichtlich. Wir sollten dieses gemeinsame Essen nicht länger hinziehen als nötig und uns die Daten besorgen.«

»Keine Einwände. Wenn wir haben, was wir brauchen, nehmen wir die armen Schweine mit und verschwinden«, sagte Brenner.

»Sollten wir nicht zumindest eine Nacht hier schlafen? Es ist warm und sicher und der Hinweg war nicht gerade ein Kinderspiel«, gab Rodea zu bedenken und deutete auf ihre Leute, die alle erschöpft aussahen, denn die meisten hatten während des gesamten Flugs nicht geschlafen.

»Wieso nicht? Wir stellen trotzdem Wachen ab und gehen morgen zurück, ohne Risiko.«

Kapitel 21: Rodea

17. Februar 2036, südliches Mindanao

»So lange?«, fragte Rodea und schüttelte mit geöffnetem Mund den Kopf.

»Klar! Wir waren schon zwei Jahre hier stationiert, als diese blutige Dunkelheit kam«, bestätigte Stirling und die übrigen glatzköpfigen Briten, die auf der anderen Seite des zusammengeschobenen Tisches ihr, Alexa, Brenner, Boozta und Stinger gegenübersaßen, nickten. Zwischen ihnen lagen Unmengen geöffneter Tüten, Becher leerer Fünf-Minuten-Terrinen und Reste von Schokoriegeln. Jerome und Kittala befanden sich draußen und gingen Patrouille. Sie hatte das als unnötig empfunden, aber Brenner hatte darauf bestanden und sie mit den Worten überzeugt: »Vielleicht sind wir nicht die einzigen, die eine vermisste Sendung suchen.«

»Einen beschissenen Tag vor unserer blutigen Ablösung«, stimmte Sergeant Meeks seinem Vorgesetzten zu, der in einem fleckigen Unterhemd dasaß und sich auf einem Bürostuhl zurücklehnte, die Arme hinter dem Kopf verschränkt und haarige Achseln entblößend.

»Hab die Phillies immer geliebt, versteht mich nicht falsch«, fuhr Stirling fort und faltete geradezu staatsmännisch die Hände. »Die Frauen hier, puh, die schönsten der Welt, wenn ihr mich fragt. Das Wetter, na ja, bis auf die dreißig Hurrikane pro Jahr toll, aber drei Jahre sind echt zu viel.«

»Ich will ja nicht den unhöflichen Gast mimen, der sich eben den Bauch mit eurem zugegebenermaßen schrecklich scheiße schmeckenden Fertigessen vollgeschlagen hat«, meldete sich Brenner zu Wort und die britischen Soldaten lachten genau wie Boozta und Stinger fröhlich, »aber wie zum Teufel habt ihr so viel Kram übrig nach so langer Zeit?«

Rodea beobachtete ihre Gegenüber genau und bemerkte, dass sie zwar noch immer grinsten und lächelten, ganz wie vereinsamte Männer, die endlich wieder Anschluss an die Welt gefunden hatten, doch da war noch etwas anderes: Die Belustigung wich geradezu schlagartig aus ihren Augen, als habe jemand sie weggewischt oder als habe die nie wirklich existiert. Sie fand ohnehin nicht, dass die zur Schau getragene Ausgelassenheit zu den Gesichtern dieser Männer passte, die auf sie eher einen verbitterten Eindruck machten, wenn sich ihre Gesichter in unbeobachteten Momenten entspannten.

»Es gab ein Dorf ganz in der Nähe. So wie ich euch verstanden habe, müsste es mittlerweile vom Meer geholt worden sein«, erklärte Stirling, während seine vier Männer schwiegen. Der Londoner rieb sich die Nasenspitze und zuckte mit den Schultern. »Am Anfang haben wir dort gegen ein paar Handfeuerwaffen und Munition einen ganzen Minimarkt aufgekauft und alles hergeschafft, als die dort noch dachten, das sei nur etwas Vorübergehendes.«

»Ha, ja, die dummen Bimbos!«, lachte einer der Briten, dessen Namen sie vergessen hatte, vergnügt, und schlug sich belustigt mit den Händen auf die Schenkel, bis Stirling ihm einen finsteren Blick zuwarf und er sofort aufhörte und zu Boden blickte.

»So reden wir hier nicht, hast du verstanden?«

»Ja, Sir.«

»Wie war das?«

»Ja, Sir, es tut mir leid, Sir«, wimmerte der Soldat geradezu kleinlaut und ließ den Kopf hängen.

»Gut, dann verstehen wir uns ja«, sagte der Lieutenant in einem Tonfall, der Rodea das Blut in den Adern gefrieren ließ.

»Sie haben Ihre Leute aber gut im Griff«, bemerkte Brenner schmatzend. Er hatte es tatsächlich fertiggebracht, sich noch einen Schokoriegel einzuverleiben.

»Muss ich auch, sonst machen die nur Scheiße. Eine WG mit fünf Soldaten auf engstem Raum geht nicht gut.«

»Kann ich mir vorstellen, denken Sie, dass ...«

»*Ich* denke, dass wir uns jetzt um unseren Auftrag kümmern sollten«, unterbrach Rodea den Deutschen und sah Stirling direkt an. »Wir hätten wie gesagt gerne Zugang zu den Datenarchiven, um eine ganz bestimmte Sendung zu finden.«

»Das sind effektiv alles geheime ...« Der Brite verstummte, als Boozta und Stinger sich versteiften und im selben Moment Jerome mit seinem düsteren, unrasierten Gesicht und die riesige Schwedin in der Tür erschienen und ihre Gewehre leicht nach unten abwinkelten.

»Ach, was soll's«, fuhr er fort und warf die Hände in die Luft. »Ihr seid die Jungs – und natürlich Mädels – mit den dicken Knarren und ich schätze, dass es den König ohnehin nicht juckt, da es ihn bisher auch nicht gejuckt hat, hm? Vielleicht ist er sauer, weil einige von euch von der EU sind, aber hey, mir ist es lieber, ich komme mit zu euch oder in die USA, als auf unsere Insel, die schon vor der Krise eingegangen ist wie eine Primel ohne Wasser.«

»Sehr gut«, befand Rodea und bedeutete Alexa, sich ebenfalls zu erheben. »Zeigen Sie uns doch bitte den Zugangscomputer zu den Datenarchiven, oder wo wir den Server finden.«

»Ach was.« Stirling winkte ab und zwinkerte ihr zu, obwohl sein Blick alles andere als beiläufig aussah, sondern aufmerksam die Situation betrachtete. »Ich gehe und bringe Ihnen einfach die Daten des entsprechenden Zeitraums. Nennen Sie mir die Daten, um die es geht.«

»Nein, das machen wir selbst.«

»Aber da unten ist es echt unordentlich, bis Sie da was finden …«

»Einer von Ihnen kann mitkommen und es uns zeigen«, unterbrach sie ihn gelassen und tat, als redeten sie bloß über lästige Details.

»Ich denke nicht, dass …«, wollte Stirling erneut zu einem Gegenvorschlag ansetzen, als Brenner sich dazwischenschaltete.

»Sie will alleine hinunter mit einem ihrer Leute, also machen Sie das.« Der Deutsche deutete auf den ganz links sitzenden Briten, einen jungen Kerl mit Tarnhemd, der seine Hundemarke als einziger um den Hals trug und plötzlich wie ertappt aufsah. »Er wird es machen.«

»Was, ich?«, fragte der milchbubenhaft aussehende Soldat mit großen Augen.

»Ja, Sie.«

»Also gut«, meinte Stirling und hob ergeben die Hände, bevor er sich zu seinem Untergebenen drehte und ihn ansah. Leider war der Winkel schlecht und Rodea konnte keinen Gesichts- oder Augenausdruck erkennen, aber der Kontakt dauerte einige Sekunden.

»Währenddessen und damit die Damen in Ruhe arbeiten können, erzählen Sie mir doch nochmal davon, wie Sie es geschafft haben, bei dieser Ernährung gesund zu bleiben und nicht ständig zu streiten?« Brenner zwinkerte Rodea ungesehen zu und sie nickte dankbar, bevor sie sich mit Alexa in Richtung der Bunkerluke bewegte, welche sich in der linken hinteren Ecke des Raumes befand. Der junge, etwas verunsicherte Soldat hatte sich auch erhoben und trottete zu der quadratischen Metallabdeckung mit verblassendem Strahlenschutzzeichen darauf. Boozta und Stinger standen ebenfalls auf und schickten sich an, ihr zu folgen, doch sie schüttelte den Kopf.

»Bleiben Sie einfach bei der geöffneten Luke. Wenn was ist, rufe ich laut. Halten Sie die Augen offen, ja?«, bat sie ihre Black-Ops-Soldaten, die mit den Schultern zuckten und ihrem Befehl folgten. Vorher nahmen sie dem jungen Briten aber noch beiläufig seine Handfeuerwaffe ab, die er im Gürtel stecken gehabt hatte. Der schien sich zu bemühen so zu tun, als hätte er es gar nicht bemerkt.

»Wie heißen Sie, Junge?«, fragte sie den Soldaten, der mit den rasierten Haaren und seinem bartlosen, schmalen Gesicht auch als Sechzehnjähriger hätte durchgehen können.

»Äh, ich heiße Max, Ma'am.« Der dem Akzent nach nordirische Soldat lächelte ein wenig verquer, als fühle er sich in seiner Haut nicht wohl und hielt mit schockiertem Gesichtsausdruck inne. »Also, ich meine, mein Name ist Airman Maxwell Charles, Ma'am.«

»Freut mich, Max«, sagte sie und lächelte ihn mit einem hoffentlich mütterlichen Lächeln an. »Führ uns doch bitte zu den Servern, ja?«

»Klar, Ma'am. Also Ma'ams.« Max sah zu Alexa, als könne die etwas sagen, und bückte sich zu der Luke, als sie es nicht tat. Er nahm das grobe Drehrad in beide Hände und die Muskeln seiner dünnen Ärmchen spannten sich unter der fahlen Haut, als er daran drehte und die Luke entriegelte. Dann zog er sie mit Stingers und Booztas Hilfe auf und sie sahen in einen röhrenartigen Schacht mit schwacher Beleuchtung und Metallleiter hinab. Es roch nach Staub und muffiger Luft.

Rodea sah zum Tisch zurück und im selben Moment huschte Stirlings Blick zu ihr. Er war so schnell wieder auf Brenner fixiert, dass sie es fast für eine Einbildung gehalten hätte. Das Gespräch lief noch immer.

Sie und Alexa folgten Max in die Tiefe und standen schließlich auf einem kurzen, maximal zehn Meter langen Gang, von dem jeweils am Ende eine Stahltür abging. Nachdem sie Boozta und Stinger einen Daumen nach oben gestreckt hatte, folgte sie Max mit der Kryptografin im Schlepptau nach rechts. Durch die Tür ging es in einen Raum von der Größe desjenigen, der nach oben führte. Hier war eine Wand gepflastert mit Serverschränken, in denen grüne Leuchtdioden glühten wie Sterne, die immer wieder flackerten. Geradeaus befanden sich drei Computerterminals, die allesamt offline waren und aussahen, als seien sie ewig nicht benutzt worden. Links standen zwei Feldbetten mit schmutzigen Schlafsäcken und Kissen. Beleuchtet wurde alles von einer fleckigen, kaum noch durchsichtigen Baulampe, die an einem Haken hing. In der Ecke links neben einem der Feldbetten befand sich ein Teppich auf dem nackten Betonboden, der aussah wie ein zerknülltes Bettlaken, das in der Mitte ein wenig erhaben war. Es roch etwas nach Männerschweiß und abgestandener Luft. Sie schätzte, dass die Lüftung nicht mehr besonders effizient arbeitete, wenn sie den vielen Dreck sah, der die Lamellen der Abdeckung verklebte.

»Schick«, kommentierte sie ironisch, um die Stille zu durchbrechen. Seitdem sie hereingekommen waren, hatte Max verharrt, als lausche er auf etwas.

»Oh, ja, also nein«, kicherte er unsicher und rieb sich die Hände. »Es ist nicht ...«

»... *das Ritz oder so*«, komplettierte sie seinen Satz. Sie hasste diese Floskel, die wahrscheinlich irgendwann einmal ein findiger PR-Yuppie der Hotelkette erfunden hatte. »Können wir eine der Konsolen benutzen?«

Max folgte ihrem Finger und sah zu den drei Computern geradeaus. »Natürlich, die müssten noch gehen. Wir haben sie lange nicht mehr angeschaltet, aber sie müssten funktionieren, sind ja nur Computer.«

Noch bevor er zu Ende gesprochen hatte, war Alexa losgegangen und Rodea folgte ihr. Die Kryptografin zog unterwegs ihren Laptop aus der Tasche. Bei dem langen Arbeitstisch angekommen, wischte sie einmal mit dem Ärmel die Staubmäuse fort und stellte ihn ab, bevor sie ihn aufklappte und startete.

»Ich, äh, setze mich einfach mal?«, meldete sich Max zu Wort und ließ es eher wie eine Frage klingen.

»Oh«, machte Rodea und schüttelte entschuldigend den Kopf. »Was wir hier suchen ist geheim, weil es um die nationale Sicherheit geht. Warte bitte draußen auf dem Flur und schließ die Tür hinter dir, ja?«

»Natürlich.« Max zögerte kurz und schien mit sich zu ringen, doch schließlich hielt er ihrem Blick nicht mehr stand und zog sich zurück. Rodea wartete, bis die Stahltür hinter ihm ins Schloss fiel und sie allein waren.

»Also gut, Alexa, leg los.«

»Bin schon dabei«, erwiderte die Kryptografin und tatsächlich saß sie bereits auf dem einzigen verbliebenen Stuhl und tippte blitzschnell auf der Tastatur herum. Dann stand sie auf, packte eine Dockingstation aus und begann an den drei Rechnern auf dem Tisch herumzufummeln, Kabel auszubauen und sie mit der Dockingstation zu verbinden. Schließlich schien sie zufrieden, nickte sich selbst zu und rief ein Eingabeprogramm auf, in welchem sie eine Menge Codezeilen füllte. Irgendwann gab es ein letztes Klackern ihrer Tastatur und sie hob den Kopf.

»Welches Datum genau und welche Uhrzeit?«

»Zweiter Januar 2034, irgendwann zwischen fünfzehn und sechzehn Uhr«, sagte Rodea wie aus der Pistole geschossen.

»Gut, das müsste ich finden.« Wieder klackerten die Anschläge auf der Tastatur des Laptops dezent in das sanfte Rauschen der Server hinein.

Es dauerte und dauerte, während Alexa ihre Eingaben machte, immer wieder korrigierte, den Kopf schüttelte, etwas veränderte und wieder mit dem gleichen Kreislauf begann. Rodea tigerte derweil unruhig in dem Raum hin und her, begutachtete die Feldbetten und rümpfte die Nase beim Anblick und Geruch der vollkommen verlebten Schlafsäcke. Dann sah sie wieder den Teppich in der Ecke, der aussah wie hingeworfen, bis sie näher heranging und erkannte, dass es sich gar nicht um eine Decke, sondern um ein Tuch handelte. Es starrte so sehr vor Schmutz, dass sie es tatsächlich für einen dicken Teppich gehalten hatte. Mit einer Art fasziniertem Ekel stieß sie ihre Schuhspitze dagegen, um zu sehen, ob das Tuch brechen würde, doch stattdessen wich es unter dem Druck ihrer Fußspitze zurück. Darunter kam etwas Metallisches zum Vorschein.

»Nanu?«, murmelte sie, während es hinter ihr auf der anderen Seite des Raumes weiter klackerte. Mit gerunzelter Stirn schob sie das Tuch noch ein Stück weg, bis sie sehen konnte, dass es eine weitere Luke verdeckt hatte. »Na sieh mal einer an. Alexa, hier geht es offenbar noch weiter nach ...«

»Ich hab' hier was!«, rief ihre Kollegin aufgeregt und Rodea lief wie an einer Leine gezogen zu ihr zurück. Mit unruhigem Blick beugte sie sich über Alexas Schulter und suchte auf dem kleinen Bildschirm nach etwas Interessantem, konnte jedoch nur Zahlen- und Buchstabenkolonnen entdecken.

»Was denn?«

»Eine Sendung, unvollständig, fünfzehn Uhr einundzwanzig. Aufgezeichnet auf sämtlichen Funkfrequenzen.«

»Dann lass mal den Dechiffrierungscode der Air Force drüber laufen! Wenn es wieder in sämtlichen Sprachen ist, konzentrier dich auf Englisch.«

»Bin schon dabei«, meinte Alexa abwesend, ließ ihren rechten Zeigefinger zur *Enter*-Taste wandern und stieß zu wie ein Speerfischer, der einen Fisch entdeckt hatte. »Fertig.«

»Und?«, fragte Rodea mit einem Mal atemlos. Ein Teil von ihr hatte Angst, dass sich alles nur als Hoax herausstellen würde, es doch die Chinesen waren, und ein anderer Teil fürchtete sich davor, dass es das war, was sie suchten: eine Nachricht von den Sternen.

»Hier steht«, las Alexa vor und ihr Gesicht war jetzt so nah vor dem Bildschirm, dass Rodea nichts mehr erkennen konnte und unruhig versuchte, an den Haaren ihrer Kollegin vorbeizuspähen. »Hier fehlt irgendwas, denn es geht los mit ... *Menschheit, dass eine Gefahr droht. Zum Schutze und der Überlebensfähigkeit des ökologischen Systems der Blau-Weiß-Wolke-Stein einen Schutzschirm.* Hier fehlt jetzt offenbar wieder etwas, hm ...«

»Was kommt dann?«, drängte Rodea.

»*Wird geschehen am elften Tage im Januar 2035 Mitteleuropäischer Zeit um zwölf Uhr des Mittags. Im Anhang dieser Fernübertragung befindet sich eine Liste mit Vorschlägen für eine dienliche Vorbereitung auf diese Umstellung. Sie wird für eine Zeit von* – hier bricht es wieder ab – *die Gefahr vorüber ist. Der Versuch, die Barriere zu zerstören, ist von großer Gefahr begleitet, denn eine Entdeckung droht, die ...*« Alexa schüttelte frustriert den Kopf. »Das war's. Abgehackt und unvollständig.«

»Warte mal, *Schutzschirm zu unserem Schutz?*« Rodea hätte am liebsten den Laptop genommen und heftig geschüttelt, um ihm die Stellen zu entlocken, die offenbar fehlten. Doch entweder war der Dechiffrierschlüssel doch nicht so gut, wie die schlauen Leute von der Area 51 gedacht hatten, oder aber die Funkstörungen der USS Jeremy Brandt hatten ganze Arbeit geleistet. »Die Barriere ist zu unserem Schutz da?«

»Klingt ganz so. Zumindest wenn blau-weißes-Etwas die Erde sein soll«, meinte Alexa heiser und schluckte hörbar. »Die haben uns vorgewarnt und uns offenbar sogar mit Tipps versorgt, wie wir uns darauf vorbereiten können, ohne Licht und Satelliten weiterzuleben.«

»Und wir haben das Ding abgeknallt, war ja klar«, grunzte Rodea und faltete die Hände vor der Nase. Als sie weitersprach, klang es hohl. »Da stand aber auch etwas von einer Gefahr, und dass wir die Barriere nicht zerstören dürfen, bevor sie vorüber ist. Was für eine Gefahr?«

»Keine Ahnung, das war alles, was dechiffriert wurde.«

»So ein Mist. Irgendwelche Hinweise darauf, wer die Nachricht verfasst hat? Ein digitaler Stempel oder so?«

»Das war Funk«, erinnerte Alexa sie und schüttelte den Kopf. »Aber mir ist trotzdem etwas aufgefallen.«

»Mir auch. Die Sprache ist irgendwie seltsam, oder?«

»Ja. Klingt so gestelzt.«

»Oder alt«, schlug Rodea vor, und ließ sich die Nachrichtenfragmente noch einmal vorlesen. »Ja. Hör dir das Mal an. *Am elften Tage des Januar* oder *des Mittags*.«

»Oder *Fernübertragung*«, stimmte Alexa zu und warf sich in die Lehne ihres Bürostuhls zurück. »Das ist geradezu antiquiert, vielleicht hat man so vor dem Zweiten Weltkrieg gesprochen.«

»Egal, was es ist, wir finden hier ohnehin nichts mehr heraus«, ärgerte Rodea sich und packte ihre Kollegin an der Schulter. »Lade alles herunter, was du als relevant oder auch nur möglicherweise relevant erachtest. Dann sehen wir, dass wir nachhause kommen und mit etwas Glück können die Experten in der Heimat oder die Europäer noch mehr herauskriegen.«

»Bin schon dran!« Alexa beugte sich wieder vor und begann zu tippen.

Rodea lief derweil in dem Raum auf und ab und dachte über das Gehörte nach. Aliens also. Aliens hatten tatsächlich die Barriere erschaffen, offenbar um sie vor irgendetwas zu schützen. Aber vor was? Und sie hatten die Menschheit gewarnt, was bedeutete, dass sie nicht feindlich gesonnen waren. Versuchten sie, den Planeten und seine Bewohner vor einer kosmischen Katastrophe zu schützen? Vor irgendeinem Ausbruch oder einem astrophysikalischen Phänomen, von dem sie womöglich noch nie etwas gehört hatte? Vor anderen Aliens, die sie besser nicht auf sich aufmerksam machten? Sie waren eingesperrt, so viel war sicher. Das konnte bedeuten, dass sie keine Signale aussenden sollten, aber auch, dass sie etwas nicht sehen sollten. Gleichzeitig gab es im Orbit aber immer noch jede Menge Satelliten, die zumindest Signaturen besaßen, auch wenn sie nur in Richtung Erde sendeten. Außerdem befanden sich da draußen noch die Marsmission und die Mondbasis Unity. Was war mit denen? Wenn diese »guten« Aliens sie zum Schweigen zu bringen versuchten, um sie vor sich selbst zu schützen, hatten sie vielleicht auch den Mond umhüllt und den Mars.

Nein, das kann nicht sein, weil die NASA-Leute doch gerade mit ihren Teams da oben sprechen und irgendwas am Südpol aushecken, erinnerte sie sich und zwirbelte ihre Haare zu einem unordentlichen Zopf, bis sie es bemerkte und wieder aufhörte.

»Fertig!«, rief Alexa schließlich und Rodea schüttelte sich.

»Also gut, machen wir, dass wir wegkommen.« Sie nahm den USB-Stick von der Agentin entgegen und steckte ihn in die Brusttasche ihres Anzugs, die sich mit einem Reißverschluss schließen ließ. »Gute Arbeit, Agent.«

»Danke. Ich würde jetzt wirklich gerne von hier verschwinden. Irgendwie macht dieser Ort mich ganz unruhig.«

Rodea wollte gerade etwas Zustimmendes sagen, als sie einen seltsamen Laut hörte und beide Frauen abrupt innehielten, als wären sie vom Blitz getroffen worden.

»Hast du das gehört?«, flüsterte sie und Alexa nickte. Sie lauschten und dann war es wieder da. Es klang wie ein weinendes Kind, weit entfernt. Instinktiv sah Rodea zu der Metallluke, über der das schmutzige Laken gelegen hatte und ging langsam darauf zu.

»Was machst du da?«, zischte Alexa.

»Es kommt von hier!«

Als sie bei der Luke angekommen waren, schoben sie das Tuch komplett weg, zogen ihre Pistolen und Alexa packte nach kurzem Blickkontakt den Griff. Rodea ging einen Schritt zurück und legte an. Als die Luke nach oben kam und dabei leicht quietschte, sah sie in vollkommene Schwärze, wie sie auch draußen herrschte. Also schaltete sie ihre Taschenlampe ein und leuchtete in einen Raum direkt darunter, aus dem ihr ein widerlicher Geruch entgegenschlug, bei dem sie sich beinahe übergeben hätte. Als sie sah, was sich in dem Raum befand, taumelte sie erschrocken zurück.

Kapitel 22: Rodea

17. Februar 2036, südliches Mindanao

RODEA UND ALEXA WECHSELTEN einen letzten Blick, dann klopfte sie an die massive Stahltür. Einen Augenblick später wurde sie knarrend aufgeschoben und Max sah sie mit einem verunsicherten Blick an, der sie an einen geprügelten Hund erinnerte.

»Wir sind dann so weit«, sagte sie und ihr entging nicht, wie seine Augen kurz zu dem schmutzigen Tuch zuckten, das sie wieder über die Luke gelegt hatten.

»Oh, ja, ja, klar! Ich bringe euch hoch. Habt ihr, äh, also, gefunden, was ihr gesucht habt?«, fragte der junge Soldat ein wenig umständlich und nickte abwesend, als sie ihm mit einem hochgereckten Daumen antwortete. Rodea bedeutete ihm, voranzugehen, und gemeinsam folgten sie ihm durch den Flur aus Beton. Von den Wänden hallten ihre Schritte wieder und erzeugten ein geisterhaftes Echo. Mit jedem dumpfen Schlag ihrer Stiefel stießen ihr grauenvolle Bilder wie glühende Klingen in den Kopf, doch sie zwang sich, eine neutrale Miene zu bewahren und atmete bemüht ruhig gegen ihren pochenden Herzschlag an. An den Leitersprossen angekommen, die durch den rechteckigen, kurzen Schacht nach oben führten, von wo ausgelassenes Gelächter und Gesprächsfetzen zu ihnen herunterwehten, hielt Max inne und wollte sie abermals vorlassen, doch Rodea schüttelte den Kopf. Schließlich zuckte er mit den Achseln und ging voran. Sie sah noch einmal zu Alexa, der noch immer sämtliche Farbe aus dem Gesicht gewichen war und die immer wieder zurückblickte zu der Tür, als sei die ein Monster, das sie verfolgte. Auf gewisse Art und Weise war sie das sogar.

Die Blicke, die sie austauschten, sagten mehr als tausend Worte, ohne dass auch nur ein verräterisches Wort über ihre Lippen gekommen wäre.

Ich kann das nicht, sagten Alexas Augen.

Reiß dich zusammen, du musst.

Ich habe Angst.

Ich auch, aber noch mehr als Angst habe ich Wut, funkelten Rodeas Augen zurück und als Alexa nickte, packte sie schließlich ebenfalls die Leiter und begann ihren kurzen Aufstieg.

Zurück in dem großen ehemaligen Büroraum klopfte sie die Hose aus und nickte in die Runde, als sich sämtliche Blicke auf sie richteten. Die Stimmung schien ausgelassen zu sein und sogar Kittalas holzschnittartiges Gesicht spielte mit dem Anflug eines Lächelns. Auch die vier ehemaligen Airmen der Royal Air Force schienen bester Dinge zu sein, doch Rodea konnte Menschen gut genug lesen, um zu erkennen, dass in ihren Augen – besonders in Stirlings – Berechnung und Anspannung lagen.

»Und? Haben Sie gefunden, was Sie gesucht haben?«, fragte der Lieutenant in seinem spitzen Cockney-Akzent und grinste jovial.

»In der Tat, das habe ich«, gab sie zurück, während sie den Tisch umrundete. Alexa wollte ihr folgen, genau wie Boozta und Stinger, doch sie deutete ein kaum sichtbares Kopfschütteln an und die drei hielten inne. Als sie wieder auf ihrem Stuhl saß und unbeschwert lächelte, klatschte sie in die Hände. »Wie wär's, wenn wir jeder noch einen Schokoriegel essen und uns dann gemächlich auf den Weg machen?«

»Gute Idee, kann es gar nicht erwarten, aus diesem Drecksloch abzuhauen«, freute sich Stirling und beugte sich über die Tischplatte, in deren Mitte sich die Box mit den Riegeln befand. Er schnappte sie und warf jedem einen zu. »Habt ihr Sprit an Bord?«

»Sprit?«, fragte Brenner.

»Aye, Alkohol!«

»Auf einem Navyschiff ist Alkohol verboten, schätze ich.«

»Ach, das ist doch die erste Kontrabande, die es immer zum Militär schafft, egal wo oder wie«, war Stirling sicher und grinste seine Männer an, die von der Aussicht auf Alkohol offenbar sofort begeistert waren.

»Typisch Tommies«, seufzte Rodea laut und schürzte mit frechem Blick die Lippen. »Ihr denkt immer nur ans Saufen.«

»Da wären auch noch Sonnenbrand und Tattoos«, warf Kittala trocken ein und ihre ganze Tischhälfte kicherte vergnügt. Die Briten ihnen gegenüber zögerten kurz, doch als Stirling schließlich künstlich lachte, fielen seine Kameraden ebenfalls ein. Rodea nutzte den Moment und zog ganz langsam ihre Pistole aus dem Oberschenkelholster an ihrer rechten Seite. Sie achtete peinlichst darauf, dass sich ihr Oberarm, den man über der Tischplatte sehen konnte, kaum bewegte. Dann winkelte sie den Arm leicht an und legte Hand und Waffe auf ihren Schoß.

»Kittala«, rief sie und beugte sich leicht vor, um Blickkontakt mit der Schwedin zu suchen, die ganz links von ihr saß. Brenner und Jerome, der belgische Fremdenlegionär, beugten sich etwas zurück, damit sie sich sehen konnten, und bemerkten dabei die Pistole auf ihrem Schoß. Sie waren Profis durch und durch, denn sie ließen sich nichts anmerken, begannen aber ebenfalls sofort, nach ihren Waffen zu tasten, ohne auffällige Bewegungen zu machen. »Haben Sie schlechte Erfahrungen mit britischen Touristen gemacht?«

»Ja, ich war ein paarmal auf Ibiza, da liefen die in Scharen herum, natürlich immer mit freiem Oberkörper in der Stadt und ab zehn Uhr morgens mit Sonnenbrand und Alkoholfahne«, antwortete die schwedische Elitesoldatin und grinste die auf der anderen Tischseite Sitzenden an, während sie ihre

Pistole in die Hand nahm. Es war ein seltsames Schauspiel, wie sie so dasaßen, unter dem Tisch gewaltbereit, über dem Tisch scheinbar ausgelassen und gut gelaunt.

»Wir sind eben ein Volk mit viel Durst«, rechtfertigte sich Stirling und zuckte grinsend mit den Schultern, doch sein Grinsen versiegte auf halber Strecke zu den Augen, obwohl sein Mund noch breit verzogen war. »Das kommt manchmal nicht so gut an.«

»Nein, einige Sachen kommen nicht so gut an«, erwiderte Rodea und nickte bedächtig, während sie die Pistole nach vorne richtete, direkt über ihr rechtes Bein, unter der Tischplatte. »Ihr junger Airman hier«, sie nickte in Max' Richtung, der wieder ganz links Platz genommen hatte und die Reihe aus fünf britischen Soldaten komplettierte, »haben Sie ihn dazu gezwungen?«

Stirling versteifte sich kurz, bevor er die Stirn runzelte und sie scheinbar ratlos ansah. »Was meinen Sie, Agent Stone?«

»Versuchen Sie es nochmal.« Als der Lieutenant eine kaum merkliche Bewegung machte, drückte sie ab und den Bruchteil einer Sekunde später knallten auch die Handfeuerwaffen ihrer Nebenleute los. Auch Boozta und Stinger, die noch immer bei der Luke standen, hatten blitzschnell ihre Sturmgewehre hochgerissen und reihten sich mit vollautomatischem Feuer in den Todesreigen ein. Ihre fünf Gegenüber zuckten heftig in dem Orkan aus spritzendem Blut und Holzsplittern, die sich aus der Tischplatte lösten. Rodea war aufgesprungen und entleerte ihr ganzes Magazin in den Kerl direkt auf der anderen Seite des Tisches und hörte erst auf, als der Schlitten nicht mehr nach vorne fuhr und die Waffe wirkungslos klickte. Sie hatte gar nicht gemerkt, dass es wieder still geworden war, Brenner eine Hand auf ihre Pistole gelegt hatte und die jetzt sanft nach unten drückte. Die britischen Soldaten lagen entweder mit ihren umgestürzten Stühlen auf dem Boden, zusammengesunken auf den Resten der Tischplatte oder waren zurückgerollt und gegen die Wand gestoßen. Überall klebten rote Blutspritzer.

Rodea atmete heftig und erwiderte Brenners ruhigen Blick, bevor sie ihre Waffe achtlos fortwarf.

»Ist schon gut, die sind hinüber«, meinte der Deutsche und holsterte seine Dienstwaffe. »Würden Sie uns erklären, warum wir gerade Soldaten eines Verbündeten erschossen haben?«

Erst jetzt fiel ihr auf, dass sämtliche Blicke bis auf jenen von Boozta, die zwischen den Toten umherging, auf sie gerichtet waren.

»Danke für Ihr wortloses Vertrauen«, sagte sie heiser und deutete auf die Luke zum Bunker. »Das sollten Sie selbst ansehen, dann werden Sie verstehen.«

Sie bedeutete Boozta und Stinger, Wache zu halten, falls die fünf Toten doch nicht die einzigen gewesen sein sollten, und führte die anderen durch die Luke in den Bunker. Als sie den Computer- und Serverraum erreicht hatten, zog sie die Decke fort und bat Jerome, auch diese Luke zu öffnen. Sofort hielten sich ihre Begleiter die Hände vor die Nasen und verzogen ihre Gesichtszüge. Rodea zwang sich, voranzugehen, auch wenn sie am liebsten schreiend davongelaufen oder zumindest oben geblieben wäre wie Alexa. Mit jeder Leitersprosse nahm der Geruch nach Schweiß, Kot, Urin und Erbrochenem zu. Kleidung schabte über den Boden und etwas raschelte, doch ansonsten blieb es still, bis sie den Faden der einzigen Lampe erreicht hatte, die in der Mitte des Raumes hing. Das wenige Licht, das von oben hereinfiel, hatte gerade ausgereicht, ihn zu finden. Also zog sie daran und plötzlich wurde es hell. Wie scheue Rehe zuckten die fünf Gestalten zurück, die sie eben erst zurückgelassen hatte. Es handelte sich um fünf Mädchen, von denen keines das achtzehnte Lebensjahr vollendet hatte. Sie waren an den Händen mit Kabelbindern gefesselt, die tief in ihre Handgelenke schnitten. Schmutzig und scheu liefen sie in eine Ecke des feuchten Raumes, der schlimmer stank als ein Raubtiergehege im Zoo. Nach und nach kamen auch die anderen herunter und sahen sich betroffen um. In einer Ecke standen fünf Eimer, aus denen Fäkalien quollen, in einer anderen fünf Näpfe, wie sie für das Füttern von Hunden benutzt wurden.

»Ach du Scheiße«, hauchte Jerome betroffen und Brenner starrte nur mit schockiertem Blick auf die fünf Mädchen, bei denen es sich offenbar um junge Philippinas vom Land handeln musste, da sie die dunkle, kakaofarbene Haut der im Freien arbeitenden Landbevölkerung aufwiesen. Allerdings war es bei dem Grad an Schmutz, der an ihnen klebte, schwer zu sagen.

»Diese drecksverfluchten Schweine«, knurrte Brenner und ballte die Hände zu Fäusten, dass seine Handschuhe knarzten. »Gut, dass ich das nicht vorher gesehen habe, sonst hätte ich mir einen Tag Zeit gelassen und diesen Wichsern ihre eigenen Hände zum Fressen gegeben.«

»Die sind jetzt tot«, sagte Rodea ruhig, obwohl ihre Stimme leicht bebte. Sie hatte schon viel gesehen, aber in solche Abgründe hatte selbst sie noch nicht häufig blicken müssen. »Diese Mädchen hier leben aber noch. Besorgen Sie Decken, Verpflegung und Medikamente, falls es hier noch welche gibt. Wir nehmen sie mit.«

»Und ob wir das tun«, erwiderte er, sah ein letztes Mal mit zuckenden Augenlidern zu den vollkommen verängstigt in der Ecke aneinander gedrängten Mädchen und kletterte zurück. Sie fasste Jerome, der wie erstarrt dastand, sanft an der Schulter, was ihn heftig zusammenzucken ließ. »Helfen Sie Brenner bitte, ja?«

»Oui, natürlich«, stammelte er und folgte seinem Anführer nach oben. Rodea hielt es für besser, wenn vorerst nur sie und Kittala als Frauen hier unten blieben. Die Schwedin war bereits mit vorgehaltenen Händen auf die Mädchen zugegangen und machte fortlaufend beruhigende Geräusche.

»Wir sind hier, um euch zu retten«, erklärte Rodea auf Tagalog. Obwohl sie mit der philippinischen Landessprache nicht so vertraut war, wie mit dem Indonesischen, sollte es doch ausreichen, um sich verständlich zu machen. Und tatsächlich hoben sich zwischen den langen schwarzen Haarsträhnen einige der verängstigten Gesichter mit den dunklen Knopfaugen in ihre Richtung, als sie etwas Vertrautes hörten.

Diese Mädchen können nicht älter als vierzehn oder fünfzehn Jahre sein, dachte sie und schluckte.

»Wir sind vom Militär und haben den Auftrag, euch herauszuholen. Die ... die Männer, die euch das angetan haben, sind tot. Es waren fünf. Wisst ihr, ob es noch mehr gibt?« Sie sah fragend die Mädchen an, vor die sie sich mit Kittala hingekniet hatte. Eines, ausgemergelt und zitternd wie die anderen, hob den Blick und schüttelte leicht den Kopf. »Fünf nur?«

Ein zaghaftes Nicken.

»Gut. Wir waschen euch gleich und geben euch etwas zu essen. Wir haben ein paar Soldaten mitgebracht, das sind gute Männer, sie sind hier, um euch zu beschützen, genau wie wir.« Sie deutete auf die riesige Schwedin und sich selbst. »Wir nehmen euch mit uns in die USA oder nach Europa.«

Nun machten die Mädchen große Augen und wechselten einige scheue Blicke, bevor sie wieder dichtmachten und zu Boden sahen wie verängstigte Ministranten. Es dauerte über drei Stunden, bis sie die Mädchen gewaschen und angezogen hatten, weil sie deren Kleidung erst hatten waschen und dann vor einem aufgeschichteten Feuer draußen vor der Abhöranlage trocknen müssen. Außerdem hatten sie sich überhaupt nur jemandem genähert oder gar anfassen lassen, wenn die

Männer fort waren, also hatte alles doppelt so lange gedauert. Schließlich jedoch standen sie abmarschbereit draußen, nachdem die Mädchen gegessen hatten. Sie hatte ihnen eingetrichtert, dass sie sich an Booztas, Alexas, Kittalas und ihrem Gürtel festhalten sollten, während sie durch die Dunkelheit gingen, während die Männer vorgehen würden. Jeder hatten sie noch eine ihrer Ersatztaschenlampen in die Hand gedrückt, damit sie sich selbstständig umsehen konnten und ein Gefühl von Selbstwirksamkeit erleben konnten, das ihnen lange Zeit gefehlt haben dürfte. Rodea wollte sich gar nicht ausmalen, was diese armen Seelen durchgemacht haben mussten, und ihr schauderte schon bei dem Gedanken daran.

Schließlich marschierten sie durch das Rolltor ins Freie und arbeiteten sich den Kraterrand hinab. Bevor sie die ersten Bäume erreichten, erinnerte sie sich, dass sie über Funk die Extraktion einleiten musste.

»Oscar, hier Widow, bitte kommen, over.«

Es dauerte eine Weile, bis ihr Funkgerät rauschte und mehrfach kratzte.

»Widow, hier Oscar, over.«

»Beginnen Abstieg zum Extraktionspunkt. Erbitte Extraktion. Fünf Extras wie gehabt, over.«

»Bestätige, Widow. Oscar Ende.«

Brenner sah sie im Schein ihrer Helmlampe an und legte den Kopf schief.

»Was?«, fragte sie.

»Fünf Extras.«

»Sie haben doch gefunkt, dass wir fünf britische Soldaten mit zurückbringen, als ich unten im Bunker war, oder?«

»Ja.«

»Gut, es sind immer noch fünf Personen, nur eben die Opfer dieser fünf britischen Soldaten.«

Sie gingen weiter, deutlich langsamer als bei ihrem Aufstieg, damit die Mädchen sich nicht verletzten. Es war leicht, hier und da einen tiefhängenden Ast zu übersehen oder sich von den unruhigen Schatten zwischen den Bäumen hypnotisieren zu lassen, die ihre Taschenlampen zum Leben erweckten. Auf dem gesamten Weg zum Strand schwiegen sie größtenteils und hingen ihren Gedanken nach. Die Abhörstation, in der sie tatsächlich die erhofften Daten gefunden hatten, die bereits trotz ihrer Lückenhaftigkeit Erstaunliches zutage gefördert hatten, waren in den Hintergrund gerückt. Zurück blieben angeekelte Betroffenheit und der Eindruck, dass sie sich für ein paar Stunden in die Kulisse eines Psycho-Horrors begeben hatten, was niemand so einfach wegsteckte, obwohl sie gestandene Agenten, beziehungsweise Soldaten, waren. Rodea hatte genügend seelische Abgründe gesehen, respektive deren Resultate, um zu wissen, dass niemand diese Bilder und jene, die die Fantasie ungefragt beisteuerte, würde vergessen können. Sie würden als dunkler Schatten über allem liegen, was sie fortan tun würden, auch wenn jeder bereits einen Schatten aus vergangenen Erlebnissen besaß, da war sie sicher. Der würde unschwer ein wenig dunkler werden. Die jeweilige Persönlichkeit würde entscheiden, wie es weitergehen sollte, ob man sich in Zynismus, Misanthropie oder Aktionismus für das Gute stürzen würde – die unbewussten Strategien waren unterschiedlich. Als sie endlich den Strand erreichten, sahen sie ein paar hundert Meter im Süden eine rote Signalfackel, die inmitten dichten, scheinbar glühenden Rauchs leuchtete.

»Das ist das Zodiac«, rief sie und wurde von den beiden Mädchen zurückgehalten, die sich an ihrem Gürtel festgeklammert hielten.

»Ist schon gut, das sind unsere Freunde vom Militär. Die haben ein Schiff dabei, das uns hier fortbringt. Für immer.« Mit sanftem Druck zog sie die Mädchen mit und deren Widerstand legte sich glücklicherweise recht schnell. Als sie den Bereich der Signalfackel erreichten, die nach Schwarzpulver und Phosphor stank, fanden sie dort drei Soldaten im Flecktarn der Navy mit abgewinkelten Sturmgewehren vor zwei langen Schlauchbooten mit einzelnem Steueraufbau. In jedem Boot warteten zwei weitere Seeleute, die hinter der Kanzel des Steuermanns standen und ausharrten. Die Maschinen gluckerten vor sich hin.

»Agent Stone, Oberst Brenner«, begrüßte sie ein älterer Offizier, dessen Gesicht unter dem breiten Helm und der Sturmhaube kaum zu erkennen war. »Haben Sie das Paket?«

Rodea klopfte sich auf die Brusttasche, wo sich der USB-Stick mit der Sendung der außerirdischen Sonde befand. »Haben wir.«

»Sehr gut.« Der Offizier nickte und sah an ihr vorbei. Seine Augen verengten sich, als er die fünf vollkommen verängstigten Mädchen sah, die sich größte Mühe gaben, hinter den Rücken der vier Frauen zu verschwinden. »Wir dürfen keine Flüchtlinge mitnehmen. Sie sagten über Funk, dass es sich um Soldaten eines Verbündeten handeln würde.«

»Ja, die leben leider nicht mehr.«

»Wie?«

»Wir haben sie erschossen, als wir diese Mädchen gefunden hatten, die sie offenbar ...« Rodea unterbrach sich und atmete tief durch. »Wir haben sie befreit. Sie kommen mit. Basta.«

»Das geht nicht«, beharrte der Offizier und seine beiden bewaffneten Begleiter regten sich unruhig.

»Und ob das geht«, schaltete sich Stinger mit einem Mal ein und brummte wütend. Der ehemalige Ranger deutete auf die fernen Lichter am Horizont, die der USS Walter Bonjarewski gehörten. »Rufen Sie den scheiß XO, wenn Sie zu borniert sind, die richtige Entscheidung zu treffen.«

»Selbst wenn ich einen Moment ignorieren würde, wie Sie mich gerade angesprochen haben, *Sergeant*, wäre die Bonjarewski noch immer mehr als zehn Kilometer entfernt, weil sie sich hinter dem Riff aufhält. Das heißt: Kein Funkkontakt«, knurrte der Offizier aufgebracht. »Die neuen Richtlinien sind sehr klar und streng definiert: Wir dürfen keine Flüchtlinge aufnehmen, nicht einmal einen einzigen.«

»Ach, aber fünf Soldaten der Briten hätten wir mitgenommen?«, fragte Boozta und machte einen Schritt auf den Navy-Offizier zu, dessen beide Soldaten sofort ihre Waffen in ihre Richtung hoben. »Sie verdammter Feigling! Sie hatten doch schon die Aussage, dass fünf weitere Personen kommen. Jetzt sind es halt Kinder, die hier am Arsch wären, na und?«

»Regeln scheinen offenbar für Sie nicht zu gelten, Sergeant, was Sie, zurück auf der Bonjarewski, direkt in die Brig führen wird, das ist ein Versprechen. Für den Rest von uns Soldaten gelten sie noch.«

»Das kann nicht Ihr Ernst sein«, schaltete sich Rodea ein und zog Stinger sanft zurück, der selbst in dem roten Licht der Signalfackel aussah, als würde er rot anlaufen. »Sie wollen diese Mädchen doch nicht hier zum Sterben zurücklassen.«

»Die Rationen an Bord sind ohnehin schon extrem dünn. Wenn wir an einer Stelle anfangen, Leute mitzunehmen, wo hören wir dann auf? Es wird immer wieder Situationen wie diese geben, wo harte Entscheidungen getroffen werden müssen. Entweder man nimmt keine Person auf oder alle«, beharrte der Offizier und bedeutete seinen Leuten, die Waffen herunterzunehmen, als Stinger sich mit zusammengepressten Lippen wieder eingereiht hatte.

»Ich schlage vor, Sie schicken eines der Zodiacs vor und bauen eine Funkbrücke auf«, empfahl Rodea und spürte einen Kloß in ihrem Hals anwachsen, als sie realisierte, dass sie eine Entscheidung getroffen hatte. »Sagen Sie dem Captain, dass er die fünf Mädchen mitnimmt, sonst bekommt er die Sendung nicht.«

»Das ist nicht Ihre Entscheidung«, schnarrte ihr Gegenüber und winkte ab.

»Oh doch, das ist es. Ich bin CIA-Agentin, nicht vom Militär. Versuchen Sie doch, mir den Stick abzunehmen.« Sie funkelte den Offizier herausfordernd an und zwinkerte, als sie neben sich Gewehrläufe hochrucken sah. Die drei Navymänner sahen sich verunsichert an, dann trat ihr Vorgesetzter einen Schritt vor und zog die Sturmhaube unters Kinn. Sein Gesicht war faltig, aber hart.

»Das werden Sie noch bereuen.«

»Wahrscheinlich. Aber noch mehr würde ich es bereuen, diese Mädchen zurückzulassen. Es gibt Grenzen, mit denen Sie weiterleben müssen.«

Der Offizier starrte ihr kurz in die Augen, dann wandte er sich ab, sprach mit einem der Zodiac-Kommandanten und schob das Boot vom Strand. Die nächsten fünf Minuten warteten sie – diesmal mit gesenkten Waffen. Niemand wagte, etwas zu sagen, bis das Funkgerät an der Schulter des Navymannes rauschte, jemand leise sprach und er aufsah.

»Der Captain ist nicht bereit, Extrarationen auszuteilen, weil die aktuellen Vorräte gerade so bis Hawaii reichen werden und er schon Sorgen genug hat. Wenn es Ihnen so wichtig ist, ist er bereit, die Flüchtlinge aufzunehmen, aber so oder so werden nur sieben Personen mit zurückkommen, weil auch nur sieben losgefahren sind. Falls Sie das nicht annehmen, sollen wir versuchen, Ihnen den Datenstick gewaltsam abzunehmen.«

»Ich gebe einem der Mädchen meinen Platz«, entschied sie sofort und ohne nachzudenken und dachte an Thomas. Wenigstens konnte sie einem Kind so noch gerecht werden, auch wenn es ihr für Jimmy leidtat. Aber es war die richtige Entscheidung, das spürte sie.

»Ich auch«, sagte Boozta.

»Ich auch«, sagte Stinger.

»Genau wie ich«, fügte Kittala hinzu und auch Jerome und Brenner traten vor.

»Sie sind zu sechst, wir brauchen nur fünf Plätze. Einer kann noch mitfahren«, erklärte der Offizier, doch niemand rührte sich.

»Wir entscheiden zusammen, wir bleiben zusammen«, befand Brenner mit vorgerecktem Kinn und entschlossener Miene.

»Alexa«, rief Rodea ihre Kollegin herbei, die ganz bleich geworden war, und drückte ihr den Stick in die Hand. »Hüte das wie deinen Augapfel und bring es zur Direktorin, ja?«

»Ja«, versprach sie mit zittriger Stimme, offenbar vollkommen irritiert, was gerade um sie geschah. »Du kannst doch nicht einfach hierbleiben! Hier gibt es doch nichts!«

»Es gibt noch Schokoriegel«, scherzte sie freudlos und spürte, wie ihre Wangen heiß wurden und diese Hitze in ihre Tränenkanäle weiterwanderte, doch sie atmete tief ein und zwang sich zur Stärke.

Als die beiden Zodiacs einige Minuten später ohne sie davonrasten und in der Dunkelheit verschwanden, stand sie mit Boozta, Stinger, Jerome, Kittala und Brenner am Strand und blickte ihnen hinterher, während das Licht der Fackel immer schwächer wurde und langsam versiegte, bis sie vollkommen von der Finsternis umgeben waren.

Kapitel 23: Montgomery

22. April 2036, südlicher Ozean, USS John F. Kennedy

»Es hat begonnen, oder?«, fragte Johannes und starrte wie Monty nach oben in die Dunkelheit. Es war ein befremdliches Gefühl, auf dem Deck des neuesten Flugzeugträgers der Gerald R. Ford Klasse zu stehen, direkt am magnetischen Südpol und nur eine normale Jacke zu tragen. Wie überall auf der Welt herrschten gemäßigte vierzehn Grad, kaum Wellen und kein Wind. Die gesamte Trägerkampfgruppe, die die Regierung hierher gesandt hatte, lag seelenruhig im Meer, direkt gegenüber der von der EU, in deren Mitte die mächtige Charles de Gaulle schwamm, umgeben von den Lenkwaffenzerstörern, Fregatten und Forschungsschiffen der Europäer. Das Zentrum, um das sich beide Flotten bewegten wie auf dem Rand eines Mahlstroms, bildete die massive mobile Startrampe für die Ariane-7-Trägerrakete. Sie sah aus wie eine besonders breit geratene Ölplattform mit vier stämmigen Säulen und flachem Aufbau, auf dem sich die hochaufragende Gitterrohrkonstruktion und der Turm befanden, mit dem die Kapsel an der Spitze der Ariane 7 bemannt oder beladen werden konnte. Momentan befand sich die Rakete noch in dem Gehäuse, das vor der Startrampe lag wie ein metallisches Gewächshaus.

»Ich sehe noch nichts«, gab Monty zu und versuchte seine Augen von den vielen Lichtquellen um sich abzuschirmen, doch noch immer blieb der Himmel über ihnen so schwarz, als hätte jemand eine Decke über sie gelegt – was ja in gewisser Weise auch der Fall war.

»Das ist unser einziger und letzter Versuch, oder?«

»Ja«, gab Monty freimütig zu und sah seinen Assistenten an. Der Deutsche seufzte so tief, dass sich seine Brust fast bis an sein Kinn hob, als er Luft holte. Sie sahen sich eine Weile auf dem riesigen Deck des Flugzeugträgers um. Die meisten Maschinen befanden sich unter Deck, bis auf sechs Raptor-Kampfjets der Flugbereitschaft hier oben, die achtern hinter dem Turmaufbau schräg zur Startbahn standen. Der Rest der Fläche war voll Wissenschaftler, die letzte Korrekturen an ihren vielen Teleskopen und Sensoren vornahmen, welche überall verteilt waren. Es sah aus wie auf einem bunt gemischten Flohmarkt, auf dem allerdings Intelligenzquotienten gehandelt wurden statt kleiner Nichtigkeiten. Die sporadisch patrouillierenden Soldaten dazwischen wirkten wie Fremdkörper inmitten der Männer und Frauen, die aufgeregt zwischen Apparaturen hin- und herliefen und wild diskutierten. Monty seufzte. »Es ist unser letzter und einziger Versuch. Die Verlagerung all dieser Schiffe und des Equipments hierher hat sicherlich mehr unserer äußerst endlichen Ressourcen verschlungen als wir uns leisten können, aber wenn wir uns eins nicht erlauben können, ist es ein weiteres Jahr absoluter Dunkelheit.«

»Wir hätten diese ganzen blöden Kriegsschiffe nicht herbringen sollen.«

»Dann hätten sie sich in die Hosen gemacht, dass die Chinesen auftauchen und uns den Tag vermiesen. Wenn du mich fragst, hätten wir sie gleich einbeziehen sollen, das hätte uns für die Zukunft einiges leichter gemacht«, brummte Monty mit finsterer Miene.

»Was meinst du?«

»Wenn der Plan funktioniert und die Teufelskerle da oben uns wirklich ein Loch in die Barriere brennen, ist der Südpol das neue Gelobte Land. Die Landmasse ist nicht riesig, aber immer noch ein ansehnlicher Kontinent. Wenn wir Spiegel im Orbit und hier unten platzieren, wird es vor deiner Nase mollig und urbar – das neue Zentrum der Menschheit. Mit Spiegeln könnten wir den gesamten Planeten mit Sonnenlicht versorgen.«

»Spiegel an der Innenseite der Barriere wären praktisch«, kommentierte Johannes trocken und Monty sah auf, um im Gesicht seines Assistenten nach Hinweisen zu forschen, ob er sich einen ironischen Spaß mit ihm erlaubte, doch er schien es tatsächlich ernst zu meinen.

»Ja«, sagte er zögernd. »Aber das wäre ein ordentlicher Aufwand, den wir ohne die Chinesen nicht packen würden. Was denkst du, wie die auf eine solche Anfrage reagieren, wenn sie bei der Besiedelung des Gelobten Landes ausgeschlossen wurden?«

»Noch ist es das Dunkle Land, wenn überhaupt.«

»Es wird klappen!« In Gedanken fügte er hinzu: *Es muss klappen!*

»Denkst du, dass es ein Fehler ist?«

»Ein Fehler?« Monty, der gerade einem Astrophysiker zugesehen hatte, wie er einen Infrarotlaser aufbaute und dabei wild mit seinem Assistenten schimpfte, runzelte die Stirn und sah wieder Johannes an, der irgendwie besorgt wirkte und die Hände knetete, als sei ihm kalt.

»Das Loch.«

»Du spielst auf die Nachricht von der extraterrestrischen Sonde an.« Monty nickte und kaute auf seiner Unterlippe, bevor er erneut nickte. »Vielleicht, vielleicht nicht. An dieser Stelle macht es keinen Unterschied, was wir tun oder nicht tun, es wird in jedem Fall ein Fehler sein. Tun wir nichts, sterben Menschen. Tun wir etwas, sterben wir vielleicht auch, wer weiß. Ich versuche, mich auf das zu verlassen, was ich *jetzt* weiß, und das ist, dass wir dringend Sonnenlicht brauchen, sonst sind wir ohnehin am Ende und brauchen uns keine Gedanken mehr machen über das, was die vollständige Nachricht besagt hat und auf welche Gefahr die Verfasser mit ihrem fünfziger Jahre-Englisch hatten hinweisen wollen. Da die Präsidentin und die EU-Kommission das auch so sehen, ist es allemal egal, was wir denken. Wir befassen uns mit dem Problem, das uns heute umbringt, morgen können wir uns dann um das kümmern, das uns morgen umbringt.«

»Ziemlich defätistisch.«

»Ziemlich logisch.«

»Wenn Defätismus die neue Logik ist, können wir uns übermorgen mit dem Problem beschäftigen, das uns übermorgen umbringt«, schnaubte Johannes.

»Guter Assistent, er hat es begriffen.« Monty lächelte lakonisch. »Was denkst du über den Plan? Du solltest deine Doktorarbeit nochmal überdenken und darüber schreiben. Dann würde sie zumindest jemand lesen außer mir.«

»Sehr lustig.«

»Das war kein Scherz.«

»Der Plan ist verwegen, aber stringent«, überging der deutsche Physiker seinen Kommentar und legte den Kopf in den Nacken, um seinen Blick in der Schwärze zu verlieren. »Vom Lagrange-Punkt Eins, wo sich LISA befindet, zum magnetischen Nordpol, an dem wir uns befinden, ist es eine stolze Strecke. Anderthalb Millionen Kilometer? Das nenne ich mal einen Teilchenbeschleuniger. Wenn sie es schaffen, die Protonen so stark zu beschleunigen, dass ihre Iridiumansammlung da oben ordentlich zerbröselt wird, sollten genügend Antiprotonen erzeugt werden. Wir wissen nicht, aus was die Barriere besteht, aber aus Protonen allemal, da sie ja schließlich in diesem Universum gefertigt wurde, hm? Protonen und neu erschaffene Antiprotonen vernichten sich gegenseitig, die Energie ist so groß, dass die Barriere dem Beschuss nicht lange standhalten wird. *Marsmenschen kochen auch nur mit*

Physik, hat mein Professor in Heidelberg immer gesagt. Die Antiprotonen fallen mit dem Sonnenwind entlang der Feldlinien ins Erdmagnetfeld. Das wird am magnetischen Nordpol sein.« Johannes deutete senkrecht nach oben. »Der bewegt sich um den geografischen Südpol.« Johannes deutete nach Westen, weit jenseits des gigantischen Kommandoturms der USS John F. Kennedy. »Das bedeutet, dass die Antiprotonen einen Kreis aussägen werden, wenn man so will. Zumindest in der Theorie müssten wir am Ende eine Kappe haben, die einfach wegfliegt. Etwas mehr als zweitausend Kilometer im Durchmesser.«

»Klingt ziemlich verwegen, oder?«

»Verwegen, aber mit Physik gekocht.« Johannes grinste, was er sonst eher selten tat, also seufzte Monty und versuchte es ebenfalls. Obwohl er viel zu aufgeregt war, während in seinem Bauch ganze Bienenschwärme tanzten. Sie hatten die Idee der Unity-Crew schnell in Zahlen, Daten und Fakten übersetzt und waren zu dem Schluss gekommen, dass die Idee verrückt, aber solide zu Ende gedacht gewesen war, sonst hätten sie die Präsidentin auch nie dafür gewinnen können, alles auf diese eine Karte – den Joker – zu setzen. Die Aussicht, dass es wirklich klappen und sie den Sternenhimmel oder gar die Sonne wiedersehen könnten, machte ihn sprachlos. Er wusste nicht mehr, wie sich die Wärme der Sonne auf seiner Haut anfühlte, das Gefühl von Licht, das einfach so da war, jeden Tag wieder, verlässlich zu gleichen Zeiten, Leben spendend und glücklich machend. Die Zuwendung ihres Zentralsterns war zur nostalgischen Erinnerung verkommen, die jeder noch lebende Mensch teilte und nach der sich jeder noch lebende Mensch mit seinem gesamten Sein verzehrte.

»Da!«, rief Johannes plötzlich und zeigte in die endlose Nacht hinauf. »Da! Da! Da!«

»Was? Wo? Ich kann ...« Monty unterbrach sich, als er

einen einzelnen Lichtpunkt inmitten der Dunkelheit funkeln sehen konnte. Ein Stern schien am Firmament aufgegangen zu sein. Er leuchtete keck und unscharf umrandet im Meer aus Schwärze, als sei er schon immer da gewesen. Um sie brachen Jubel und Applaus aus. Sogar von den vielen Nachbarschiffen wehte die lautstarke Begeisterung der auf den Decks Versammelten zu ihnen, wie ein Orkan entfesselter Erleichterung.

»Ich fasse es nicht!«, johlte Johannes begeistert und raufte sich mit beiden Händen die halblangen Haare. »Diese verdammten Mistkerle haben es tatsächlich geschafft. Sogar die Berechnungen der Annihilationsrate, die die ESA angestellt hat, waren relativ präzise.«

»Das ist Sonnenlicht«, hauchte Monty, und obwohl er wusste, dass es noch mindestens einen Monat dauern würde, bis sich ein echtes, wirklich großes Loch aufgetan hatte, war doch der Anfang gemacht, und ein Schimmer Optimismus hatte die undurchdringlich erschienene Barriere durchdrungen. Bisher hatten sie sich nur anhand von Hoffnung über Wasser gehalten, doch ab jetzt, wo ein neuer Stern am Firmament erstrahlte, hatten sie etwas Besseres: eine Chance.

Epilog

11. Mai 2036, südlicher Ozean, USS Jeremy Brandt

»SIR, ICH HABE HIER MEHRERE Kontakte auf dem Radar. Peilung Nord-Nordost.«

»Was für Kontakte?«, fragte Captain John Dillinger von seinem Kommandosessel auf der Brücke.

»Vierzehn Schiffe, Sir. Acht werden von Aegis als Luyang-III-Klasse erkannt. Eines hat eine Radarabstrahlung, die zu einem Flugzeugträger der Shandong-Klasse passen könnte. Die anderen fünf sind unbekannt«, antwortete Specialist Cooper und die gesamte Brückenbesatzung wurde still. Dillinger war stolz, dass sie nicht nervös wurden oder es zumindest nicht zeigten. Nachdem sie die Nachricht erhalten hatten, dass sie damals in der Celebessee eine außerirdische Sonde abgeschossen hatten, die sie vor der Barriere hatte warnen wollen, war die Crew ein wenig unsicher geworden. Man gab sich an Bord die Schuld, dass die Erde in diesen ganzen Schlamassel gerutscht war – wenn man den Beinahe-Untergang der menschlichen Zivilisation als solchen verharmlosen konnte. Doch er hatte sie seit der Nachricht vom militärischen Aufklärungsdienst wieder aufgebaut und zurück in die Spur gebracht. Sie hatten überlebt und das war Grund genug, das Beste aus ihrer Situation zu machen und nicht den Kopf ins Wasser zu stecken.

»Sind die Daten bereits im Aegis verteilt?«, fragte er und knetete seine Fäuste, die unruhig auf den ausgefransten Armlehnen seines Sessels lagen.

»Ja, Sir. Die Kennedy schickt Aufklärer.«

»Sind wir die ersten in Rufreichweite?«

»Aye.«

»Gut. Öffnen Sie eine Verbindung«, befahl er und nahm sein Funkgerät aus der Halterung in der niedrigen Decke über ihm. »Hier spricht Captain John Dillinger von der USS Jeremy Brandt. Sie befinden sich auf Abfangkurs zur NATO Special maritime Group One. Stoppen Sie Ihre Maschinen und nennen Sie Ihr Anliegen. Dringen Sie nicht in den Operationsbereich der Flotte ein, wiederhole, dringen Sie *nicht* in den Operationsbereich der Flotte ein!«

Er ließ den *Senden*-Knopf los und wartete. Es rauschte in den Lautsprechern, dann meldete sich eine Stimme mit starkem chinesischem Akzent.

»Hier spricht Admiral Wu Jinlong von der Marine der Volksrepublik China, an Bord der Shandong Zwei. Wir verlangen Zugang zu der abgefangenen extraterrestrischen Funksendung.«

Dillinger wechselte einen Blick mit seinem ersten Offizier. »Woher wissen die davon?«

»Keine Ahnung, Sir. Sämtliche Informationen wurden über das verschlüsselte Navy-Netzwerk ausgetauscht.«

»Fakt ist jedenfalls, dass sie es wissen«, meckerte er und machte ein finsteres Gesicht. »Rufen Sie den Admiral, leiten Sie die Nachricht dieses verdammten Bambusbiegers weiter! Da sollen die sich drum kümmern.«

* * *

11. Mai 2036, südlicher Ozean,
PLANV Shandong

»Genosse Admiral«, meldete der Kommunikationsoffizier von seiner Konsole und Admiral Wu Jinlong sah von seinem

Tablet auf, von dem er den letzten Bericht über die Flottenbereitschaft abgelesen hatte.

»Ja, Kadett?«

»Wir wurden um weitere zwei Stunden vertröstet. Angeblich müsse man die Forderung nach einer diplomatischen Zusammenkunft erst mit Washington und Brüssel abklären.«

»Das ist eine Frechheit«, ärgerte sich Wu und fletschte die Zähne. Die Amerikaner und Europäer führten sich stets auf, als gehörte der gesamte Planet ihnen und ihrer imperialistischen Version von Freiheit und Gleichheit. Im Grunde genommen ging es letztlich nur um hegemoniale Interessen, die sie überall durchsetzen wollten, wo ihre Handelsflotten verkehrten – also überall. Aber jetzt gab es diese Flotten nicht mehr und sie waren noch weiter gegangen und beanspruchten auch die Zukunft des gesamten Planeten für sich. Obwohl er ihnen beim ersten Funkkontakt klargemacht hatte, dass er Bescheid wusste. »Informieren Sie den Botschafter und bitten Sie um Freigabe meines Plans.«

»Verstanden, Genosse Admiral!« Der Kadett begann, in sein Headset zu sprechen, das unter seinem weißen Helm wie ein schwarzer Schatten aussah. Auf der geräumigen Brücke des Flugzeugträgers, der inmitten der Finsternis des Südpols von dreizehn Lichtinseln umgeben war, welche die Begleitschiffe der Flotte bildeten, herrschte eine angespannte Atmosphäre. Jeder an Bord wusste, dass sie mit allem gekommen waren, was die Marine der Volksbefreiungsarmee noch aufzubieten hatte und sie der mehr als doppelt so großen Flotte des NATO-Verbands nicht das Wasser reichen konnten, weder technisch noch zahlenmäßig. Aber sie konnten großen Schaden anrichten und die Gegenseite das wissen lassen.

»Was gibt es Neues auf der anderen Seite?«, fragte er niemanden im Besonderen und rief die momentane Aufstellung der NATO-Gruppe auf sein Tablet. Die amerikanische und die europäische Flotte hatten eine Art Mauer aus Schiffen vor der mobilen Raketenstartbasis der EU gebildet, auf der eine Ariane 7 startbereit stand. Laut seinen Beratern musste sie sich kurz vor dem Start befinden, da sie bereits betankt war.

»Die gegnerische Flotte hat die Einnahme ihrer Verteidigungsstellung abgeschlossen. Wir verbleiben am Rande der Geschützreichweite, sämtliche Schiffe haben bestätigt, ihre Position zu halten, Genosse Admiral«, meldete ein anderer Kadett weiter rechts, der am Radar stand.

»Genosse Admiral«, rief Kadett Ye Wenjie von seinem Kommunikationspanel. »Der Botschafter hat die Freigabe erteilt. Sie sollen alles tun, um sie an den Verhandlungstisch zu zwingen.«

»Sehr gut«, knurrte Wu Jinlong und zückte sein Funkgerät von der Halterung an seinem Sitz. Es war an der Zeit, die NATO über die Geiseln zu informieren, die sie an Bord hatten.

* * *

11. Mai 2036, südlicher Ozean, USS John F. Kennedy

»Was wissen wir über die Geiseln?«, fragte Flottenadmiral Richard Franklin und sah in die Runde am Konferenztisch des Situation Room der John F. Kennedy im Herzen des Kommandoturms. Neben dem Verteidigungsminister Jonas Heusinger waren auch der Militärattaché der Präsidentin Jaason Simmons, der Verbindungsoffizier zu den Europäern Major Dirk Ditzenbach und die EU-Kommissarin Océane Deraque sowie einige Adjutanten und Sekretäre anwesend. Da das plötzliche Auftauchen der Chinesen für große Unruhe und

Streitigkeiten gesorgt hatte, hatte Franklin kurzerhand die Führung übernommen und Ordnung in die Sache gebracht. Sie würden jetzt und hier entscheiden, was zu tun war, und nicht alles mit der Heimat abklären, was gegenwärtig viele Stunden in Anspruch nahm. Außerdem: Wenn die vier Stunden, die sie bisher herausgeschunden hatten, nicht ausreichten, um auf eine gemeinsame Ebene zu gelangen, wie mit den Chinesen umzugehen war, würden auch zehn nicht genügen.

»Wir konnten alle bis auf eine Person identifizieren«, antwortete Heusinger, der streng genommen zwar sein Vorgesetzter war, aber jetzt neben ihm saß und artig Bericht erstattete. Er deutete auf sein Tablet und drückte eine Taste auf dem Display, woraufhin alle ihre Tablets zückten und die Bilder anschauten, die mit der übersandten Akte ankamen. Admiral Franklin blätterte sie durch, sah eine Frau mit kakaofarbener Haut und ersten Krähenfüßen um die Augen, eine Agentin der CIA namens Rodea Stone. Die anderen Bilder gehörten zwei Ex-Rangern, deren jeweiliger Status seit über acht Jahren als »geheim« eingestuft war, also tippte er auf Black-Ops. Hinzu kamen eine schwedische Elitesoldatin, die aussah wie ein Wandschrank, dem man eine blonde Perücke aufgesetzt und ein Gesicht aufgemalt hatte, und ein belgischer Fremdenlegionär. Beide Akten trugen das Siegel der Europäischen Streitkräfte. Die letzte Person auf dem Bild war nur mit dem Wort »Unbekannt« betitelt.

»Diese Personen«, fuhr Heusinger fort und rutschte ein wenig unruhig auf seinem Stuhl hin und her, als seien ihm die folgenden Worte unangenehm. »Diese Personen sind jene, die die Sendung der Sonde aufgespürt und geborgen haben.«

»Wie ist das möglich?«, fragte Franklin und musterte den Verteidigungsminister verwundert. »Laut meiner Akten wurden zumindest die drei Amerikaner während einer geheimen

Operation vermisst gemeldet. Die Sendung wurde doch von Alexa Svea geborgen und zurückgebracht. Jeder in der Navy kennt ihren Namen.«

»Nun, das ist leider nur die halbe Wahrheit. Wir haben erst kürzlich herausgefunden, dass der Kapitän der USS Walter Bonjarewski, der Miss Svea evakuiert hat, sie bisher dazu gezwungen hat, über den Verbleib von Stone und ihrem Team zu lügen. Womit er sie erpresst hat, wissen wir nicht. Er hat das Team zurückgelassen, weil es ihn dazu gezwungen hatte, entgegen der Vorschriften Flüchtlinge an Bord zu nehmen. Offenbar hatte er Sorge, dass seine Entscheidung sich im Nachhinein als unpopulär herausstellen oder unangenehme Folgen für ihn haben könnte.«

»Ich hoffe, die hat es jetzt gegeben«, brummte Jaason Simmons. »Der Präsidentin wird das nicht gefallen.«

»Ist doch egal. Fakt ist: Die haben diejenigen in ihrer Gewalt, denen wir das Wissen um die Sendung und deren Inhalt zu verdanken haben. Hinter uns schwimmt eine Ariane 7 auf dem Wasser und wartet darauf, Medikamente in den Orbit zu schießen – zu jenen Leuten, denen wir verdanken, dass wir wieder einen kleinen Ausschnitt der Sterne sehen können«, mischte sich Kommissarin Deraque ungehalten ein. Die Französin rollte mit den Augen und beugte sich im Sitzen über den mit Blättern und Karten gefüllten Tisch. »Wir müssen dafür sorgen, dass wir die Geiseln zurückbekommen, das sind wir ihnen schuldig. Außerdem wartet die ARES im Orbit darauf, dass wir die *Jules Vernes* mit der Ariane 7 hochschießen. Wir müssen unsere Leute da draußen auswechseln und dafür sorgen, dass unser Fuß im All bleibt. Das hat höchste Priorität.«

»Das ist schon klar«, raunte Simmons und zog beide Augenbrauen hoch. »Aber was schlagen Sie vor?«

»Dass wir die Chinesen einbeziehen.«

Ein Raunen ging durch die Anwesenden und Franklin sah eine Welle aus Kopfschütteln und ungläubigen Gesichtern.

»Was?«, fragte Deraque mit provokantem Blick in die Runde. »Glauben Sie, wir können das hier ewig geheim halten? Der Planet gehört nicht uns, da haben die schon recht, und früher oder später werden die schon verstehen, was hier unten vor sich geht.«

»Die Chinesen sind zu gefährlich. Die machen doch, was sie wollen!«

»Sind Sie verrückt? Haben Sie vergessen, was die im südchinesischen Meer veranstaltet haben? Wer sagt, dass die das hier nicht auch machen, sobald wir sie mitspielen lassen?«

»Niemals! Wir haben es immerhin mit einer Diktatur zu tun, denen können Sie nicht ...«

»Solange die nicht wissen, was hier geschieht und was wir vorhaben, werden sie schon irgendwann abdrehen.«

»Ruhe«, brüllte Franklin und war beinahe überrascht, dass es tatsächlich still wurde am Tisch. Immerhin saßen ihm keine einfachen Matrosen gegenüber, sondern gestandene Politiker und Offiziere. »Wir sollten den Vorschlag von Kommissarin Deraque ernst nehmen. Die einzige Alternative, die ich sehe, ist ein bewaffneter Konflikt mit einer Supermacht. Den werden wir vielleicht hier gewinnen, aber er wird uns viel kosten und mit Sicherheit den Plan der *Jules Vernes* zunichtemachen – ganz abgesehen von den Langzeitfolgen. Es ist eine Atommacht, mit der wir da die Säbel kreuzen wollen.«

»Wir sollten das diskutieren, da haben Sie recht, Admiral«, stimmte Heusinger ihm zu und richtete seine Krawatte – eine Geste, die Franklin zutiefst zuwider war. »Dafür brauchen wir aber mehr Zeit.«

»Ich glaube nicht, dass die Chinesen ...«

»Hören Sie«, unterbrach ihn der Minister streng und er

verbiss sich einen Kommentar. »Wir brauchen Fingerspitzengefühl und keine Entscheidungen aus der Hüfte. Falls geschossen wird, dürfen Sie das Ruder übernehmen, jetzt aber müssen wir diskutieren, was diplomatisch am sinnvollsten ist und da sind Sie ja wohl nicht der Experte, hm?«

»Nein, Sir«, knurrte Franklin widerwillig.

Als er den Raum verließ und hinter ihm die hitzige Diskussion losging, sah er Deraque mit dem Militärattaché der EU die Köpfe zusammenstecken, der ihm schließlich folgte. Auf dem Gang, wo zwei Marines salutierten, hielt er ihn auf.

»Admiral?«

»Ja, Major?« Er drehte sich zu dem Deutschen um, der ihn um einen halben Kopf überragte und sich gerade vergewisserte, dass die Tür hinter ihm ins Schloss gefallen war.

»Die Kommissarin bittet um die Transfers einiger Zivilisten aus dem wissenschaftlichen Korps.« Ditzenbach hielt ihm ein Tablet hin, auf dem eine Reihe Namen auftauchten. Dem unsteten Blick seines Gegenübers konnte er entnehmen, dass etwas faul war an der Sache, weshalb er die Namen überflog. Bei einem blieb er hängen.

»Montgomery Reed hat um Transferierung auf die Charles De Gaulle gebeten?«, fragte er verwundert und runzelte misstrauisch die Stirn, als er wieder aufsah.

»Ja, Sir, das ist korrekt.«

»Warum?«

»Das weiß ich nicht, aber die Kommissarin meint, es sei zum Wohl der Flotte«, erklärte Ditzenbach vielsagend. Franklin musterte ihn prüfend, seufzte schließlich und unterschrieb die Anforderung mit einem Daumenscan, bevor er auf dem Absatz kehrtmachte und auf die Brücke zurückkehrte.

Europäer! Was die wohl wieder ausheckten?

* * *

11. Mai 2036, südlicher Ozean, PLANV Shandong

»Genosse Admiral, das Flaggschiff des NATO-Verbandes hat um weitere zwei Stunden Bedenkzeit gebeten. Außerdem sehen wir, dass zwischen den Schiffen einige Transfers mit Helikoptern stattfinden«, meldete der Kadett an der Kommunikation.

»Die verstehen wohl immer noch nicht, wie ernst es uns ist. Sind wir immer noch sicher, dass es sich bei der Ariane-Rakete nicht um einen weiteren Versuch handelt, die Barriere zu sprengen?«, fragte Wu Jinlong und der Kadett nickte.

»Jawohl, Genosse General.«

»Und die paar Sterne über uns? Wissen wir mittlerweile, was es damit auf sich hat?«

»Offenbar ein Loch in der Barriere, aber wir bekommen keine Signale, offenbar werden wir gestört.«

»Dann sollten wir denen wohl mal zeigen, dass wir es ernst meinen«, befand der Admiral und straffte seine Schultern. Er hatte gehofft, dass es nicht dazu kommen würde, aber offenbar blieb ihnen keine andere Wahl. »Marschflugkörper bereitmachen. Starten Sie, sobald Sie die Kapsel auf der Ariane 7 anvisiert haben. Abbruchsequenz auf fünf Sekunden vor berechnetem Einschlag einstellen. Wir wollen die in Aufregung versetzen, nicht die Rakete zerstören.«

»Verstanden, Genosse General«, rief der Feuerleitoffizier gehorsam und der Gefechtsalarm schrillte über die Brücke. Das Licht wechselte von Weiß auf Rot und ein gellender Alarm dröhnte durch das Flaggschiff der chinesischen Flotte.

»Start bestätigt! HQ-1 abgefeuert!«

Wu Jinlong verfolgte das Leuchten der Rakete, die von dem Lenkwaffenzerstörer Winhan vor ihnen abgefeuert wurde – ein einsamer heller Punkt in der Dunkelheit, der sich immer höher bog und auf die Flotte der NATO zuhielt. Sie spielten mit dem Feuer, konnten mit dieser Aktion gerade einen Krieg ausgelöst haben, da die Gegenseite nicht ahnen konnte, dass sie nur blufften, aber ihnen gingen die Optionen aus. Die Führung in Peking hatte vor dem Auslaufen klar gemacht, dass ein einfaches Danebenstehen und Beobachten nicht infrage kam und genau dafür würden sie jetzt sorgen. Vielleicht nahm man sie dann ernst.

»Genosse Admiral«, rief jemand aufgeregt von den Konsolen, die sich im roten Lampenschein vor den gedrungenen Fenstern aufreihten und der hektischen Betriebsamkeit einen diabolischen Anstrich gaben.

»Sprechen Sie, Kadett!«

»Die Gegenseite startet Abfangjäger und mehrere Abfangraketen. Sämtliche Schiffe öffnen ihre Waffenschächte und nehmen Fahrt auf!«

»Die sind ja noch viel nervöser, als ich dachte«, murmelte er entsetzt und brüllte Befehle zur vollen Gefechtsbereitschaft, als er Leutnant Shinfeng neben sich herumdrucksen sah.

»Was ist?«

»Genosse Admiral, wir empfangen eine seltsame Funksendung, sie stammt von einem kleinen Boot, vielleicht einem Zodiac, das sich zwischen unseren Flotten befindet, keine sechs Meilen entfernt.«

»Dafür haben wir jetzt keine Zeit.«

»Sie sollten sich das anhören, Genosse Admiral.«

* * *

Monty klopfte mit dem Funkgerät gegen den riesigen Funkverstärker, der wie ein Turm in der Mitte des kleinen Schlauchbootes stand. Johannes hielt das Steuer an der kleinen Kanzel umklammert, als hinge sein Leben davon ab, während über ihnen die Kampfjets durch den Himmel donnerten. Vor sich sahen sie die Lichter der chinesischen Flotte und hinter sich die der NATO, die sich offenbar gerade entschlossen hatten, die Sache auszukämpfen.

»Kriegen das auch wirklich alle mit?«, fragte Monty nervös, obwohl er die Antwort bereits kannte.

»Jeder, der zuhören will, wird es hören.« Johannes war kaum zu verstehen, so laut waren die Jets. Ihr Boot wackelte leicht, wann immer Monty hin und her ging, obwohl es keinen Wellengang gab.

»Also gut«, sagte er mehr zu sich und atmete tief durch. Dann nahm er das Funkgerät vor den Mund und drückte den *Senden*-Knopf. »Hier spricht Montgomery Reed, ich bin Leiter des LIGO in Hanford und war maßgeblich an dem Kommunikationsaufbau mit unseren Leuten da oben beteiligt. Um diesen Konflikt beizulegen und weil ich es als meine Pflicht als Wissenschaftler und Erdenbürger ansehe, nutze ich diese Möglichkeit, um eine Botschaft des gesamten wissenschaftlichen Korps der Expeditionsflotte zu überbringen, die für alle Ohren bestimmt ist, die zuhören: Wir arbeiten hier an dem Fortbestand unserer Spezies – einem Vorhaben, an dem Schätzungen zufolge bereits neunzig Prozent oder mehr Menschen nicht mehr teilnehmen können, weil sie tot sind. Jeder Anwesende verdient zu wissen, was wir wissen: Vor zweieinhalb Jahren hat ein amerikanischer Zerstörer eine Sonde südlich der Philippinen abgefangen, die fälschlicherweise für eine chinesische Drohne gehalten wurde. In Wahrheit stammte sie von außerhalb des Sonnensystems und überbrachte eine Botschaft in sämtlichen Erdsprachen, die uns vor dem Auftauchen der Barriere warnen wollte. Hätten wir diese Warnung verstanden, anstatt sie abzuschießen, hätten wir über ein Jahr Zeit gehabt, uns auf die Barriere und die Veränderungen, die sie mit sich brachte, vorzubereiten. Wir können also davon ausgehen, dass es da draußen eine Zivilisation gibt, die uns wohlgesonnen oder zumindest nicht böse gesonnen ist. Es gibt in der Sendung außerdem Anzeichen dafür, dass die Barriere, die vermutlich aus winzigen Naniten oder Ähnlichem besteht, zu unserem Schutz vor etwas bisher Unbekanntem dient. Diese Informationen verdanken wir der CIA-Agentin Rodea Stone und ihrem Team, die sich aktuell im Gewahrsam der chinesischen Marine befinden. Wir sollten aus dem Waffen-Zuerst-Fehler damals südlich der Philippinen lernen. Dumm ist nicht derjenige, der einen Fehler macht, sondern derjenige, der einen Fehler wiederholt.« Monty biss sich auf die Zunge, als er den Satz seines bereits verstorbenen Professors aus der Uni nachsprach, und schüttelte den Kopf, bevor er fortfuhr: »Wovor auch immer die Barriere uns schützen sollte, es ist noch da draußen, sonst wäre die Barriere womöglich schon weg. Irgendjemand meinte wahrscheinlich, uns zu unserem Wohl einsperren zu müssen, zumindest ist das die aktuelle Ansicht des wissenschaftlichen Korps. Wir sollten also sämtliche uns noch verbliebenen Kräfte bündeln, um uns für die Zukunft zu wappnen. Mit dem Abriss der Kappe über uns haben wir eine Chance bekommen. Wir können mit großangelegten Spiegelflächen das Sonnenlicht zurück auf die Erde bringen und sollten uns fragen, was wir dann sehen möchten: Ein Schlachtfeld mit tausenden Toten oder eine vereinte Menschheit, die sich ihrer Zukunft stellt? Die Gefahr ist noch nicht ausgestanden, aber sie kommt nicht von hier, sondern von den Sternen. Und sie wird sich nur wissenschaftlich lösen lassen, genau wie sich das Problem der Barriere nur hat wissenschaftlich lösen lassen. In diesem Sinne hat sich das anwesende wissenschaftliche Korps aus seinen über dreitausend internationalen Mitgliedern zu folgender Stellungnahme entschlossen, die übrigens einstimmig ausfiel: Wir setzen unsere

Arbeit nur fort, wenn sämtliche Kampfhandlungen sofort eingestellt werden, die chinesische Seite in sämtliche Pläne einbezogen wird und sich alle Parteien, inklusive uns, an einen Tisch setzen, um zu entscheiden, was als Nächstes zum Wohl aller Überlebenden auf der Erde geschehen muss. Wird dem nicht Folge geleistet, stellen wir ab sofort unsere Arbeit ein, bis das geschieht.« Monty ließ das Funkgerät mit seiner Spiralkordel sinken, als er den offiziellen Teil der Nachricht überbracht hatte, und sah zu Johannes, der die Augen gen Himmel gerichtet hatte und den Flugzeugen nachsah. Aus beiden Richtungen schossen die Kampfjets aneinander vorbei – ohne zu schießen. In der Ferne erstarb das Glühen der chinesischen Rakete jäh. Keine Explosionen, keine entfesselte Hölle – zumindest vorerst. Vielleicht hatten sie ja doch noch eine Chance auf Vernunft, für die die Welt so lange gestritten hatte. Die Zukunft würde es zeigen, denn Monty hatte das untrügliche Gefühl, dass diese Zukunft schon sehr bald eintreffen würde und sie alles und jeden brauchten, um sich ihr zu stellen. Vielleicht sogar die Kriegsschiffe um sie.

Nachwort

Liebe Leserinnen und Leser,

vielen Dank, dass Sie mit mir auf die Reise von Made, Rodea und Montgomery gegangen sind (die von Made war ein wenig kürzer, aber das Leben ist eine Achterbahnfahrt und nicht jede Achterbahn ist gleich lang). Nur wenige Leser wissen es, aber ich habe 2017 eine Kurzgeschichte für eine Fantasyanthologie geschrieben mit dem Titel »Die Dämonen der Stille«, in der es um einen Vater und seine Tochter geht, die auf der Flucht vor einer unbekannten Gefahr sind. Ihr Ziel ist der Turm eines großen Magiers. Das Besondere der Geschichte: Sie spielt in einem Fantasysetting, nachdem »die Guten« verloren und »die Bösen« die Sonne ausgeknipst haben. Sie spielt in vollkommener, undurchdringlicher Dunkelheit, in der etwas Finsteres, nicht Greifbares sein Unwesen treibt. Schon damals dachte ich, dass eine solche Geschichte auch in meinem Lieblingsgenre, der Science Fiction ihren Platz hätte – natürlich ohne Magie oder Dämonen.

Als Brandon Q. Morris zu Beginn des Jahres an mich herangetreten ist, um mit mir über eine Idee zu einem gemeinsamen Projekt zu sprechen, war ich sofort offen dafür. Wir kennen uns schon länger und hatten im Februar ein spontanes Treffen in Bangkok, wobei mir klar wurde, dass ich mir eine entspannte Zusammenarbeit gut vorstellen kann. Als er auch noch vorschlug, über eine mysteriöse Barriere zu schreiben, die sämtliche elektromagnetische Strahlung reflektiert, dachte ich sofort an die Kurzgeschichte und war ohne zu zögern an Bord. Jetzt ist es so weit und Sie halten meine Hälfte dieser Zusammenarbeit in der Hand. Bei Brandon erfahren Sie in »The Wall: Ewiger Tag«, wie die Geschichte auf der anderen Seite der Barriere aussieht. Ich habe seine Geschichte mit großer Freude gelesen. Unsere Bücher sind sehr unterschiedlich geworden und schaffen es somit hoffentlich gut, Sie mit spannenden neuen Facetten zu dem Problem der Barriere zu begeistern.

Bereits während des Schreibens habe ich gemerkt, wie viel Spaß mir die Geschichte macht, auch wenn sie mich als Autor vor Herausforderungen gestellt hat. Ohne Licht zu arbeiten, ist für einen Schreiberling mindestens genauso schwierig wie für einen Theaterregisseur. Aber man wächst an seinen Aufgaben und so sind, noch während Brandon und ich mitten in unseren Skripts steckten, Ideen für eine Fortführung der Geschichte gekommen. Wer oder was auch immer die Barriere erschaffen hat, hat eine Nachricht hinterlassen, aber was genau bedeutet sie? Wir werden es in der Fortsetzung herausfinden. Über Neuerscheinungen informiere ich wie immer in meinem Newsletter (readerlinks.com/l/624431).

Wenn Ihnen dieses Buch gefallen hat, würde ich mich sehr über eine kurze Bewertung im Internet freuen. Das dauert nur wenige Minuten und ist mir und diesem Buch eine große Hilfe. Vielen herzlichen Dank!

Jetzt rezensieren:
readerlinks.com/l/624430

Hier geht es zu meinem Newsletter:
readerlinks.com/l/624431

Er kommt ca. einmal im Monat, niemals Spam!

Herzlich, Ihr

Joshua Tree

Glossar

AMDR: Air and Missile Defense Radar der US-Navy

Badjo Kima: Dorf im nordöstlichen Sulawesi

CIA: Central Intelligence Agency, Auslandsgeheimdienst der USA.

ESA: European Space Agency, europäische Raumfahrtbehörde.

FPI: Front Pembela Islam, militante islamistische Massenorganisation mit Sitz in Jakarta, die paramilitärische Einheiten unterhält und als Mafia Indonesiens gilt, mit weitreichenden Kontakten in Politik und Wirtschaft.

HEILA: High Energy Infrared Laser Array, Infrarotlaser auf Hawaii.

Hiwi: Hilfswissenschaftler an der Universität (Student)

Humvee: Geländewagen der US-Armee.

LEO: Low Earth Orbit/niedriger Erdorbit

LIGO: Laser-Interferometer Gravitationswellen-Observatorium mit Sitzen in Hanford und Livingston.

LISA: Laser Interferometer Space Antenna, ein Gravitationswellendetektor der ESA im Weltall.

NSA: National Security Agency, Auslandsgeheimdienst der USA.

Preman: indonesischer Mafioso.

Roundup: Ort in Montana.

Starfish Prime: Projekt der USA in den sechziger Jahren zum Test von Nuklearwaffen im hohen Erdorbit.

Vertrag von Incheon: Vertrag über die Aufteilung von Öl- und Gasfeldern in der Celebessee zwischen den Philippinen und Indonesien.

Vory: Vory w Zakone, russische Mafia.

Personenverzeichnis

Alexa Svea: Kryptografin der CIA.

Alison David-Griffiths: stellvertretende Direktorin der CIA, Rodeas Freundin.

Binta Bule: Tochter von Made, 8 Jahre.

Boozta: Black Ops Soldatin, ehemalige Ranger.

Budi Darmawan: Tischler aus Badjo Kima.

Bulan Bule: Bruder von Made.

Charles Osprey: Doktor der Teilchenphysik und Gravitationsforscher, Nobelpreisträger.

Egon Bradley: Physiker am LIGO.

Eliah Hulse: Mitarbeiter im Krisenstab des Verteidigungsministeriums.

Erica: Ex-Ehefrau von Montgomery.

Fabiola: Physikerin, LIGO.

Frank Brenner: GSG-9-Offizier, Anführer des europäischen Teams, das zur Abhörstation geschickt wird.

Hasan Prasetyo: Kurator des Museums in Manado.

Indah Bule: Frau von Made.

Inu Bamouha: Physiker und Leiter des HEILA.

James »Jimmy« Stone: Ehemann von Rodea.

Jane Botelli: Physikerin am LIGO, aus Italien.

Jerome: belgischer Fremdenlegionär.

Johannes Bohr: Doktorand der Physik, aus Deutschland.

Juliano Kook: Major US Air Force.

Kittala Svart: schwedische Elitesoldatin, Särskilda Operationsgruppen.

Lieutenant Stirling: Leiter der britischen Abhöranlage im südlichen Mindanao.

Ludmilla Konrad: Flottenadmiral der US Navy.

Mego: Handwerker aus Manado, Bekannter von Made.

Melissa Goldstein: Forscherin am MIT, Kollegin von Montgomery.

Mike: Black Ops Soldat, ehemaliger Navy Seal.

Phil Baker: Analyst bei der CIA, Adjutant des Direktors.

Roro: Fischer und bester Freund von Made.

Rudy Bule: Sohn von Made, 12 Jahre.

Sergeant Meeks: Soldat in der britischen Abhöranlage im südlichen Mindanao

Steven Dean: Sheriff von Roundup, Montana.

Stinger: Black Ops Soldat, ehemaliger Ranger.

Susan: Black Ops Soldatin, ehemalige Navy Seal.

Thomas Stone: Sohn von Rodea, 6 Jahre.

Tiffany Blalock: Brigadegeneralin und Leiterin Area 51.

Tilda: Physikerin LIGO.

Timothy Green: Undersecretary des Innenministers der USA.

Tullaby: Tochter von Montgomery, 9 Jahre.

Wayan: Sohn des Dorfvorstehers von Badjo Kima.

Joshua Tree

Das Artefakt

In einer Grabkammer unter der Großen Sonnenpyramide von Teotihuacán in Mexiko finden Professor Charles Bowen und sein Student Marcus Brown einen Gegenstand, den es gar nicht geben dürfte. Kurz darauf tauchen Unbekannte auf, die vor nichts zurückschrecken, um das Artefakt in die Hände zu bekommen. Nach einem brutalen Mord im Schatten der Pyramide kann Marcus fliehen. Was ist das Artefakt und warum ist es gerade ihm in die Hände gefallen?

Taschenbuch 300 Seiten, € 12,99 [D]

ISBN 978-3-96357-036-0